オー！ファーザー

伊坂幸太郎

a family

isaka kotaro

新潮社

オー！ファーザー

由紀夫《ゆきお》の隣を歩く多恵子《たえこ》が、父親への怒りと不信感を口にしている。さっきから、ずっとだ。「うちの父親、昨日、わたしの部屋に勝手に入ったんだよ。信じられる？」

夕方五時、いつもであれば、体育館でバスケットボールの練習をしている時間だったが、中間試験の一週間前からは原則的に部活動が休みになるため、家に向かっていた。五月中旬でまだ日は暮れない。薄雲の向こうから太陽が、街をぼんやりと照らしていた。

多恵子が現われたのは、唐突だった。帰宅途中にたまたま、脇道から合流してきて、「あのさ、聞いてくれる？」と父親の悪口をはじめた。

「聞いてあげたくない」

「うちの父親ったらさ」

市街地のほうからは、翌々週に迫った県知事選のためか、スピーカーを通した声が聞こえてきた。明晰で、勇ましい喋り方だったが、爽やかさを装った押し売りの印象は否めない。選挙権を持つようになったら、あの演説も違う響きに聞こえるのだろうか、と由紀夫は思った。

「うちのお父さん、勝手にわたしの部屋に忍び込んだんだから。最低でしょ」

「多恵子の親父さんって会社員だっけ」

「そう。ケーブルテレビの営業社員で」

「多恵子の家は、親父さんが営業の仕事で、涙をこらえ、愚痴を飲み込み、必死に稼いだお金で、建てられたものなんだ」

「それがどうかしたわけ」

「多恵子はただで住まわせてもらっているんだから、贅沢は言えない」

「だからって許されるわけ？」

「きっと、心配だったんだろ」と由紀夫は意見を渋々、発する。「多恵子が、怪しい遊びに手を出していないか、とか、彼氏はいるのか、とか父親は心配するんだろ。もしくは、学校帰りに、嫌がる同級生に無理やり、話しかけていないだろうか、とか気になったんじゃないのか」

「高校二年の娘の部屋に勝手に入ったってさ、何も解決しないよ」丸顔で色白、短い髪の多恵子は、快活な運動選手にも、部屋にこもりがちな文学少女にも見える。「だいたい、わたしが怪しい遊びに手を出す、ってどんな遊び」

「いろいろあるだろ。怪しげな遊びなんて」

「ねずみ講とか？」多恵子が言う。横顔を見ると彼女の顔は至極《しごく》、真剣であったため、「そうそう」と相槌《あいづち》を打った。

「そんなことやってないし、彼氏だって今はいないんだし」

由紀夫は返事をする必要性も感じなかったので、無言のまま道を進んだ。次なる話題を見つけるべきか、さもなければ多恵子を置いて脇道に入り込むべきか、と思案した。

多恵子が口を尖らせた。「由紀夫、何で無言なわけ。わたしが、彼氏がいない、って言ったんだから、何かしら言うことがあるでしょ」

「何かしら、ってどういう」

「多恵子に彼氏がいないなんて信じがたいな、とか、チャンスだな、とか」

「多恵子に彼氏がいないなんて信じがたいな」あからさまな棒読みをしてみるが、多恵子は満足そうで、「先月まで付き合ってたんだけどね」とにやけた。

特別に知りたかったわけではないが、むしろ知りたくもなかったが、訊《たず》ねないとまた叱られるとは想像できた。「誰と？」

「熊本さん」

「おお、熊本さん」これは本心から上げた驚きの声だった。由紀夫の所属するバスケットボール部の先輩で、主将の熊本さんだ。先日、引退したとは言え、県選抜の代表選手、身長百八十五センチメートルで、俊足、甘い顔、揺れる柔らかい髪、女子高生の視線が矢となって、立ち往生の弁慶さながらに身体中に突き刺さっている熊本さんが、多恵子と交際していたとは思いもしなかった。

「でも別れたんだ？」

「だって、あの人、結局、わたしの身体目当てなんだよね」

男子高校生というのはそんなものじゃないか、と答えるのも馬鹿馬鹿しくて由紀夫は、「財産目当てとか、身代金目当てよりはマシだろうに」と言う。

由紀夫の通う高校は、市街地の南郊、オフィスビルの建ち並ぶ一画に、ぽつんと存在している。騒々しい繁華街を抜け、アーケード通りを進んでいくと、だんだんと車の交通量が減り、東西に流れる川に出る。由紀夫たちが子供の頃から、恐竜川、と呼んでいるその川は、単に川の伸びる線をなぞると、恐竜の背中に見えるためにそう呼ばれていた。恐竜川には、緩やかなアーチ型の橋が架かっているが、こちらは恐竜橋と呼ばれている。恐竜川に架かるから恐竜橋、とやはりこれも安直だ。もちろん恐竜の形はしていない。橋の歩道部分は、大人五人が横に並んでも充分な幅があった。

前方を小学生たちが、肩から外したランドセルをだらしなく持ち、靴で蹴るようにしながら、歩いていく。橋を渡りきったところで、まだ隣を歩いている多恵子に気づいた。「多恵子の家、こっちじゃないだろ」

いいのいいの、と多恵子が飄々《ひょうひょう》と答えるので、嫌な予感を覚える。「どういうことだよ」

「わたしさ、一回、由紀夫の家に行ってみたかったんだよね。前に熊本さんが言ってたけど、由紀夫って家に近寄らせないんだってね」

「身体目当ての熊本さんの言うことを信じちゃいけない」

「家を教えたくない理由、あるの？」

「ない」ここで、ある、と答えたら次の質問は、「どんな理由？」に決まっている。

「それなら、寄らせてくれてもいいじゃない」

「俺が良くないんだって」

「いいからいいから。わたしは平気だから」

「俺が平気じゃないんだよ」由紀夫は手を振り、さっさと帰れよ、と告げるのだけれど、多恵子はまるで動じない。「お父さんと昨日喧嘩したから、今日は遅く帰って、心配させてやるんだってば」

心配させるからよけいに部屋を調べたくなるのだ、と由紀夫は思うが、それを指摘する気力もなかった。

「家にちょっと寄らせてもらうくらい、いいでしょ。家のこと知られたくないわけ」

「俺の家のことを知ったら、尊敬のあまり、由紀夫様って呼ぶよ」

「何それ馬鹿じゃないの」と多恵子は取り合わず、ただ、「まったくさ、父親って本当に煩わしい。そう思わない？」と言った。

多恵子はまだマシだ、うちには父親が四人いるのだ、と喉まで出かかった。信じられるか？と。

この信号を越えたら、本当に家に到着してしまう、という場所で由紀夫は、「頼むから、帰ってくれないか」と多恵子に懇願した。

他人の家に、しかも嫌がっている人の家に、無理やりやってくるのは問題がある、と主張した。けれど多恵子は、日本国憲法には移動の自由がある、と訳の分からない理屈を持ち出して、頑として譲らない。

「お、由紀夫」と名前を呼ばれたのはその時だ。はっと顔を上げると、十字路の向かい側から、赤信号を無視して、正確には、「赤信号の意味」を無視して、自転車で車道を渡ってくる男性が見えた。

「ああ」由紀夫は肩を落とし、苦々しい表情を隠しもせずに、「鷹《たか》さん」と相手の名前を呼んだ。

乱暴にブレーキをかけたせいか、後輪がぐいっと宙に浮かぶ。つんのめるような形で、自転車を停車させる。その停め方が気に入っているのか、高校生でも見せないような、得意げな顔になっていた。四十歳なのに、と由紀夫は苦笑する。

「今、帰りかよ。俺は今から出るんだ。すれ違いだな」鷹、という名前の影響ではないだろうが、風《ふう》貌《ぼう》は、猛禽類《もうきんるい》に近い。鼻が大きくて高く、常に、鵜《う》の目鷹の目で獲物を狙っているような、鋭い目つきをしている。着ているのはいつも、赤いシャツであるとか、派手な模様の入ったジャンパーであるとか、品のない軽装が多いのだけれど、それが似合ってもいた。

「パチンコに？」と由紀夫が訊ねる。

「ドッグレース」と鷹が眼を細めた。

言われてみれば今日は水曜日で、ナイターの開催日だった。「懲りずに？」

「懲りずに、とか言うなよ。俺からギャンブルを抜いたら、何が残ると思ってるんだ」

「そりゃ、何も残らないけど」由紀夫が素直にそう認めると、鷹は眉をひそめ、「いや、何かは残るだろうが、何かは」と言った。「由紀夫も行こうぜ、ドッグレース」

規制緩和なのか、経済特区というものなのか、それとも、単に法律が改正されたのか由紀夫は分かっていなかったが、とにかく三年前に、ドッグレースの開催が県内で認められた。簡単に言えば、競馬の犬版だ。今年の一月から、毎週水、金、土、の三回で公式の営業がはじまった。賭けられる金額の上限はあるものの、十六歳以上であれば、高校生でも入場し、観覧することはできた。射幸心がどうした、青少年の育成がどうこう、と反対意見も多かったが、けれど結局は、「子供の頃から、金は楽には稼げませんよ、と学ばせるのは良いことだ」という方針が勝った。

「俺はやめておく」

「まじかよ、残念だな。日の落ちた夜のグラウンドを、照明の中、颯爽《さっそう》と駆けるグレイハウンドたちは美しいんだぜ」鷹は目を細め、街と空との境界あたりを見やったまま、蜃気楼《しんきろう》でも眺めているのか、うっとりとした顔つきになる。

「ドッグレース、わたしも行ってみたいんですよねえ」多恵子がそこで口を挟んだ。

「ドッグレースはいいぞ。時速七十キロで、駆ける犬なんて、見てるだけで、惚れ惚れするって」鷹は答えた後で、「ええと、君は」と多恵子を見た。由紀夫は立つ位置や姿勢を変え、鷹の視界から、多恵子が隠れるように、とバリケードを作ろうとするが、うまくいかない。「由紀夫の同級生？」と鷹が訊ねる。

「そうですそうです。多恵子と言います」多恵子は即座に自己紹介をする。

「もしかすると、彼女か」鷹が目を輝かせるので、由紀夫は、「馬鹿な」と吐き捨てた。

多恵子は調子に乗り、「かもしれないですよー」と思わせぶりに笑う。

「まじかよ」鷹の嬉しそうな反応と言ったら、なかった。どこかで見た表情だな、と由紀夫は記憶を辿り、すぐに思い出す。去年の年末、有馬記念で連勝複式を、しかもマークシートを塗り間違えて、的中させた時の喜びように似ていた。「すげえな。とうとうこの日が来たか」と鷹は大袈裟に、これも有馬記念の時と同じ台詞《せりふ》なのだけれど、とにかくそう言って、多恵子と握手を交わした。

「由紀夫、そういうことをまったく教えてくれねえからなあ。だよな、彼女がいないわけがねえんだよな」

「ついに、この日が来たんですよ」と調子良く、多恵子も答えているが、そこで、はたと気づいたのか、「えっと、どなたですか」と質問をした。

「由紀夫の親父だよ、親父」鷹は意気揚々とした声を出す。尖った犬歯が目立つためか、その笑みは、企みを含んでいるようにも見える。

ああそうですか、多恵子は納得顔で強くうなずく。由紀夫のお父さんですか、と。そしてそれが礼儀だと思ったのか、鷹に向かって、「確かに由紀夫と似てますね」と言った。

そういう無責任なことを言わないでくれ、と由紀夫は慌てるが、遅い。鷹が幸福を顔に滲ませ、多恵子の手を両手で握った。「そうか、似ているか」

「ええ」多恵子も、鷹があまりに嬉しそうにしていることにたじろいだのか、一歩退いた。

「俺と、由紀夫はやっぱり似てるんだよ」鷹はひとしきり満足げにうなずくと、時間がないから、じゃあまたな、と自転車のサドルに座り直した。「他の奴らには、多恵子ちゃん、会わせるなよ」と言ったかと思うと、前輪を持ち上げ、「今日、勝ったら、焼肉でも行こうな」とあっという間に去った。

「こんなところで、お父さんに会うなんて、タイミング良かったね」と多恵子は言う。「でもさ、今お父さんの言ってた、他の奴ら、って誰のこと」

「他の父親、ってことだよ」

「他の父親って何？　誰の父親のこと？」

由紀夫はずるい。ずるいじゃないか。多恵子が非難と感嘆の入り混じった声でそう言った。由紀夫の家の前までやってきて、その敷地と向かい合っての第一声が、それだ。面と向かってそんなことを言われるのははじめてで、由紀夫は新鮮にも感じた。

ずるいとはどういうことだ、と由紀夫は眉をひそめる。

「由紀夫、金持ちだったんじゃん」多恵子が唇を尖らせた。由紀夫はどう応じていいのかも分からず、とりあえず、「一つ、質問があるんだけど」と言った。「一つ、どうして金持ちだと決め付けるのか。二つ、どうして金持ちだとずるいのか」

「だってさ、豪邸でしょ。坪数、どれくらいあるの？　うちの家の倍はあるよ、倍は」

由紀夫は改めて、自宅に目を向ける。柵で囲まれた庭にある芝生や植木は綺麗に整っており、玄関まで敷かれた踏み石の道も長い。二階建てで、横広の一戸建ては確かに、普段は見慣れているから意識したことはないが、同じ住宅街の他の家と比べれば、ずいぶんと大きい。「確かに大きい」それは、由紀夫も認める。「でも、住んでる家族が多いんだから、狭いくらいだ。人口密度が違う」

「由紀夫、一人っ子じゃなかったっけ？　お母さんとお父さんと、三人じゃないの？」

「母親と父親と俺の、六人暮らし」

計算が合わない、と多恵子は言った。「どういうこと、それ」と身を乗り出し、門柱についた表札を、繁々と見つめた。「あ、いろんな人の名前がある」

由紀夫は、もうどうでもいいや、と思いつつ、門扉を開け、中に入る。当然のように多恵子は後についてきた。毒を食らわば皿まで、の心境なのか、真相を知るまでは引き返さない覚悟なのか。

「家の中を見たら、すぐに帰れよ」

「了解。了解」と返事をしながらも多恵子は周囲を見渡した。「こんなに広い庭、ちょっとずるすぎるよね」

踏み石を進んでいると、由紀夫は庭に立つ男を見つけた。「悟《さとる》さん」と声をかける。植木に水をやっていた途中だったのか、足元にはホースが転がっているのだが、立ったまま、文庫本を読むのに夢中の様子だった。その眼鏡の男は、「由紀夫」と応えた。由紀夫の後ろにいる多恵子に気づいたのか、訝《いぶか》しげな目つきになったが、すぐに愁眉《しゅうび》を開くようにして、「こんにちは」と挨拶をする。

「誰？」多恵子が顔を寄せ、囁いた。

「俺の親父」

「お父さん？」彼女は、後ろを振り返り、先ほど去っていった鷹のことを指すようにして、「あれ、だって」と呟く。

「あれも親父で、これも親父」由紀夫は言いながら深く息を鼻から吸い込んで、そして、ゆっくりと口から吐いた。

「よく分からないんだけど」

「由紀夫様と呼ぶなら今のうちだと思うよ。爵位をつけたくなる前に」


夜、残業で母の帰宅が遅くなると連絡があったので、由紀夫は父親たちと、夕食を取った。冷蔵庫に残っていたカレーを温め、食べる。家族の人数が多いため、厳密に言えば父親の人数が多いため、台所のコンロやそこに載せる鍋やフライパンは大容量のものになっている。その大型の鍋のカレーを皆で分けた。

食事の最中につけていたテレビからは、地方局の番組が放送されていて、県知事選挙の特集をしていた。立候補者は四人いたが、事実上は、現職の白石氏と前職の赤羽氏の一騎打ちと言われていた。前回四年前の県知事選でもこの二人の一騎打ちだった。それぞれの陣営はほぼ同じくらいの人数の熱狂的支持者を抱え、お互いがお互いを憎悪するかのような様相だったから、大将同士の一騎打ちと言うよりは、騎兵隊による大合戦の趣が強い。

白石氏と赤羽氏だから、「紅白県知事選」とマスコミは称し、楽しんでいる。ほっそりとした学者タイプで、清潔感はあるが頼りない、と言われる白石と、見るからに悪人顔で、豪快で頼りになりそうだが粗忽《そこつ》でもある、と言われる赤羽は好対照でもある。

「何だか、赤羽のほうには怪しいグループが後ろについているとか物騒な噂を聞いたぜ」鷹がカレーを食べながら、言った。

「怪しいグループってどういうグループなわけ」葵《あおい》が笑い、「いつも鷹さんが、ギャンブルだ賭けだ、って騒いでる仲間たちだって怪しいじゃない」と言う。

「俺たちは賭け事が好きなだけで、負けたら負けたでどうにか楽しめるもんなんだ。選挙だとか政治に躍起になってる奴らは絶対に負けたくないみてえだからな。いかさま使ってでも、勝ちたがる。負けを許容できない奴らってのは、品がねえよ」

「どっちが当選しても、騒動になるような知事選ならやらないのが一番いい」と悟が笑った。「フィリピンのミンダナオ島の事件、知ってるか。現職知事の対抗馬で立候補しようとしていた人間の関係者が、親族が、拉致されて殺されたんだ」

「選挙のために?」由紀夫はさすがに驚いた。

「知事にはそれだけのメリットがあるのかもしれないな。五十人以上が、殺されてるんだぞ。尋常じゃない」

「うちの県の選挙もそれに似たところはあるけどな」鷹が嬉しそうに言う。

「選挙って怖いなあ」由紀夫は本心からそう思った。


食事を終えたところで、和室に移動する。麻雀をやるためだった。最初のうち由紀夫は、中間試験も近いから、と断わったが、「今日は勲《いさお》がいねえから、由紀夫も入ってくれよ」と鷹に頼まれた。「勉強は後で、悟さんに教われば、いいだろ」

面倒だな、と思いつつも結局、「一時間だけなら」と返事をしたのは、由紀夫も麻雀が嫌いではなかったからだ。

「勲さんはまだ、学校なわけ？」

「四十も過ぎて中学生相手に苦労するなんて、物好きだよな」

「あ」そこで由紀夫の正面に座っている葵が、大事な記憶を取り戻したと言わんばかりに声を発した。「そういえば、勲さんの、同僚の数学教師、凄く可愛かったけど、名前忘れちゃったな」と首をひねっている。「何ていうんだっけ」

「知らねえよ、そんなこと」鷹が鼻を鳴らす。

葵は、三十代後半とは思えない童顔で、白髪一つなければ、生え際の後退する兆しもまるでなく、外見からすれば、十歳若く判定されても不思議ではない。実際、由紀夫と二人で街を歩いていると、兄弟だと思われることも少なくなかった。鼻筋は通り、彫りが深く、二重瞼の目は力強さを備えている。時に、物思いに耽《ふけ》るような、意味ありげな気配が見受けられることもあり、たとえば葵が、夕食のおかずを想像したり、もしくは、テレビで観たアイドルの水着姿を思い浮かべているだけでも、女性の目からは、世を儚《はかな》む愁いが漂うように見えるらしかった。ああ、彼はいったいどんな深遠なことを思い巡らしているのかしら、と周囲の女性たちは目をうるうるさせるが、そういう場合、葵の頭の中には、女性のことしか浮かんでいない。深遠どころか、浅すぎて、足をくじきそうなくらいだ。

由紀夫は麻雀牌に目を向け、自分の手に集中する。物心ついた時にはすでに、家には麻雀卓が設置されていた。本当の記憶なのか、もしくはあとから捏造《ねつぞう》された記憶なのかは判然としないが、四つん這いで和室を移動している幼児の時に、父親四人が真剣な表情で麻雀をやっている光景を眺めた記憶すら、あった。

中学二年の頃、由紀夫は、母に訊ねた。

「ようするに母さんは、麻雀好きな男たちが、好みだったんだ」

由紀夫の父親たちは四人とも、外見も職業も性格も嗜好もまるで異なっていた。だから、四人の父親たちに、唯一の共通点を見つけて、安堵を覚えたのだ。母の知代《ともよ》は、「そんなの関係ないよ。偶然、偶然」と暢気《のんき》に答え、由紀夫をさらに困惑させた。

「それなら、母さんはなんで、この四人と同時に付き合っていたんだ」と質問をぶつけたことがある。冷静に考えてみれば、全員が同じタイプなのであれば、わざわざ四人と交際する必要もないわけで、やはり、四人が四人とも違う個性を持っていたがために、母は、四人と並行して交際を続けていたのだろう。倫理的には納得しかねるけれど、理屈は分かった。

由紀夫の家では、麻雀は、最も身近な娯楽の一つだった。だから、他の友人たちの家には自動麻雀卓など存在しておらず、定期的に買い換えたりすることなどない、と分かるまでには、ずいぶん時間がかかった。

麻雀を開始してしばらくすると、由紀夫の左側、つまり、上家《カミチャ》に座る悟が、「それにしても、由紀夫の彼女がうちに来るなんて、はじめてだったな」と洩らした。顎に手を当てる悟は、口の周囲の皺を深くする。

悟さん、余計なことを言わないでくれ、と由紀夫が顔をゆがめるより先に、「何それ」と葵が言った。ただでさえ艶《なまめ》かしい唇が素早く動く。「彼女が来たってどういうこと」

「今日、由紀夫の彼女が来たんだよ」と胸を張って答えたのは、鷹だ。

「嘘だろ」葵が目を丸くした。

「残念だったなあ、葵も」鷹の言い方に同情はこもっていない。「まあ、こういうのも運不運だからな」と麻雀牌をテーブルに置く。こと、と音がした。

「由紀夫の彼女に相応《ふさわ》しいかどうか、俺が判定しなくてどうするんだよ」葵は言いながら、長い腕を伸ばし、並んでいる麻雀牌から、自分の牌を引いた。

「何度も説明したくないけど、多恵子は、俺の彼女とかじゃないんだって。同級生ってだけでさ」

「多恵子ちゃんって言うの？　どんな子？」と好奇心を隠そうともせず、葵は、由紀夫を見た。

「多恵子ちゃん、可愛いかったな」鷹がしみじみと言う。

「礼儀正しくて、明るくて、裏表がなさそうだった」悟が牌を見つめながら、低い声を出した。

「あのな、多恵子ちゃんは、俺と由紀夫の顔が似てるとも言ったんだぜ」鷹が鼻の穴を膨らませた。さり気ない様子だったが、いつこれを報告しようか、と機会を窺っていたに違いない。


　四人の父親のうち、本当に遺伝子が由紀夫とつながっているのは一人で、だから彼らはいつも、由紀夫と自分との類似点を探しては、安心する。試験の成績がいい、と言っては俺に似ている、とうなずき、五十メートル走でクラス一の記録を出した、となれば俺の血だ、と胸を張った。女子生徒から二月にチョコレートを受け取れば、やはり俺の子供だもんな、とにやつき、年末の籤引きで米を当てれば、俺に似て勝負事に強い、と誇らしげだった。それは、自分と由紀夫に血のつながりはないのかもしれないという不安の裏返しにも思えた。

「多恵子ちゃん、そう言ったの？」と葵がただでさえ大きな目をさらに見開く。

「まじだよ、まじ。な」鷹が同意を求める。

「悪いけど、多恵子、悟さんに会った後も、俺と悟さんが似てるって言ってたから」

「おいおい、嘘だろ」と今度は鷹が顔を引き攣《つ》らせた。

　由紀夫は牌をつかんでくる。「ツモ」と言い、手牌を倒した。役の名前を列挙し、これ見よがしに指を折って、「満貫。八千点」と点数を口にする。三人の父親が同時に、肩を落とした。

　父親たちの姿を見ているといくつかの記憶が蘇る。

　たとえば、小学校の参観日だ。着飾った母親たちが教室の後ろに並ぶのが通常だったが、ある時、由紀夫の母、知代の予定が合わなかったために、父親が代理でやってきたことがあった。四人のうちの誰か一人が来るのだろう、と由紀夫は軽く考えていた。全員でやってきたら目立ってしまうし、そうしないくらいの常識的な判断は彼らでもできるだろうな、と高をくくっていたのだ。けれど、蓋を開けてみれば四人が並んで現われた。同級生たちが、「何だあの四人組は」と訝しむ中、由紀夫は恥ずかしくて、ずっと下を向いていた。彼ら四人が、「由紀夫、由紀夫」と呼ぶ声を必死に無視し、耐え、翌日に友人たちから、あれは誰だったのか、と訊ねられても、「何だったんだろうね、あれ。不思議だね。学校の怪談だね」ととぼけた。

父の日にも思い出がある。やはり学校の行事で、「父親の顔を描きましょう」と宿題を出された時だ。家に帰って、父の日の宿題について話すと、父親たちは、「へえ、そうか」と最初はまるで気にかけないような態度を取ったが、やはり内心では、いったい誰の顔を書くのだろうか、と興味津々、正しくは戦々恐々、だったようで、画用紙を前にした由紀夫の近くに、入れ違いにやってきては、「どうだ、描けたか?」「進んでるか?」と声をかけてきた。

翌日、こっそりと絵を学校へ持っていこうとしていたところ、知代が、「由紀夫、どんな絵になった?」と無邪気に言ってきて、そこで開陳する羽目になったから、困った。すかさず四人の父親が現われ、覗き込む。由紀夫は狼狽《ろうばい》したが、彼らはいちように、「なるほど」と満足げな声を洩らした。「なるほど、自分に似ているじゃないか」ということらしかった。目が俺に似ている、口元が俺そっくりだ、眉の形が、髪の生え方が、と四人が四人とも都合のいい解釈をしたようで、「この父親は自分だ」と納得した気配がありありとあった。

「うまいね」と知代は明るく笑い、それ以上は何も言わなかった。

何てことだ、と当時、十歳だった由紀夫もさすがに動揺を隠せなかった。実際のことを言えば、誰の似顔絵を描くべきなのか最後まで決心がつかず、仕方がなく、国語の教科書に載っている文豪の写真を真似て描いたに過ぎなかったのだ。それなのに、あの自分本位の受け止め方はどういうことだ、と呆れた。

中学生になり、悟の書斎で見つけた、遺伝子関連の本を読んだ後、由紀夫は、「検査をしちゃえばいいじゃないか」と提案をしたことがある。あれも、麻雀の最中だった。

何のことだ、と四人の父親たちはきょとんとしていた。

「最近は、ＤＮＡ鑑定っていうのがあるんだってさ。知ってた？」

その時、彼らは渋々という様子で、「知ってる」と認めた。

「じゃあ、鑑定をすればいいじゃないか。そうすれば、俺の本当の父親が誰か分かると思うんだけど」

そんなのは分かっているんだ、という表情で父親たちは、由紀夫を見た。「自分たちは、父親の判別の検討については、専門家なのだ」と主張した後で、「でも、そういう検査はしないんだ」と返事をした。

賭け事に目がなく、一か八かの勝負が大好きな鷹ですら、「そんな鑑定なんかして、もし、俺が父親じゃなかったらどうすんだよ」と怯《おび》えを見せたくらいだったから、よほど嫌だったのかもしれない。

あまりに切実で、寂しげな彼らの表情を目の当たりにし、由紀夫もそれ以上、「ＤＮＡ」のことを話題にするのはやめた。

放ったボールが、ゴールを通過し、しゅぱっと小気味良い音を響かせる。ネットが揺れ、バスケットボールが床に跳ねる。ボールが弾み、軽快な獣が足踏みをするかのような音が、ずうん、ずうん、と響く。早朝の体育館には誰もいない。由紀夫はボールに駆け寄る。ボールを手に取ると、膝を緩やかに曲げ、若干、床に身体を沈ませる。同時にボールを額の位置へと移動させる。膝を伸ばし、身体を真上に伸ばし、跳躍し、腕を振り、ボールを投げた。大きな弧を描き、ゴールへと吸い込まれ、再び、しゅぱっと鳴る。また、獣の足音がする。ずうん。由紀夫は試験期間であっても、登校するとまずは体育館に向かい、バスケットコートで、シュート練習をする。父の勲から、「一日休むとシュートの確度が下がる」と子供の頃から叩き込まれたせいかもしれない。シュートを一本もやらないと、不安に襲われる。三十分程度、ボールを放り、それが終わると着替えて、教室へ行く。

席に座ると恐れていた通り、多恵子がすぐに寄ってきた。昨日、家にやってきたことを話すのだろうな、面倒臭いな、と思う。彼女は、由紀夫の前の席に腰を下ろすと、「あのさ、今日も帰りに、由紀夫の家に行っていい?」と囁いた。

「そこの席は、小宮山《こみやま》のだから、どけよ」

「小宮山君、今日、来るの?」多恵子が慌てて、腰を上げる。

「いや、知らないけどさ。そろそろ来るかもしれねえだろ」

「もう、半月近いもんねえ、何してるんだろ」

小宮山が登校してこないことについては、はじめのうち誰もが、遅いインフルエンザにでも罹ったのではないか、と思っていた。由紀夫もそう考えていたし、担任の後藤田もそう見当を付けていた節がある。もちろん、長い休みだな、どうしたのかな、という話題が出たこともあった。「小宮山のせいで補欠に甘んじている、三年生の先輩二塁手が、試合に出たいがために何かしたんじゃないか」という説が出現したこともあった。その、「何か」の部分は噂によって、「丑《うし》の刻《こく》まいり」であったり、「闇討ち」であったりしたが、もちろん誰も本気では取り合っていなかった。

後藤田が不審に思い、小宮山の親に連絡を取ろうとしたのは、つい四日ほど前、急にだった。話がある、と生徒たちの前で、「小宮山の件だがな」とさも昔から自分が心配をしていたような顔で、「お袋さんが言うには、小宮山は学校に行きたくない、と主張しているらしい。おまえたち、思い当たる節はないか」と訊ねてきた。

由紀夫たちは、「思い当たる節はないです」と口を揃えるほかなく、それは実際に思い当たる節がないからで、後藤田も結局は、「そうか。謎だな」と首を捻っただけだった。教師が、生徒の不登校を、謎だなの一言で済ましていいのか由紀夫には疑問だった。

「由紀夫たちが、小宮山君を苛《いじ》めているんじゃないの」

「まさか。あの、岩みたいなごつい男、どうやって苛められるんだよ。むしろ、小宮山が野球部の後輩を苛めてるって話ならよく聞くけど」

「じゃあ、その後輩苛めに良心が痛んで、家で悩んでるのかな」

「小宮山は岩みたいにごつい上に、神経が樹の幹みたいに太いんだ」

「じゃあ、今日はさ、小宮山君の家に寄っていこうよ」

「何で、寄らなくちゃいけないんだ」

「だって、心配でしょ」

「そういう意味じゃなくて、何で、俺が行かないといけないんだよ」

「由紀夫って、小宮山君の友達じゃないわけ」

「俺より仲のいい奴がいるよ、たぶん」

「でもさ、世の中に、四人の父親を持つ高校生がいる、って知ったら、びっくりして、小宮山君も登校してくるって」

「おい」由紀夫は鋭く言った後で、声を低くした。「それ、ほかの奴に言ってないよな」

「大丈夫」多恵子はこくっと真剣に顎を引いたため、由紀夫も安堵の息を吐いたが、それとほぼ同時に、「うちのお父さん以外には言ってないから」と多恵子が続けるので、由紀夫はすぐに、唾を飛ばしてしまう。「ちょっと待てよ、親父さんと仲直りしたのかよ」

ようやくチャイムが鳴り、多恵子が自分の席へ戻った。由紀夫はほっとしつつ、机にノートを出した。すぐ隣の、眼鏡をかけた男が、「ねえ、由紀夫君」と顔を寄せてきた。

学生服の詰襟にきっちりとプラスチックのカラーがついていて、健康な歯のような、眩しい白色を発散させている。

「何だよ、殿様」と由紀夫が応える。もちろん、通常の県立高校に、殿様がいるはずがなく、外見からしても、彼は小柄な男子生徒に過ぎない。前髪を全部前に垂らした、丸い顔は、おっとりとした彼の喋り方と相まって、育ちの良い、真面目さを醸《かも》し出している。どうして、殿様と呼ばれるようになったのかは定かではない。どこか優雅で、俗世間から取り残されたような雰囲気があるからだろうか。

「由紀夫君、あのさ、今さ」殿様は間延びした喋り方をする。「聞こえたんだけど、父親とか四人とか、いったい何の話なの？」

殿様は耳ざとい。由紀夫は苦笑しつつ、「大した話じゃないよ」とあしらう。

「どういう話なわけ」殿様はしつこい。

「多恵子と結婚して、四人の子供を作りましょうね、って話をしてたんだよ」適当にそんなことを応えると、ふーん、と気の抜けた返事をした彼は、すでに興味を失った表情になる。


学校帰り、当然のように多恵子が、由紀夫のところに寄ってきて、「さあさあ、お父さんのことをばらされたくなかったら、小宮山君の家に行こう」と爽やかに脅してきた。

由紀夫の頭には、父親の一人である葵の言葉が過《よ》ぎった。それこそ、由紀夫が小学生の頃から、その耳元で葵が唱えていた言葉だ。すなわち、「女性が何かを頼んできたら、よほどの悪条件でなければ引き受けろ」という、まさに、「そんなこと言われても」と戸惑うほかない教えだった。

ただ、幼少の頃に親から聞かされた言葉というものは、子供の行動や思考を支える基盤、土台たる部分に否応なく染み込んでいるもので、従うものか、と思いつつも、どうしても影響を受けてしまうらしい。由紀夫も気づくと、「分かったよ」と多恵子の誘いを了解していた。

「おいおい、小宮山もずるいじゃないか」由紀夫は、マンションを前にして、多恵子に言う。「こんなに立派なマンションに住んでるなんて、きっと金持ちだ」

「住んでる場所で、ずるいとか、ずるくないとか決まらないと思うよ」

小宮山が住むのが、同じ地域に立つ高層マンションだとは、由紀夫も知っていたが、実際に正面からその建物を眺めるのははじめてだった。最高階が二十階くらいだろうか、外観に派手さはないが、シンプルで頑丈そうな佇まいは、高級感を滲ませていた。よく見れば、二車線の道路を挟んだ向かい側にも、似たような高層マンションが建っている。似てはいるが、販売しているのはまったく別の建築会社で、それぞれが威信をかけ、向かい合わせにしたのではないか、とも思えた。巨人同士が道路を挟んで睨《にら》み合っているような風情だ。

「一見、地味だけど、でもそういうのが余計に立派に見えるね」多恵子がマンションを指差す。

到着した時に予感はしていたのだが、やはり、建物はオートロック管理となっていた。エントランスに入るのにも、鍵か許可がいる。入り口ドアの脇にインターフォンがあり、多恵子は迷わずに、小宮山の部屋の番号を押した。押した後になって、「何て言おうか」と相談してきた。

「押す前に検討しろよ」

返事がなく、由紀夫たちはしんと静まり返ったインターフォンを眺める。しんと静まり返った住宅街の、格調高いマンションの前で応答を待っているのは居心地が悪い。やがて、インターフォンから、「はい。どなた」と探るような、女性の声がした。

「わたしたち、小宮山君の同級生で」と多恵子は当惑も見せず、自分の名前を口にした。

「同級生」とぽつりと言う女性の声にはどこか警戒心があった。「少し待っていて」と言い、切れる。

ほらごらん、いるじゃない、と自慢げな顔で多恵子がこちらを見るので、由紀夫は眉根を寄せる。

「どうするつもりなんだよ」

「小宮山君を学校に、連れて行くんだって」

「多恵子は勘違いをしてる」由紀夫は婉曲《えんきょく》な言い方はしなかった。「学校に連れて行くことが、正しいことじゃないんだ。学校に行けばみんな、幸せになるとは限らない」

改めて、マンションを見上げる。暗い茶色の壁が、鉱石にも見える。

小宮山はこんな立派なマンションで、部屋に閉じこもっているのか、と由紀夫は想像し、そりゃ、出たくないよな、と思った。この建物から見たら、外の街は、愚民どもの広場かもしれないな、と。

「そうじゃなくて。わたしだって、学校行くの、面倒なんだからさ、小宮山君だけ来ないのって、悔しいでしょ。みんな我慢して学校に行ってるんだから、ずるしないで、さっさと行きましょう、って感じなんだよね」

「だから、無理やり連れて行くのかよ」

「道連れ、道連れ」

「嫌な性格だなあ」

エントランスのドアの開閉の音がしたかと思うと、女性が現われた。軽くパーマのかかった髪を揺らし、今起きたばかりなのか、目や頰に疲労の翳《かげ》が見える。小宮山の母親は中肉中背の婦人だった。由紀夫も家が近いだけあって、今までにも何度か、小宮山の母親とすれ違ったことがあったが、抱いていた印象よりも、前に立つ彼女は覇気がなかった。

「こんにちは」と多恵子は堂々と挨拶をする。

婦人は気弱で、しどろもどろだ。

「小宮山君を学校に連れて行こうと思って」

「野球部で何かあったんですか？」由紀夫も仕方がなく、訊ねることにした。

「部屋に閉じこもっちゃってるんですよ」視線を合わせようとしない小宮山の母は落ち着きがない。由紀夫はそれを観察しながら、親の威厳や貫禄がまったくないな、と思った。

「わたしが無理やり、引っ張り出してあげますよ」多恵子が真顔で、綱引きの仕草をその場でした。

「そんなことしたら」と小宮山の母は俯いたまま、首を横に振る。

「小宮山、暴れたりするんですか」由紀夫は、彼女の怯え方から想像した。広い肩幅に、厚い胸板を誇る、あの小宮山が暴れたら、この華奢《きゃしゃ》な母親ではひとたまりもないだろう、とも思った。

　小宮山の母は肯定も否定もせず、「これはわたしたちの問題だから」と由紀夫たちを遠回しに追い払おうとした。怒りこそ見えなかったが邪魔者扱いをしているのは確かだった。

　由紀夫は、多恵子と顔を見合わせ、「じゃあ」と立ち去ることにした。性懲《しょうこ》りもなく多恵子は、「また来ますね」と言い残した。

「あの、部活のこととか関係してます？」由紀夫は訊ねる。

「ああ」小宮山の母は何度かまばたきをし、自分の無力を嘆くような寂しげな面持ちで、首を横に数回振った。「お気持ちは嬉しいけれど、もう気にしないでください」

　彼女は背中を向け、エントランスに消えた。扉がきっちりと閉まる。早く帰れ、と言われている気がした。

「な、無駄骨だっただろ」

「人生で有意義なことの大半は、無駄に見えるんだって、知らないの？」

「誰の言葉だよ、それ」

「わたしの知り合いで、豊臣秀吉の埋蔵金を掘ってた人」

「説得力があるいい言葉だなあ」由紀夫は皮肉をこめて、ゆっくりと言った。

その日の夕食も、母の知代はいなかった。「残業だってさ」と葵が言った。すらっと細身で長身の葵は、腕も長く、手を広げる仕草も、蝶が羽根を揺らすのに似た優雅さを伴っている。

「また、納期前のばたばたかよ。やめちゃえばいいのに、そんな会社」食卓に座って、スポーツ新聞にサインペンで書き込みをする鷹が言った。競走馬の名前や記号、それから並んだ数字をじっと見つめ、紙面からありがたい予感や閃《ひらめ》きが浮き上がってくるのを、待っている。

由紀夫の前に座る悟は無言で片肘をつき、厚みのある本に目を落としていた。以前に、古本屋から買ってきた、日本人作家の全集だ。

右隣の勲は短い自分の髪を掻きながら、「そうやって鷹みてえに、つらいことからは逃げ出しゃいい、って発想をする大人がいるから、ガキたちが軟弱になるんだよ。逃げることばっかりだ」と低い声を出した。筋肉のぎっしり詰まった身体をした勲は、食卓でも二人分に近い存在感を見せている。

「中学教師のくせに、ガキとか呼ぶなよ」鷹は新聞の競馬欄から顔を上げもしない。「それにな、今にはじまったことじゃなくて、昔から、ガキってのは軟弱なんだってての。苦労とか面倒なことからは逃げ出してえんだよ。大人もガキもみんな苦労は嫌いだ」

「苦労とか面倒なことから逃げて、どうにかなるのは、十代までだ。学校をさぼる仲間や先輩の後を追ってな、かったるい、とか、馬鹿馬鹿しい、とか恰好つけて、それでも十代ならどうにかなるだろう。ただ、そのうちに気づくんだよ。このまんまじゃ、仕事にも就けないし、ろくな生活もできないってな」勲はいつになく饒舌だった。茶碗のご飯を口の中に掻き込んで、力強く咀嚼し、さらに唐揚げを突いて、口内に放り込んだ。「そこで、真面目に勉強しておけば良かったなあ、と気づく奴らはまだいいけどな、たいがいの奴は、このまま楽して儲けられねえかな、って発想するわけだ」

「なるほど」悟が低く短い声で、相槌を打つが、こちらも視線は本に向いたままだ。

「で、どうなるって言うんだよ。勲先生」鷹がからかい口調で訊ねる。

「勲さん、俺が一度だけ会ったことのある、数学教師の女の子って、何て言ったっけ？」葵に至っては、まるで関係のない質問を平気で口にしている。

「いいか、そういうガキたちは、結局、真面目に生きてる奴らにたかることしか思いつかない」

「なるほど」悟がうなずく。

「もしくは、楽に金が欲しくてギャンブルにはまるか、もしくは、女を口説いて、女に頼るか、だ」

勲が意味ありげに、語調を強くした。その例はあからさまに鷹と葵を揶揄《やゆ》していたが、当人たちはまるで興味がなさそうで、「ギャンブルが人間を大人にするんだよなあ」と鷹は能天気に言い、「勲さん、あの美人の先生の名前、何だっけ？」と葵はまた訊ねた。

「学校で何か、問題でもあったわけ？」由紀夫は、普段よりも熱気を発散させる勲に目をやった。

「学校はいつも問題だらけだ」勲は薄笑いを浮かべる。「十三、四歳のガキを教室に詰め込んで、何にも問題が起きなきゃ、そのほうが問題だ」

「自尊心ばっかりで、生意気な年頃だよな」鷹が言った。

「性欲を意識して、翻弄されはじめる頃だ」葵が微笑む。

「友人との関係が世界の全てと感じている」悟が呟いた。

「そのくせ」勲は若干、垂れ気味の目を怒らせ、「情報ばっかり仕入れて、世の中を知った気でいるんだよ。大人よりも、自分たちのほうが偉いと思ってる」と力説する。「俺たちは、あいつらよりも三十年も長く、生きてるってのに」

「まあ、俺たちも、さほど偉くねえけどな」

「中学生は、女と一回寝たら、大威張りだ」

「大人を嘲り、歯向かって、甘えたいんだ」

「それで、今回は何があったわけ？　また、勲さん、生徒を殴ったとか？」由紀夫が訊ねると、勲が嫌な顔をした。

「また、とか言うなよ。前にやったみたいじゃないか」

「だって、前にやってるじゃないか」数年前だったが、街中で自分の教え子に襲い掛かってきた他校の不良生徒相手に、大立ち回りを演じ、そのあまりの手際の良さに、繁華街を行く人々は映画の撮影だと思い込んだらしいが、とにかく、暴力を振るった勲はそれなりに問題になった。しばらくの間は、家の中でも、「暴力教師」とからかわれ、勲が風呂に向かうと、「暴力教師、風呂に入る」と鷹に言われ、家に帰ってきただけで、「暴力教師、家に帰る」と知代に笑われた。

「今回は俺じゃない。隣の担任だ」

「あの可愛い数学教師？」

違う、と勲がしかめ面で返事をする。

「生意気な生徒がいてな、授業を妨害するんだよ。で、いい気になってる」

「学校の授業を妨害する、なんて、ジェットコースターと一緒だぜ」鷹が箸を揺らし、コースターの走るレールの軌道を描いた。「しょせんは守られた中での、遊びだ。教師の怖さには限界がある。教師も親も大した敵じゃない。そんなのに歯向かって粋がるのは、単なる甘えだっての」

「その通りだ」と勲が眉を下げる。「で、その甘えた生徒は、担任の教師に唾を吐いた」

「やるねえ」鷹が笑う。

「さすがに担任教師もかちんと来た」

「女教師？」葵はしつこく、確認する。

「男だ」勲が忌々しそうに応えた。「若い新人教師だな。怒って、生徒の襟をつかんだ」

「で、どうせ生徒が言ったんだろ、『殴ってみろよ、教師が殴ったら問題だぞ』ってな」

勲がきょとんとした面持ちで、鷹を見た。「どうして分かった」

「ありがちな煽り方だ。俺もガキの頃、よく言った」

「おまえが諸悪の根源か」

「で、新人教師が殴ったわけ？」由紀夫は口を挟んだ。

「そうだな。殴った」

「平手か」鷹が訊ねると、「平手だ」と勲が答える。

「拳ならまだしも、平手なんて殴ったうちに入らないだろうが。単に、叩いたっつうんだよ。そんなんで、今どきは問題なのか」

「いろいろあるんだよ、厄介な事情が。そいつの父親が偉そうで、しかも、母親が早口で、饒舌で、フットワークが軽いんだ」

「つまり？」と悟が言う。

「乗り込んできたんだ」

「新人教師は、その両親も叩いちゃえば良かったのにな」鷹が無責任なことを言う。

「それで、その若い教師はどうなったんだ」悟はいつだって、物事を冷静に眺める観察者のようだ。

「一週間の謹慎。その生徒は何事もなくて、むしろクラスで、英雄扱いだ」勲は言った後で、息を大きく吐き出し、それから、箸を食卓の中央に伸ばした。

それをじっと見つめていた他の三人の父親は、示し合わせたわけでもないだろうに、ほぼ同時に、「暴力教師、唐揚げを食べる」とからかった。

食事が終わった後、鷹と葵は一般視聴者が参加するクイズ番組を観ていた。その横で由紀夫は教科書を開き、悟の指導を受けながら、問題集の問題を解いた。勲は勲で、バスケットボールや格闘技の専門雑誌をめくり、時折、思い出したかのように、「由紀夫、部活は休みでも、シュート練習は毎日やったほうがいいぞ」と声をかけてくる。

「毎朝、やってるよ」

「やっぱり、外から決まるようになると、ディフェンスが前に出てくるからな」

「あのさ」と由紀夫は少ししてから、父親たちの顔を見渡して、口を開いた。「心配しないでも、母さんは無事に帰ってくると思うよ。みんなでここで待っている必要はないんじゃないかな」

自分たちの部屋に戻ろうとせず、居間に居座る四人にはどこか落ち着きが足りず、それはようするに四人とも、母の知代の帰宅が遅いことを気にかけているからだろう、と察しがついた。

「別に、心配しているわけじゃねえって」と鷹が乱暴に返事をする。

「最近は物騒だからな。迎えに行くかな」と勲が時計を振り返った。

「また、タクシーで帰ってくるんだろう」悟が、行き違いを恐れる。

「もしかして、合コンとかだったりして」葵は乾いた笑い方をした。

もちろん最後の、合コン云々は、葵の軽口に過ぎなかったのだろうが、由紀夫がそこで、「そういえば、母さん、この間、会社の付き合いで、合コンに行ったらしいね」と言うと、四人が四人とも、由紀夫に鋭い視線を向けた。

「嘘だろ」と四人の声が重なる。

面倒臭いので詳細を話すのはやめた。ただ、四十を過ぎた母親が、若者の集うコンパに顔を出したところで、いったい何が不安なのか、と疑問には感じた。むしろ、合コンに参加した男性側の狼狽を心配すべきで、「歳を考えろ」と非難するのが正しいのではないか、と。そう言うと、彼らはいちように首を横に振り、「おまえは、彼女の魅力に気づいていない。分かっていない」と語調を強めた。

教科書を閉じ、今晩はこのあたりで試験勉強を終えておこう、と由紀夫はテレビに目を向けた。画面の中では、解答者が額に汗を滲ませ、首を捻っているところだった。スポーツ雑誌を読んでいたはずの勲もいつの間にか、首を伸ばし、葵と鷹の隣で身を乗り出している。

「ずいぶん、気合が入ってるね、この人」由紀夫は、画面に映る眼鏡の中年男性を指差した。「緊張してる」クイズ番組でここまで緊張するものなのか、と驚いた。

「一千万円の問題だからな」

「どういう内容だ？」悟が訊ねる。

「晩年、中島敦が仕事のために、住んだ外国は次のうちのどこか、だって」葵が英文でも読むかのような口調で、言う。

「こんなの知ってる人いねえだろ」勲が首を振る。

「誰だよ、その中島ってのは」と鷹が顔をしかめた。「競輪選手？」

「パラオ」悟がぼそっと応えた。「パラオの南洋庁内務部地方課だ」

葵が即座に振り返り、同時に、勲と由紀夫も首を向け、悟を見た。遅れて視線をやった鷹が、「何で、そんなことまで知ってんだよ、悟さんは」と呆れた。「頼むよ、これに出て、一千万もらってきてくれよ」

「たまたま当たっただけだ」と悟は微笑みすら見せず、つまらなさそうに顎を手でさする。

テレビの中の解答者は結局、正解はできなかった。制限時間を目一杯に使い、四つの選択肢を睨み、検討に検討を重ねた末に、誤った。観客席の彼の妻ががっくりとうな垂れ、「まあ、仕方がないですね」と鷹揚な返事をしながらも、「でも惜しかった。嗚呼《ああ》、一千万円」と悔やんでいる。

翌朝、学校に行き、体育館で自主練習を終えた後で教室に辿り着く。やはり小宮山は来ていなかった。由紀夫は、前日に家を訪問した際の母親の応対から見て、期待はしていなかったが、多恵子は、

「何で小宮山君は来ないんだろう。わたしたちがわざわざ、会いに行ったのに」としつこく言った。

「自分の席に戻れば?」由紀夫は窓際を指差す。窓の外は晴れ晴れとしていて、初夏の日差しがカーテンを照らした。

「今日さ」多恵子が顔を寄せ、「由紀夫の家に行っていい?」と声を落としてくる。

「試験前だろ」

「試験後なら、いいわけ?」

「中間試験の後は、期末試験前となるし、俺たちはいつだって、何かの試験前にいるんだ。だから永久に多恵子は、俺の家には来られないんだ」

「屁理屈だ」

「屁理屈じゃない。露骨に嫌がってるんだ」由紀夫は顔をしかめる。

「そんなこと言って、本当は来てほしいんじゃないの」

これには由紀夫も徒労を感じた。性的な嫌がらせを繰り返す中年男が、嫌がる女性に対し、「嫌よ嫌よも好きのうち」と笑うのを連想し、その女性に強い同情を覚えた。そんなことを言われたら、反対の意をどう表明したらいいのだろうか。

「ねえ、由紀夫君、楽しく喋ってるところ悪いんだけどさ」そこで左から、殿様が身体を寄せてきた。渡りに船、というわけでもないが、由紀夫は話が逸れることを歓迎した。

ちょっと殿様、今、わたしと由紀夫が喋ってるんだから、と多恵子が口を尖らすが、殿様の命令は絶対だろ、と由紀夫はすかさず言い返した。

「この問題、分かる?」と殿様は手元の問題集を開き、由紀夫の前に置いた。「塾で配られたんだけど、分かんないんだよね。解答もないし」

「何これ、大学受験のやつじゃない。殿様、勘違いしてるかもしれないけど、今、わたしたちは高校二年で、来週半ばからはじまるのは、ただの中間試験だから」多恵子が騒がしく言うが、殿様はそのふっくらとした丸顔を歪《ゆが》めもせず、「あのさ、俺、みんなと違って、目先の試験とか気にしてないんだよね。先を見てるんだよ。中間試験なんかより、大学受験だよ大学受験、うん」と言い返す。

「さすが、殿様の視線は、未来を向いているんだな」と由紀夫は少々大袈裟に感心してみせた。

由紀夫は問題集に目を落とした。どれどれ、と多恵子も顔を近づけてくる。彼女の短い髪から、石鹸とも香水とも果物ともつかない、仄かな香りが漂ってきて、由紀夫は一瞬、目を瞑《つむ》り、その匂いにうっとりしそうになる。

『整数　$19^{n}+(-1)^{n-1}2^{4n-3}$（$n=1,2,3$……）のすべてを割り切る素数を求めよ』

何これ、と多恵子がおぞましい昆虫でも見つけたような顔つきになった。「全然、分かんないんだけど。こんなの習ったっけ？　何を言ってるのかも分かんないんだけど、殿様、馬鹿じゃないの」

「しょうがないだろ、こういう問題なんだからさ。昔の国立大の過去問みたいだけど、由紀夫君、分かる？」

由紀夫は少しの間、首を捻り、その問題を見つめ、その後で、「これさ」と自分の鉛筆を用いて、メモを取った。

「ためしにnに1を入れてみると、この式は21になるだろ。で、nが2だとすると、329だ。ってことは、nが1と2の場合だけを見ても、割り切ることができる素数は、7しかない」

「何言ってんの、由紀夫？」

「ああ、そうだね、そうだね」殿様は合点がいったのか、手鼓を打った。

「だから、この問題は読み変えると、『全てのnの場合を、7で割り切れることを証明する』ってことだ」と言いながら、由紀夫は手を動かし、「ああ、これはあれだよ」と言って、「$a^{p}-a$はpで割り切れる、って定理を使えばいいんだろうな」と鉛筆を進める。

「嘘、何それ。由紀夫、それ冗談じゃなくて本当に解いてるわけ」

「由紀夫君はやっぱり凄いなあ」

「前に一回、似たような問題を解いたことがあるだけだ」

「こんなのをいったい、どこで」

「家で。父親が教えてくれた」

「え、どのお父さん？　嘘、こんな訳の分からないやつを？」

「悟さん、こういうクイズみたいな受験問題を解くのも得意なんだ」

「嘘でしょー」多恵子が目を丸くし、卒倒する真似をした。そして、おもむろに、殿様の問題集を手に取ると、「わたしさ、そもそもこういう問題っておかしいと思うんだよね」とはじめた。「xを求めよ、とか、証明せよ、とかさ、居丈高じゃない。普通はもっと、求めてください、とか、証明したらどうですか、とか丁寧に言うべきだと思うんだよね」

「でも、問題なんだから」

「しかもだよ、この後の問題なんて、『求めよ』って書いた後に、『ただし、nは自然数とする』なんて付け足してあるんだよ。勝手に決めないでほしいよね。自分でルール作りすぎ」

「問題なんだから仕方がないだろ」

「ねえ、どの父親、ってどういうこと、由紀夫君。由紀夫君の父親ってたくさんいるわけ？」殿様は相変わらず、耳ざとい。

「殿様はそんな庶民の些事にかかわり合わないほうがいいですよ」由紀夫はそう言った。

　学校の授業が終わり、下駄箱から靴を取り出し、足を突っ込み、外に向かうと、ばたばたと慌しい音が近づいてきた。「多恵子だな」と達観したような心持ちで振り返ると、やはり、多恵子だった。

「由紀夫、どうしちゃったの。悟りを開いちゃったような、すっきりした顔だけど」

「悟りを開いたんだ。どんなに抵抗しても、追っ手はやってくるんだなあ、って」

「追っ手がいるの？　どこ、ひどいね。怖いね」

由紀夫はじっくりと彼女の動きを眺め、「ひどいよな。怖いよな」と棒読みした。

数人の女子生徒が由紀夫たちの脇を通り過ぎた。その際、多恵子に向かって、「多恵子先輩は、今日、駅に行かないんですか？」と軽快に話しかけてきた。多恵子の所属するソフトボール部の後輩らしい。

「駅？　何でだっけ」

「噂、聞いてないんですか、田村麻呂《たむらまろ》がこっちに来てるかもって」

「え、本当に」多恵子が目を丸くしたが、由紀夫はもっと驚いた。「坂上《さかのうえの》田村麻呂？　征夷大将軍の？」どうしてここに、どうしてこの時代に、と疑問が過ぎる。

「馬鹿じゃないの、由紀夫。アイドルだってば。アイドル。田村、麻呂」

その恥ずかしい芸名は明らかに失敗ではないか、と由紀夫は率直な感想を言ったが、すると多恵子の後輩たちの鋭い目が、矢となって飛んできた。

「本名なんですよ。悪く言わないでください。変な大将軍と一緒にしないでください」

責めるなら俺ではなくて、田村さんの両親をだろう、と由紀夫は思う。それに、変な大将軍、と呼ばれた坂上田村麻呂の立場もない。だいたいが、一緒にするなと主張する彼女たちのイントネーションがすでに、坂上田村麻呂の、「田村麻呂」と同じ発声なのだから、一緒にしているのは君たちではないか、と思った。

「その、田村麻呂って人気あるの？」取り繕うように由紀夫が質問をすると、後輩たちが、「えーうそ信じられない」と本当に信じられない顔をし、侮蔑した。

「でも、あれって噂でしょ？　コンサートもないし、こんな街に来るわけないでしょ」多恵子が言う。

「でも、ファンが駅前に集まってるらしいですよ。わたしたちも商店街で待ち合わせてから、駅で張り込むんです」

試験前に何をやってるんだ、と由紀夫は小声で吐き捨てる。

「あ、多恵子先輩、その人、彼氏ですか」後輩の一人が無責任なことを口にした。

「かもしれないよー」と多恵子がそんな言い方をする。

「はっきり否定しろよ」由紀夫が指摘した時にはすでに、後輩の群れは遠くに行っていた。

「それはそうと」と多恵子は構わず、話題を変えていく。「由紀夫の父親が四人もいるって知ってね、わたし、謎が解けてきたんだよね。おかげさまで」

「はあ」

「由紀夫ってさ、何でもできるじゃない？　バスケ部では一年の時からレギュラーだし、頭もいいでしょ？　うちの学校、それなりに進学校だけど、由紀夫、その中でも群を抜いて成績いいでしょ。さっきの殿様の難しい問題だって、楽々で解いていたし。それに、女の子の扱いに慣れているって噂もあるし」

「何だよそれ」

多恵子はにやつく。「だって、由紀夫君って優しい、ってみんな言ってるって」

「優しくした覚えはないのに？」

「たとえばさ、喋っている時にね、他の男子はたいてい、自分のことばっかり喋って、聞いてるこっちが退屈してても、気にしないんだってば。自分中心で。その点、由紀夫は、こっちの話を聞くでしょ。どんなことを話しても馬鹿にしたりしない。でも、わたしの話は馬鹿にするけど」

「その程度で、評価しないでくれよ」と由紀夫はのけぞりそうになった。

『いいか、女の子の前では自分の話ばかりするんじゃないぞ。相手の話をよく聞くんだ。悩みを口にされても、絶対に、自分の意見を言うな。とことん相手の話を聞いて、それは大変だね、と言ってあげればいい。聞きながらうなずくことも忘れるな』とは葵の言葉だった。子供の頃から、よく言い聞かされた。「絶対に自慢話はするな。自慢話ほどつまらないものはない」とも叩き込まれた。

葵はこう言ったこともある。「たとえば、今、目の前で大地震が起きたとするだろ」

「どれくらいの大地震？」

「地割れが起きるくらいのさ」と彼は大きなことを言った。「で、由紀夫は落ちたブロック塀の下敷きになって、大腿骨を折ったとするだろ」

「痛そう」

「その時に、一緒にいた女の子が比較的、軽傷で、腕に痣《あざ》ができたくらいだとする。さあ、由紀夫、その時におまえは何と声をかける？」

何だこれはクイズだったのか、と由紀夫はびっくりした。「そりゃ、『君は軽傷で良かったね。俺は骨折だよ』とか言うんじゃないの」接骨院に連れて行ってくれよ、とか」

「全然駄目だ」葵は瞼をゆっくりと閉じ、色香すら漂いそうな涼しげな表情になって、首を振った。「その時はこう言うんだ。『君に怪我はなかった？　僕のほうはどうでもいいけど』」

「どうでもよくないって、大腿骨骨折だよ」

「いいんだよ。とにかくさ、相手のことを第一に、だ。これが重要だからな。大腿骨と女の子とどっちが大事なんだよ」

「大腿骨」由紀夫は即座に答えた。

「大腿骨はそのうち繋がるけど、女の子は二度と戻ってこないぞ」

中学生となったばかりの頃のやり取りだったが、いまだに覚えている。

「とにかくね」と多恵子の話はまだ続いていた。「由紀夫が何でもできちゃうことが、わたしには不思議で仕方がなかったんだけど、ようやく分かってきたわけ。由紀夫、父親が四人もいるから、色んなことを受け継いでるんだ。そうでしょ」

彼女の言い方には、憶測という名の兵士たちをずんずんと進軍させてくるような、そんな勇ましさがあった。行け、突き進め、と憶測で由紀夫を刺すかのごとく、だ。

「遺伝子的には誰か一人のしか受け継いでないはずだけど」

「あ、そうか」多恵子があっさりと、兵士たちの歩みを止めさせたので、由紀夫は逆に拍子抜けして、「まあ、それぞれの父親からいろいろ教わった、というのはあるかもしれない」と認めた。

「でしょ。わたしの言ってること当たってるでしょ」

ちょっとおまえが由紀夫？　と声をかけられたのは、校門を出て、右手に折れ、十メートルほど歩いたところでだ。振り返ると、見たこともない長身の男が立っていた。半袖には長く、長袖には短く、帯にもたすきにもできない中途半端な長さの袖のTシャツを着て、黒いパンツを穿いている。まだ、季節は初夏であるのに、ずいぶんと日に焼けていた。袖口から覗く手首の肌に、黒とも深緑ともつかない色で、幾何学模様が描かれている。刺青《いれずみ》だ。肩のあたりから、手首まで繋がっているようでもある。

髪は横の部分を刈り上げ、残った上部を手入れの行き届かない芝生よろしく、上に立たせていた。眉は薄っすらと影のように把握できる程度で、歯並びが悪い。色黒のせいか、牛蒡《ごぼう》のようだ、と由紀夫は思った。

実直で勤勉な世渡りをしてきた男には、到底、見えなかったが、年齢はさほど由紀夫たちと変わらないように感じた。十代後半だろうか。

「どちら様でしょうか」由紀夫は丁寧な口調で訊ねつつも、頭の中を回転させた。目の前の男が、「一度会ってみたかったんです」と握手を求めてくるわけがなかったし、「これ、受け取ってください」とリボンのかかったプレゼントを差し出してくるとも思えなかった。

穏やかな用件ではないだろうな、と由紀夫は見当をつける。

両脇を通り過ぎていく高校の生徒の何人かは、由紀夫と牛蒡男が向かい合っているのを、不審げに眺めた。

「ちょっとこっちへ来いよ」牛蒡男は背中を見せ、歩き出した。途中で首を捻り、「あ、おまえたちの顔、覚えたから、逃げてもまた来るからな」といやらしく唇を緩めた。気の利いた脅し文句のつもりらしいが、その言い草にどこか幼さを感じ、お言葉に甘えて逃げるべきじゃないか、とも思う。

「ねえ、行かないほうがいいってば」と多恵子が、制服の肘の部分を引っ張った。

「何の用か教えてくださいよ」由紀夫は、先へ行こうとする男に訊ねた。

「うるせえな」

面倒臭そうに足を止め、こちらをゆっくりと振り返る牛蒡男を見ながら、あ、今、と由紀夫は瞬時に思う。今、殴れたかも、と。

父の勲の影響で、由紀夫は、誰かが前に立つと、その相手の重心のかけ方や、腕の位置、顎の上がり具合を気にかける癖がついていた。

運動全般、特にバスケットボールで名を馳せた勲は、由紀夫が子供の頃から、バスケットボールを持たせていたが、それと同様に、格闘技についてもコツを教えてきた。

「野蛮なことを、由紀夫に教えないでよ」と母の知代が言うと、ドリブルで相手を抜くのも、格闘技で拳を打ち込むのも、敵の体勢の逆を取る、隙を狙うという意味では同じなんだ、と勲は弁解したが、何ということはない、彼自身が格闘技好きだったのだ。暇があれば、スパーリングの真似事をさせられた記憶が、由紀夫にはある。

だから、振り返った牛蒡男が油断に満ち、隙だらけであるのは、即座に分かった。今なら顎を殴れた、と思ったが、殴っても状況が悪化するだけだとも想像できた。

「どこに行けばいいんですか」

「いいから、会わせたい奴がいるんだよ」

そこで自然と由紀夫は足を踏み出し、牛蒡男に続いた。一歩遅れ、ためらいつつ、多恵子もついてくる。

思い浮かぶ可能性は、四通りだった。まずは、「まさか、俺の父親が待ってるわけじゃないですよね」と言ってみることにした。「新しい父親が」

「父親？　おまえ、親父いないの？」牛蒡男が眉をひそめた。

「いや、そうじゃないんだけど」由紀夫は愛想笑いを浮かべつつ、首を振る。安堵の息も吐く。これ以上、父親が増えたら、由紀夫様どころではないな、と思いもした。由紀夫卿だ、と。

「じゃあ、あれですか、俺の父親に惹かれた女性が待っている、とか？」もちろん由紀夫の念頭にあったのは、葵のことだった。二年に一度ほどの割合ではあるが、時折、起きるトラブルの一つだ。

「何言ってんだ、おまえ」

角を曲がり、少し進むと細い通りに入った。古い住宅街で、いまや住人の大半が老人なのか、人通りがほとんどない。安そうなモーテルがぽつんと建っている。

「もしかして、富田林《とんだばやし》さんが関係してないですよね」

そこで牛蒡男が表情を強張らせた。「おまえ、富田林さんを知ってるのかよ」

「富田林って誰？」追いついてきた多恵子はどういうわけかすでに落ち着きを取り戻し、由紀夫と買い物にでも行くような、能天気ささえ浮かべていた。

「富田林って人がいるんだよ。賭場を仕切っていてさ」と多恵子に説明する。

「暴力団みたいな？」

「と言うよりも賭け事を仕切っている人だ」由紀夫は、富田林のおぞましいエピソードを思い出し、寒気を感じた。

「おい、おまえ、富田林さん、知ってるのか？」牛蒡男はよほど気になるのか、苛立ちを見せた。

「名前だけ」

「何だよ、びびらせるなよ」

実際には、富田林と面識があったのだが説明するほうが事を複雑にする、と判断した。

「それならあれですか」由紀夫は最後の可能性を口にする。「俺の父親の働く中学の、教え子で、恨みを晴らしたい、とか？」

「おまえの父親、何人いるんだよ」牛蒡男は皮肉の意味で、そう言ったに過ぎないが、由紀夫にとっては、自分の最も苦手な急所をほじくられたようなものだった。口の中に苦々しさが充満する。

「四人いるんですよ、四人」多恵子が脇から、言う。

誰にも言わないと約束したではないか、と由紀夫は呆れる。

牛蒡男がとても嫌そうな顔になった。「四人いて、どうすんだよ。ふざけんなよ」

薄汚れた小さなホテルの並びに古びた眼科医院があった。窓ガラスが割れ、カーテンは日に焼け、薄暗いことからすると明らかに診療はしていないだろう。ホテルと病院に挟まれた道を、牛蒡男が入っていく。進んでいくと、四方をビルに囲まれた駐車場に出た。

「袋小路」と由紀夫は思わず、呟く。その表現がぴたりの場所だ。今入ってきたばかりの、車が二台すれ違える程度の幅の道だけが、外への出口だった。

月極駐車場らしく、東の端に四台、西側に四台の駐車可能な場所が用意されている。今はどこにも車はなく、敷き詰められた砂利とそこから顔を出す雑草が見えるだけだ。

「おい、連れてきたぞ」牛蒡男は、由紀夫たちに背中を向けたまま、前に手を挙げた。無防備にもほどがある、と由紀夫は嘆息をこらえる。

前方を見やると、牛蒡男の仲間たちが三人待っていた。類は友を呼ぶのは本当なのか、牛蒡男の仲間は三人とも、やはり牛蒡のようだった。似たような、中途半端な長さのTシャツに、パンツを穿き、髪は横を刈り上げている。シャツの色やパンツの種類がみな異なり、だぶついたパンツを穿いた者がいたり、髪の色に濃淡があったり、細かい差異はあったが、おおよその見た目は同じだった。四人中三人の腕に、刺青があった。全員が細身で、日焼けしていて、牛蒡を思わせる。

その牛蒡男三人に囲まれるようにして、別の男が正座をしていた。由紀夫に気づくと、困惑と羞恥を浮かべ顔をゆがめる。声は発していなかったが、彼の唇が、「すまん」と動くのは分かった。

「鱒二《ますじ》」と由紀夫は、彼の名前を呼んだ。

「お、本当に知り合いだったのか。良かったなあ、ここで白を切られたら、おまえ、またさらに、ぼこぼこだったよ」と牛蒡四人衆の一人が、正座する鱒二の頭を小突いた。

「おまえ、こいつの知り合いだろ？　こいつのかわりに、金払ってほしいんだけど」牛蒡の衆の別の一人が言った。すでにこの時点で個性の把握を諦めた由紀夫は、勝手に、牛蒡A、牛蒡B、牛蒡C、と心の中で記号を割り当て、最初に由紀夫を待ち伏せしていた男だけを、「牛蒡男」と意識することに決めた。

「金？　何ですか、それは」と由紀夫は、牛蒡Bに訊ね、鱒二の様子を観察する。会うのはおそらく、二年ぶりくらいだった。坊主頭であるのも、ぎょろっと目立つ目も、大きく高い鼻も、中学の時と同じだった。私立高校のブレザーを着ているが、その上着に土がついていた。破けている箇所もある。牛蒡の衆に殴るか蹴るかされたのだろう。

「こいつが、俺たちの仕事を邪魔したんだよ。だから、金を払ってもらおうと思ったんだけど、こいつの財布ほとんど空なんだよ。高校生にしても、少なすぎるだろ、ってくらいでさ。で、しょうがねえからこいつの親でも呼び出して、かわりに払ってもらおうと思ったんだけど、口を割らねえんだ」

「仕事の邪魔って何だよ、おまえたち、万引きしてただけじゃねえか」鱒二が声を上げる。

牛蒡Bが舌打ちし、足を踏み出し、拳を振り上げる。殴る真似だ、と由紀夫は咄嗟《とっさ》に察した。実際、殴る真似だった。けれど、鱒二は怯えて首をすくめ、それを見て、牛蒡Bは悦に入った顔になる。びびってんじゃねえよ、と笑う。

「万引き？」

「こいつら、四人で、ごっそり万引きしてんだよ。漫画。っつうか、堂々と鞄に入れて、防犯装置も気にしねえし、たち悪いんだって。盗んで、売るんだ」鱒二は言う。正座姿であっても臆することがなく、強気に発言する様子は、由紀夫の知っている中学時代の鱒二そのままだった。

とにかく、牛蒡の衆がへらへら笑い混じりに説明をするところによれば、彼らが大型書店で、「仕事」をしようと、バッグに商品を詰めはじめたので、鱒二が大声で店員に、「怪しい奴らがいるぞ」と叫んだらしい。彼らは慌てて店から逃げたが、それでは腹の虫が治まらず、鱒二を待ち伏せし、「おまえのせいで、失敗したんだから、かわりの金を払え」と脅しつけた。そういうことらしい。

「それで、俺がどうして呼ばれたんですか？」

「財布に金もないし、親の居場所も教えない、ということになったら、もう友達に頼るしかねえだろ。だから、誰か友達を一人紹介しろって言ったら」

「悪いな、由紀夫」鱒二が引き攣った笑みを浮かべる。馬鹿正直で思慮の浅いところがあり、しかも最後の最後には他者への甘えが見え隠れする、というところも、外見同様、中学校の時から変わっていないようだ。

「だから、そういうわけで」牛蒡Aが、にたっとした。

「お金、払ってちょうだい」牛蒡Bが手を出してくる。

「そうしないと、おまえも」牛蒡Cが眉を吊り上げる。

「俺たちにいたぶられるよ」牛蒡男が、多恵子を見た。

「分かりました」由紀夫はすぐにそう応じた。学生服の内ポケットに入った財布を取り出そうとする。

「いくらですか」

「お」牛蒡男が軽く驚きつつ、近づいてきた。「話が早いじゃんか。おまえ、頭いいよ」

「由紀夫、払うことないって」と多恵子が後ろから指で突いてきた。

「そのほうが手っ取り早い」小銭で解決できるならこれほど楽なことはない、と判断した。

確かに、牛蒡四人衆の服装は、パンツがだらしなく長く、地面に引き摺っているし、Tシャツも窮屈そうで、殴り合いや取っ組み合いをするのに相応しいとは思えなかった。だから、一人ずつを相手にする分には、さほど苦しい喧嘩にはならないのではないか、と由紀夫は見積もっていた。ただ、四人一度となると話は別だ。

『大勢を相手にする場合は、逃げろ。もしくは、細い道に引きずり込んで、一人ずつだ』とは勲の言葉だ。

勲は十代の頃から、バスケットボールで注目を浴び、「顔が売れていた」ため、複数人から因縁をつけられた経験は豊富だったらしい。「一人じゃ怖気づいているくせに、人数頼みで攻めてくる奴らはな、たとえそこでやっつけても、さらに根に持ってやり返してくるから、きりがないんだ。逃げるが勝ちだ」

厄介なことに、この駐車場には相手を一人ずつ誘い込むような場所もない。走って逃げるにしても、多恵子がいることを考えると現実味がなかった。それに、もし仮に、多恵子がソフトボール部の意地を見せ、どうにかこうにか逃げられたとしても、牛蒡男自身が先ほど宣言したように、また、学校にやってくる可能性は充分にあった。つまり、きりがない。となると、素直にお金を払うのが、一番良いのではないか。それが由紀夫の出した結論だった。

「馬鹿じゃないの。関係ないのに、お金あげて、どうするの」と多恵子が非難してくる。

「俺は、多恵子よりもよっぽど考えた末に言ってるんだってば」

「いいねえ、話が分かるねえ。やっぱり、殴られるの怖いもんねえ」と牛蒡男は言い、他の三人と顔を見合わせて、にやついた。由紀夫の正面に立つと、「じゃあ、十万でいいや」と手を出した。

「十万って何それ」と多恵子が悲鳴に近い声を上げる。

「ふざけんなよ」鱒二が声を上げ、その勢いで立ち上がろうとしたが、すぐに牛蒡Ｂに蹴られた。ぎゃっ、と声を発し、鱒二は砂利の上に倒れる。

「今、財布にあるくらいで勘弁してくださいよ」由紀夫はそう答えた。

　おそらく、十万円程度は吹っかけてくるだろうな、と由紀夫は見当をつけていた。万引きができなくて損した分を弁償しろ、という要求がすでに法外なのだから、額についても常識が通用するはずがない、と。この場合、相手の言ってきた金額に怯《ひる》んだり、驚いてしまったら、よけいに相手に付け込まれるだろう、と由紀夫は想像していて、だから、落ち着いて答えることにした。

「いくら持ってるんだよ」

「そうですね」と由紀夫は言いつつ、五千円くらいは入っていたんじゃなかったかな、と財布を開くが、覗いてみると、ずいぶん予測を下回っていることが分かる。「二千円札一枚、というところですね」言いながらさすがに、苦々しい口調になってしまう。

「馬鹿にしてるのかよ」と牛蒡たちが口々に喚いた。

「払っちゃ駄目だって」多恵子が横で騒ぐ。

「二千円でも、もらえるだけいいじゃねえか」と鱒二が、牛蒡たちに唾を飛ばした。

「二千円札」由紀夫は苦笑しつつ、「最近あまり見ないから、貴重です」と試しに言った。

するとすぐさま牛蒡の衆から罵りや叱咤が飛んできた。「ふざけんなよ」「舐めるんじゃねえぞ」「おまえも、こいつと同じで金なしじゃねえか」と喚いてくる。

うるさくて仕方がない、と由紀夫はげんなりしつつも、もう一度、財布を点検した。けれど、やはり二千円札一枚しかない。

財布のカード入れに挿入してあった紙を引っ張り出し、「CDショップのポイントカードもありますけど」と牛蒡男に訊ねた。

おまえ、ふざけてんのかよ、と牛蒡男は鼻の穴を膨らませ、由紀夫の前に足を踏み出した。その動作はやはり隙だらけだ。殴るなら殴るで相手と対決する方法もあった。けれど、やはり思いとどまる。どこか遠くで県知事選挙候補者の宣伝をする女性の声がした。車で走っているのかもしれない。白石氏なのか赤羽氏なのかは聞き取れなかったが、もしここでこの牛蒡男たちを追い払ってくれるのなら、その候補者に投票するのだけれど、と由紀夫は思った。自分には選挙権を持った父が四人もいるので、有効ですよ。

地響きともつかない騒がしさを感じたのは、その時だった。

音と震えが混じった、どこか遠くから濁流か何かが押し寄せてくる予兆じみたものが、由紀夫を襲う。いや、それを察知したのは、由紀夫だけではないらしく、タイミングの遅い早いはあるにしろ、目の前に立つ牛蒡男も、牛蒡AからC、多恵子や正座する鱒二も、地響きの正体を探すためだろう、視線を左右に振っていた。

響きが近づいてくるにつれ、これは群れだ、と由紀夫は思った。何頭もの馬がたてがみをなびかせ、蹄で地面を蹴り、駆け寄ってくる、もしくは水牛たちが俊足の敵から逃げようと、怒濤のごとく足音を響かせ、砂煙を撒き上げ、駆け巡る。そういった迫力のある音がした。

もしかするとこの袋小路の月極駐車場に、大量の水が流れ込んでくるのではないか、とさえ思った。

やってきたのは洪水ではなく、女子高生の群れだった。五十人ほどが、細い道から先を争うように、駆け込んできた。あっという間に駐車場の敷地の半分を、女子高生が埋め尽くす。

「何これ」由紀夫はぽかんとする。

唐突に出現した女子高生たちは息を切らしている。中には腰を折って、本格的に呼吸を整えている者もいた。

「何これ」多恵子も唖然としている。

一番先頭にいた、長身で、横幅もある茶色い髪の女子高生が、「ねえ、どこ」と由紀夫を見た。息を切らしている。

「どこ、と言われても」由紀夫は左右を見渡し、砂利に敷かれたロープを確認し、「ここは、山田月極駐車場だ」と奥の看板を指差した。

「そうじゃなくて」と彼女が怒鳴る。噛み付いてくる迫力だ。その彼女の後ろで、様々な声が上がっている。「やっぱり嘘じゃないの、これ」「いるわけないし」「何これー」「大損」

「田村麻呂どこにいるのよ」先頭に立つ、体格のいい女子高生が由紀夫に言った。

由紀夫は、牛蒡男を見やる。彼も突然の事態に驚いたせいか、由紀夫の前で突っ立っている。

「田村麻呂？」由紀夫は鸚鵡返しに聞き返す。反射的に、「征夷大将軍の？」と言ってしまいそうになったが、飲み込む。かわりに、「あの、アイドルの？」と訊ねた。

「当たり前でしょー」と彼女は鼻息を荒くする。

「どうしてここに、アイドルがいなくちゃいけねえんだよ」と言ったのは鱒二だった。意図的なのか、無意識なのかは判然としないが、いつの間にか正座をやめ、立ち上がっていた。脛についた砂利を払っている。牛蒡たちは、そのことを咎めなかった。彼らもこの事態に泡を食っている。

「わたしたちだって、わけ分かんないわよ。田村麻呂が来るっていう噂を聞いて、駅に行こうとしてたんだけど、変な男が寄って来て、この駐車場に、田村麻呂が入って行ったのを見た、って言うから、だから、急いで走ってきたのに。わたし、こんなに必死に走ったの凄い久しぶりなんだけど」体格のいい女子高生は言った。

「こんな大人数で?」多恵子もさすがに、群れを前にたじろいでいた。

「最初はわたしたち五人だけだったんだけど、走ってくる時に別の子たちに見つかっちゃって」と彼女は言い、今頃気づいたかのように背後を振り返り、目を見開いた。「こりゃまた、凄く増えてるね」

「こんなに走ったのはじめて」と誰かが呻いた。

なるほど、と由紀夫は思った。つまり、磁石に砂鉄が吸い寄せられるように、デマゴギーに、大勢が踊らされたということのようだった。田村麻呂のファンらしき女子高生が走っている。きっと田村麻呂の行き先を目指しているに違いない、と誰かが直感し、即座に後を追う。それを見た別のファンが直感し、思い込み、別の誰かに誤った情報を耳打ちし、それがこの総勢数十人、という群れとなったわけだ。

「誰がそんな嘘を言ってんだよ。ここにいるわけねえだろうが」牛蒡男が青筋を浮かべた。

「誰って、名前なんて知らないわよ」女子高生たちは、牛蒡男のことなど微塵も怖がっていなかった。

「鼻が大きくて、目つきの鋭いチンピラみたいな男だったけど」

「やっぱり怪しかったんだよー、あの人。鳥みたいな顔してたし」

それはもしかすると俺の父親ではないか、と由紀夫は咄嗟に気づいた。青ざめ、問い質したくなった。が、「その通り」と答えが返ってきても困り果てるだけであるし、何よりもこの機会を生かして逃げるほかない、とも察していたので、多恵子と鱒二を同時に引っ張り、出口へ向かって駆け出した。

不平を垂れ、愚痴を洩らす女子高生の群れを、サーファーが手強い波の中を行くかのように、掻き分けながら進んだ。牛蒡男の怒声が上がるのが、少し遅れた。


由紀夫と鱒二は、遅れてついてくる多恵子を気にかけながらも、しばらく走りつづけた。恐竜橋が見えるあたりで、「ここまで来ればもう大丈夫だろう」と鱒二が言った。

鱒二は欄干に手をやり、恐竜川を見下ろす恰好で、呼吸を整えている。多恵子は腰を曲げ、自分の両膝に手をやり、ぜいぜいと息をした。由紀夫は日ごろのバスケットボールの練習に比べれば、苦しさの度合いがまるで違うため、つまりこれくらいの全力疾走であれば平気で、呼吸も乱れていなかった。ただ、ようやく落ち着きを取り戻した鱒二が、「それにしても由紀夫、久しぶりだな」と軽々しい挨拶をしてきたのには、さすがに腹が立ち、「久しぶりとか、言ってる場合じゃないだろ」と声を大きくした。「あれはいったい何だったんだ。どうして俺を巻き込んだんだよ」

「だって、しょうがねえだろうが。誰か知り合いを連れてくるまで帰さねえ、って脅されたんだから、な。俺の家はあれだ、おまえも知っての通り、父親しかいねえし、その父親も頼りねえだろ」

由紀夫は咄嗟に、小学生の時に会った鱒二の父親のことを思い出した。彼は当時、駅前やスーパーの駐車場に屋台を運んできては、今川焼きを売る仕事をずっとしていた。母親は、鱒二が幼少の頃に乳癌で亡くなっていて、それからは父親が一人で育ててきたらしい。体格は良かったが、いつも暗い顔をしている鱒二の父親の顔は印象的で、どこか具合が悪そうだった。

「まだ、今川焼き作ってるのか？」

「まだやってるよ」

「今川焼き、わたし、好き」多恵子が口を挟んでくる。

「昔は、スポーツやってそこそこ名が知れてたらしいけどな、もうさすがに老いぼれだよ」

「何で隠してるんだろうな」由紀夫は言う。鱒二の父親は、昔はそれなりに名の通ったスポーツ選手だったらしいが、そのことを話そうとはしないらしい。「実の息子にも詳細を言わないってのはどうなんだろう」

「よっぽど言いにくいスポーツだったんじゃねえかな」

「そんなスポーツないよ」勲をはじめ、由紀夫の他の父親たちも、鱒二の父親のことは知っているようだったが、本人が隠していることをわざわざ話題にするのも気が引けるのか、詳しくは教えてくれなかった。

「まあ、どうだろうと、鱒二の親父さんの今川焼きは美味いじゃないか」これはお世辞ではなく、実際、過去にそう感激した覚えがあるので、思わず口をついて出た。

「親父に言ったら、喜ぶだろうなあ。うちの親父、由紀夫のこと気に入ってたし」

とにかくどちらにせよ、あの父親の住む自宅に、行儀のなっていない牛蒡軍団を呼んだら、鱒二もたまったものではないだろう。「だからと言って、俺の学校を教えるっていうのが納得できない。あいつら、たぶん、また来るぞ、俺の学校に」と由紀夫は言った。

「来ねえよ。そんなに暇じゃねえだろ、あいつらだって」

「なあ、鱒二、ああいう奴らの唯一の取り柄は、暇なことなんだよ」

「由紀夫は相変わらず何でも知ってるなあ」と悪びれる風もなく言う鱒二は、やはり中学生の頃から変わっていなかった。一重瞼で目つきが悪く、坊主頭も健全な運動選手と言うよりは、もっといかがわしい風貌に見える。実際、素行もさほど良くはないのだが、真っ直ぐなところがあって、嫌悪する気にはなれない。牛蒡の衆たちに甚振《いたぶ》られ汚れたブレザーを、淡々と払っていた。

「あのさ、鱒二君って言うの？　わたしまで巻き込まれたんだけど」多恵子がむすっとした声を出す。

「誰？」

「誰って、由紀夫の彼女なんだけど」

「嘘」と鱒二が語尾を上げる。

「嘘だよ」と由紀夫はすぐ否定した。「彼女は、俺の同級生で多恵子って言って、虚言癖がある可哀想な子なんだ」

「何でわたしが虚言癖なわけ」

「そんなことよりも、鱒二、おまえ、どうするつもりなんだよ」

「気にするな、どうせあいつら、俺の居場所なんて知らねえし、由紀夫のところにもわざわざ行かねえよ。直接関係ねえんだし。でもよ、あれだよな、万引きして咎められ、逆上するってのはどういうことなんだ？　この国も終りだねえ」

「ずっと前から終わってる」由紀夫はよく、悟から、日本の経済や政治の動向についての話を聞く。悟の分析や憶測、批判がどの程度、真実を言い当てているのか由紀夫には判断がつかないが、それを耳にするたび、この先、どうやってこの国が経済や治安を回復していくつもりなのか、皆目、見当がつかず、絶望を感じた。高校生の俺でさえ、暗澹《あんたん》たる未来に鬱々となり、いても立ってもいられなくなるのだから、さぞかし政治家たちは責任の重さと心労で大変な毎日を送っているだろうな、と同情したこともあるが、それにしてはテレビに現われる彼らは顔色が良くて、由紀夫はそのたび、「元気そうで何よりです」と言いたくもなる。

「でも、そういえば鱒二も中学の時、万引きをしていただろうが」由紀夫は急に思い出し、指摘した。CDや漫画本が欲しければ俺に言え、格安で売ってやるからな、と鱒二はクラス中に呼びかけ、いったいどうするのかと思えば、ごっそり店から万引きしてきて、それを勝手に売り捌いていたのだ。

恐竜橋の下、川の上流から小さな屋形船が通り過ぎていくのが見下ろせる。欄干の向こうから強い風が吹き、由紀夫の顔を触っていった。

「俺は一人で、万引きをやってたんだよ。比べてあいつらは、四人だぞ。団体でやれば、緊張とか怖さは減る。罪悪感だって薄れるだろ。甘えてるんだよ、ああいうのは。それに俺は、由紀夫に説教くらってから、万引きはしてねえって」

「由紀夫が説教とかするんだ？」多恵子が意外そうに言ってくる。

「説教なんてしない」

「したじゃねえか。俺によ、『おまえがさっき万引きした、あの店の店長の気持ちになってみろ。万引きされた分を穴埋めするには何冊本を売ればいいと思ってるんだ』とか、ぎゃんぎゃん言ってきたんだよ。でもって、『必死に働いて家に帰った店長が、子供を見ながら、今日は万引きされて赤字だよ、って肩を落としているのを想像してみろ』とかうるさく言ってきて」

　確かにそう言った記憶はあった。特別な正義感があったわけでも、モラルを正したかったわけでもなく、単に、腹が立ったのだ。相手が鱒二でなくとも、とにかく、人に迷惑をかけて得意げになっている甘さが、由紀夫には許せなかった。「どうせ捕まっても、反省してみせれば大丈夫だぞ」と安全ネットを張っているくせに、自慢げなのが、耐えがたい。

「あの時、鱒二はそれを聞いて、ぼろぼろ泣き出したんだ。逆に俺が驚いた」

「だって、本屋の親父の気持ちになってみたらよ、切なくてさ。一生懸命、重い本を運んで、汗をかいて、でもって何にも悪いことしてねえのに、俺に漫画を万引きされてよ、売り上げどころか赤字なんて、酷すぎだよ。そうだろ。俺の万引きのせいで、書店の息子はランドセルも買ってもらえなくてよ、服もぼろくてさ、そいつ、学校で苛められて、もう生きていたくないな、とか悲しいことを思っちゃうんだろ。そりゃ、泣くよ」

「想像しすぎだろ」

「想像すりゃそうなるじゃねえか」と言う鱒二は、すでに今も半分涙を浮かべていた。

「鱒二君って、変だね」と多恵子は、当人がそこにいるにもかかわらず、由紀夫に眉をひそめてきた。

「確かに変なんだ」由紀夫もうなずく。彼の感受性は異常としか思えなかった。

「でもよ、今日、もしかしたら由紀夫ならあんな奴ら、ぶっ飛ばしてくれるんじゃねえかって期待したんだけどさ」

「ぶっ飛ばすって、由紀夫が？」多恵子が不思議そうに、由紀夫を見た。

「あ、知らねえの？　由紀夫、すげー喧嘩強いんだよ」

「強くないって」

「こいつの親父の勲さんってのが、がっしりしてて、スポーツ万能で、喧嘩とかも由紀夫に教えてんだよ」

「バスケが上手いだけじゃないんだ？」多恵子が、へえ、と興味深そうに言う。

「鱒二、余計なことを言うなって」

「昔、中学の時に俺が不良先輩たちに囲まれた時、助けてくれたんだ。な」

「そんなこと、あったたな」すっかり忘れていた記憶が、頭の中の天袋から飛び出し、一瞬にして脳裏に広がる。

　野球部が隣地区の中学校との交流試合をやるに際し、応援団が結成された時のことだ。普段は行事やイベントを億劫《おっくう》がるくせに、この交流試合には矢鱈《やたら》めったら、張り切る先輩たちがいて、各クラスから強引に人を引っ張って、応援団を作るのが通例だった。一般の生徒たちは応援団に関心も興味もないため、たいがいは籤引きでの選出が行われるが、その年に由紀夫のクラスで、晴れてハズレを引いたのが鱒二だった。

　鱒二は非常に嫌がった。けれど、先輩たちの猛烈な指導から逃げることもできず、半ば泣きべそをかきながら、応援練習を続けていたのだが、それがある朝、由紀夫のところに電話をかけてきて、「由紀夫、俺はもう駄目だ。殺される」と悲嘆に暮れた声を出した。

「はあ？　どうした」と訊ねると、「寝坊した」と言う。「応援練習、これで連続三日、遅刻だ。でもよ。朝に応援練習する必要性が俺には分からねえよ。まず俺が早起きする応援をしてもらいたいくらいなのに」

「行って、謝るしかないだろ」

「昨日、今度遅刻したら、ぶっ殺すって脅されたんだ。で、俺は、分かりました、覚悟します、って言っちゃったしよ」

「それなのに、何で遅刻したんだよ」

「寝坊しちゃいけない、寝坊しちゃいけないって思ってたら眠れなくなって、で、眠ったのが朝方だったんだよ」

「知らねえよ」由紀夫は馬鹿らしくて仕方がなかったが、鱒二がしつこく、「頼むよ、一緒に行ってくれよ。俺が殺されたら、おまえのせいだぞ」と訳の分からないことを延々と話し続け、こんな電話をかけている間にさっさと学校に行けばいいのに、と由紀夫は呆れた。呆れた上に、面倒臭くなって、「分かった。今から行くから」と承知したのだった。


「で、どうなったの？」多恵子が愉快そうに訊ねてくる。

「学校裏に先輩がずらっと並んでさ、遅刻した俺を責めてくるんだよ。遅刻って言ったって、可愛いもんだったのによ。それで、『おまえは何しに来た』とか由紀夫にいちゃもんをつけてきてさ」

「いちゃもん、じゃなく、正当な疑問だったと思う」

「突然、その先輩が由紀夫に殴りかかったんだけどな、由紀夫がさっと避けて、逆に殴り返したんだ。

で、殴る直前で寸止めにしたんだ。な、な」

「そうだった」

その時、反射的に先輩を殴りそうになった瞬間、『喧嘩の相手を伸《の》すと、結局、怒りを買う。飄々と逃げるのが一番だ』という勲の言葉が頭を過ぎり、腕を止めた。

「先輩たちも決まりが悪くなったところもあって、そのままうやむやになったんだよな」

「あの時は確か、教師がちょうどやってきたんだ」

「へえ、由紀夫、喧嘩強いんだあ」多恵子が、へえ、そうなんだ、へえ、そうなんだ、としつこく繰り返す。

「強くはない」由紀夫は吐き捨てるように言った。

恐竜橋を渡り終え、三叉路にぶつかる。鱒二の家は西方向であるため、「じゃあ、またな、由紀夫」と手を上げ、立ち去ろうとする。「久しぶりに会えて、うれしかったよ」と鱒二は、まるでその邂逅《かいこう》が偶然の巡り合わせであったかのような言い方をした。

「おまえが無理やり、会わせただけじゃないか」

「また会おうぜ。もし、万が一、あの牛蒡みたいな奴らが、由紀夫の学校に行ったら教えてくれよ。何か作戦、考えておくから」

「作戦って何だよ」と由紀夫は答えた後で、鱒二もあの男たちを、「牛蒡」に似ていると思っていたのか、と可笑しくも感じた。

きんぴらごぼう、を真似て、鱒二が、「チンピラ牛蒡」と下らないことを言うのを嘲りつつ、手を振る。

家への道を歩もうとしたところで由紀夫は、依然として隣にいる多恵子に、「あのさ」と語調を強めて言った。「心なしか、多恵子がまた俺の家についてくるような気がするんだけど」

「由紀夫の家で勉強していこうかな、と思ってるんだよね」

「何の相談もなく?」

「あのね、いいこと教えてあげるけど、政治家とか親とか先生って、聞こえのいいことは言っていても、結局はさ、自分の好きなように決めちゃうでしょ。みんな、相談しないで、勝手に決めちゃうじゃない。どうして、相談しないで一方的に決めるか知ってる?」

「何の話なんだ」

「相談したら、反対されちゃうからだよ」多恵子はまるでその指で真理を突き刺した、と言わんばかりに人差し指を立て、由紀夫に向かってぐるぐると回した。「だから、相談する前に、由紀夫の家に行くことに決めたわけ」

それはとにかくやめてくれ、と由紀夫は懇願する。家に帰って、一人で試験勉強をしたいのだ、と。

「そんなの、夜に勉強すればいいじゃない」

「うちは煩わしい父親が四人もいるんだ。しかも向こうは友達感覚なものだから、タイミングなんてお構いなしに声をかけてくる。自由になる時間が少ないんだ」

「それは可哀想に」

「棒読みじゃないか」

すぐ背中のところで自転車が止まった。けたたましいブレーキの音と、タイヤのゴムが車道とこすれる音が響く。「無事だったか、由紀夫」と自転車のサドルに乗ったままの鷹が手を上げた。

日に焼けた顔つきの鷹は、「よお、多恵子ちゃん」と挨拶をした後で、由紀夫に、「さっき、危なかったなあ」と笑う。「不良少年たちに囲まれて、ピンチだったじゃないか」と。

由紀夫は舌打ちをこらえながら、切れ長の目と高い鼻、その猛禽類を髣髴《ほうふつ》とさせる鷹の顔を見る。

「やっぱりさっきのあれは、鷹さんの仕業だったわけだ」

「いや、お礼はいらないよ。親子じゃないか」

「いや、お礼は言ってないけど」

「さっきのあれって何？」多恵子の目が、鷹を見てから、由紀夫を窺う。

「さっき、駐車場に女子高生が流れ込んできただろ。あそこにアイドルがいる、って嘘を信じて」

「ああ、あれ何だったんだろうね」

「鷹さんが、でまかせを吹き込んだんだろ、どうせ」

鷹は嬉しそうににんまりと微笑み、「予想以上に効いたな」とうなずいた。「おまえたちが変な若い奴に連れられていくのを、たまたま目撃したんだよ」

「たまたまねえ」と由紀夫は疑った。おそらくは、面白半分で、由紀夫と多恵子の後をつけていたのではないか、それくらいのことはやりかねない。

「で、あの牛蒡みたいな奴と一緒に、奥まった場所に入っていくから、これはまあ、やばい事態だな、とぴんと来たわけだ。ちらっと覗いたら、行き詰まりの駐車場だったしな」

あの男は、誰から見ても牛蒡男なのだな、と由紀夫はそのことにまず感心する。

「だから、どうにか救い出そうとしたんだけどな、いい手が思いつかなかったんだ。警察を呼ぶほどの事態か分からねえし、実際、由紀夫たちが何の話をしてるのかもはっきりしねえし」

「飛び込んできて、助けてくれれば良かったじゃないですか」多恵子が言うと、鷹が苦しげに、「父親が乗り込んでいくのも恰好悪いじゃねえか。そういうことすると、由紀夫、すげえ嫌がるんだよ。でしゃばるなって」と首を振る。

「嫌なんだからしょうがない」

「さてどうしたものかって悩んでるところに、女子高生が二人歩いてきたんだよ。ただの学校帰りにしては興奮気味だしな、ためしに聞いてみたら、駅に何とかって言うアイドルが来るって話じゃねえか。こりゃ使えるかもな、と思ってたら、その後に、五人ほど歩いてきたわけだ」

「それで、あの駐車場に田村麻呂が入っていくのを見たぜ、とかデマカセを言ったわけ？」

「女子高生がそれを信じて、駐車場に走って行ったら、由紀夫たちが驚くんじゃねえかって思ったんだ」鷹は応えた。

「すごく驚いた。水牛の群れが来たのかと思った」

「だろ。で、これで、由紀夫たちが万が一、険悪な状況に巻き込まれていても、どうにか救えるかもしれない、って考えたんだよ。警察を呼ぶのとは違ってよ、女子高生に突撃させるだけなら、笑って済むだろうし、な、俺、冴えてるだろ」

「よくもまあ、女子高生が信じたよね」由紀夫は改めて、鷹の姿を上から下へと眺める。真っ青の開襟シャツを羽織り、下は色の落ちたジーンズを穿いている。鋭い顔つきは人並み以上に整ってはいるものの、信頼感や実直さとは無縁だった。お金の管理は大雑把で、思慮はさほど深くなく、勢いと直感で行動している、そういう雰囲気を漂わせている。しかも、実体が、その雰囲気通りでもある。

「由紀夫、人ってのは、自分が信じたい、と思っていることを信じるんだよ。それと、その噂が面白いものであればあるほど、広く伝わっていく」

「何それ？」

「前に、悟さんに聞いたんだ。噂だとか、怪しげな情報をどうしてみんなが簡単に信用して、騙されるのか、っていう話でさ。悟さんが言うには、そういうことらしい」

「信じたいことを信じる？」

「そうそう。アイドルに会いたいからには、アイドルがこの街にいてほしい、と思ってるわけだろ。そうあってほしいってな。だから、アイドルを目撃した、という情報に飛び乗りたくなる。しかも、こっそりと駐車場に入っていった、なんて興味深いじゃねえか」

「でも、わざわざ、見に行きますかね」多恵子が遠慮がちに言う。

由紀夫たちはいつの間にか歩みを進めていた。鷹も自転車に乗ったまま、ペダルを空回りさせるようにして、ついてくる。

「実際、見に行っただろ。嘘かもしれない、とは思っても、確認したくはなるんだよ」

「それがあんな大勢になったわけ？」

「みんな、負けず嫌いなんだな、ありゃ。自分だけ田村麻呂を見逃したら損だと思ってんだ。最初の数人が走り出したら、続々、続いていきやがった」

「人間競馬みたいな感じでしたね」多恵子がぼそっと言うと、鷹が目を大きく見開いて、「おお、それ、面白いな」と歯を見せた。

「面白くない」由紀夫はだんだんと話をするのが面倒になり、足を速めた。二人を振り切って、さっさと家に帰ってしまおうと考える。

「おい、由紀夫、待てよ。話はこれからなんだって」自転車のペダルに力を込めた鷹がすぐについてくる。「さっきは、俺が、由紀夫たちを救ってあげただろ」

「見方によってはそうかもしれない」

「だろ。だからさ、そのかわりに、明日、俺に付き合ってくれよ。ドッグレース行こうぜ、ドッグレース」

「あ、行きます、行きます。わたし、行きます」と多恵子が横から手をぴんと伸ばす。

「お、嬉しいねえ」と鷹が相好を崩し、「多恵子は関係ないだろ」と由紀夫は慌てる。

けれどどういうわけか鷹と多恵子はすっかり意気投合し、どこで待ち合わせをしようか、であるとか、いくらくらい用意していけばいいんでしょう、であるとか、競馬とどこが違うんですか、であるとか和気藹々《わきあいあい》と、すでにドッグレースに行くのが既定路線となったかのような会話を交わしている。

「俺は行かないよ」

「由紀夫、そうつれないことを言うなよ。ドッグレース場に家族シートってボックス型の席があって、そこを使ってみてえんだよな」

「勝手に使ってみればいいじゃないか」

「家族連れじゃねえとだめなんだって。何か、富田林さんが言うには、すげえいいらしいんだよ、家族シート。一度行ってみてえんだ」

「あ、富田林ってさっき由紀夫が言ってたよね。何か、変な名前」と言った多恵子はその後で、「富田林、雑木林、祭囃子」と節をつけるように口ずさむ。

「あ、そういうことは言わないほうがいい」由紀夫と鷹は同時に言って、周囲を警戒した。


富田林の存在を知ったのがいつなのか、由紀夫ははっきりとは覚えていないが、ギャンブル好きの鷹から教わったのは間違いない。「この街で行われる賭け事は全部、富田林が仕切ってんだよ」

富田林は賭場を経営している。もちろん、法的に認められているわけがなく、裏か表かで表現すれば、正真正銘、裏側での経営だ。正真正銘の裏、とは妙な表現だと由紀夫は思うが、しかしそうとしか言いようがない。日陰を堂々と歩いていくのが、富田林なのだ。

「ラスベガスみたいなやつ?」子供の頃、由紀夫はテレビで観た、スロットマシンやルーレットの並ぶカジノを思い浮かべ、訊ねたことがあった。

「そうじゃねえんだよな」

実際、それとはまるで違った。

富田林の賭場は、明日の天気からスポーツの結果、どこそこの犬が産む仔犬が何匹か、あるテレビキャスターの第一声は何か、などどんな些細な事柄でも賭けの対象にする場所だった。

「当てっこだ」と鷹がにやりと歯を見せた。

後に由紀夫は、イギリスに、ブックメイカーという、やはり、ありとあらゆることを賭けの対象にする賭場が存在することを知ったが、富田林の賭場は非合法ゆえの無法地帯の印象が強く、不穏さが常に付き纏っている。

「もともと最初は、野球好きが高じて野球賭博をはじめたんだってよ」鷹は、富田林の賭場の歴史について、以前、そう説明をしてくれた。野球好きが高じると、どうして野球賭博開催に繋がるのか、由紀夫には理解しがたかった。

富田林には以前、熱狂的に応援をしていた野球チームがあったらしかった。在京の人気チームだった。「応援していたピッチャーが引退すると、そのチームの応援をやめたんだけどな」

富田林は、その投手が三十二歳で戦力外通告をされた際、男泣きに泣いたらしい。他球団に行くための試験、トライアウトを受けるため、球場の片隅で練習をするその投手に会いに行き、「絶対、合格する。まだまだやれるよ。あの投球を見せてくれ」と握手まで交わしたらしいが、結局、投手はどの球団からも必要とされなかった。

またしても富田林は大泣きし、それ以降、野球界を敵視するようになったらしいが、鷹が言うには、本当に泣きたいのは、家族を抱えたまま職を失い、途方に暮れたその投手自身だろう、とのことだった。

「じゃあ、富田林さんは野球が嫌いになったから、野球賭博をはじめたんだ？」

「いや、その前から野球賭博やってたな」

「あ、そう」じゃあそのエピソードは無関係ではないか、と由紀夫は呆れた。

マスコミや議員は直接言わないので、公にはなっていないが、由紀夫の住む街でドッグレースが認められたのも、富田林の存在が大きかったに違いなかった。

今でも思い出すのは、小学二年生の時に、鷹に連れられて、その家を訪れた場面だ。街の一番北東に位置する富田林の自宅は、瓦屋根が見事な、昔ながらの日本家屋だった。庭が広く、車が三台は停められるほどの場所もあったが、のけぞるほどの豪邸ではない。鷹から聞いていた噂話から、「意外に普通の家ではないか」と思いもしたが、鷹は、「地下にはでかい部屋があって、賭け事を仕切る事務所になってんだよ」と言った。由紀夫にしてみればその、「賭け事を仕切る事務所」という言葉がすでに、想像の範囲を越えていた。

鷹は、ものものしい門柱のチャイムを押し、富田林を呼び出した。高い塀を見上げていた由紀夫は、庭の松の木に設置された小さなカメラを見つけた。執拗にレンズが向けられてきたのをよく覚えている。

「おお、鷹ちゃん。何の用か」現われた富田林は、いったいどんな恐ろしい男が来るのかと身構えていた由紀夫からすれば、拍子抜けするくらいの、小柄で愛想のいい男だった。背は百六十五センチメートルほどで、少し小太りだった。頭頂の髪が薄く、丸い鼻が印象的で、笑い皺が目立った。

鷹の隣にいる由紀夫に気づくと、「おお、君が由紀夫君ね。おまえのお父さんは、強運だね」と優しく言う。

そして鷹は、由紀夫の知らない用語をいくつか口にし、倍率がどうの、情報がどうの、と富田林と話を交わし、いくらかの金を支払い、かわりに半券のようなものを受け取った。

「当たればいいねえ」と富田林が言う。

当たれ、当たれ、と鷹は半券を握った手に唱えはじめた。

「そういえば」鷹が帰り際に、富田林に訊ねた。「この間、恐竜川の下流で、ポリバケツが見つかっただろ」

「ああ」と頬を綻ばす富田林の目が妖しく輝き、その瞬間だけ由紀夫はぞくっとした。背筋を氷が流れ落ちるような冷たさを感じ、身震いした。「新聞で読んだかもしれないなあ」と彼は答える。

「新聞でねえ」と鷹は含みがありそうな間延びした口ぶりだった。嘘をつくな、と言いたげだ。「あのポリバケツに男の死体が入ってたらしいけど、その男の顔、見たか？　新聞の写真」

「いや、見なかったよ。酷い事件だなあ」と富田林が言う。

小学生の由紀夫でも、嘘だ、と分かる言い方だった。この人、本当は知っているんだ、と思った。

「あの顔、この間、俺と富田林さんと太郎がラーメン屋にいた時に、声をかけてきた奴に似ていなかったか」

太郎、とは富田林の一人息子だ。年齢は由紀夫の二つ上で、当時は由紀夫と同じ小学校に通っていた。毎朝、黒塗りのものものしい外車を校門脇に横付けし、後部座席から静かに現われる太郎は、かなり目立っていた。

太郎は大柄の割りに、いつも泣き出しそうな表情をしているので、年下の由紀夫の目からも弱々しく見えた。何に対するアレルギーなのかは分からなかったが、額や頬に湿疹をたくさん作り、赤ら顔で、外車から降り、校舎へとぼとぼ歩いていく姿は、心細さと悲哀をまとっていた。だから、というわけでもなかったがはじめて目撃した由紀夫は、それが誰なのか分からないにもかかわらず、思わず近寄って、「大丈夫？」と声をかけてしまったくらいだ。

その時の太郎は突然、話しかけてきた下級生に首を捻り、「え」と言った。

「何だか元気がなさそうだったから」小学校二年の由紀夫は、今よりもずっとお節介だったわけだ。

「大丈夫」と太郎はうなずき、「ありがとう」と口元を緩めた。そうするとさらに泣きそうな表情になった。

富田林邸から帰る道すがら、鷹が、二週間前に起きたという出来事について話をしてくれた。二週間前、駅前の小さなラーメン屋で食事をしていると、富田林と太郎が現われ、テーブルを共にすることになったらしい。するとそこに、ちょうど店に入ってきた客がいた。三十代前半くらいの柄が悪そうな男二人で、若干のアルコールのせいなのか、鷹たちのテーブルの傍を通る際、太郎の湿疹をからかった。囃すようにした。

その時、富田林は目を強張らせ、「外見や湿疹、頭髪などは、自分の努力ではどうにもならないんだから、そういうところを責めないでほしいね」と訴えた。当然、男たちが、「ああ、その通りですね。軽率でした」と殊勝に反省するはずもなく、「何この親父、情けねえ顔して、何言ってんの」と理屈のはっきりしない批判を、富田林にぶつけた。

「おい、おまえたち、富田林さんだぜ」鷹はそこで慌てて、彼らに言った。手遅れになる前に、と思ったのだ。けれど鷹の親切も空しく、彼らはすぐに、「変な名前だ。トンダバヤシ、祭囃子」とからかい口調で手を叩いた。「子供は湿疹だし、親は変な名前か。あ、子供も変な名前だな」

富田林は特に言い返しもせず、じっと男たちの顔を見つめているだけだった。

「富田林さんは気に入らない相手がいると、その顔を必死に覚えるんだ」鷹が歩きながら、由紀夫に教えた。「後で、見つけ出して、じっくり仕返しをするためにだな。だから、その場は大人しく、そいつの特徴を全部、頭に叩き込んで、で、低い声で、『覚えたからな』って呟くんだよな。ありゃ怖いぜ。一度覚えたら、絶対、忘れねえし」

「じゃあ、そのラーメン屋の客は」

「ポリバケツに入っていた死体なのかもしれねえな。新聞に載っている顔がやたら似てた」

「ポリバケツに入って入るの？」

「大きいやつだ。しかも人はバラバラに」

「鷹さん」小学校二年生の由紀夫は目をぱちぱちとさせながら、確認をする。「そういう怖い話、子供に聞かせていいの」と。

「ああ、確かにそうだな」鷹は平然としていた。「でもまあ、富田林さんが特に怒るのが、太郎の湿疹の悪口を言われたり、自分の名字を馬鹿にされることなんだよな。おまえも気をつけろよ。この間の客みたいに、千切りにされちまうからな。千切り」

「千切り、って何それ。千切りだったの、その人」

鷹はそこでさすがに、息子に物騒な話をしすぎたな、と気づいたようだった。ごにょごにょと誤魔化すようにした。

人の名前を蔑むような言い方はしないほうがいい、と由紀夫は、多恵子に話した。「名前は、本人が努力したって、変えようがないんだから」

そんなにむきになって怒らなくてもいいじゃない、と多恵子は少し頬を膨らませた。

「そうやって、むくれる羽目になるんだから、俺に近づかないで、さっさと自分の家に帰ればいいんだよ」由紀夫は来た道を指差した。

いつの間にか歩みが止まっていた。多恵子が、早く由紀夫の家に行こう、と当然のように言う一方で、明日はドッグレースに行こう、と鷹が、やはり当然のように訴える。住宅街の道端で、同級生と父親の顔を交互に眺めながら、嫌気が差していた。

「分かった」しばらくして由紀夫は声を上げた。「分かったよ、明日、ドッグレースに行こう。そのかわり、今日、俺の家に来るのはやめてくれ。多恵子、それでいいじゃないか。きっと俺の家よりも、ドッグレースのほうが楽しい」

その妥協案に、多恵子はあからさまに不服そうだった。けれど、由紀夫の決意が固いものだと察したのか、「じゃあ、そういうことでいいよ」と不貞腐《ふてくさ》れ気味に言い、渋々、別方向へと立ち去った。

残った由紀夫と鷹は一緒に家へ向かう。

「最近はドッグレースとか、他のギャンブルとか調子はどうなの」

「まあ、とんとんだな。勝つときは勝つし、負けるときは負ける」

由紀夫の歩く速度に合わせ、自転車に乗ったまま、鷹がついてくる。方角としては西に向かっているせいか、沈みかけの赤々とした陽が、由紀夫たちの正面に見えた。

「おい、由紀夫。おまえ、あんな風に素っ気なくしてると、多恵子ちゃんに逃げられるぞ。逃げられるか、もしくは、遊ばれるか、だな。気づいたらいつの間にか、別の男とも付き合ってた、なんてことになるから気をつけろ」

多恵子とはもとからそういう関係にないのだ、と説明するのはすでに諦めていた。「あのさ、鷹さんたちは怪しいとか思わなかったわけ」と言った。

怪しいって何をだ、と訊ね返してくる目がある。道路脇の家の塀から縦横無尽に生い茂ったシダが飛び出していて、鷹はそれを、ぶつからぬように手で払っている。

「母さんが四股をかけてた時だよ。みんな、浮気されてるって気づかなかったわけ？　二股どころじゃなくて、四股だよ」

「あのな、おまえの母親は嘘を隠すのが上手いんだよ。ずるくて、抜け目ない」

「俺なら、ずるくて抜け目ない女の人とは絶対に結婚しない」

「俺たちだって、みんなそう思ってたんだぜ。たとえば、世の中で事故に遭った奴は、みんな、事故に遭いたくなかった奴なんだ。それと同じだ」

「母さんとの結婚は事故だったわけだ」厳密には彼らは婚姻届を出しているわけではなかったが、結婚式は挙げている。

「由紀夫、頼むからそれを知代さんには言わないでくれ」鷹は懇願するというよりは、びっと指を出し、決め台詞さながらに鋭く言った。

「あのさ、母さんが四股かけているって分かった時、鷹さんは怒らなかったの？」

鷹はそこで、「まあ、怒ったと言えば怒ったし、とにかく驚いたな」と視線を遠くへ、十年以上前の過去に向けた。そして、失敗談を話すことをためらうと言うよりは、豊潤な思い出を出し惜しみするかのような間を空けて、「そのへんのことはよ、夕食の時に、みんなに聞いてみろよ」と言った。

「『だって、訊かれなかったから』と、確か、彼女はそう言った気がする」悟が食卓の煮物に手をつけた後で、言った。

父親四人が食卓に揃っていたが、母の知代はまたしても不在だった。残業だ、と連絡があった。夕食ならば鍋に煮物を作ってあるから、後は冷蔵庫の中身で対応しろ、と簡単な指示もあった。

由紀夫が、「四股発覚の時」について話題にすると、四人の父親は四人とも、嚙み潰した里芋の煮物が瞬時に苦虫に変わった、と言わんばかりの顔つきになった。

「俺もそう言われた」勲がうなずく。「『だって、他に恋人がいるか、って訊かなかったでしょ。訊かれないのにわたしだって、わざわざ自分からは言わないよ』と来た。懐かしいな」太い腕が半袖のシャツから見える。

「そうそう、そうだった」葵が言う。

「そういや、俺もそうだ」鷹も首を振った。

「でも、葵さんなんて、自分もしょっちゅう、二股とかかけていたんじゃないの？」由紀夫は箸をゆらっと振って、ひじきの煮つけに狙いを定める。「だから、母さんに男の影があるんだったら、気づきそうなものだけどね」

「失礼だな。でもまあ、確かに一度、疑ったことはあった」葵が思い出したかのように、うなずいた。

「二股かけてないか、って質問した」

「その時、知代さん、何て答えたんだよ」鷹が訊ねる。

「爽やかな笑顔で、『わたし、絶対に二股はかけていないから』って言った」

「四股だったんだからな」悟が呆れたように、顔をしかめる。

「嘘ではなかったわけだ」勲がうなずく。「はじめてそのことを打ち明けてきた時も、『どう、驚いた?』なんて知代は目を輝かせていた」と悟が言うと、他の三人も、そうそう、とうなずき、「ああいう時の彼女はやたら可愛いんだよな」と、のろけているようにも、やけくそになっているようにも感じられる台詞を発した。

「四人が全員顔を合わせたのっていつだったたわけ」

父親たち四人はそこで思い思いに顔を見合わせた。そして、誰が率先して喋るべきか、無言で打ち合わせをする間があり、たいていそういう場合には年長者である悟が発言するのだ、と由紀夫が考えていると、実際、悟が、「おまえが生まれる、と発表された時だよ」と言った。

由紀夫は、全ての責任はおまえにある、と指摘された気分になり少し怯えた。「それはみなさんにはご迷惑をおかけしました」と口にすると、父親四人はいっせいに笑った。

自然と視線が、窓際のサイドボードに行ってしまう。腰くらいまでの高さで、母の知代の気に入ったアクセサリーであるとか、人形が並び、高級そうな置時計や小さな絵が載っている。横長の写真立てもあった。母と父たちの結婚式の時の写真だ。ウェディングドレスの母の両脇に、二人ずつ父親が立っている。思慮深げな落ち着き払った悟の隣に、長身で、眉の映える葵、そして、満面の笑みを浮かべ、二重瞼の目を大きく見開いた母、オールバックにして、照れ臭そうに顔を歪める鷹と、胸を張り背筋も真っ直ぐの勲、全員が写っている。あの母の腹の中には俺もいるのだな、と由紀夫は写真を見るたびに思う。

　母の両親も、父親たちの両親も、誰一人として出席しない、完全に本人たちだけの結婚式だったらしい。式場のほうも、新郎四人に新婦一人の挙式を依頼され、相当、驚いたに違いないが、そして実際、何箇所かでは拒否されたらしいが、物好きで乗りのいい結婚式場が承諾をしてくれたのだと言う。「遊び半分ではないでしょうね」式場の責任者は最後に一度、そう念を押したらしい。「わたしたちは、あなたたちが真剣だからお手伝いするんですよ」と。

「当たり前だ」と鷹は乱暴に言い、「大の男四人が一人の女性と、一緒に結婚するなんて、遊び半分じゃ思いつきませんよ」と悟が説得し、ようやく相手も、「ですよね」と納得してくれた。

　戸籍上は由紀夫は、非嫡出子の扱いになっているに違いなく、そういえば小学生の頃、どこでどういう情報を入手したのか、気の合わない同級生が、「おまえさ、お父さんいないんだってな」と相手の弱点を抉《えぐ》るかのように得意げな面持ちで、言いたててきたことがあった。当時のそのクラスでは、両親が離婚をしていたり、父親が事故で亡くなっているような生徒が特別、珍しくなかったから、由紀夫は、「こいつは何をそんなに、鬼の首を取ったかのように嬉しそうなのだ。戸籍で何が決まるのだ」と疑問だったが、それより何より、「父親がいない、と言うけれど、うちにいるあの賑やかな四人組は何だと言うのだ」とそのことのほうが不思議でならなかった。

　食事を終えると、それぞれが自分の食器を持って台所へと立ち、洗剤で洗った後に、乾燥機へと置く。シンクの前はせいぜい一人が立つのが精一杯なので、配給所に列を作るが如く、男五人が食器洗浄のために並んでいるのはどこか滑稽でもあった。

　それが終わると居間に全員が居残り、テレビや雑誌を眺めはじめる。由紀夫は問題集を開いた。

「実は明日、由紀夫と遊びに行くんだよ」ソファに座り足を組む鷹がにやつきながら、言った。「しかも多恵子ちゃんも一緒に。な」

「あ」と葵が羨望の声を発した。「どこに行くわけ？　俺もついていきたいなあ」

「駄目、俺たちだけで行くんだ」

「どうせ、ドッグレースだろうが」と勲が鋭く言い当てた。

「なぜ、分かるんだ」

「なぜ、分からないと思うんだ」勲はくっきりとした眉を寄せ、鷹を見下すようにした。「いいよなあ、俺は明日、せっかくの土曜日だってのに、学校行事で山登りだ」

「山登り？　何のために」由紀夫は訊ねる。

「そこに山があるから」と勲が笑うと、鷹が、「そんなんだったら、そこに、ビルやホテルもあるぞ」と茶化した。

「頭でっかちで、インターネットや本から知識を仕入れて、『先生、世の中なんてしょせんこんなものだよね』とか生意気なことを言って、悦に入っている中学生を、苛めるためだ」と勲が言う。

「暴力教師、陰険になる」葵は嬉しそうに言った。

「この間、教師に殴られたっていう、例の粋がった中学生も参加するのか」鷹が訊ねる。

「一応な」と勲は言ってから、あれは殴られたのではなく殴らせたのだがな、と訂正する。

「でもよ、俺の経験からすれば、生意気な中学生はそんな登山、さぼっちまうぜ。かったるいって言ってな」

「いっそのこと、そのさぼろうとしている生徒の家に、鷹を連れて行って、こう言ってみたらどうだ。『こんな大人になってしまうぞ』」

「悟さん、冗談が厳しいなあ」鷹が困惑まじりに顔をしかめる。「俺はドッグレースに行くんだよ。昼から夕方まで疾走するグレイハウンドを眺めてるんだって。な、由紀夫」

由紀夫はすでに父親たちの会話に興味を失い、手元の問題に集中していたので、ああそうかもね、と生返事をした。

由紀夫はひたすらに数学と英語の演習問題を解いていた。さほど頭を悩ますものもなく、機械的に公式を当てはめ、もしくは暗記している熟語を埋めていけば正解を導き出せる。

『人が生活をしていて、努力で答えが見つかるなんてことはそうそうない。答えや正解が分からず、煩悶しながら生きていくのが人間だ。そういう意味では、解法と解答の必ずある試験問題は貴重な存在なんだ。答えを教えてもらえるなんて、滅多にないことだ。だから、試験にはせいぜい、楽しく取り組むべきだ』とは悟の言葉だ。

小説をじっと読み進める悟に、愁い溢れる眼差しでテレビの中の漫才師を見やる葵、新聞と首っ引きで犬のデータを検討している鷹、何かを思案するかのように太い腕を組み、膝を組んでいる勲、その四人の横で由紀夫は黙々と勉強を続けていた。「試験、どうにかなりそうか？」と悟が訊ねてきたので、「何とか」と応える。

時計を見ると深夜一時前だった。試験勉強自体はほぼやることもなく、あとはこのまま体調を崩さず、水曜日からの本番に臨めば、大失敗はないだろう、と思う。ただ、あまり眠る気にもなれず、悟の部屋から持ってきた文庫本に目を通し、葵から借りたＣＤをヘッドフォンで聴いていたのだが、さほど気が乗らず、結局は部屋の書棚の隅にあった、中学時代の卒業アルバムを取り出し、やはり鱒二は外見もほとんど変わっていなかったな、と再確認をし、そうこうしているうちに時間が経っていた。途中で父親のうちの誰かが、おそらくは鷹か葵だろうが、外に出て行く音が聞こえ、それ以外は静かなものだった。

小便がしたくなり階段を下りていくと、目の端に人影が入り、少し驚いた。

「何してるわけ」後ろから声をかける。勲は驚くわけでもなく、ゆったりと振り返り、おお由紀夫まだ起きてたか、と言った後で、「トイレだよ」と答えた。

「そういえば勲さん、今、うちの同級生が不登校なんだけど」ふと思いつき、訊ねてみた。

「うちのクラスにも一人いるぞ」そう言った勲は眉根を寄せ、つらそうな顔をした。

「どうしたら、学校に来るんだろう。部屋にこもったきりらしいんだ」

「理由はいろいろだ。深刻な苛めを恐れている生徒もいれば、単に、一度休んだら行きづらくなっただけの奴もいる。放っておけば来る奴もいるし、無理やり連れてきてうまく行く場合もある」

「小宮山は野球部で威張ってたから、苛められてたわけじゃないと思う」由紀夫がそう言うと、勲は、「いや」とすぐ否定した。「威張っている奴が、一夜明けたら苛めの対象になる、なんて十代の頃はよくあるさ。おまえだって、そう思うだろ。中学生だとか高校生は、いつも、誰かを虐《しいた》げて、蔑《ないがし》ろにする対象を探してる。優しくて言い返せない奴ほど、どんどん狙われる。というよりも、大人もたぶん、そうだな」

「中学教師の発言にしては、暗くなるような意見だ」

「性善説みたいに、あまり、子供や人間に期待してると馬鹿を見る。だろ？　暗い部分を分かった上で、どうにかするしかない」

「で、勲さんは例のマイケル・ジョーダンの言葉を、生徒の前で繰り返すわけだ」

『俺は何度も何度も失敗した。打ちのめされた。それが、俺の成功した理由だ』

それは、昔、テレビのコマーシャルで流れていた、というバスケットボールの神様の名言だったが、由紀夫は子供の頃から、散々聞かされていた。

「最近の生徒は、ジョーダンすら知らねえで馬鹿にするからな。腹が立つ。で、失敗して恥を掻くくらいなら、何もしねえで部屋にこもっていようとする」と勲は言った。

「もし、俺が部屋に閉じこもったら、勲さんはどうする？」

不意の質問だったから、勲はきっとしばらく思案してから回答してくるのだろうと思っていたが、案に相違して、即答してきた。「おまえの閉じこもっている部屋の外壁を、工事車両でぶち壊す。そうすりゃ、ひゅうひゅう風が吹き込むし、きっと泣きながら出てくる」

「何、そのアイディア」

「いくら部屋に閉じこもっていたところで、外の壁を壊してしまえば、そこはもう部屋じゃなくて、外だろ」

「無茶苦茶だ」

「これは、おまえがまだ小学生の時、みんなで考えた案の一つだな」

「みんなって、父親全員でってこと？」

「子供を育てるなんて、分からないことばっかりだったからな、当時は毎週一回、全員で、家族会議を開いていたんだ。将来に備えての心構え、とか、夜間に由紀夫が体調を崩した際の対処法と役割分担とかな」

それは家族会議と言うよりは、父親サミットだな、と思いつつ、四人が真顔で顔を突き合わせている光景を思い浮かべると間が抜けている、と可笑しくなった。「母さんも参加してたわけ？」

「テーブルに座って、黙って聞いてただけだ」

「他にはどんな議題があったわけ」

「思い出せないくらい、いろいろあったな。おまえが恋人を連れてきた時はどうするだとか、夜中に強盗が入ってきたら、誰が由紀夫を助けるかっていう検討もあった」

「誰になったわけ？」

「曜日ごとの役割分担にしたんだ」

「泣けるなあ」ゴミの日じゃないのだから、と思う。

「当時、脱獄物のテレビドラマで流行ったシーンがあってな、おまえも子供の頃、好きだったやつなんだが」

「ランナウェイ・プリズナー？」由紀夫はすでに何年もの間、思い出すこともなかったその番組名が自分の口を突いて出てきたこと自体に驚き、たじろいだ。「懐かしすぎる」

「あれは面白いドラマだったよな」勲がうんうん、とうなずく。

『ランナウェイ・プリズナー』は、由紀夫が小学生の頃に放送されていた連続ドラマだった。脱獄した囚人が、ひたすらに追っ手から逃げ、自暴自棄の利己的な行動ばかりを取るのだが、それがどういうわけか行く先々で知らず人を救っている、という話だった。駄洒落ばかりを発するプリズナーの性格のせいか、由紀夫はてっきり心温まるコメディかと思いこんでいたが、後半になるにつれ、物語に悲愴感が漂い、由紀夫たち子供視聴者を戸惑わせた。

当時は殺人の罪の時効が十五年であったことから、毎回放送のどこかで、「十五年逃げ切ればいいんだろ？　楽勝だぜ」という決め台詞を発するのが、ドラマ内の約束事になっていた。ただ、よく考えてみれば一度捕まって、収監された犯人に、時効も何もないので、そのあたりからしてすでに現実味はなかった。決め台詞はだんだんと痛々しさを伴い、終盤に至っては、居たたまれない気持ちになった。

「あのドラマの脱獄シーンを真似したの、覚えてるか？」

「ああ」由紀夫はすぐに思い出し、苦笑する。自分の幼少時代の失敗や失態についての記憶を蘇らせるのは、それなりの覚悟と開き直りが必要だったが、それが自分の父親の愚行もプラスされた思い出となると、苦々しさも倍増だ。

『ランナウェイ・プリズナー』では脱獄する際、高い塀から電線に向かって飛び、看守から奪った革の鞭を引っ掛け、両手でぶらさがり、ロープウェイのようにして脱出した。後にそれは、別の脱獄映画の模倣だと判明し、脱獄方法の描写に著作権はあるのかどうかと小さな論争を巻き起こしたらしいが、それはまた別の話で、当時の由紀夫はとにかく、「電線に触れてどうして感電しないのか」とそればかりが気になった。

「雀が電線に止まってても感電しないのと同じだ」と悟は言った。「電気は電圧の高いところから低いところへ流れるんだ。だから、一本の電線に触れているだけなら、その高低がないから電気は流れない。人間が普通、電線に触れるときは、足が地面に、もしくは別の物についているだろ。そうすると、電圧の差ができるから、電気が通り、感電する。鳥だって、時々、誤って二本の電線に跨ってやはり、感電する」

「だから、ああやって空中で触ってる分には、無事だったわけ?」

「いや、あれはドラマだからだろうな」悟が笑った。

ドラマの脱獄シーンを、「実際にやってみようじゃねえか」と言い出したのが、鷹だった。本当にああいうやり方で逃げられるのかどうか試そうぜ、と主張した。

子供だった由紀夫はただ純粋に面白そうだ、とその提案に賛成したが、他の父親たちは、「おまえはいつか刑務所に入る時があるかもしれないが、俺たちには無用の実験だ」と露骨に反対した。けれど、鷹は諦めなかった。近くのマンションへわざわざ赴き、ちょうど良い高さの電線を見つけると、「よし行くぞ」とタオル片手に飛び移ろうと試みた。「よし」と由紀夫もうなずき、行けプリズナー、と叫んだが、そこを偶然通りかかった、パトロール中の勤勉な警察官に見咎められた。

「あれは嫌な思い出だった。鷹さん、交番で警官相手に喧嘩をはじめるし」

「まあな」

「思えば、あの時から僕は、父親のことを疑いはじめたんだ」

「どういう意味だ」

「電線で脱出なんてできないし、父親たちを信じちゃいけないんだって分かった」

「そんなことでか」勲は驚いた顔をした。

「あれは決定的だった」

いったいこれはそもそも何の話だったっけ、と由紀夫が思っていると、「とにかく、もしおまえがその同級生を本気で、学校に連れてきたいなら、壁を壊すくらいの覚悟はいるってわけだ」と勲が言った。

それは大袈裟だよ、と由紀夫は呆れる。「でもさ、学校に来ることが正しいとも限らないよね」

中学教師の勲が何と答えるのか興味があったが、彼は悩む様子も見せずすぐに、「そりゃそうだ」と言った。「学校に来て、楽しい奴もいれば、楽しくない奴もいる。だからまあ、不登校自体はいちがいに悪いことではないかもしれないな。ただ、部屋にこもっているのは問題だ」

「問題かなあ」

「もちろん出てこられない理由があるなら別だぜ。病気だとか、怪我で。そうでもないのに、閉じこもってる奴は、人じゃなくて家具に近い」

「家具でもいいじゃないか」

「飯を食う家具だぞ。邪魔でしょうがない」勲は笑いもせず、眉をひそめた。

「じゃあ、小宮山の親は、小宮山が家具になる前に部屋から引っ張り出すべきなんだ」

「そうだな」勲の顔が少し神妙になる。「十代の子供は何だかんだ言っても、親の影響が大きい」

「いや、それはまさにそうだと思うよ」と由紀夫は答える。それから鑑みるに、自分たちの影響についてはどう評価しているのだ、とぶつけたくもなったが、面倒なのでやめた。階段を上りはじめる。

母の知代はまだ帰宅していないのだな、と気になった。

部屋に戻り、ベッドに横になると思いのほか早く眠りについた。頭の芯が重く沈むような感覚があり、それと同時に、目の前に靄がかかった光景がじわっと滲み出した。

つまり、夢を見た。

夢の中の由紀夫は中学の二年生で、深夜に家をこっそりと抜け出るところだった。いったんは部屋に入り、さも寝入ったかのように見せかけたが、三十分ほど間を置いてから、階段を下り、足音に気を配りながら、玄関から出た。靴も手に持ったままで、外に出てから履いた。

二時間ほど前から四人の父親たちは、かなり熱のこもった麻雀をはじめていたので、おそらく、家を出てきたことを気づかれてはいまい、と由紀夫は思っていた。

庭から出る際、塀の脇に横倒しにしてあった、スチールパイプを手に取る。以前、物置を解体した際に残った物で、捨てるタイミングを失い、そこに置きっぱなしとなっていた。

由紀夫は街の東端にある、ガスタンクを自転車で目指した。

ほとんど一本道で、道に迷う心配はないが、月の位置も判然とせず、真夜中のせいか、心もとない気分だった。パイプを持つ手に力が入る。夢だからか、上下させる足の感覚も覚束ず、宙を行く気分でもある。

発端は、昼間の出来事だった。たまたま、教室の掃除を終え、ゴミを焼却炉に運んでいくところで、エアコンの室外機の裏手から聞こえてくる声を耳にしたのだ。複数の男たちが、誰か一人を脅しつけているのは明白で、姿こそ見えなかったが、由紀夫はそれが自分と同学年の生徒たちだな、とは分かった。面倒臭いことには関わりたくないため、そのまま通り過ぎようかと思ったが、耳がそちらを意識してしまう。嫌なものほど見入ってしまったり、悪臭に気づいた途端、深く匂いを嗅いだりするのと似ている。

「何で金を持ってこないんだよ。約束が違うじゃねえか」と誰かが言う。

「もうお金、ないから」と別の誰かが弱い声で答える。

「おまえさ、親の金を持って来いよ。通帳とかあるんだろ。こっそり俺たちに貸せって。親父の金とか」何者かの脅しが聞こえた。

「通帳はやべえよ。ばれやすいし」また違う声がする。

「そうだ」とさらに別の誰かが発見の声を上げた。「カードとかあるだろ。クレジットカードとか。あれでいいよ。あれ持って来い」

別のことに頭を使えよ、と由紀夫は呆れつつ、けれど、クレジットカードを中学生が使用したら怪しまれるだろうに、と考えた。すると弱々しい声の主が、「でも、中学生がカードを使ったら、怪しまれるよ」と同じことを言った。

「大丈夫だって。ほら、あの、あいつがいるじゃん。すげえ老けてる」とまたまた別の声が応える。どうやら彼らの仲間の一人のことらしい。「あいつに使わせようぜ。ばれねえよ、きっと」

「よし、じゃあ、今晩、持って来いよ。で、明日、俺たちが使うからよ」また他の誰かの声がする。そして、夜の集合時間と集合場所をさらに別の誰かが述べた。

由紀夫のいる場所からは、彼らの姿が把握できないのだが、次々と新しい声が発言するので、ひょいと覗き込んだら、何百人もの男たちが、石の下の昆虫よろしく群れをなしているのではないか、と想像し、ぞっとした。

弱々しい声はそれ以降、聞こえなくなった。

由紀夫はその、一方的な物言いと、相手の親にまで侵食していこうとする図々しさと厚かましさに腹が立ったが、自分には関係がないことだとも思ったので、焼却炉にゴミを捨てに行くという本来の目的を果たすと、すぐにその場を立ち去った。

気になりはじめたのは、夕食を食べている最中だった。

母の知代が作った餃子を食べている最中、その噛んだ皮の中からじわっと肉汁が口の中に広がると、それがまるで呼び水になったかのように、不意に、「あの彼は、カードを渡してしまうのだろうか」と気になった。

「どうかした？」知代はさすが母親、と言うべきか、鋭い直感を働かせ、由紀夫の内心を読むようなことを口にしたが、由紀夫はすぐに、十代の若者が親に対して最も多く発する、例の返事で誤魔化した。「べつに」

食事を終え、風呂に入った後も由紀夫の頭の中には、不良中学生とクレジットカードの件がこびりついたままで、そしてこのままでは他のことが考えられなくなるのではないか、と心配になり、それならば自分で決着をつけようではないか、と思い立った。

夜のガスタンクにたどり着く。ガスタンクの周辺は小さな森だった。子供の頃から由紀夫たちにとってその森は、「暗くなったら行かないほうがいい」場所で、そして、そのガスタンクは、「あれが見えるから、家はこっちだ」と方角を把握する時の目印だった。

久しぶりに訪れたガスタンクは、正確には、ガスの球形ホルダーと呼ぶらしいが、昔の記憶そのままに、美しい球形をしていた。直径三十メートルはある。青みがかった薄緑色の、ガスタンクの色、としか言いようがない色が、夜にもかかわらず鮮やかだったのは、夢だからだろう。夜の暗さの中でも、輪郭がはっきりとしている。

タンクの周りには、それを支える脚のような柱が何本も並んでいた。

昼間の話では、そのガスタンクをぐるっとなぞるように回った裏手に、彼らは集まっているはずだった。由紀夫はそちらへと足を進めながら、もしかすると昼間に聞いたあれは、まったくの幻の声で、恐喝者と被恐喝者の亡霊のようなものがいただけではなかったか、と思いそうにもなった。そういえば、あの時の声は異様に多かったし、亡霊の群れと考えたほうが近いのではないか、と。

けれどほどなく、あれは亡霊ではなく、正真正銘の中学生だった、と判明する。森の手前、古い街路灯が僅かに照らすだけの場所に、集団がいた。

一人を囲むように、五人ほどが円を作っている。何が行われているのか、詳細までは把握できないが、おおよその見当はついた。

五人か、と夢の中で由紀夫は呟き、自分の持ってきたパイプに視線をやり、「これでどうにかなるだろうか」と考える。勲相手に格闘技の練習のようなものは行っているが、多勢に無勢、のこのこ出て行ったところで逆にやり返されてしまう。勲は常日頃から、複数の相手とは喧嘩するな、とよく言った。逃げるのが一番なのだ、と。ただ、それが避けられない場合は、せめて長い棒やロープを探して、ひたすら相手の鼻面を狙って、振り回せ、と教えてくれた。

小さい呻き声が耳に入ってきた。中心に据えられた彼が、小突かれたらしい。弱々しく尻餅をついている。

由紀夫は舌打ちをこらえる。脅して、搾取しようとする側はもちろんのこと、脅されて、搾取されようとしている、尻餅をついたほうにも腹が立った。そこで、なされるがままに倒れてしまってどうするのだ、と。

夢はどれくらいの時間を省いたのか、気づくといつの間にか、見えなかったはずの月が頭上にある。半分に欠けた、白色の月だ。

決心し、足を踏み出す。ただそこで、背後に人がいることに気づき、思わず奇声を上げそうになった。

見るとそこには、アイスホッケーの白いマスクが妖しく存在していた。背中の毛が逆立ち、よくぞ悲鳴を上げなかったものだ、と由紀夫はそのことにまず驚く。

「由紀夫、俺だよ、俺」マスクを上げるとそこには見知った顔があった。

「鷹さん」相手の名前を呼ぶ。その背後にさらに、別の影が二つあり、その二人ともがやはり白いホッケーマスクを被っていた。ホラー映画の主役さながらだった。

二人もマスクを外す。由紀夫は呆れる。「葵さん、それに、悟さんまで。何しに」

「おまえを加勢しに来たのに決まってるだろうが」鷹が嬉しそうに言う。

「おまえがこっそり家を出たことくらい、俺たちが気づかないと思った？」葵が微笑む。

「そのマスクはいったいどこから」

「昔、由紀夫が生まれる前に、これを全員で被って、母さんを驚かせた時があったんだ」悟が淡々と応える。

論理的で、賢明な悟までもがそんな馬鹿げた仮装をしていることに戸惑う。

「勲さんは？」

「勲は中学校の現役教師だからな。中学生に手を出したらやばいだろ。いくら格闘技好きって言ってもな。だから、近くで様子を見てる。展開次第で、警察を呼んだり、声を上げたりするわけだ」

「俺が何しに来たか、知ってるわけ？」

「ここに来て、だいたい想像できた」悟が顎を引く。

「な、俺の言った通りじゃねえか。俺は深夜の喧嘩に出かけたに決まってる、って言ってたんだ。賭けても良かったんだ」

「ほら、由紀夫も被れよ」とそこで葵が、手に持ったホッケーマスクを由紀夫に渡した。

「何これ」

「どうせ、あいつら由紀夫の学校の生徒だろ。おまえがちょっかい出したと分かったら、とばっちりが来るぞ。同じ学校の奴ともめるのは、結構、面倒なんだよ。また会うからな。神経を使う。だから、顔は隠しておけ」

なるほど、と思わず由紀夫は感心してしまう。そしてマスクを受け取り、顔にはめる。

よし行くぞ、と父親たちが張り切り、腰を上げる。彼らの手にはそれぞれ、プラスチック製の玩具バットが握られていた。

戸惑いつつも由紀夫は、遅れて、彼らの後に続く。

そこで目が覚めた。

まだ、寝てから十分しか経っていないことに驚く。馬鹿馬鹿しい夢を見た、と溜め息を吐いた。さらに馬鹿馬鹿しいことには、その夢で見たことは、ほぼすべてが、中学時代に体験した実話だった。


ドッグレース日和だな、と鷹は清々しい声を発し、伸びをした。ドッグレース日和とはいったいどんな天候なのか、と由紀夫が意地悪く訊ね返すと、「太陽の陽射しで、犬の毛が美しく輝いて見える天気だっての」と彼は答える。

「ほんと、ドッグレース日和ですね」鷹の向こう側を歩く多恵子が、調子よく言った。「家で試験勉強なんてしてたら、もったいなくて、絶望したくなるような天気ですね」と暗に、試験勉強に専念したがっていた由紀夫を馬鹿にする。

「このまま試験日を迎えたら、それはそれで、絶望的な気分になるくせに」

「由紀夫、せっかく来たんだから、試験のことは忘れようぜ。俺なんて、中学の時に忘れて以降、試験のことなんて一度も思い出したことはねえんだ」

「今も？」

「今も、忘れたままだねえ」

「俺はそうなりたくないんだって」

ドッグレース場の周辺は、民間の駐車場がひしめき合っている。鷹の運転するRV車をその一つに駐車し、入場口まで歩いている途中だった。高い壁に仕切られた向こう側はレース場で、賑やかな人の気配が感じられた。期待を込めた声や、財布の中身を睨みつける真剣勝負の唸り声が混ざり合っているようで、不思議な高揚がある。

門の脇に入場券を購入する窓口があったが、由紀夫が想像しているよりもずっと清潔感のある場所だった。子供の頃、鷹に連れられて訪れた市外の競馬場の、コンクリート剝き出しの、曇り空の似合う暗い装いとはまるで異なり、子連れの客に照準を絞ったのかと勘ぐりたくなるような、可愛らしい趣さえあった。窓口の建物も丸みを帯び、壁の色は暖色で統一されている。

「な、楽しそうだろ。遊園地みたいで」

「本当ですね、お洒落だし、可愛くて」

「いくら外側が可愛らしくても、蓋を開ければ結局、賭け事と勝ち負けの横行する、きな臭いギャンブル場じゃないか」

「由紀夫」入場料を支払うために、財布を開いていた鷹がそこで顔を上げ、由紀夫を見た。

「何？」

「その通りだ。それはこのレース場に限ったことじゃねえよ。社会全体がそうなってんだって。見た目は、優しく、平和で、みんな平等みたいに見えるけどな、中を見てみりゃ、勝ち負けと不平等の横行する、きな臭い賭場みてえなもんだ」

窓口で、「家族シートを」と言って、チケットを買う鷹はどこか誇らしげだった。「俺と息子と、息子の彼女」とにやつきながら説明した。

「あ、間に合った。俺も一緒にいいかな」そこで背後から声がした。振り返ると、頭一つ高い位置に葵の顔がある。

「何だよ葵、何しに来たんだよ」

「暇なんだ。まぜてよ」

「あの」多恵子がそこで目を瞠《みは》り、葵をじっと見上げていた。

「ああ、これも俺の親父の一人。葵さん」由紀夫は面倒ではあったが、背後にできたチケット購入者たちの行列に圧力も感じつつあったので、嫌々ながらに話した。

「はあ」多恵子の溜め息は、感嘆の吐息にも聞こえた。「恰好いいですね」

「多恵子ちゃんだね、はじめまして」葵の笑い方には媚びがない。すっと右手を伸ばし、それに引き込まれるように多恵子も手を出し、握手を交わした。

「凄く恰好いいですねえ」と多恵子は見惚れつつも、もう一度言う。

「ありがとう」と葵が微笑む。

「言われ慣れてますねえ」とさらに多恵子が感心する。

あ、ずるいぞ、葵、と鷹が即座に言って、葵の手を振り払い、握手を横取りする。

「あの、チケットは」と窓口の女性が引き攣った笑みを見せるので由紀夫は、「すみません。じゃあ、四人分」とさっさと購入を済ませる。


家族シートは、レース場の観覧席の比較的、高い位置に用意された、テーブル付きのボックスだった。ファミリーレストランの六人掛け座席に近く、飲み物や軽食も取れる。座席には小さなモニターもあって、眼下のレース状況が映し出されている。

「落ち着けて、いい席ですね」多恵子が言って、正面に座る葵と鷹を喜ばせる。

「そうだろー、ここは一人だと来られないんだよな。家族っぽくないと」

「これで壁がきちんとしていて、本当の個室だったら言うことないんだけどな」葵は四方を囲む、透明の仕切り板を指差しながら言う。

「密室だったら、女といちゃつける、とか思ってんだろ」と鷹が鋭く指摘した。

「やだ、お父さんってそういう人なんですか」多恵子が大袈裟にのけぞる。

「葵さんはそういう人なんだ」由紀夫はそう応える。「騙されないほうがいい」

「その通り」鷹が威勢良く、言う。「多恵子ちゃん、騙されるなよ」

「鷹さんも、賭け事のことしか考えていないし、どういうわけか変な特技もあるから、やっぱり騙されないように気をつけないといけないけど」由紀夫は忘れずに言い足す。

「おい、由紀夫、変な特技って何だよ。俺が何したって言うんだ」

「鷹さんが喋ると、どんなでたらめでも信じちゃいそうになるんだって」

「え、嘘、何だそれ」鷹がさらに眉をひそめた。

「どういう意味だよ、由紀夫」と葵も眼を細める。

「昨日の、アイドルが駐車場に入っていった、って嘘の時に気づいたんだけど、あきらかに嘘っぽいことでも鷹さんが言うと、信じちゃいそうになるんだよね。今までもそういうことってあったように思う」

「おいおい、何で俺みたいな胡散臭《うさんくさ》い男の言葉が信じられるんだよ」

「自分で言ってれば世話がない」葵が笑う。

「もしかするとあれですよ」多恵子がそこで指を鳴らした。「見た目が怪しい人が、怪しいことを言うと、マイナスにマイナスをかけてプラスみたいな感じになっちゃうんじゃないですか。マイマイがプラ理論ですよ」

馬鹿なことを言うな、と由紀夫は肩を落とすが、葵がすぐに、「言えてる」と賛同した。

シートに座り、他の座席を眺めていた由紀夫はふと、出入り口のあちらこちらに制服姿の警備員が立っていることに気づいた。「結構、ものものしいんだな」

鷹がすぐに、「ああ、あれだよ」と応える。「三カ月くらい前に、ここで発砲事件があっただろ」

「発砲事件？」由紀夫は記憶を辿る。

「出走直前に、犬が撃たれた」

「ああ」と思い出す。「あった、あった。あれって、犯人は捕まっていないんだっけ？」

「まだらしいな」

「犬を撃つなんて酷いよね」

スタート地点に並んだ犬たちを狙ったのか、観客席のどこからか、何者かが銃を撃った。狙撃銃のようなものらしく、その弾は、一番人気のグレイハウンドの腹を射抜いたのだ。

「でも、あの犬、無事だったんだってね」葵が言う。

「え、そうなの？」てっきり死亡したものだとばかり、由紀夫は思っていた。

「そうなんだよ。あの犬、タフだ」鷹が笑った。「あれはきっと、このドッグレースで散々、負けが込んだ奴が腹いせにやったんだろうな。でよ、それ以降、警備員の数が増えたんだよ」

「狙撃銃なんて、手に入るものなの？」多恵子が当然、感じるべき疑問を口にした。

「確かに」と由紀夫もうなずく。

「ゴルゴがいるじゃねえか、ゴルゴが」と鷹は真面目な顔だ。

「自衛隊から、盗まれた狙撃銃みたいだよ」

「何で葵さんがそんなこと知ってるんだ」

「女の子に聞いた」

「どの女の子？」

「忘れた」葵は悪びれず、笑う。

「自衛隊から銃を奪ってまで、犬を撃ちたかったなんて、凄いガッツのある人だね」多恵子が言うので、犯人に感心するのはいかがなものか、と由紀夫は呆れる。

「でも、こんな客席から、あんな遠くを狙えるものなんだなあ」葵がガラスに指を向ける。そんなことに感心するのもいかがなものか、と思わずにはいられない。

場内に軽やかなメロディが流れ出した。途端に場内の空気が弾む。観客席からぱらぱらと拍手が湧く。

「競馬場とかとはちょっと違う盛り上がり方のような気がする」どちらかと言えば和気藹々とした雰囲気があった。「アットホームだ」

「でも、よく見渡せば観客席には、物騒な顔した奴らがうようよいるぞ」

あらためて由紀夫は周囲を見渡す。透明のパネルで隔てられた両隣のブースはやはり家族シートだけあって、太平楽、なごやかさに満ちた家族が座っているが、視線を下の一般席へと移せば、険しさと不景気を眉間の皺に刻み、新聞を片手に徘徊する男たちの姿が見えた。「確かにうようよ、いる」

一般席の男たちは群れをなすことなく、たいがい帽子を被り、それぞれのっぴきならない事情を抱え、おのおの真剣さで、独自の予測を立て、レースに取り組んでいるのだろうが、外見上は似た雰囲気を醸し出しているのが不思議だった。

「さあ、どうかな。来るかな」と鷹が両手をこすり合わせ、先ほど券売所で購入してきた、ドッグチケットと呼ばれる、馬券ならぬ犬券をテーブルの上に出した。

「馬と違って、犬の場合は、ペース配分とか考えてないからな、基本的にはスタートダッシュで決まるんだよ、スタートダッシュで」と券を買う前、鷹は言った。

レース用の新聞にはその犬の体重から年齢、馬主ならぬ犬主の名前に、過去の三レースの結果が掲載されている。初めてやってきたドッグレース場で、初めて見る新聞のデータを眺めたところで、何をどう評価していいのかも分かるわけがなく、由紀夫は結局、新聞の予想マークに頼り、三枚ほど連勝の券を買った。

「多恵子ちゃんは三角買いかあ」と鷹が言ってくる。

「何ですか、三角って」

「三匹を選んで、それの組み合わせを全部買うやり方だよ。たとえば、一番と三番と五番に目をつけたとしたら、一―三、三―五、一―五って組み合わせを全部、買う」

「なるほどなるほど、そうですね、わたし三角をやってみました」

ファンファーレが鳴り、じっと観客の注目が集まる中、スタートラインの位置、お立ち台に、頭の大きな犬の縫いぐるみが上った。出走の合図で鳴らすためなのか、模造銃のようなものを構えている。

「あの着ぐるみ、可愛い」多恵子が指摘をする。

「そうかなあ」由紀夫は首を捻らずにはいられない。

細長い顔の、その犬の着ぐるみは、いたちや狐を模したかのように、耳が尖り、鼻が伸びた茶色の顔で、表情が妙に写実的だった。目も中途半端に小さく、可愛らしさよりも不気味さのほうが強い。二頭身や三頭身でもなく、変にスマートで、それが作成者の狙い通りなのか、もしくは単に考えが足りずに失敗しただけなのか、ロングコートを羽織った恰好のその縫いぐるみは、変質者然としているようにも見えた。

「前に、役所の女の子に聞いたんだけど」葵がそこで思い出したかのように言う。「その子が言うには、あの着ぐるみには県知事が入ってるらしい」

「嘘」多恵子が心底、驚いた顔をして、もう一度、スタート地点の着ぐるみを見つめる。「あの、白石知事?」

「嘘に決まってるだろ。県知事がそんなに暇でどうするんだ」由紀夫は冷静に答える。だいたい、今は投票日に向けての選挙活動で、こんなところで犬の縫いぐるみを着ている場合ではないはずだ。もし本当なら、さっさと選挙で負けて、引退すべきじゃないか。

「でも、結構、有名な話だって言ってたよ。毎回じゃないけど、こっそりやってるって」

「あるわけねえよ」鷹が言った。

「ねえ、お父さんたちは選挙とか行くんですか？」多恵子が、鷹と葵を眺める。

「たぶん」と葵が答えた。

「暇なら」と鷹が言った。

「どっちが勝つんですかね。白石知事のほうが品行方正なイメージがありますけど」

確かに赤羽氏には、背後が見えない薄気味悪さがあった。

「品行方正な奴ほど怪しいんだって。いい人そうな文化人にかぎって、性格が腐っているのと同じだ」鷹は文化人を熟知しているかのような言い方をした。「あの白石だって、俺は悪い噂、聞いたぜ」

「どんな？」由紀夫は興味があったわけでもないが、訊ねる。

「女を孕《はら》ませて捨てた、とか、愛人を何人も作って縦横無尽、とか」

「女関係かあ」と女関係の第一人者とも言える葵が感慨深そうにうなずく。

威勢のいい音が鳴った。犬たちが走り出す。隣の多恵子がぶるっと身体を震わせた。

「お」と鷹が身を乗り出すようにする。

ウサギを模した玩具が犬たちの前にあり、それがトラックを移動する仕組みだった。犬はその玩具を追って、全力疾走する。トラック一周、あっという間に決着がつくが、その疾風が通り過ぎるのに似た光景は、見ているだけで爽快な気持ちになる。胸の中を透き通った風が走り抜けて行く。犬たちが連なり、線を描くように次々とゴールした。

「よっしゃ」と鷹が拳を胸元で、揺する。

「当たったんですか？」期待をかけていた、三角買いが全滅した多恵子が、声を高くする。

「的中、的中。犬ってのは前回負けた相手とか覚えてるから、今度も一緒に走るとなると俄然、張り切る。そういうのをこの新聞から読み取るわけだ」

「じゃあ何、その張り切った犬が来たわけ？」

「あの犬、見事、前回の敗北を挽回したんだ。やるなあ。そうでないとな」

由紀夫は、葵や多恵子と顔を見合わせ、眉に唾を塗る真似をし合う。

それからしばらくは、次のレースの検討をテーブルでやった。由紀夫は再び、新聞のマークを参考に予想する。多恵子は、先ほどの鷹の発言を信じることにしたのか、過去のレースの結果にこだわり、ぶつぶつ言いながら、ペンでメモを取っている。やはり、と由紀夫は改めて思う。鷹が言うと、どんな胡散臭い噂や信憑性皆無のジンクスも信じそうになる。

「どうだよ、葵、おまえも当ててみろよ」鷹が、挑発するかのように言った。「今もどうせ外れたんだろ」

「いや、俺には無理かもしれない」言われたほうの葵は余裕たっぷりに答える。「そういうのは鷹さんが得意なんだし」

「まあな」鷹はまんざらでもなさそうで、唇の端を吊り上げた。「こういうのは俺の専門だからな」

テーブルの上には小型の双眼鏡が置かれていて、レース場を眺めることもできた。

次のレースがはじまるまで、特にやることもないためか、葵と鷹はそれぞれ、双眼鏡を構え、ガラス越しに向こう側を眺めていた。あ、と二人が同時に声を発したのは、数分ほど経ってからだった。

「どうかした？」

鷹のみが発したのであれば、「新しい賭けの対象でも見つけたのか」と思うし、葵のみであれば、「どこかに魅惑の女性でもいたのか」と疑うが、二人が同時にとなると珍しいな、と由紀夫は考えつつ、彼らが向けている視線の先を窺った。

するとと鷹が指を伸ばし、正面の透明ガラスを叩き、方向としては右下にあたる観客席の、通用口を指した。「ほら、あそこ。見えるか？」

見えるかって何が、と眉根を寄せて、顔をガラスに寄せる。よく分からないので、手元の双眼鏡を使う。「あ、富田林さんだ」

「いるだろ」鷹が顎に手をやる。

「え、その富田林さんって、昨日言ってた例の、ギャンブルの元締めみたいな？」多恵子が能天気に首を伸ばしてくる。

「あ、本当だ。久しぶりに見るなあ」と葵が双眼鏡の位置を僅かに動かし、顎を引く。

「葵さんが、あ、って言ったのは、富田林さんのことじゃなかったわけ？」

「俺はあれだ、その脇にいる女の子に見覚えがあったから」

「その脇？」由紀夫は言って、双眼鏡を持ったまま、首を横にずらした。

まず、富田林が見える。小柄で、髪が薄く、丸い鼻のせいで、相変わらず、お人好しの中年男性のようだった。もしあれで、三方を護衛と思しきいかつい男たちに囲まれていなかったら、ただのギャンブル好きの冴えない中年男だ。

富田林は立ち止まったまま、別の男と話をしている。相手の男は背筋の伸びた男で、四十後半から五十の半ばというくらいの年齢だ。撫でつけた髪は綺麗に整い、かけている眼鏡も知的さを伴っているが、あぐらをかいた鼻や太い眉が、自信の表われにも見えた。大きめの革の鞄を右手に持っている。風貌はまるで悪徳弁護士のようだ、と由紀夫はぱっと思った。

「あの鞄にお金がぎっしり詰まっていたりして」と由紀夫が言うと、「そんな顔をしてるしな」と鷹が鼻で笑う。「何だか悪徳弁護士みてえだ」

その男の隣に、若い女性が寄り添っていた。葵が言ったのは、その女性のことらしい。

「で、あの女は誰だよ？」双眼鏡を外し、鷹が、葵に訊ねる。

「悪徳弁護士の秘書みたいな感じだけど」由紀夫は見たままの印象で口を挟む。「葵さん、知り合いなの？」

「背広の男は知らない。あの女の子は、そういうタイプじゃなかったんだけどなあ」

「そういうタイプってどういうタイプ？」

「真面目に秘書をやるようなタイプじゃなかった」

「じゃあ、不真面目に秘書をやってんじゃねえのか」と鷹が面倒臭そうに言った。

ねえねえ、いったいどこの誰の話をしているの。全然分からないんだけど、と多恵子が双眼鏡を目に押し付けたまま、ぶんぶんと四方八方に、蠅でも追うかのような忙《せわ》しなさで、顔を振っている。由紀夫は無視をし、放っておく。

「太郎君はいないのかな」葵が双眼鏡を覗きながら、言った。「富田林さんって、昔から、子供を庇護下に置きたがってたじゃないか。付きっきり、というか、子離れできていない、というか」

由紀夫も、富田林の周囲を見渡す。確かに、富田林太郎の姿はどこにも見当たらなかった。

「太郎は大学生だぜ」鷹が言う。

「え、もうそんな年なの？」由紀夫は驚いてしまう。

「おまえだっていつの間にか高校生じゃねえか。太郎だってそりゃ、大学生にもなるさ。今や、この街も離れて、東京だしな」

おっとりとして、いつも心細そうに歩いていた小学生の頃の太郎しか、由紀夫の記憶にないため、その太郎が大学生になったと言われても、ぴんと来ない。無理矢理に学生の太郎を想像するが、思い浮かぶのは、キャンパスを心もとない足取りで、湿疹を気にしながら歩く、ランドセルを背負った姿だ。

「富田林さん、太郎の受験合格まで賭けのネタにしたんだぜ」鷹が思い出したように言う。

不謹慎じゃないのか、と由紀夫は他人事ながら不安になった。自分の将来を少なからず左右する大学受験を、遊び半分に賭けの対象にされて気持ちいいはずがない。「太郎君、怒らなかったわけ」

「由紀夫は最近会ってないかもしれないけどな、太郎はすげえ、いい若者になっちまったからな」

「鷹さんは、その賭け、『合格』に賭けたわけ？」葵が興味深そうに訊ねた。

「当たり前だろ。富田林さんの前で、『太郎君は受験で失敗すると思います』なんて言えるわけねえだろ。それによ」と鷹がそこで声をひそめる。「不合格に賭けた奴らは、後で、富田林さんに軟禁されて、かなり甚振られたって噂がある」

「本当に？」

「噂だけどな」

富田林に関する噂は無数にあって、噂の大半が真実である、という噂すらある。

「それ、すでに賭けではないよ」由紀夫は呆れる。むしろ、引っ掛け問題や罠のたぐいだ。

「噂だけどな、噂」

「富田林さんは親馬鹿なんだなあ」葵が嬉しそうに目を細めた。睫毛がひらひらと揺れて見える。

「お父さんたちは親馬鹿じゃないんですか？」多恵子が双眼鏡を、目の前の鷹と葵に向けた。

「俺たちは」鷹が言う。

「違うよ」と葵が続ける。

次のレースも先ほどと同じように行われた。開始を報せるアナウンスが流れ、観客席に人が腰を下ろしはじめる。子供たちのはしゃぐ明るい声が響き、一方で、犬券を握り締めた大人たちの、真剣かつ深刻な、祈禱とも鼓舞ともつかない唸りが滲み、スタート位置に犬たちが並び、不気味な犬の縫いぐるみを着た男が模造拳銃を持って、台に上がる。歓声と唾を飲み込む音が鳴るのと同時に、スタートの合図が鳴らされ、疑似餌が疾走し、それを追ってグレイハウンドも駆ける。

由紀夫たちはまっすぐにトラックを見下ろし、時々、手元のモニターに目をやり、そうこうしているうちにあっという間に犬たちがゴールする。嘆きの塊のようなものが場内からぶわっと湧き上がる。

「やっぱり駄目だあ」と由紀夫は肩を落とし、手元のドッグチケットをくしゃっと丸めた。

「わたしもー」と多恵子もうなだれ、「一着だけ当たった」と葵が小さく微笑む。ただ、鷹一人が、

「俺は当たり」と嬉しそうに、にたっとした。

「嘘、鷹さん、また来たわけ」

「連続的中」鷹は右腕を折り曲げ、力瘤を作った。ガラスに向き直り、胸を張るように両手を広げると、「おお、犬たちよ!」と下僕たちに感謝する全能者を気取った。「この流れからすると、今日はばんばん当たるかもしれねえな」

「よし、鷹さんのその儲けで、今晩はみんなで豪勢な夕食にしよう」葵が言う。

「次こそ当てますよ、わたしは」多恵子が張り切って、腕まくりをはじめるのを横目に、由紀夫は席を立った。

「どこに行く?」葵が目を向けてくる。

「電線を伝って、監獄の外に」由紀夫が、『ランナウェイ・プリズナー』のことを念頭に言うと、鷹と葵には伝わったらしく、「懐かしいなあ、あのドラマ。面白かったよな」とほぼ同時にうなずいた。

「監獄って何それ」双眼鏡を目に当てて、多恵子は、由紀夫を見た。まさに、囚人を睨む看守のようでもある。

「トイレ」と由紀夫は応える。「すぐに戻ってくるよ」と続けたものの、まさか戻ってこないことになるとは思いもしなかった。

トイレに行くには、家族シートのある場所を出て、一般観客席の通路まで向かわなくてはならない。次のレースまで間があるためか、往来する人の数は多く、速くは歩けなかった。トイレに到着し、行列ができていないことにほっとする。

中に入り、便器に向かう途中、「おお、由紀夫君じゃない」と肩を叩かれ、驚いた。その馴れ馴れしい口調と、叩かれた痛みに、むっとしたのがばれたのか、相手は、「そんな怖い顔しないでくれよ。レース負けてるのか？」と豪快な笑い方をした。

「あ」と由紀夫はむっとした表情を緩め、慌てて、挨拶する。「久しぶりです、富田林さん」

先ほど上から双眼鏡越しに発見した時も思ったが、間近で会うとますます昔から変わっていない。髪が薄く、目は細いが、鼻や輪郭を含め、全体的に優しい丸みを帯びた外見だ。由紀夫が発した、「富田林」という言葉に、洗面台で手を洗っていた男や手前の便器で小便をしていた若者が、そのほかにも数人、はっとした態度で視線を向けてきた。怯えながらも、確かめずにはいられない、という様子だ。賭け事に興味のある人間であれば、富田林の名前には反応する。彼らは富田林を見て、本物だと認めると、「触らぬ神に祟りなし」の思いからか、もしくは、「目が合ったらカモられる」の噂を信じているのか、いちように、目を逸らした。

「鷹ちゃんも来てるのかい」と優しい声で富田林が言ってくる。

「上で、おお犬たちよ、とか感極まってます」

「じゃあ、勝ってるわけか。それは何より」

「富田林さんはどうですか。勝ってます？」由紀夫は訊ねる。一方で、自分がそもそもトイレにやってきた本来の目的を思い出し、長話になると尿意にも限界があるぞ、と気にした。

「俺は賭けてないからね」

「賭けてないんですか。散歩ですか」茶化すつもりでもなかったが、由紀夫はそう言った。すると、横のいかつい男が、眼で人を食う、と言わんばかりの力強さでこちらを睨んでくる。用心棒のようなものなのだろう。

「今日は別の用で来たんだ。ただ、犬はいいよ、犬は。太郎も好きだしな」

「太郎さん元気ですか」

するとと富田林の顔が即座にゆがみ、眉間に皺が寄り、眉が隆起するようになり、瞼が痙攣し、目が見開かれた。鬼瓦、という形容がぴたりにも思え、由紀夫は思わず一歩引き下がってしまった。

「太郎は今、東京だ」と彼が言う。「父親に育てられた恩も忘れて、一人暮らしをしている」と口を歪める富田林の表情には、よく見れば、苦々しさよりも嬉しさが強く見えた。別段、怒ったわけでもないらしい。

「大学生でしたっけ」

「そうだよ。まったくよ、いつの間にか一人前みたいな顔つきになって、誰に育ててもらったんだか。由紀夫君も、鷹ちゃんたちへの感謝を忘れちゃ駄目だぞ」台詞だけ聞いていると、気さくな近所のおじさんに過ぎないが、周囲を取り囲む護衛のいかめしさを含め、富田林が発散する迫力は、向かい合った者を、知らず緊張させる。由紀夫も、自分が拳を強く握っていることに気づいた。暴風に耐えて、立っている気分だ。

「富田林さん、行きましょう」隣の体格のいい用心棒が小声で囁く。よく考えれば、トイレにまでものものしく護衛がついてくること自体が、破格に違いない。

「じゃあ、由紀夫君も元気でな。たっぷり賭けて、たっぷり儲けろよ」富田林は出口へと向かった。

由紀夫は急いで便器に駆け寄る。間に合って良かった、よく我慢した、と自らの尿意を誉める。背後で、「どこ見て歩いてんだ」と声が響いた。小便をしながら、首を捻る。出口付近で見知らぬ男が、富田林に額を寄せていた。たまたま、肩がぶつかったであるとか、足を踏んだであるとか、小さな衝突があったのかもしれない。男のほうは、その小柄な男が富田林であるとは思いもせず、因縁をつけているのだろう。あらら、と由紀夫が心配した直後、富田林の隣にいた大男が、「おまえは、この人が富田林さんだと知ってて、言ってるんだろうな」と低い地鳴りを思わせる声で言った。トイレ全体が震え、便器が震動するような気にさえなった。

男がその場に座りこみ、ひい、とわななく。知っていて良かった、と由紀夫は息を吐く。あれで、「富田林？　誰だそのふざけた名前」などと言ったら、どうなったのか、目も当てられない。おそらくは、近いうちに彼の家族は捜索願を出すだろうし、またポリバケツの出番かもしれない。

「富田林さん、人を捜してるらしいぜ」由紀夫の右隣の便器の前に立つ男が、由紀夫のほうに向いて、喋ってきた。富田林たちが姿を消した後だ。

野球帽を被っている無精髭のその男は初対面だったから、なぜ親しく話しかけてきたのかと疑問が過ぎるが、由紀夫の左側に立つ、やはり野球帽と無精髭の男が、「誰をさ？」と返事をし、納得が行く。由紀夫を挟んで、会話をしたいらしい。邪魔をしているようで申し訳なくて、肩をすぼめる。

「何でも、詐欺に遭ったんだってよ」

「富田林さんが？」

「そうそう」

「富田林さんが詐欺に遭うってのも、冗談にしか思えねえな」

確かに冗談にしか思えない、と由紀夫も思わず、うなずいてしまう。紺屋《こうや》の白袴《しろばかま》、もしくは医者の不養生、猟師が罠に嵌《はま》るようなものではないか。

「息子を騙《かた》った奴が、事故を起こしたから示談金を振り込んでくれ、とか電話をかけてきたんだと」

「それ、すでに使い古された手口じゃないか」

「それなのに、富田林さん、泡食って、すぐに大金を振り込んだんだってよ」

「そんな詐欺に」と左隣の男が噴き出す。

由紀夫も呆れる。単純で、強引なその詐欺の手法はひどく話題になり、世間の大半に知れ渡った結果、ほとんど通用しなくなってきた。そんなやり方に、あの富田林が引っ掛かるとは何かの諧謔《かいぎゃく》にしか思えない。

「子供のことになると、必死なんだろ。とにかくよ、その犯人を捜すのに躍起らしいぜ。今日も、ここに来てたのはその関係だってさっき、小耳に挟んだ」

「会ったこともない犯人を見つけるのかよ」

「富田林さんなら、それくらいどうにかしそうじゃねえか。ついこの間なんて、狙撃手を探してたこともあったらしいぜ」

狙撃手？　この日本で？　由紀夫は噴き出しそうになるのをこらえる。

「狙撃手？　この日本で？」と左側の男性も同様の驚きを浮かべていた。

「敵対する社長か何かがいたらしくてよ、その社長が自社ビルにこもったきりだから、向かい側のビルから、狙おうとしたらしい」

「狙撃手を？　この日本で？」男はもう一度呟いた。

「まあ、ようするに遠くからライフルを撃つのに長《た》けた専門家ってことだろうな」

「ゴルゴみたいな？」

やっぱりその名前が出た、と男たちの会話を聞きながら、由紀夫は思う。

「富田林さんは狙撃手を見つけたのか」

「見つけたらしいけど、今度はそいつが雲隠れして、大変らしい」

「さすがに狙撃手も、富田林さんからは逃げたいのかもな」


ドッグレース場は上から眺めれば、南北に長い楕円の形をしている。家族シートへ戻るため、その弧をなぞるように通路を進んだ。

鮮やかな色合いを見せるレース場を眺めやり、脇に立って新聞片手に不景気な顔をしている中年男性を見やり、芝生と土の健全さと、鬱屈した男たちの不健康な空気の、アンバランスな様子に笑ってしまう。観客席の階段を上りきる。右方向へ進もうとしたが、そこで大きな円柱の脇に立つ男女が目に入った。

男のほうは彫りの深い顔をした、背筋の伸びた男で、手には革の鞄を持っている。先ほど富田林と立ち話をしていた、悪徳弁護士風の男だ。

隣にいるのは、葵が知っているという若い女性で、こちらは色こそ派手ではないが、大きな胸を強調する露出度の高いワンピースを着て、色香をふんだんに撒き散らしていた。「悪徳弁護士をたぶらかす、いい女」というフレーズが由紀夫の頭に浮かぶ。夫婦とも見えない。

二人はレース場とはまるで反対の方向を向き、身体を密着させていた。

男の手が、女の背中に回り、ゆっくりと撫で回している。女はそれを咎めることもなく、じっと男を見つめている。もし仮にこの場で周囲の明かりが一斉に消え、薄暗くなったならば、今すぐにでも官能的な抱擁を開始する準備ができていそうだった。

何もこんな場所で、と由紀夫が呆れているとさらに驚くことには、二人が顔を接近させ、唇をくっつけ合った。

男は鞄を地面に置き、女を抱きしめながら、他から見えないようにと身体を捻ったままだ。何もこんな場所で、と由紀夫はあらためてのけぞるが、周囲の観客は気づいていないようだった。

これはさっそく戻って、鷹さんや葵さんに報告しないといけないな、と由紀夫は思い、再び足を踏み出そうとしたが、そこであることが目に入り、動けなくなる。

場所をわきまえず、お互いの唇を確かめ合っている二人の脇を、ニット帽を被った細身の男が通りかかった。猫背の、なで肩の男で、新聞を片手に持っている。その男の右手にある鞄が気になった。どこかで見たような革製の鞄だ、とぼんやりとその姿を目で追う。

そのニット帽の男は新聞を見つめたまま、歩き、少しして立ち止まった。

あ、と由紀夫は声を上げそうになる。

ニット帽の男が鞄を置いたが、そのすぐ隣に、まったく同じ鞄があったからだ。そちらは、女性との抱擁に夢中になっている、例の悪徳弁護士風の男が、先ほどから置いていた鞄だ。

ありふれた大量生産の物、とは思えないから、同じ物が並んでいるのは、ずいぶんな偶然に思えた。と思うとその直後、またニット帽の男が歩きはじめた。抱擁する二人には一瞥《いちべつ》もくれず、まったく見当違いの方角を見ていたので、ごく自然な動きに見えたが、けれど由紀夫ははっきりと目撃した。

ニット帽の男が持ち去ったのは、自分が持ってきた鞄とは別物だった。

残っているのは、ニット帽の男が持っていた鞄だ。

二人の抱擁が解ける。男は満足げな表情で、鼻の穴を膨らませていた。そして、大事な荷物を確保するかのように、その場にある鞄を再び持った。

すり替えた、と由紀夫は咄嗟に察した。

一瞬のことだったので、目立たなかった。が、確かに今、男の鞄が持ち去られた。

周囲を確認する。大勢の観客が近くにはいた。新聞を見ていたり、モニターを眺めていたり、もしくは買ったばかりの飲み物を口にしたり、恋人と笑い合ったり、子供の涎《よだれ》を拭いたり、または、まるで当たらない賭け事に嫌気が差し、どうして自分は犬の着順に財産を賭そうとしているのか、と途方に暮れていたり、と様々な客がそこにはいたが、その誰もが、今の出来事には気づいていない。

由紀夫は必死に考える。

鞄のすり替えがあったところで、その鞄はべつだん由紀夫に関係があるものではない。気にせずに、今のことは忘れるべきではないか、とまず思った。「いや」と首を振る自分が、胸の中で声を上げる。「何かある。早く追うんだ」といつになく興奮気味だ。さっき起きたことをもう一度、思い返してみる。偶然とは思いがたい。

誰を追うべきだ？　今この場に残っている、悪徳弁護士風の男を追うべきだろうか。あなたの鞄が盗まれましたよ、と告げるべきか。果たしてそれで信じてもらえるのだろうか、と疑問が過ぎる一方で、そんなことよりもまずは奪われた鞄を確保すべきではないか、とも思う。被害者は後だ。まずは犯人を追う必要がある。決断するまでさほど時間はかからなかった。

ニット帽の男の頭の部分が、左前方に見えた。由紀夫は地面を蹴り、早足でそちらへ向かった。鷹たちに連絡を取ったほうがいいのかもしれない、とも考えたが、その手段も余裕もなかった。見失わないように、ニット帽の男の後を追う。

『自分に直接関係がないことに、興味を抱くのは人間の特技だ』とは悟の言葉だ。そしてその悟によれば、『自分とは関係のない出来事に、くよくよ思い悩むのが人間だ』とはサン＝テグジュペリの言葉、らしい。

その通り、と由紀夫は思った。先を行く男の手にある鞄は、由紀夫には何の縁もないものだ。

ニット帽の男は迷うことなく一直線に、正面出入り口に向かった。入場してくる客で混み合っていたが、脇を抜けるようにして出口へと進んでいく。由紀夫も迷わず、その後に続く。

出口を出てすぐのことだ。レース場を出た正面にはU字型に湾曲する歩道があり、その右手を進んでいくと、タクシー乗り場だった。ニット帽の男はそちらへ歩いていく。自然さを装うためか、新聞を眺めているが、ずっと新聞から目を逸らさないのは、かえって不自然ではある。そんなに夢中になるような新聞があるなら、教えて欲しいくらいだ。

タクシー乗り場の手前で、ニット帽の男は立ち止まった。コインロッカーの横だ。そして、鞄を地面に置き、新聞を畳むと大きく伸びをし、欠伸をした。

演技じみているな、と由紀夫は感じる。

やがて男はその場を立ち去り、来た道を戻り、つまりは由紀夫がいる方向へと向かってきた。けれどその手に鞄はない。

鞄はどこだ？　目を移動させると、コインロッカーの前に置かれたままだ。間髪入れず、別の背広姿の男が近寄って、鞄を手にした。そしてそそくさと、タクシー乗り場へ歩いていく。段取りがいい、と驚いた。鞄の受け渡しが実にスムーズだ。スムーズすぎるじゃないか。

由紀夫はさらに、鞄を持ち去った男を追おうとしたが、タクシーはすでに発進し、ウインカーを出し、タイミングよく青色になった信号に従い、遠くへ走り抜けて行った。選択の余地はない。由紀夫は、ニット帽の後を追った。

ニット帽の男は、歩道の描くU字の反対側の先端、左手のカーブの端に向かっていく。そちらは、バスの停車場で、ちょうど姿を現わした、「工業団地行き」のバスに乗車するのが見えた。少し遅れて、由紀夫も乗り込む。

バスの中で、ニット帽の男は一番前の、運転席のすぐ後ろの座席に、腰を下ろした。乗車口で引き抜いた整理券を財布に詰めながら、由紀夫は吊り革につかまる。バスが発車した。

なぜ鞄をすり替える必要があったのか、と考えた。あの段取りを仕組んだ者が何者かは分からないが、少なくとも複数の人間の協力で鞄が奪われたのは間違いない。流れるような連携プレイだった。

少しするとバスが緩やかに速度を落とし、車線の左側へと寄りはじめた。停留所に近づく。由紀夫は前方のニット帽を確認する。降りる気配はなかった。終点まで行ったらいくらになるのか、と財布を確認したくなる。

「どの停留所で、あの男が降りるのか、賭けるか？」鷹のそんな台詞まで聞こえてきそうで、由紀夫は自然と顔をしかめた。幻の声とまでは言わないが、ただ、子供の頃から、気を抜くと、その場にいるはずのない父親たちの声が聞こえてくる、という経験が多かった。忌々しいが、治まる気配もない。父親たちの言葉によって、自分が構築されているような気持ち悪さすらある。

『子供はどう抗っても、親の影響を受けてしまう』とは高校の担任教師、後藤田の言葉だ。ちょうど一カ月ほど前に、ホームルームの時間にそう言った。教育者としての彼にどんな意図があって、そんな発言をしたのかは判然としなかったが、由紀夫は思わず、「親の影響があるって決め付けないでください」と反論した。すると後藤田は若干、たじろぎは見せたものの、すぐにいつも通りの生徒を見下す表情に戻り、「あの、つるつるしただけの、こんにゃくだって、だし汁に漬けとけば味が沁みてくるんだ。親に育てられて、影響を受けないわけがないだろうが。外に干した洗濯物が、外気の影響をまったく受けないわけがないだろ。年がら年中一緒にいる親から、何の影響も受けない、なんて言い張れる奴がいたら、そのほうが、乱暴だ」と言い返した。

反論しようとしたが、その前に殿様が、「僕の父親、旅客機の操縦士で、子供の頃から滅多に一緒にいられなかったんですよー。どの親も年がら年中、子供と一緒にいられるわけがないので、そういう決め付けはやめてください。傷つくじゃないですか」と発言をした。「そうだそうだ、殿様を傷つ

ける な」と生徒たちが便乗し、はしゃぎはじめ、後藤田はかなり、むっとした。

バス停は電力会社のすぐ脇にあった。路肩近くは、停車中や発進前のバスで混み合っている。ウインカーを出しながら、見つけた隙間に押し入るように、ゆっくりとバスが左へと移動していく。降りる客がすでに列を作っていたが、ニット帽は腰を下ろしたままだった。

バスが停まり、乗降扉が溜め息じみた音とともに開く。運転手が停留所の名前をマイクで読み上げ、忘れ物はないですか、降りる時は足元に気をつけて、と親切な台詞を無愛想に発する。その後で、「時間調整のため、三分ほど停車します」と宣言した。嫌です、とは誰も言えない。

「あ、由紀夫」と後ろから声をかけられたのはその時だ。慌てて振り返るとそこには、坊主頭で目つきの悪い鱒二が立っていた。今、乗ってきたところらしく、「こんなところで何やってんだよ」と大きな声を発した。

「何やってるも何も、バスに乗ってるんだ。鱒二こそ、どうしてこんなバスに乗っているんだ」

こんなバス、などと侮蔑する言い方はやめてくれ、と言わんばかりに前の席に座る、スーパーマーケットの袋を膝の上に置いた婦人が鋭い目を向けてきた。慌てて由紀夫は、「どうしてこのようなバスに乗っているんだ」と若干、言い方を変えた。

鱒二はそこで自分の立場をはっと思い出した表情になり、「いや、逃げてんだよ、逃げて」と背後を振り返った。スーパーマーケットの袋を抱えた婦人が、さらに鋭い目になる。

よく見れば鱒二の額には汗が滲んでいた。坊主頭のせいか、練習後の野球部員に見えなくもない。

「逃げるって誰から」由紀夫はそう訊ね、またもや、例のドラマ、『ランナウェイ・プリズナー』のことを思い出し、あのドラマの中での決め台詞、「十五年逃げ切ればいいいんだろ？　楽勝だぜ」が口から出そうになる。

「誰からって」鱒二は説明の言葉を探す様子だったが、視線をバスの外、歩道に向けた後で、目を見開き、苦しげに歯を食いしばるようにした。「ほら、あいつらから」

歩道を忙しく走って、バスに駆け寄ってくる男たちの姿が見えた。髪の毛の横を刈り上げ、上部を立たせた、色黒でひょろっとした若い男たちが三人、後方から歩道を走ってくる。派手なシャツが、他の通行人の中でも目立っていた。周囲の人々を掻き分ける乱暴さがあった。

「牛蒡君たちじゃないか」由紀夫は忌々しさと呆れを感じつつ、呟く。

「そうなんだよ。チンピラ牛蒡団。さっき、街中で会っちまってよ、追いかけられて、どうにかまいてきたんだ」

「まいてないじゃないか」由紀夫は、牛蒡男の必死に走っている姿を指差す。

「大丈夫だって。このバスに俺が乗ったことまでは、気づいてねえし」

「気づいてるじゃないか」由紀夫の目には、バスの車内にいる自分と鱒二を見つけ、指を向けてくる相手の顔がよく見えた。何かを喚いている。いたぞ、あそこだ、許さねえぞ、と唇が動いている。

「運転手さん、早く出発してください」と鱒二が前方に向かって、声を上げた。車内の乗客の何人かが視線を向けてきた。怪しげな高校生は嫌だな、と露骨に眉をひそめている。

バスの乗車口は開いたままだ。牛蒡男たちはすでに十数メートルのところまで近づいている。

「運転手、早く、扉を閉めろって」焦りと苛立ちから鱒二が今度は乱暴に言った。乗客たちの不快感のせいで、空気が、くしゃっと歪むようだった。

「嫌です」マイクを通した運転手の声がした。「出発しません」毅然とした、と言えば聞こえはいいが、大人気ないとも言える。

「頼むよ、出してくれよ」

「嫌です」運転手も強情だ。

牛蒡男が乗り込んできてしまう。由紀夫は、前方に座るニット帽の男に目をやる。悩んでいる暇はなかった。由紀夫は早足で進み、鱒二の腕を引っ張り、多めの硬貨を投入口に放り込み、降車口からバスを駆け下りた。ここで牛蒡男たちともめたら、目も当てられない。

歩道に出ると、ちょうど歩いてきたカップルに衝突しそうになり、避ける。真横のパン屋からコーヒーの香りが漂ってきた。バスを振り返る余裕はなかったが、発進する音は聞こえた。追ってくる足音もない。

牛蒡男たちが飛び乗った直後に、バスが発車したのだろう。彼らも必死に降りようとしたに違いないが、バスの運転手に、「嫌です」と断わられたのかもしれない。

バスから降りた後も、牛蒡男たちがどこからともなく出現し、追ってくるのではないか、という恐怖があった。正確に言えば、由紀夫にはなかったが、鱒二にはあったようだ。

一人になるのが怖いのよ、と乙女じみた泣き言をこぼす鱒二を宥《なだ》めすかし、じゃあゲームセンターで時間を潰すか、と提案した。「そうだな」と顔を明るくした鱒二と、市内の、〈インベーダー〉に出向いた。由紀夫たちの通っていた中学校から徒歩で十五分ほどの、薄暗い古いビルの一階に存在する〈インベーダー〉は、十五坪ほどの広さの、昔ながらの店だった。

コンクリートがむき出しの店内は殺風景で、じめっとした空気が漂い、「よく生きながらえていますね」と声をかけたくなるほどの古臭さを滲ませている。実際、開店したのは四十年も昔のことらしく、由紀夫の中学校では、親子二代に渡って、〈インベーダー〉の常連、という者もいた。驚くべきは、四角い輪郭の顔に蝶ネクタイという奇妙な風貌の店長が、まるで老けていない点だ。いつの時代の常連も、「店長の外見が変わらない」と首を傾《かし》げ、不思議がっているらしい。定期的に、若返りの整形手術を受けているのだ、というのが大半の人の見解だったが、「もしそうだとしたら、もう少し、恰好よくしてもらってもいいだろうに」という意見も少なからずあった。彼こそが真のインベーダーなのだ、と言う者もいた。

　時計を見ると夕方の四時を回っている。いつの間に、と時間の進みの早さに驚く。

「ゲームセンターは安全なのか?」歩道の先に、〈インベーダー〉という看板が見えたあたりで、由紀夫は隣の鱒二に訊ねた。「もしかしたら、あいつらが来るかもしれない」

　素行が良い、とはとうてい言いがたいあの牛蒡男たちが時間を費やす場所として、古びたゲームセンターはさほど意外ではなかった。可能性としてはある。

「大丈夫、大丈夫」と鱒二は言って、由紀夫の肩を叩き、「心配性だなあ」と笑う。

　由紀夫は溜め息をつき、鱒二が不安そうだからあえて付き合ってやろうと思ったのだけれど、どうしてどうしてすっかり元気そうじゃないか、俺がゲームセンターに同行する必要はなかったのではないか、と嫌味まじりに言った。

　すると鱒二は途端に眉を下げて、「俺を見放すなよ、由紀夫」と煩わしいくらいに身体を寄せてきた。「俺が一人の時にまたあいつらに見つかったら、どうしたらいいんだよ」くねくねとまた、乙女のようになる。

「俺と一緒の時に見つかったら、どうしたらいいんだ」

「いいから、とにかく格闘ゲームやろうぜ。昔、中学校の時、よくやったじゃねえか」

　由紀夫は返事をせず、鷹や葵たちが心配しているだろうな、どうにか連絡を取らないといけないな、と考えていた。それからさらに、来週の試験のことが過ぎり、古典の試験範囲でもある、「土佐日記」の冒頭、「男もすなる日記といふものを女もしてみむとて、するなり」が思い出される。中学生がすなる格闘ゲームといふものを、俺もしてみむとて、するなり。

　店に足を踏み入れると騒がしい電子音が、わっと身体を包んできた。中学生らしき男子たちがところどころに見える。週末の夕方にこの店で、ゲーム機を操作することは、不毛とは言わないが、有意義なこととは由紀夫には思えなかった。

入り口から横に十台ほどのゲーム機の列が、五列以上、並んでいる。格闘ゲームは一番奥にあった。人だかりができている。

「やってるやってる」と鱒二は興奮した。

格闘ゲームは、プレイヤーがコンピューター相手に戦うだけでなく、二台の向かい合ったゲーム台を使い、人同士で対戦もできる。それを面白がって、横で観戦する者もいるし、強いことで有名な者が対戦をはじめると、将棋や囲碁の対局を楽しむのと同様に、「一流選手のプレイをありがたく拝見する」群れができることも、ままあった。今も十人ほどがじっと、対戦を見つめている。

「あれが終わるまで、俺たち、やりづらいな」と鱒二がぼそっと言った直後、ゲーム機から、「勝負あった」という音声が発せられた。集団から歓声が上がる。由紀夫たちに背中を向けて操作をしていた、小柄な少年が、「くそ」と乱暴な台詞を吐いて、席を立つ。

向かい側のゲーム機に座っていた相手が立ち上がり、「よっしゃ」と大きくガッツポーズを取った。

「井の中の蛙だったな、少年。少年よ井戸に帰れ」と嬉しそうに口を開き、胸を張った。

「あ」と鱒二が言って、その男を指差す。

「鷹さん」由紀夫は肩を落とす。どうしてここに、であるとか、何やってるんだ、であるとかそういった文句の前に、「大人気ないよ」と冷ややかに呟く。

「おまえを捜してたんだよ」鷹は言った。結局、由紀夫と鱒二は、鷹とゲームセンターを出て、家に戻ることになった。広いバス通りの歩道を、三人で横になって進む。緩やかな上り坂の向こう側に、薄くかすれた雲が見える。

「捜してなかったじゃないか」由紀夫は指摘をする。「あれは俺の知っている日本語によれば、『捜してる』じゃなくて、『遊んでる』だ。もしくは、『対戦してる』か、『子供を負かしてる』だ」

「でも、会えただろ。親子の絆というのは強いな」

「鷹さん、俺たちがあそこに行くって、見越してたんですか?」鱒二が言う。

「鱒二、久しぶりだよなー、元気にしてたか。あんまり変わらねえなあ、その坊主頭も」

鷹は機嫌良く、軽快に言う。それから状況を説明した。「レース場でおまえが席を立って、最初の二十分くらいは、トイレが混んでるんじゃねえか、とか、よっぽど排便に時間がかかっているんじゃねえか、とか葵たちと喋ってたんだけどよ。三十分も過ぎると、こりゃ何かあったんじゃねえかって思うだろ。多恵子ちゃんがそわそわして、場内アナウンスを頼もう、とか言い出してよ。お父さんたち、もしかすると由紀夫は誘拐されたかもしれないですよ、とか血相変えて」

「大袈裟だなあ」

結局、彼らは場内アナウンスを依頼し、それにも反応がないと分かると、レース場を出て、「由紀夫の行きそうな場所」を分担で捜すことにしたらしい。

「で、鷹さんはあのゲームセンターに行ったわけ?」

「直感でな、あそこにいるんじゃねえかと閃いたんだよな」

「本当にたまたまだ。たまたま鱒二と会って、で、あの店にも二年ぶりくらいに行った」

「俺はこういう勘が当たるんだよなあ。それで行ったら、生意気そうな中学生が対戦ゲームで威張り散らしてるからよ、俺が退治してやったわけよ。退治。見ただろ」

「鷹さん、ゲームうまいんだね」鱒二が感心する。

「昔取った杵柄だよな。十代の俺がいったい、いくらゲーセンに投資したと思ってんだよ。簡単には負けねえよ」

「大人気ない」

「あのな、大人の役割は、生意気なガキの前に立ち塞がることなんだよ。煩わしいくらいに、進路を邪魔することなんだよ」

「いいなあ」と鱒二がうっとりするように言った。

何がいいのだ、と由紀夫は、鱒二の横顔に目をやる。彼は前方の、川の向こうに見えるビルの群れを見るともなく見て、妙に清々しい表情をしていて、それを見て、由紀夫も察する。以前はスポーツ選手だったとはいえ、現在は今川焼き売りという、華やかとは言いがたい仕事をしている自分の父親のことを思い浮かべていたのかもしれない。

由紀夫はふと小宮山のことを思い出し、「俺のクラスで不登校の奴がいるんだけど」と訊ねてみた。「鷹さんなら、どうやって連れ出す?」

「不登校? そんな奴、放っておけよ。俺なんて、今も不登校を続けているようなもんだ」

「自慢にならないよ、それ」

「まあ、あれだ、『全部知ってるぞ』とでも言ってやったらどうだ」

「全部知ってるって何を」

「分からねえけど、他人にそう言われると、はっとするだろ。『え、何を知ってるの?』ってな」

「気になるだろうね、そりゃあ」

「気になれば不登校児だって出てくるだろうが」

家に帰ると由紀夫は、鷹からの指示通り、多恵子の持つ携帯電話に電話をかけた。「早く連絡してやらねえと心配のし過ぎで倒れちまうぞ多恵子ちゃん。きっと、今もどこかを捜し回っているぞ」

自分の部屋の電話を使い、電話をかける。コール音の後で、「はい、もしもし」と多恵子が出た。

「あ、由紀夫だけど、今どこ」電話で多恵子と会話するのは初めてだな、と思うと不本意ながら緊張が走った。

「今？　家。勉強してるところ。どうかしたの」

「どうかしたのって」と由紀夫は拍子抜けしつつ、言う。「さっきはトイレが長くて、心配かけたかな、って」

「そうだよ、心配したよ」多恵子の言い方は言葉の割にはあっさりとしていて、由紀夫のほうが笑ってしまいそうになる。「心配してるのに、勉強してるのかよ」

「由紀夫、来週からは試験だよ」

「知ってるって」

「由紀夫も携帯電話を持ったほうがいいよ。今日だって、持ってればすぐに連絡ついたんだし」

「携帯電話はもういらないんだ」

「もう、ってどういうこと、もう、って」

「小学生の頃に、本当に欲しくて、親に頼んだらとんでもない誤魔化し方をされて、それ以降、もうどうでもよくなった」

「とんでもない誤魔化し方って何？」と多恵子が途端に声を明るくするので、「いつか話すよ」とやり過ごす。「まあ、とりあえず、心配かけて悪かった、ということで」

「ちょっと何それ、謝罪のつもり？」多恵子が急に語調を強めた。

「だって、心配してなかっただろうに」

「この貸しは返してもらうからね」

「心配してなかったじゃないか」

「いいから、今日、何があったか教えてよ。聞いてあげるから」

「何で偉そうなんだ」

「知代さん、いったいどうしたんだろうなあ」箸を食卓に並べ終えた葵が壁にかかった時計を見やりながら、言った。

「今日から出張らしい」居間のカーテンを閉めている悟が答えた。「午後に電話があった。十日から二週間くらい、九州に。荷物は全部、向こうで調達するようだ」

「え、嘘」葵が首を傾げる。「現地調達、って、スーツはどうするんだろ。知代さんが毎日同じの着るとも思えないけど」

「着るんだろうな」

「残業続きかと思ったら、出張かあ、これは怪しいよ」由紀夫は冷蔵庫から缶ジュースを取り出し、ソファに向かいながら、わざと大きな声を出した。

「怪しいって何だよ、由紀夫」葵が鼻の上に皺を作った。

「母さん、うちに帰ってくるよりも楽しいことがあるんじゃないのかな、もしかすると」

「仕事だろ」悟にしては珍しく、むきになった。

「男の影、とか言うんじゃないだろうな」葵が子供さながらに、唇を尖らせる。

「ザッツ、男の影」由紀夫はあえて、そのまま言い返した。

「知代さんが浮気するわけないって」葵が片眉を下げた。

「どうして言い切れるわけ？　昔、四股かけてたんだし」

「昔と今とじゃ状況が違う」悟が静かに言った。

「何が違うのさ」

「今は、おまえがいる」悟と葵が同時に答えたので、由紀夫は驚き、すぐに恥ずかしくなった。「おまえを悲しませるようなことを知代さんがするはずがない」

「さあ、飯を食おうぜ。肉を焼こうぜ」トイレから戻ってきた鷹が、威勢のいい声を発した。

「焼きましょう！」後ろから鱒二も姿を現わす。携帯電話を手に持っていた。

「親父さんとは連絡がついたのかよ」由紀夫は確認する。

「今、電話した」と鱒二が言った。「由紀夫の家で夕食を食べていくって言ったら、喜んでたな。うちの親父、由紀夫のこと気に入ってるからさ」

「鱒二の親父さんも呼べば良かったかな」

「いい、いい、いい、今川焼き食ってるから、どうせ。それにしても夕食、一緒に食べさせてもらって、悪いなあ」

由紀夫の家はもともとが構成人数が多いため、食事の量はたいがい余裕を持って用意してあり、一人や二人の増減では大きな影響がない。特に今日は、野菜と肉を思い思いに焼いて、思い思いにタレにつけて口に放り込む、家庭焼肉であったから、融通が利いた。

食事の最中、「懐かしいなあ」と葵も悟も、久しぶりに会う鱒二に嬉しそうだった。

「分数、できるようになったのか」

ご飯を噛んでいた鱒二は危うく噴き出しそうになる。「悟さん、それ、小学生の話ですよ。分数できますって」

「じゃあさ、彼女できたのか、鱒二」葵が眼差しを向ける。

「葵さん、さっぱり駄目なんですよ。どうしたらできるんですかね」

葵が顔を綻ばす。「鱒二は素直でいいなあ。由紀夫なんて、彼女はいるのか、って聞いても、『別に』しか言わないしさ」

「別にいいだろ」

「ほらな」葵は肩をすくめる。「『別に』星人だよ、ベツニ星人。鱒二みたいに、父親に相談なんてしてくれないんだ」

「葵さん、俺にも、いつか彼女できるんですかね」鱒二は焼肉で酔っ払っているかのような気配もあった。煙が、由紀夫たちの食卓を曇らせる。

「できるって、大丈夫大丈夫」葵は言いながら箸を動かし、プレートの上の肉をこするようにした。

「それにしても、おじさんたち変わらないですねえ」と鱒二は言った。「ずっと若いままですね」とお世辞らしきものを繰り返す。

すると鷹や葵は相好を崩し、「そうか、鱒二、もっと肉を食えよ」と食べごろの肉を勧め、鱒二はますます、「おじさんたち、相変わらず恰好いいですよね」と調子に乗った。

どんどん消費され、消化されていく肉を見ていると少し不安になり由紀夫は、勲さんの分は取っておかなくていいのか、と訊ねた。

「今日、山登りの打ち上げらしいからいいんだよ」と葵が答えた。

無事に、登山は終わったのだろうか、と由紀夫は気になる。

食事が終わり、鱒二は、「いやあ、本当に美味しかった」と溌剌《はつらつ》と言い、腹を太鼓に見立てて、叩いた。その爽快な態度を見ると、さっきの訴えは、「一人になりたくないの」ではなくて、「夕飯を食べたいの」だったのではないか、と疑いたくもなった。

食事を終え、例のごとく、配給待ちの列のように全員が並び、もちろん鱒二も並び、食器を洗い終えると、鷹が、「さあ、麻雀だ」と手を叩いた。

「どうぞご勝手に」と由紀夫は返事をする。鱒二が、「協調性に欠けるぞ、由紀夫」と鋭く言った。

「うちの子は協調性に欠けるんですよ」と葵がわざとふざけた言い方をする。

「いいから麻雀やろうぜ。由紀夫の今日の冒険についても聞かせてもらわないといけねえし」鷹が手のひらをぱんぱんと叩き、自動麻雀卓に腰を下ろす。

「そういえばそうだ。俺たち、ずいぶん心配したんだから、事情を聞く権利はある」葵が強くうなずいた。

口を挟む間もなく、麻雀開始の準備が粛々と進んでいく。

「俺は試験勉強をしないと」一応抵抗を示した。

「よし、またあれ使っちゃうか」と葵が閃いたような声を出す。

「あれって何？」

「マジックテープのほら、あのベルト」

「やめてくれ」由紀夫はすぐに舌を出したくなる。

数年前、鷹か勲がどこからか手に入れてきた、ベルトだった。もともとは大きな段ボールを運ぶ際に使う補助具だったらしい。ローマ数字のⅡの上下の横線を左右にずっと長くしたような形で、その横線部分がベルトだった。その、二本のベルトの先には、驚くほどの強力なマジックテープがついており、一度つけると、かなりの力を加えなくては剝がせないほどだった。彼らはそれを、由紀夫を拘束するためによく使った。補助具を背中から引っ掛け、由紀夫の背後から抱きついた後で、二本のベルトを自分の体ごと由紀夫に巻きつけて、マジックテープで留めるのだ。腰と胸のところで、ぎゅっと押さえつけられた、強制的な二人羽織りのようなものだ。バレンタインデーの夜に、勲がそのベルトで由紀夫を拘束したまま椅子に座り、「誰からもらったか白状しろ」と尋問したこともあれば、母の知代と喧嘩をした際には、「おまえが謝るまで離さねえぞ」と鷹がそれを使ったこともあった。

自分の部屋にこもろうとしたところ、そのベルトで捕まえられ、無理やり麻雀の席に座らされたことも何度かある。

「あれ、まだあるのか?」鷹が目を光らせる。しまった玩具の存在を思い出した子供のようだ。

「いいよ。あれ、女の子と密着するならまだしも、おっさんたちにくっつかれて、気持ち悪いんだから」由紀夫が言うと、葵が強く同意した。「分かってきたじゃないか」と。

「とにかく、由紀夫、おまえ、今日は散々、心配させたんだから、報告する義務があるだろ。国民の三大義務だろ」

「三大義務、鷹さん言えるわけ?」

「納税と勤労と、親への報告だ。なあ、悟さん」

悟は正解とも不正解とも口にはせず、小さく笑うだけだった。

「由紀夫、よく分からねえけど、おまえ、ドッグレースに行って、突然消えたんだってな。そりゃよくねえよ。勉強の前にまず、状況の説明をしろよ」と鱒二がやいのやいのと言ってきた。

渋々、由紀夫も麻雀卓に腰を下ろした。試験勉強は気になったが、父親たちに、今日の鞄すり替えについて意見を聞きたかったし、そして何より、麻雀は好きだった。

「そんな映画みたいなことがあるものなのか」悟が眉を上げ、感心の声を上げた。「鞄のすり替えなんてことが」

「あったんだ」由紀夫はうなずきながら、自分の捨て牌を検討する。なかなかいい手だったが、リーチまでは行かない。居間に背を向ける由紀夫の右から順に、悟、鷹、葵、と座っていた。鱒二は由紀夫の背後、居間のソファから覗くようにしてくる。「由紀夫、なかなか手が進まねえな」とすっかりくつろいだ様子だ。「久しぶりに見たけど、由紀夫の麻雀の手の作り方、昔から変わらねえなあ」

「そんなところから見えるのかよ」

「目はいいんだよ、俺は」

「で、その鞄を持っていかれた男は、あの背広の男だったんだな」葵が確認する。

「そう、悪徳弁護士みたいな、あの男」言いながら由紀夫は自分の牌を捨てた。

「あいつか」鷹が答える。「ありゃ悪そうだったな」

悟が手を伸ばし、牌をつまんだ。「知っている男なのか」

「知らないんだけど、ドッグレース場で、富田林さんと挨拶していた」

「富田林か」と悟は嚙み締めるように発音する。「久しぶりに名前を聞くな」

「その男、葵の女を連れていたよな」鷹が笑う。

「俺の女じゃない。知ってる女ってだけで」

「『知っている』という台詞は聞きようによっては、いやらしくも聞こえるぜ」鷹がにやにやして言う。「心の隅々から、体の隅々まで知っているってな」

「なるほど」葵が苦笑する。

「葵さんが言ってもいやらしくないのに、鷹さんが言うとかなりいやらしいのは何故なんだろう」鱒二がぼそっと溢《こぼ》した。

「で、その鞄を奪った男の目的は何だったんだ？」と悟が言う。

ポン、と葵が発声する。悟の捨てた牌を自分のところに移動させた。

「目的はさっぱり分からないんだ。鞄は別の男がタクシーで運んだし」

「組織的犯行だ」鱒二が興奮を浮かべる。「組織的で、計画的な犯行。すげえ」

「大事な物が入っていたから奪ったんだろうな」鷹が言った。「麻薬とか銃じゃないか」

「それはいくらなんでも」由紀夫は顔をしかめる。「劇画的過ぎる」

「富田林さん、あそこにいたけど、鞄の件と関係しているのかな」葵がふと言った。

「富田林さんは、仕返しする相手を捜しに来ていたらしいよ」由紀夫はそこで、ドッグレース場のトイレで耳にした情報を話した。太郎のふりをして電話をかけてきた相手に、金を振り込んでしまったらしい、と説明すると、鷹が、「そんな陳腐な詐欺に引っ掛かったのか」と呆れた。悟と葵も驚いている。

「とにかく、富田林さんがあそこで、あの悪徳弁護士みたいな男に会ったのは偶然みたい」

「でも、由紀夫はどうして、その鞄を持って逃げた奴の後をつけなかったんだよ」鱒二が責めてきた。

「その男がどこに行くのか突き止めれば良かったじゃねえか」

さすがに由紀夫もそこで振り返った。「そうしようとしていたのに、おまえが来て、バスを降りるはめになったんじゃないか」

「あ、俺のせいにするなよ」

「鱒二のせいなんだよ」由紀夫は非難し、牌を持ってくる。お、と口に出しそうになった。手ができあがってきたのだ。「リーチ」と言って、一番右端に置いてあった牌を横にしつつ、捨てた。

「まずまずの手じゃないか」と後ろから鱒二が声をかけてきた。

「まあな」と由紀夫は振り返らずに応える。手元の牌の確認に集中し、そして、間違いがないな、萬《マン》子《ズ》の一と四で当たりだな、と自らに念を押した。

顔を上げると三人の父親が由紀夫を見て、なぜか顔を綻ばせていることに気づく。

「何で、俺がリーチをかけたのに笑ってるんだよ」

「別に、何でもねえよ」と鷹が言い、悟と葵も、「別に何でもない」とすぐに下を向いた。

彼らの視線は由紀夫から少し、ずれていて、その後方を眺めていた。背後の鱒二がごそごそと動く気配を感じたので、慌てて、身体を捻った。「鱒二、おまえ、何かやっただろ」

言った時には、鱒二が上げていた片手をそそくさと下ろすところだった。

「やったな」

「何をだよ」

「俺の待ち牌を教えただろ」由紀夫は片眉を上げ、鱒二を睨みつける。

「どうやって教えられるんだ。何も喋ってねえだろ」

「手旗信号だろ」由紀夫は苦笑した。そして、思い出す。

記憶によれば、由紀夫と鱒二が小学校の中学年、四年生の頃のことだ。同じクラスの同級生たちの中にも携帯電話を持ち歩く者が現われはじめた。

「今時、携帯電話くらい持ってないと、ついていけないよ」とクラスのいけ好かない奴が、鱒二に自慢げに話し、感化されやすい鱒二はすぐに、「由紀夫、俺たちはピンチだ」と泣きそうな顔で縋ってきた。

「ついていけない、とか言うけど、いったい何についていけないんだよ」話を聞いた由紀夫は、その同級生に強気に言い返したが、そこで彼が見下すような半開きの目で、「情報だよ。携帯電話がないと、情報の輪に入れないよ。情報を持っている奴が世界を制するんだよ」と嘯《うそぶ》くに至って、さすがに慌てた。え、そうなの？　情報の輪に入れないの？　と怖くなった。

家に帰るとすぐに母の知代に、携帯電話を買ってくれ、とねだった。

「まだ早い」が彼女の返事だったが、それで引き下がる気にもなれなかった。何と言っても、情報社会の落ちこぼれになってしまうのだ、と焦った。「じゃあ、お父さんたちに相談しなさい」と母は言い、由紀夫は麻雀中の父親たちに切々と、携帯電話の必要性について訴えた。

その時の父親たちの心理と思惑は今もって由紀夫にも分からないのだが、彼らは、べつだん由紀夫に携帯電話を買い与えることに抵抗がある様子でもなかったにもかかわらず、どういうわけかまるで見当外れの提案をしてきた。

「手旗信号とかで代用しろよ」

それを最初に口にしたのが勲なのか鷹なのか、記憶が定かではないのだが、すぐに全員一致で、「そうすべきだ」と盛り上がったのは確かだった。「離れた相手と情報の伝達をするのなら、手旗信号も有効だ」と真顔で説得をしてきた。おそらく彼らは面白半分で、笑いを嚙み殺していたに違いない。が、小学生だった由紀夫は、「なるほど、それは面白そうだ」と乗り気になってしまった。

それから半月ほどは、手旗信号の練習をするのが、由紀夫と鱒二の習慣となった。夕方、学校が終わるとバスケットボールの練習をし、それも終了すると、鱒二が家にやってきて、居間で旗を持ち、上げ下げを繰り返す。

「もともとは船乗りが使っていた通信方法なんだ。それを日本の海軍の軍人が、日本人用に改良したんだ。それがこの片かな手旗信号だ」と悟が教えてくれた。実際の五十音と旗の振り方の組み合わせについては、勲が指導してくれた。

片かな手旗信号は、片かなの書き順をそのまま旗で表現するやり方が主で、たとえば、「イ」であれば、まず、「╱」という斜めの線を旗で表し、その後で、「│」と縦の線を描く。二つを続ければ、カタカナの「イ」に見える、というわけだ。もちろん全部がそれでは表現できないため、「ス」などであれば、「一」と横線を作った後で、「│」を見せ、最後に、頭の上に両手の旗を移動し、「、」のような形を作る。続けて読めば、「寸」という漢字の書き順となり、「寸＝ス」というわけだ。

これはなかなかに愉快で、由紀夫と鱒二はひと通り、旗の振り方を覚えると、父親たちの出す文章を素早く旗で言い換え、競争して遊んだ。四人の父親たちもはじめこそからかい半分だったのかもしれないが、由紀夫たちの練習に付き合ううちに、自分たちも手旗信号を覚え、使い出した。

たとえば勲は、「晩御飯、何がいいかな？」と知代に訊ねられ、「ト、ン、カ、ツ」と手の動きで答えた。

葵は、自分の店の女性客に、「手旗信号って知ってる？」と話題を持ち出し、手をさっさと手際よく動かしたかと思うと、「今の何と言ったか分かる？」と出題し、「分かるわけないって」とその女性が呆れるのを待って、「実は」と言い、口にするだけでも赤面してしまうような愛のメッセージを続けた。「葵以外の奴がやったら、白けて寒々しいな」と他の父親たちは言った。

鷹は当然のように、賭け事に応用することを検討した。麻雀で、敵の必要としている牌を手旗信号で伝えよう、と閃き、由紀夫と鱒二を巻き込んだ。麻雀の牌には、筒子《ピンズ》、索子《ソウズ》、萬子《マンズ》、字牌《ツーパイ》の四種類しかないから、鷹の敵の待ち牌を覗き見て、その牌の種類を教えてくれ、と言い出したのだ。

「相手がどの牌で待っているか、だいたい分かるだろ？」

「だいたいなら分かる」由紀夫たちは素直に応えた。父親たちから麻雀のルールを教わり、役や点数について理解をはじめた頃だ。トランプやテレビゲームとは異なった繁雑な手順、それから大人の遊びとも言えるいかがわしい雰囲気が新鮮だった。

「雀荘で試してみるぞ」鷹はやる気満々で、宣言した。「必勝法を見つけちまったなあ」と意気揚々としていた。今から考えればそれは必勝法と言うよりは、いかさまの練習にほかならない。手法としてはオーソドックスな、いわゆる、「通しサイン」と言われるもので、敵の手の内を内緒で仲間に教えるものだ。

「旗を実際に振るわけにはいかないからな。軽く手を動かすんだ」

「雀荘って子供が行ってもいいわけ？」

「大丈夫大丈夫、どうしても連れてこなくちゃいけなかったって言えば分かってもらえる。おまえたちも、社会勉強したいだろ。未知なる世界だ」

「そこって面白いの？」由紀夫が質問すると、鷹はにっと笑った。「大の大人たちが真剣な面持ちで、顔を寄せ合ってるんだ。面白そうだろ」

「恰好良さそう」と鱒二がうっとりとした声を出した。

「恰好良い大人の大半は雀荘に集まってんだよ」と鷹がいけしゃあしゃあと言った。

結論を言えば、この麻雀での手旗信号の応用はまったくうまくいかなかった。雀荘に行き、由紀夫と鱒二が素知らぬ顔で、鷹の敵たちの背後に座るところまでは順調だったが、相手の待ち牌が分かるたびに手を動かすのは明らかに不自然で、しかも、こそこそとした動作では見づらいのか何度も誤解を招き、敵の一人から、「おい、あんた、何か変なことを子供にやらせてねえか」と鷹が詰問されることになった。

「おまえ、何、人の子供を疑ってんだよ。子供の未来を台無しにするなよ」と鷹は言い返したが、最終的にはばれた。「ゴ、メ、ン、ナ、サ、イ」と由紀夫と鱒二は手旗信号で謝った。

携帯電話のことは二の次になってしまったが、一度だけ、例のいけ好かない同級生から、「携帯電話、まだ持ってないの？」と蔑まれた際、由紀夫は鱒二と顔を見合わせ、「ヨ、ケ、イ、ナ、オ、セ、ワ」とやって、爆笑したが、当の相手がその信号を理解しないものだからあまり盛り上がらなかった。鱒二は、好意を寄せている隣のクラスの女の子に、「ス、キ、デ、ス」とやったが見事に受けず、由紀夫は由紀夫で、携帯電話の代用にはまるでならないことに気づきはじめ、自然と手旗信号からも興味を失っていった。

「意外に覚えているものだなあ」葵が笑いながら言った。

「おい鱒二、今、手旗信号で何と教えたんだよ」

「マ、ン、ズ」と鷹がにやつきながら、囁いた。「由紀夫の待ちは、萬子か」と訊ねてきたが、由紀夫も応えるわけにはいかない。

溜め息をつく。「おい、鱒二」と振り向かずに、声を上げた。

「何だよ」

由紀夫は肘を折ったまま小さく腕を動かし、控えめな手旗信号を送った。「カ、エ、レ」

「何だよ、厳しいなあ」

「じゃあ、鱒二、俺のかわりに麻雀、打てよ」

「分かったよ」と鱒二は、由紀夫の席に座ったが、すぐに、「あ、由紀夫、途中で交代したけど、この手、萬子待ちってばれちゃってるじゃねえか」と不平を洩らす。

由紀夫は部屋に戻り、水曜日に試験が行われる日本史の教科書を開き、勉強をした。


翌朝は日曜日であるのに、なぜか勲がわざわざ、起こしにきた。「由紀夫、寝ている場合じゃないぞ」とベッドに寄ってきて、布団を叩く。

瞼がなかなか開かず、うつらうつらしたまま身体を起こす。カーテンが乱暴に開けられ、白い陽射しが部屋に注ぎ込む。眩しさに目をさらに細める。

「あのさ、今日は日曜だよね」

目が少しずつ慣れると、ジャージ姿の勲が立っている。

「起きたほうがいいぞ」

「そうやって突然、息子の部屋に入ってくるのはマナー違反だ」

「寝惚けている奴に言われたくないな」

「だから、部屋に鍵をつけさせてくれよ」

「駄目だ。もし鍵をつけたら、鍵をかけるだろ」

「そりゃ、かけるよ」

「じゃあ、駄目だ。だいたい、俺とおまえの仲で隠し事もないだろう」と厚い胸板を張る勲は真面目な顔をしていた。

「昔は、朝から二人で、バスケの練習とかカンフーの真似とかやったじゃないか」

「子供の頃じゃないか」

「おまえは、俺の子供だ」

「あのさ、たとえば、突然、部屋に入ってきて、俺がいやらしい本を開いていたら気まずい、とかそういうことを考えないわけ？」

「そりゃ、気まずいだろうな」勲は悪びれる風もなく、にやつきながら答える。

「ほら」

「その気まずさがまた楽しいじゃないか」勲は歯を見せた。「とにかく、寝癖を直したら、下りてこいよ」

「何かあったの？」

「多恵子ちゃん、可愛いな」勲が冷やかすかのように、片眉を上げる。

「来てるのかよ！」


「今何時だと思ってんの。朝の九時だよ、九時」

由紀夫が一階へ下りていくと、食卓には多恵子が座っていて、「この食卓広々としていて、恰好いいですねえ。最後の晩餐みたいですよ」などと言いつつ、手元のカップからコーヒーを啜っていた。

「人の家で何をしているのだ」と由紀夫が追及するよりも先に、「九時だよ」となじった。

食卓には他に、悟と葵も座り、素知らぬ顔でコーヒーを飲んでいる。カップから立ち昇る湯気のゆらゆらとした揺らめきが、由紀夫を揶揄するようにも見える。勲が、由紀夫の隣に座り、「まあ、由紀夫、ゆっくり話を聞かせてくれよ」と大らかな声を出した。「今朝の俺は、微笑ましい高校生を眺めて、心を安らげたいんだ」

「昨日の山登り、何かあったわけ？」

「生徒たちの何人かが、途中で逃げて、遭難騒ぎになったんだってさ」葵が雑誌を眺めたまま、言う。

「例の、生意気な生徒らしい」と悟が、顔をしかめ、勲を見る。

「大騒ぎして、探し出したら、山の麓の駐車場で煙草吸ってたんだって。酷いよね。甘えてんだよ、そういう子って」すでに話を聞いているらしく、多恵子が言った。

「で、勲さん、そいつらをがつんと殴ってやったわけ？」

勲は眉を下げた。「殴れるわけがない。その中の、例の生意気な生徒がな、俺の前に立って、『殴れるなら殴ってみろよ』とか言ってきてな」

「そんな奴、殴っちゃえばいいのに」多恵子が拳を突き出す。

「暴力教師、再び」葵がささめくように笑う。

「今度やったら、もう辞めざるを得ないかもね」由紀夫も肩をすくめる。「きっと、その子の母親がすぐにやってくるよ」

「あの、早口で、饒舌で、フットワークが軽い母親が、やってくるわけだ。そうなったら俺は、本当に辞めたくなるだろうな」

「でも」と多恵子が主張する。「ここには四人も父親がいるんですし、一人くらいお父さんが無職になっても、大丈夫だからいいですね」興味深そうに、悟と葵を見やると、「えっと、お二人はどういう仕事をされてるんですか」と訊ねた。

二人はほぼ同時に顔を上げ、自分たちに問いかけられたことがよほど嬉しいのか、目を細める。

「悟さんは大学の教授。葵さんは居酒屋」由紀夫は詳細を話したくもないので、簡潔に説明する。

「教授？　居酒屋？　何だか凄い」

「凄くなんかない。教授って言っても、時折研究室に行って、学生の論文の指導をするだけだし、居酒屋って言っても、昔ホストで稼いだお金で経営をはじめた小さいお店だし」由紀夫が少しだけ、説明を補足する。

「要約が上手いな」と悟が感心した。

「酷い言いようだ」と葵が頭を掻く。「居酒屋ではなくバーだけど」

「教授ってどの大学のですか？」「お店ってどこにあるんですか？」多恵子が好奇心をわっと湧かせたが、由紀夫はそれに構うことなく、「とにかく、勲さんは、その生意気な教え子を殴らずに、どうしたわけ？」と話を元に戻した。

「抱き寄せた」

「嘘でしょ？」

　本当だとも、と勲が唇を横に広げ、にっとした。「奴の身体を抱き寄せて、ぎゅうぎゅう抱擁してやった。肋骨が折れんばかりに」

「暴力教師だ」葵が言う。

「抱擁教師だ」勲が笑う。

「その生徒は、それで懲りたの？」

「まさか。恨めしい顔で俺を睨んでな、てめえ絶対許さねえからな、とか言ってたな」

「怖い怖い」葵が首を横に振る。

「とにかくな、ああいう口だけ達者で、理論武装ばっかりの中学生には辟易でな、だから俺は、多恵子ちゃんと由紀夫の睦まじい話を聞いて、癒されたいわけだ」

「仲良くないから」

「何それ、由紀夫」

「今日は日曜日なのに、何しに来たんだよ」

「昨日、レース場でわたしを放って、勝手に消えちゃったくせに、何でそう偉そうなわけ。もっとさ、優しくすべきじゃないわけ」多恵子が吠えんばかりに、声を上げる。

「すべきだ」と悟が言った。

「すべきだね」と葵も頷く。

「すべきだな」勲も続ける。

「何しにいらしたんでしょうか」

「そりゃ」と多恵子が椅子から腰を上げ、前に座る由紀夫に身を乗り出すようにした。「昨日言っていた、その鞄の行方を捜すために決まってるでしょ」

「あのさ、鞄をすり替えた男もバスでどこかに行ったし、手掛かりも何もないんだって」

「そこをどうにかするのが、楽しいんじゃない」

「あ」葵が不意に声を発した。

他の者たちの視線が、葵に集まった。「どうしたんだ?」勲が確認する。

「葵さんが考えているのは、いつだって、女の人のことだ」と由紀夫が先回りをすると、「その通り、女のことだ」と葵も間髪入れずに返事をした。

「どの女のことだ」勲が笑う。

「昨日、ドッグレースで見つけた女だ。ほら、富田林さんと挨拶していた男がいただろ。その男にくっついていた女だ」

「あ」と由紀夫も咄嗟に言った。そうなのだ、と気づく。ニット帽の男が鞄のすり替えをやった時、鞄の持ち主の悪徳弁護士風の男は、女と口づけをしていて、隙を突かれた。あの女性も、鞄を奪った者たちの仲間に違いない。「そうだ、葵さん、あの女の人と知り合いだったんだっけ」

「何者なんだ」勲が眉間に皺を寄せる。眉が盛り上がり、顔の印象がいかつくなる。「その女」

「うちの店に来ていた、客。いつも色っぽい服を着て、胸が大きかったな」

「そういう説明じゃなく」悟が冷静に言う。「何をしているんだ」

「クラブで働いてたんだ。元気が良くて、人気があった」

「クラブで働く、元気の良い、人気の女は、人の鞄を盗むものなのか?」勲が言う。

「さあ」葵は笑う。「ただ、上昇志向は強かった気がする。うちに来る時はいつも、肩書きの良さそうな男たちと一緒だった。企業の取締役だとか、遠征中のプロ野球選手を連れてきたこともある。そのたび、彼女は自慢げだったな」

「節操がないですね」多恵子が指摘をする。

「その人、どこで会えるのかな」由紀夫は訊ねる。

三人の父親が揃って、目を向けてきた。

「由紀夫、突き止めるつもりなんだ?」多恵子だけが嬉しそうだった。「いいね、捜そう、捜そう」

「その鞄は、由紀夫には関係ないんだろ」

「まあ、悟さん、確かにそうだけど」由紀夫もそれにはうなずくほかない。以前、悟が言っていた台詞をそのまま返す。「自分に直接関係がないことに、興味を抱くのは人間の特技だし」

「なるほど」悟が目尻を下げた。

「よし、俺がつてを辿ってみるよ。あのクラブのオーナーとは面識があるし、後でさっそく電話をしてみる」葵が言う。

「物好きだなあ、由紀夫は」勲が横広の口を歪める。

「誰に似たんだろうねえ」由紀夫は嫌味まじりの口調で訊ねた。

するとやはりこれも三人が同時に、「俺にだ」と返事をする。多恵子が噴き出した。

結局、多恵子はその後も一時間近く、由紀夫の家に居座ったが、雑談の切れ間で、「じゃあ、帰ろうか、由紀夫」と言った。

「帰るも何も、俺の家はここだ」

「送っていこうよ」

「何を」

「わたしのことを。せっかくなんだから」

はあ、と由紀夫は肩を落とす。どこからか、規則的に息の音が漏れてくるので、視線を移せば、居間の隅で勲が腕立て伏せをやっていた。

「凄いですねえ」多恵子が手を叩く。「身体、鍛えてるんですね」

勲は短い呼吸を繰り返し、手のひらで床を小気味良く、押した。肉の詰まった頑丈な身体が力強く、上下する。

結局、由紀夫は、多恵子と一緒に家を出て、送っていく羽目になった。

「聞きたかったんだけど」と多恵子が言ってきたのは、恐竜川を右手に臨む、幅広の歩道を歩きはじめたあたりだ。五月にしては、涼しい、突風が顔に当たった。北から吹いた風が川面に沿い、滑走するように流れ、気紛れで堤防を昇り、由紀夫たちの髪を触りながら走り抜けた。道端で、仰向けに落ちていた雑誌がはらはらとめくれていく。

「聞かなくてもいいよ」

「わたしが知りたいのは、由紀夫の両親のことなんだけど」

「だろうね」

「由紀夫のお父さんたちって、四人であの家に住んでるんでしょ」

「信じがたいことに」それぞれが自分の部屋を持って、居間を共有していること、風呂は一箇所しかないが、生活のサイクルがそれぞれ違うからさほど不便はないことを説明した。

「でもさ」多恵子がそこで、好奇心を爛々と灯した瞳を向けてきた。「でもさ、寝室はどうなってるわけ？」

「寝室？」そりゃ各部屋にベッドがあるし、母はいつも広い寝室のダブルベッドで眠る、と応えた。

「それってどうなってるの？」

「どうなってるのって、何が」

「だからさ、普通、母親と父親っていうのは夜にこう、いちゃいちゃするもんでしょ」

「ああ」由紀夫は奥歯を嚙み締めながら、自分の顔が赤らむのが分かる。「なるほど、そういう系統の疑問か」

「だって、四人も父親がいるんでしょ。どうしてるわけ」

「多恵子もエロいことをずばずば言ってくるなあ」由紀夫はこめかみを搔く。

「だって、素朴な疑問だよ」

「逆に俺も聞きたいんだけど、多恵子は、自分の両親がいつ、抱き合ってるだとか、いつ、いちゃいちゃしているかだとか、訊ねたことあるわけ」

「あるわけないでしょ、そんなの。子供には分からないようにやるのが、マナーでしょ」

「ほら」由紀夫はその時点ですっかり落ち着きを取り戻していた。「だろ？　俺だって一緒だよ。疑問はあるけど、訊いたことはないし、知りたくもない。まあ、どうにかやってんじゃないの？　もしかすると、すでにそういう関係じゃないかもしれないし」

「どういうこと」

「よく分かんないけど、うちの父親たちって意外に、女の人に人気がありそうなんだよな」

「分かる分かる」多恵子が勢い良く首を縦に振った。「あ、じゃあ、浮気でもしてるかも、ってこと」

「可能性はゼロじゃないだろ」

「それで、由紀夫は平気なわけ？」

「平気なんだよな、不思議なことに」

「そうなんだ？」

「たぶん、四股かけてた母親から生まれてきただけあって、そういう倫理観がずれてるのかもね」由紀夫は言った。実際に自分でそう思っているわけではなかった。目の前の交差点を指差し、多恵子の家ってここを真っ直ぐだっけ、と確認する。

「じゃあ、最後に一つだけ教えて」

最後に一つだけ、の表現が、「今日という一日のうちで最後」を意味するのか、はたまた、「この生涯のうちで最後」を意味するのか、それとも、「ただ単に言ってみただけの枕詞」なのかは分からなかった。

「どうして、四人で結婚しようと思ったんだろ。由紀夫のお父さんたち。普通は思いつかないよね」

「ああ」

「ちょっと異常じゃない？」

「異常だよ」

「由紀夫はどう整理してるの」

「整理も何も、生まれた時からこういう環境だったんだから、疑問にも思わない」強がる必要もなく、由紀夫は淡々と応える。「ただ、一度だけ、小学校の低学年の時に質問したことがある。『どうして、みんなで暮らす気になったんだ』って」

「そうしたら？」

「四人とも、俺の母親が好きだったんだってよ」

「何それ」

「別れるくらいなら、みんなで一緒に暮らしたほうがいいって」

「のろけだ」

「のろけの四重奏だ」

ふうん、と多恵子が考え事をするように間延びした相槌を打った。「やっぱり由紀夫の父親たちは異常だ」と言ってから、「でも、両親がそんなに愛し合っているなんて、いいかもね」とうなずいた。

「愛し合う、とか言われると恥ずかしいなあ」由紀夫がからかうと、多恵子は顔を赤くした。

信号機の立つ交差点には、黄色のオープンカーが赤信号で停まっている。ほとんど車の通りがないにもかかわらず、信号に従って礼儀正しく、ぽつねんと停まっているのが可愛らしく見えた。向かって、左右に伸びる道は、つつじの植え込みが並び、昔のガス灯をイメージしたかのような街灯が設置されている。歩道はタイルが敷き詰められ、贅沢な雰囲気があった。横浜の馬車道の光景でも参考にしたのかもしれない。

「そうだ、ついでだから、また小宮山君のマンションに寄って行こうよ」多恵子が言い出した。確かに目の前の交差点を左に折れて、少し行くとやはり広い交差点に出る。その交差点を右折すれば、小宮山のマンションの通りではある。上空から見れば、阿弥陀くじを逆行するような道程だ。

「何でまた」

「だって、来週から中間試験なんだよ」

「知ってるよ」

「わたしたちは、試験勉強に苦しんでいるのに、小宮山君だけ家でのんびりしてるなんて、許せる？」

「またそういう理屈かよ」

多恵子は試験勉強している様子がまるでないじゃないか、それに、小宮山だって部屋に閉じこもって様々なことを苦悩しているかもしれないぞ、と由紀夫は言い返す。

「寄っていこうよ」多恵子は、由紀夫の言葉など聞いていない。

「この間、無下にされたばかりじゃないか」

いいからいいから、と多恵子は交差点を待たず、歩道の左へ飛び出し、車道を渡りはじめた。ちょうど目の前を、黄色のオープンカーが物凄い勢いで疾走していく。危ないわね、ここをどこだと思ってんだ、と多恵子がぶつくさ言っている。車道だよ、と由紀夫は指摘した。


片側二車線の幅広の車道を挟んで正面に、小宮山のマンションがあった。タイル張りの頑丈そうな建物だ。こうやって離れて見ると立派だよね、と多恵子がうんうんと感心する。横断歩道の信号が変わるのを待つ。

小宮山のマンションは、以前に訪れた時以上に、無愛想に感じられた。灰色がかった雲が暗く頭上を覆い、周囲が薄暗いせいだろうか。

「こういう高級マンションばかり建つということは、みんな、お金を持ってるってことなのかな」

小宮山のマンションの向かい側、つまり今、由紀夫たちが立っている背後にも、立派なマンションが建っている。車道を挟む二つのマンションは、将棋の飛車角が対峙《たいじ》している様子に見えた。

「早くしないと、小宮山君、逃げちゃうよ」赤信号が長いため、多恵子が不平を言う。

「逃げるも何も、小宮山は部屋から出なくて、それが問題なんじゃないか」

「こだわるねえ、由紀夫も」大袈裟に多恵子が溜め息を吐いた。そしてすぐに、「あ」と言った。どうしたのだ、と思っていると身体を由紀夫に寄せ、声をひそめた。「ねえ、由紀夫、あそこ、怪しい人いるよ」

視線の先を追うと、小宮山のマンションの前に車が路上駐車している。白い軽自動車だが、ワゴンタイプで車体は大きい。その後部座席の窓が開いており、人が乗っているのが分かる。カメラを携えているのが一瞬見えた。すぐに窓が閉じた。

「あれがどうかしたのか」

「あれ、写真週刊誌の記者だってば。わたしたちを撮ってるんじゃない？」

「俺たちを？　何のために」

「スクープに決まってるでしょ。四人の父親を持つ高校生が、美人女子高生と密会とか。やばいよ」


エントランス前のインターフォンから、小宮山の家を呼び出したが、応答はない。

由紀夫と多恵子は顔を見合わせる。

「留守だ」

「由紀夫、諦めるのはまだ早いって」

「こんなことを繰り返していたら、小宮山は来られるものも来られなくなるって」

「わたしの勘なんだけど。小宮山君は深刻な悩みを抱えているんだと思う」

「深刻な悩み？」

「恋の悩みとか」

「恋の悩みで家に閉じこもるのはあまり解決にならないだろうに」

「部屋にこもって、お香とか焚いちゃって、数珠をこすって、念じてるんだって。恋愛成就、恋愛成就、両想い成就って」

「そういう儀式、あるわけ？」

「ない」

「あ、そう」由紀夫はすでにそういう多恵子の反応に慣れつつあった。「小宮山、苛められているとか、誰かを怖がっているんじゃないのかな」

「そうか、苛められてるんだ、小宮山君。絶対そうだ」

「でも、前にも言ったけど、小宮山は野球部で、後輩を苛めてたって噂があるくらいなんだ。逆だよな」

「報復に遭ったんじゃない？」唇を尖らせ、親に口答えをする子供じみた口調で多恵子が言う。

「報復？」と由紀夫も聞き返していた。「後輩にやり返されたってこと？」

「そうそう、多勢に無勢、体格のいい小宮山君でも、人数で来られたら、ひとたまりもないだろうし、ありえるでしょ。で、怖くて、学校に来られないわけ」

「そんなことあるのかなあ」

「今度、野球部の後輩を問いただしてみてよ」

「何で俺が、そこまで調べないといけないんだ」そこまで手取り足取り、原因を取り除いてやってまで、小宮山を学校に連れて行く必要があるのか。「いい加減帰ろうぜ」

「もう一回もう一回」多恵子は食い下がり、またインターフォンに向かって部屋番号を押した。

ほぼ同時に背後で、スピーカーからの騒がしい音が鳴った。ご通行中のみなさん、と胡散臭いくらいに爽やかな女性の声が、車道に叫喚する。「こちらは白石肇《はじめ》、白石肇でございます」であるとか、「知事選に向けて、お願いに」であるとか、流暢に喚き、さらには、経験の豊富さや、知事としては異例に若いことの利点を高らかに唱えた。

多恵子は耳に手を当てた。インターフォンから、小宮山宅の声が聞こえているのかどうかも把握できない。

どんな車が通り過ぎるのか、と由紀夫は興味を持って、後ろを振り返る。

エントランスから車道までの間には、小さな花壇が配置され、距離があったが、通り過ぎていく白い車は見えた。横断幕に、「白石肇」と名前が書かれ、助手席から当人と思しき、背広姿の男が手を振っていた。後部座席の窓からも、何人かの女性たちが手袋をつけた手を振っていた。特別な感慨もなく漫然と眺めていたが、つい無意識のうちに釣られ、由紀夫が手を振ったところ、彼女たちは、無人島で虚しく送っていたSOSのサインが救助船に届いた、とでも言わんばかりの歓喜を見せ、手の振りを激しくした。

視線を戻す際、向かいのマンションに目が行く。高層階のベランダから、手を大きく振っている人影があり、はじめは布団でも叩いているのだろうか、と想像したが、肝心の布団が見当たらない。選挙カーに対して、嬉しそうに反応しているようだ。物好きな人もいるものだな、白石氏のファンなのだろうか、と由紀夫は感心した。

「選挙活動ってどうしてああも、うるさく騒ぐんだろ」多恵子がインターフォンを睨んだまま、文句を垂れる。「不快感を与えるだけだし、いいことないじゃない。効果あるわけ?」

「あれしか方法を知らないんじゃないのかな」

結局、小宮山の家からの反応はなく、あったかもしれないが選挙カーの騒々しさで掻き消された。もう一度多恵子はインターフォンのボタンに指を伸ばしたが、そこで近づいてくる女性の影に気づき、一歩退いた。

「ねえ、何が駄目なの」とその女性は携帯電話に問いかけていた。マンション前の小さな花壇を過ぎ、踵の高い靴を鳴らし、近づいてくる。

由紀夫は、多恵子と顔を見合わせ、無言のまま立っていた。

「わたし、待ってるから。今日、来るって言ったじゃない。じゃあ、いつ会えるわけ。ねえ、わたし、何がいけなかったの」電話に向かって必死に訴える彼女には、由紀夫たちが見えていないようだった。カードのようなものを取り出すとインターフォン脇に差し込んでいる。入り口の自動ドアが開き、女性は中に入った。自動ドアが閉まる直前、「わたし、あなたがいないと生きていけないんだから」と切実な声を発するのが聞こえた。

由紀夫はもう一度、多恵子を見て、「凄いな」と感心する。

「ふられちゃったのかな、あの人」多恵子は同情しつつも呆れているようだった。「テレビドラマの台詞みたいだった」

「ドラマじゃ、あんな陳腐な台詞、女優が言いたがらないよ」

「結構、美人だったのにね」

「相手の男の前に、もっと美人が現われたのかもしれない」

「あ、女は外見だと思ってるんでしょ」

「多恵子が先に言い出したんだろうが」

「でもさ、あの電話の相手、誰か分かる？」

「分かるわけないだろ」

「たぶん、酸素だよ、酸素」

「酸素？」いったい、何を言い出したのか、と思った。

「あなたがいないと生きていけないって言ってたでしょ。酸素がないと生きていけないじゃない」

「くだらない」

由紀夫たちはそこで、インターフォンの前から立ち去ることにした。

敷地から出る際、四人家族の住人とすれ違う。すれ違った後で、多恵子が思案深げにその家族を振り返っていた。彼らの後につづいて、オートロックを突破し、強引に小宮山の部屋に辿り着く作戦でも練っているのかもしれない、と怖くなり、由紀夫は早足で、来た道を戻る。

「わたしだったら別の方法を取るけどね」

「別の方法？　小宮山の部屋に行くのに、他の方法があるのかよ」

「違うって。選挙のこと」

「ああ」今さらまたその話題になるとは思わなかった。

「あんなにわんわん騒ぐくらいなら、もっと効果的なやり方があるじゃない」

「たとえば？」

「有権者に豪華なお菓子を配るとか」

「それはやっちゃいけないんだ」

「じゃあ、街を掃除して回る、とかは？　夜中にこっそり、街を綺麗にしておくわけ。で、自分では名乗りを上げないんだけど、自然にその正体が分かるとか」

「自然にね」

「そうじゃなかったら、誰か痴漢とか強盗とかをさ、やっつけてみせるわけ。一応、覆面を被ってるんだけど、何となくうっすらと服の下にタスキが見えるようになっていて」

「あのさ、それはすでに知事としての資質じゃなくて、別のものに向いてる」

「由紀夫って本当につまんないよね」

「つまんないんだから、もう相手にしなければいいのに」由紀夫は特に深い意図もなく、そう言ったが多恵子はそれを耳にすると肩をがっくりと落とした。まるで今まで自分の歩いてきた十数年の道のりは距離にしたら三十センチほどでしたよ、と指摘されたかのような落胆を浮かべた。そんなにがっかりするものなのか、と由紀夫が馬鹿にした口調でさらに突くと、多恵子は、「わたしがせっかくつまらない由紀夫の相手をしてあげてるというのに」と、してあげてる、の部分をひときわ強調する言い方で声を発した。

突然、後ろから肩を叩かれた。はっとして振り返る。父親だろう、と想像していたので由紀夫は大袈裟に不機嫌な顔をしてみせたのだが、実際に目の前にいたのが高校の上級生、バスケ部の先輩、であったから、気まずかった。慌てて、表情を和らげる。

「熊本さん」

「由紀夫、こんなところで何してるんだよ」身長百八十五センチメートルで、俊足、甘い顔、揺れる柔らかい髪、女子高生の視線が矢となって、立ち往生の弁慶さながらに身体中に突き刺さっている熊本さんは、見下ろすようにして言った。顔は笑っているが、どこかぎこちない。目は由紀夫に向いているが、その視線が狙っているのは、由紀夫の隣にいる多恵子に違いなかった。

「よお」と自然を装った挨拶を彼は、多恵子に投げかけた。

「お久しぶりです」と多恵子は応える。他人行儀だなあ、と由紀夫は思うが、別れた恋人同士とはこんなものなのか、とも思う。

「熊本さんって、多恵子と付き合っていたんですね、知りませんでした」由紀夫は言った。興味はなかったが、その場のぎこちない空気を察知していたので、何か話をしなければならない、と焦ったのだ。

「おい、由紀夫、過去形で言うなよ。付き合っていた、なんて。誰が別れたって言ってんだよ」

「え」熊本先輩そんなに怖い顔でどうしちゃったんですか、と由紀夫は気圧される。「別れたんじゃないんですか」

「わたしと熊本さん、別れたじゃないですか」多恵子がしっかりと真っ直ぐに言った。

「俺は認めてない」身長百八十五センチメートルで、俊足、甘い顔、揺れる柔らかい髪、女子高生の視線が矢となって、立ち往生の弁慶さながらに身体中に突き刺さっているはずの熊本さんは、むっとした声を出した。鼻の穴が、興奮のために広がり、甘い顔面の調和が崩れた。淡々と事実を述べる口ぶりだったが、その言葉は足元の道路を震わせる迫力がある。

由紀夫はそこでようやく、この二人の関係が複雑であることを察した。いや、複雑と言うよりは、単純だけど厄介、と言ったほうが近いだろうか。多恵子は別れたがっているが熊本さんはそれを拒んでいる、そんな図式に違いない。

「だって、付き合うっていうのはお互いがそう思って、成立するんですよね。わたしがもう別れたいと思った時点で、無理じゃないですか」

理屈ではそうでも、納得できるかどうかは別問題だろうな、と由紀夫は聞きながら思ったが、熊本さんも、「理屈じゃないだろう、気持ちってのは」と言った。

由紀夫は、多恵子と熊本さんから等距離の場所まで後ずさる。この揉め事が飛び火する前に立ち去りたかった。

高校入学時、バスケットボール部に入部したばかりの由紀夫に、「おまえ、いいセンスしてるじゃねえか」と優しく声をかけてきた頃の熊本さんの姿が浮かんだ。一人で早朝に練習をしていた由紀夫のミドルシュートを遠くから見ていたらしく、「ボールの触り方と、跳び方で、そいつがどれくらい上手いかなんてすぐに分かるんだよな」とうなずいた。親切で優しい先輩だな、頼りがいのある人だな、と由紀夫はその長身を見上げつつ嬉しく思ったものだったが、そのうちに由紀夫が実力を発揮しはじめ、練習の最中に熊本さんの脇を抜き、シュートを決め、同級生たちから感嘆され、ある程度の尊敬を得はじめると、熊本さんの態度は急に冷淡になった。ちょっとした由紀夫のミスを執拗に責めるようになった。

「先輩、わたし、今は由紀夫と付き合ってるんで、もう無理なんですよ」と多恵子が言い放った。由紀夫は開いた口が塞がらなくなる。

「おい、由紀夫、嘘だろ」

「ええ、嘘です」

「嘘じゃないです、本当だって。だから、先輩、もう無理です。わたしたちは解散して、再結成はなしです」

熊本さんの目が鋭さを増した。

「嘘ですよ」と由紀夫は再度断言する。「騙されないでください」

「嘘じゃないって。熊ちゃん、わたしが嘘言うわけないでしょ」と多恵子が主張した。咄嗟に、交際していた際の呼び名と思しき、「熊ちゃん」が飛び出したので、由紀夫は笑いを堪えるのに苦労する。

「いや、実は俺は、多恵子の身体目当てなんですよ。恋人とかじゃないんです」自暴自棄になりつつ、そう言ってみたが、熊本さんは、「俺を小馬鹿にして楽しいのかよ、由紀夫」と怒った。

そして、弁解の余地も与えない素早さで、歩き去ってしまった。

「助かったね」と多恵子がしばらくして、安堵の声を出す。

「助かってないだろうに」


家に帰ると葵が、由紀夫を待っていた。玄関を上がり、居間のドアを開けたところで、細身の背広を着て、「さあ、由紀夫、行くぞ」と白い歯を見せた。背の高い葵と間近で向かい合うと、少し見上げる角度になる。「行くってどこに？　今、帰ってきたばかりなんだけど」

「由紀夫のために俺、張り切って、電話をかけたんだぞ」葵が恩着せがましい言い方をする。

「電話？」

「ほら、例のあの女の子を捜すためだよ。ドッグレース場で見かけた」

「あの鞄を奪った時の？」

「そうそう」葵は言って、自分がいかに苦労して、情報を手に入れたかをとうとうと話しはじめた。

まず葵は、彼女が働いていた店のオーナーに連絡を取ろうとしたが、まったく繋がらなかったらしい。おそらくオーナーは眠っているのだな、と見当をつけ、そのオーナーと交際していると思しき女性に連絡をつけた。すると案の定、彼女は、オーナーと同じ場所に、同じ布団の中に、いた。

「どうして、その女の人の電話番号も知ってるわけ？」

「俺の頭には色んな女の子の電話番号が入ってるんだ」

暗記してるのかよ、と由紀夫は呆れる一方で、それならばドッグレース場のあの女性の番号も知っているんだろ、とからかったが、葵はすぐに、「かけてみたが、繋がらなかった」と返事をした。本当に暗記しているのか、と由紀夫は唖然とする。名前は知らなくても、顔と電話番号だけは記憶に残っているらしい。「女性と会うために必要なのは、名前と電話番号どっちだ？」

「メールもあるけど」

葵は優雅にかぶりを振った。「メールは残る」

証拠が残って困るような付き合いはするべきではない、と由紀夫は言いたかった。

とにかく葵は、寝起きのオーナーに、「あの子、まだ働いている？」と質問をし、「彼女なら半年も前に辞めたよ」との答えを得た。

「彼女と連絡をつけたいんだが方法はないか」

「葵さんから女を追うなんて珍しいねえ」寝起きのオーナーは揶揄した。「そういえば彼女、アパートも出て、誰かどこかの男と一緒に暮らすようなこと言ってたな」

「その男ってのは誰だ？」

「ちょっと待ってくれ」寝起きのオーナーは、隣にいる彼女と電話を替わった。

「あの子ね、バイト先で色んな男に口説かれたり、騙されたりして、人間不信に陥ってたんだけど、『ついに出会っちゃった』って嬉しそうにしてたんだよね。その人と一緒になるって言ってたけど」言った後で、むふふ、と笑い声が付け足される。出会っちゃうわけがないのにね、と言わんばかりだった。御伽噺《おとぎばなし》に憧憬を抱きつつ、白けてもいる。

「出会っちゃったか。どんな男なんだろう」

「普通の人。小さなケーキ屋をやってる、真面目そうな男の人。わたしも一回会ったけど、本当にびっくりするくらいに真面目で、つまらない人」

「そのケーキ屋の場所、分かるかな」

「葵さん、今度、わたしと一日でもいいから、付き合わない？」


ちょっと待ってくれ、と由紀夫は、そこまで葵の説明を聞いたところで、手を前に出した。「そんな会話まで正確に説明してくれなくてもいいじゃないか」

「そうか」

「あのさ」と由紀夫は呆れ、自分の父親が、女に言い寄られるところを想像するのは愉快じゃない、と言う。

「あ、そういうものか」葵は理解できない思想を耳にした、という様子だった。「というわけで、これからケーキ屋に行こう」

葵の誘い方は強引ではあったが、不快感はなかった。おそらく女性に声をかける時もそうに違いない。

広い歩道から、右手には恐竜川が見える。恐竜橋が架かっている。向こう岸から背丈の低い小動物が小走りでやってくるのが見えた。帽子を被った幼児たちだ。玉突きをするように、誰かにぶつかっては止まり、急に走り出し、またぶつかる。そういう遊びなのだろう。由紀夫のいる場所からはずいぶん距離があるにもかかわらず、無邪気な声が風に乗り、それが散り散りに舞うのが見えるようだった。隣の葵が目を細めている。おまえも昔はあんなんだったんだぜ、などと言われると居心地が悪かった。

「葵さんだって、昔はああだったんだと思うよ」

橋まで辿り着き、渡る。すでに幼児の姿はなかったが、彼らのはしゃいだ軽やかな足音がそこここに残り、耳元で鳴り響くような気がする。橋を渡り切ると前方に、チラシを配っている女性が見えた。交差点に立ち止まる男性へ近寄り、チラシを差し出し、ことごとく断わられている。慣れていないのか、それとも拒絶されることがさらに彼女を萎縮させるのか、遠慮がちな振る舞いだった。

近づくにつれ、その女性が二十代なのだろうとは分かる。中肉中背の体型だ。長い髪にあてたパーマがまるで似合っていなかった。地味な眼鏡が、彼女をより貧相に見せている。

横断歩道は渡らず、右に折れ、市街地へ向かう予定だったが、葵が、「あのチラシをもらっていくか、由紀夫」と言って、信号の側へと歩いていこうとした。

「どうしてわざわざ」

「あの子、さっきから、チラシ減ってなくて可哀想じゃないか」

「そんなこと関係ないって」

由紀夫の言葉を聞くより先に、葵はそそくさと歩みを速め、チラシ配りの彼女の前に立った。

急に現われた葵に、彼女は一瞬目をしばたたいた。由紀夫は今まで、そうやって、葵を目の当たりにした女性たちの反応を何度か見てきた。夜の繁華街で、着飾った色香漂う女性が、「あらら、いい男」とあっけらかんと言うこともあれば、「おじさん、恰好いいですね」と女子高生が軽口を装いながら、頬を赤らめることもあった。最初は目を逸らすが、こっそりと何度も視線を向ける女性も多く、じっと見つめたまま言葉を探す女の子もいた。葵のほうはと言えば、そういった相手の反応を楽しむような悪趣味なところはなく、いつも自然体で、「どうもありがとう」などと応じていて、それがまた様になっているのだった。

「あの、チラシです」

女性は自分の仕事を思い出したらしく、チラシを差し出してきた。目を落とすと、英会話教室の案内らしかった。ポケットティッシュがついているわけでもなく、これは受け取ってもらうのも大変だろうな、と由紀夫にも分かる。

「ありがとう」と葵がチラシを受け取る。

すでに、「チラシを出して断わられること」が自分の任務だと勘違いしはじめていたところだったのか、彼女は、受け取ってもらったことにぎょっとした。受け取られたら困ります、と言い出しかねない気配すらあった。あ、どうも、と消え入るような声で言って、もう一度、葵を見た。

受け取ったのならばさっさと先を急ごう、と由紀夫は右にくいっと首を傾けたのだけれど、葵は立ち止まったまま、彼女の顔をじっと見ている。まさかナンパをはじめるのではないだろうな、と怖くなる。すると彼が、「そのブーツカットのジーンズ、似合ってますよ」と言った。

由紀夫も視線を彼女の下半身にやるが、言われてみれば、紺のジーンズは細身で、裾の広がるデザインも含め、悪くない。

「眼鏡のフレームをもう少し、色のついた、存在感のあるものに変えて、髪を短くしたら、きっともっと可愛くなると思うけれど」葵が続ける。

由紀夫はあまりのことに目を覆い、耳を塞ぎ、「あーあー」と喚きたくなる。この男は初対面の女性に何というお節介を焼いているのか。しかもその男が自分の父親であるのだから、恥ずかしい。羞恥で死ぬなら、今死んだ。もう死んだ。ほら死んだ。そう思った。チラシ配りの女性は茫然としながらも、赤面した。「ありがとうございます」

葵はそこからが、素早かった。短く挨拶を残すと、「さあ、行こう」と由紀夫の肩に触れ、歩きはじめる。

「いったい何の真似なんだ」

「真似じゃない。俺のオリジナルだ」

「そうじゃなくて」

「人間ってのは誉められると嬉しいものだ」

「そうじゃなくて」

「元気がなさそうだったから、声をかけたくなった。それだけだ。それにあれは、お世辞じゃない。あのジーンズは良かったじゃないか」

「葵さんは自分で、何様のつもりなんだ、って悩んだりしないわけ？　勝手に人のことを誉めたり、アドバイスをしたりしてさ」

「性格なんだよ。寂しげな顔をしている人がいると、元気付けたくなるんだ。元気付けるには、相手のいいところを誉めてやるのが一番だ。それに、たぶんあの子、眼鏡と髪型を変えれば、ずいぶん印象が違うはずだ。これも嘘じゃない」

「そうかなあ。だいたいさ、あんな風に、親切めいたことをするからさ、女の人たちが、葵さんに好意を抱いちゃうんだって。勘違いして」

「大丈夫だよ。俺は子持ちなんだし」

「悪かったね」

「ぜんぜん悪くない」葵はやはり自然な態度でそう応える。由紀夫は右手が生垣となっている歩道を歩きながら、ふと首だけ振り返った。心なしかチラシを配る彼女が生き生きとしているように見え、何だかな、と頭を軽く左右に振る。

ケーキ屋の店主は坊主頭に近い短髪で、背の高くない男だった。白い服で、白い帽子を被り、由紀夫たちが店に入った時には、レジ脇のショーケースに屈み、白いケーキを並べているところだった。

こぢんまりとした可愛らしい店舗だ。学校帰りに通ったことのある裏路地だったが、そこにケーキ屋があるとは今まで知らなかった。ケーキを二つ選び、店主が包装をはじめた頃合いを見計らって葵が、女性の話を出した。本名とは思えない、飲み屋で働いていた時の名前を口にする。「彼女、こちらにいますか？」

店主が一瞬、身体を強張らせたのは由紀夫の目からも分かった。顔は箱を見たままでも、動揺は明らかだ。しばらくして、「彼女のこと、ですか」と向き直った。

「彼女、あなたと親しかったと聞いたんです」葵は、年下の店主に礼儀正しく、話した。

「誰に聞いたんです」

「彼女の友人にです。あなたと一緒に暮らしていると聞きました」

店主は苦しげな表情をし、呻く。視線が宙を忙《せわ》しなくさ迷い、由紀夫を見てから、葵に目をやった。

「今はもう違うんです。別れてしまいました」

「そうですか」葵は驚かなかった。「いつ頃」

「もう、二カ月も前、ですね」店主の視線が天井に移動する。もう二カ月も前、と言いつつも、彼自身にはそれが過去のこととは信じられないでいるのかもしれない。

由紀夫は、自分より一回り以上年上の男が、女性のことで狼狽し、しょげているのを見て、気まずくなる。店内を見渡した。壁のコルクボードに、写真が貼られていた。店を訪れた客と店主が一緒に撮ったものなのか、子供に囲まれ笑顔で立っている店主の姿や、妙齢の女性たちに挟まれ、たじろぎつつも微笑む彼の表情が、ある。その脇の棚には、子供の手作りと思しき、松ぼっくりを組み合わせた飾りが置かれ、店主の似顔絵もあった。

目の前の店主は、突然現われ、前の恋人のことを訊ねる葵や由紀夫に腹を立てるわけでもなく、真面目に応えようとしていた。葵の注文したケーキを詰めた箱を、大事そうに持っている。

会ったばかりではあったが、店主の人柄の良さは、由紀夫にも分かった。翻って、ドッグレース場で見かけた、あの女性は、まるで真面目そうではなかった。女性らしさを強調した露出の多い洋服に、気取った歩き方をし、極めつけは、レース場の隅で男と抱擁していた。この店主とあの女性とでは共通点を見つけるのが難しい。

「不躾《ぶしつけ》な質問をしてしまって、悪かったですね」葵はようやくケーキの箱を受け取り、財布から代金を支払った。

「いえ」店主はレジを叩き、硬貨を戻してくる。「お客さんは、彼女とはどういう関係なんですか?」

「実は息子が道端で困っている時」と言って、由紀夫を目で示した。「その彼女にお金を借りたようで、返したいと思っているんですよ」

淀みなくそんなことを言うから、由紀夫は驚く。「大嘘もいい加減にしてくれよ」と否定しそうになったが、あわやというところで思い止まった。神妙にうなずくことにする。「ええ、道端で助けてもらって」と言うが、そのままでは信憑性《しんぴょうせい》がないようにも感じ、「あの時は大変でした」と付け加えてみるが、ますます怪しくなった。

「そうですか」店主は意外にも怪しまなかった。「そうなんですよ、彼女はそういう優しいところがあるんですよ」

由紀夫は目だけで葵を見やる。葵も、由紀夫に視線を寄越していた。別れた女性への未練が、店主の言葉の端々から溢れ出てくるようで、向かい合っているこちらも胸が痛む。

葵と由紀夫が店を出ようとした時、「ちょっと待ってください」と店主がカウンターから出てきた。「実は一カ月くらい前に、一度、一度だけ、彼女を見かけたことがあるんですよ」

「どこでですか？」

「服屋です。女性のブランド洋品店で」店主はすぐに目をきょろきょろとさせ、甦った記憶に自らたじろぐようだった。「歩いていたら、ガラス越しに店内の彼女が見えて」

「服を買ってたんですか？」葵が訊ねる。

「マネキンから、ワンピースを剝いでいるのが見えたんです。私はそのまま通り過ぎたんですけど」店に踏み込み、彼女に声をかければ良かった、と後悔している風でもある。

「マネキンから剝いじゃってましたか」

「たぶん、それが気に入ったんでしょうね。彼女、欲しいものは無理しても手に入れようとするから。でも、そんな情報もらっても困っちゃいますよね」と弱々しく笑う彼はやはり、絵に描いた善人、という様子だった。

「店の場所を教えてください」と葵は、店主に頼んだ。

「いい人そうだったね」帰る道すがら、由紀夫はケーキ店を振り返りながら、葵に言う。「あの人、あの女の人に遊ばれてたのかな」

「どうだろうな。その時は彼女も本気だったのかもしれないし、そういうのは意外に、本人にも分かっていないんだ」

「でも、結局は、あの人を捨てたわけでしょ」

葵がちらと眼差しを向けてくるのが分かった。少し微笑んだ。「由紀夫も分かったような口を利く年になったんだな」

「そうじゃないよ。あれは誰が見たって、分かるじゃないか」

由紀夫たちに洋服店の場所を教えた後で、店主は、「もし」と言ってきた。「もし、彼女に会ったら、またケーキを買いに来てほしい、と言ってくれませんか。もちろん、よりを戻したいわけではないんです。ただの客としてです」

仮に、彼女に会うことができて、店主の言葉を伝えたとしても、きっと彼女は店を訪れはしないだろう。それくらいは由紀夫にも想像はできた。彼女は、彼のことを潔くない、と判断し、不快感を露骨に表す可能性もある。多恵子と熊本さんの関係と同じではないか。

いつの間にか市街地のアーケード通りを折れ、繁華街の路地に入っていた。まだ日も高いため、通り沿いの店はどこも閉じている。電気の灯っていない看板は薄汚れ、ビルの入り口は真っ暗で、街全体が、萎れた花さながらに生気を失っている。これも夜になって明かりが灯れば、爛々と輝きはじめるのだろうから不思議だ。

「早く、彼にも新しい女性が現われればいいな」葵も、ケーキ屋の店主の未来を案じるような言い方をした。

「男の数と女の数は決まっているのに、葵さんみたいに、たくさんの人に好かれちゃうような人がいるから、数が合わなくなるんじゃないの?」嫌味まじりに言う。

「俺のせいなのか?」

「分配とか数字から見れば」

「でも、由紀夫、俺たちは男四人で、知代さんとくっついたんだから、これはこれでまたバランスが取れているんじゃないか」

「なるほどそう来ましたか」屁理屈ばっかりだ、と呆れる。「で、これはどこに向かっているわけ?」

「ケーキ屋の彼が教えてくれた店だよ。こっちを通ったほうが近いんだ。行ってみたいだろ」

「葵さん、楽しげだ」

「由紀夫とこうやって二人で、あちこち散歩するなんて、久しぶりだし、そりゃ心浮き立つさ」

「そうやって女の人を口説いてるんだ」

「息子は口説かないよ。うるさい親がたくさんついてるし」

細い道を折れ、さらに細い道を歩く。板前らしき服を着た若い男がトラックの荷台から、大きな箱を抱えて降り、ビルの地下へと駆けていく。入れ違いに別の、やはり板前風の若者が階段から昇ってきて、トラックの荷台に乗った。

大きな通りに出たところで、前方から女性が三人、お互いがお互いの肩に縋るようにして、歩いてきた。三人とも異なった色のワンピースを着ていて、色の組み合わせから、パンジーの花みたいだ、と思った。車道を挟んだ、向こう側の歩道だ。ほぼ正午だというのに酔っているようにも見える。

パンジーのうちの一人が、由紀夫たちのほうに、定まらない視線を寄越してきた。絡まれると面倒だな、と思っているとその彼女は、「あ、葵さんじゃない」とふらふら、手を振った。他の二人もすぐに、「本当だ、本当だ」と声を上げる。

「昼間から酔っ払っていると立派な大人になれないぞ」葵は軽快に、若干、声を大きくして向こう岸で溺れる彼女たちに声をかけた。

「遊びに行こうよ、葵さん」女三人が身体をよじりながら、笑ってくる。官能的でもあった。由紀夫は戸惑いを感じる。「誰、あの人たち？」

「俺の店に時々来る、客だ。ああ見えて、実は研究者らしい」

葵が手招きしたわけでもなかったが、女性三人は車道を横切り、由紀夫たちのほうへと近づいてきた。お互いがお互いを支え合う様子だった。一人でまともに歩けない酔客が、三人固まったところで、まともに歩けるようになるとも思えないが、彼女たちはコツをつかんでいるのか、上手に足を進めた。

「あらあ、こっちの可愛い子、誰なの、葵さん」三人のうち、一番髪の長い女性が、由紀夫に眼差しを向けた。

「俺の息子だって」と葵が即答すると、彼女たちは冗談かと思ったのか、またあ、と笑った。「だって、わたし、生んだ覚えないわよ」とそのうちの一人が言う。

一つ離れた大通りから、街頭演説の声が聞こえてきた。葵も三人の女性たちも気づいたのか、遠吠えに反応する犬さながらに、大通りのほうに顔を向けた。

「選挙、うるさいよねえ。葵さん、どっちに入れるの」と一人が言った。「赤組？　白組？」

「どうするか悩んでいるんだ」と葵が応えた。

「わたしはね、赤羽さんに入れるよ、絶対」と呂律《ろれつ》の回らない口ぶりで、背の低い女性が指を立てる。

「あれ、あなた選挙権ないじゃない」と隣の女性が指摘した。選挙権がない、ということは、酒を飲むのも駄目じゃないか、と由紀夫は指摘したかった。

「だって白石って、真面目そうなくせに、女癖悪いんだよ。それよりは、赤羽のほうが良さそうじゃない」

「でも、赤羽ちゃんのほうなんて、見た目からして絶対、堅気じゃないよ」

「女癖が悪いなんて、葵さんの前で言っちゃ駄目だって」もう一人がわざとらしく、大きな声で言って、また笑う。

そもそも、そういうことを息子の前で言っちゃ駄目だって、と由紀夫はこっそり思う。

「わたし、この間、聞いちゃったんだけど」選挙権なしの彼女は拳を掲げた。「白石って、市内に不倫相手がいるらしいんですよ。どこかに囲って。この選挙期間中もそこに行き来してるんだって。何か、有権者を馬鹿にしてると思わないですか」

「だから、あんたは選挙権ないんだって。でしょ。全く」

「でも、さすがに選挙期間中は、浮気も自粛してるんじゃない？」もう一人が異議を唱えた。

「普通はそう思うでしょ。でも、通ってるんだって」

「誰が言っていたの？」

「噂、噂」

「もし、それが本当なら、白石の奥さんとか、どうなってるわけ？　選挙運動とか応援してるんでしょ？　裏切りじゃない」

「酷い奴でしょ。だからわたしは、絶対、白石には投票しないの」

「選挙権ないくせに」

「でも、あれだよ、少し前にさ、県職員が予算を使い込んでいた事件あったけど」一人が思いついたかのように言い出した。

そういえば、あったかもしれないな、と由紀夫も思い出す。どこにでもいそうな実直そうな公務員が、キャバクラの女の子のためにお金を使い込んだ、とニュース番組でやっていた。

「あの時、会見を開いて、謝罪していた白石って意外に好感が持てたけどなー」一番、体格のいい女性が言った。「ああいうね、インテリっぽくて、苛められてるっぽいの、惹かれるんだよねえ」

「あーん、僕、苛められちゃったよ、って愛人に泣きついてるんだよ、きっと」選挙権のない女性は首尾一貫して、白石に厳しかった。

女性たちはすでに、葵と由紀夫とは関係なく、三人で唾を飛ばし合っている。肩を組んでいるためか、三つ首の怪獣を、由紀夫は思い出した。鳥のような羽根を持ち、長い三つの首がある。首同士で言い合いをしている。好きに議論しててください、と思う。

葵は、由紀夫の袖を軽く引っ張った。目が、「立ち去ろう」と促している。

「いいの？　挨拶もしないで、置いてきちゃって」別の通りに出たところで、由紀夫は確認した。

「いいんだ。彼女たちは彼女たちで、三人楽しく喋っていたし、それに、早く行かないと、ブティックが閉まるだろ」葵は口元を緩め、顎を引く。

「まだ、昼間だから大丈夫だって」

が、実際に到着してみると、目的のブティックはシャッターをきっちり下ろし、店を閉めていた。定休日だったのだ。しばらく由紀夫は、葵と並んで、その店と向き合う。

ビニール袋が、由紀夫たちとブティックとの間を、左から右へと風に吹かれて滑っていく。二人でそのビニール袋の進む様子を黙って、目で追った。

「また、明日来るか」

まさかその時、楽しい我が家に侵入者がいたとは、由紀夫も葵も思っていなかった。


空き巣だったかどうかは分からないが、由紀夫の家にその男が入ったのは、勲の証言によれば、正午を少し回った頃だったらしい。由紀夫と葵が、三人の女性と喋っていた頃だ。「物音がして、最初はてっきり、葵か鷹が何かしているんだと思ったんだけどな」勲はその時、二階の自分の部屋で、格闘技の雑誌を読んでいたらしかった。「そこで電話があったんだ。一階にいる誰かが受話器を取るだろう、としばらく放っていた」

「なのに、誰も出なかったわけ？」

「俺が出ると、鷹からだった。どこかの若い奴らとギャンブルの相談をしているらしくてざわしてたんだが、『今、仲間と賭けクイズをやってるんだけどさ、マイケル・ジョーダンの問題が出たんだ。答え、知ってるか』と一方的にまくし立ててきた」

「それで勲さんは、階下にいるのは鷹さんじゃないと分かったわけだ」由紀夫は居間に立ったまま、抽斗《ひきだし》を引っ張り出されたサイドボードや、天袋が開け放しの押入れに目をやった。「何を探していたのかな、その人は」

「鷹からの電話を切ると、急に怪しく思えてな、階段を下りてみた。廊下から、居間のドアに目をやると磨りガラス越しに人影が見えた」

「何人？」葵は落ち着き払ったもので、涼しげな眼差しで訊ねている。

「たぶん、一人だったな」

勲はノブに手をやり、部屋に入ると、「おまえ、何してる」と声を荒らげた。右方向から、物を投げられたのがほぼ同時だった。最初は、重みのある食器や鉢植えが放られたのかと思い、背中を向け防御の姿勢を取ったが、ぶつかってみれば何ということはなく、キッチンの隅に積んでいた新聞紙の束だった。「おまえ、何すんだ」と先ほどよりは若干、品のない言葉を発し、向き直る。人影は居間から庭へと出たところだった。窓を開け、カーテンを引っ掛けながらも、半ば無理やり引きちぎる形で、外に飛び出していた。

「カーテンレール曲がっちゃってる」由紀夫は、垂れ下がるレールを指差した。重量感のある濃い茶色で、両端に飾りのついたレールだ。「酷いな」

「知代さん、気に入っていたからなあ」葵も顔を歪めた。「床にも、靴の跡があるし。怒るだろうな」

「怒るだろうな」勲も苦々しそうに言う。空き巣のことよりも、知代に怒られることにしょげていた。

「空き巣なのかな、警察は？」由紀夫はフローリングの床に転がる電話機を見下ろした。

「呼んじゃっていいのかな」

「呼んでいいに決まってるじゃないか」由紀夫は、勲に向かって声を高くする。「これで呼ばないのだとしたら、いつ呼べばいいんだ」

「いや、俺は、勲さんの考えてることが分かるよ」葵が、短いが香りの含まれるような息を、数回吐き出した。「勲さんは、自分の学校の生徒が犯人かもしれない、と思っているんだろ」

「その通りだ」

「そうなの？」由紀夫は眉をひそめる。

「犯人の姿はほとんど見えなかった。男なのは間違いないが、顔はまったく分からなかった。だからこそ、あらゆる可能性がある」

「この間の登山の時に、勲さんが肋骨が折れんばかりに、ぎゅうぎゅう身体を締め付けた生徒が、怒ったってこと？」

「可能性はある」勲は顎を撫でる。


「葵の女かもしれねえぞ。むげに扱われた女とか、どうして結婚してくれないの、と逆上した女とかが、家に忍び込んだんじゃないのか？」夕食を食べている時、空き巣の件を聞いた後で鷹が言った。箸を葵に向ける。

「勲さんが言うには、犯人は男らしい」葵は首を動かし、鷹の箸の先を避ける。

「それならあれだ、逆上した女が、誰か男に依頼したんだよ。そうに決まってる」鷹はすでに決め付けていた。「なあ、葵、そういう女性関係のトラブルは家に持ち込んだら駄目だろうが」

「警察は何と言っていたんだ？」悟が訊ねる。犯人が逃げていった窓に目を向け、その後で、抽斗を取られたサイドボードを見た。眉間に皺を作り、熟考する顔つきの悟には犯人の目星がついているように思えてならない。

最初は消極的だった勲も結局は、警察を呼ぶことに同意した。犯人が生徒であったとしても正式に調べてもらうべきだと判断したようだった。

「特に何も言わなかった。盗られたものがないか確認し、部屋のあちこちで指紋の採取をやって、その土足の跡を調べていった」

「あれ、さっさと掃除したほうがいいな」鷹が靴跡で汚れた床を箸で指差す。その後で、曲がったカーテンレールについても、「直しておかないと、まずいぞ」と言った。自分でやるつもりはさらさらない様子だ。

「そういえば、たぶん今度、悟さんと鷹さんの指紋も取りに来るよ。この家によく出入りする人の指紋は除外しないと駄目らしいから」由紀夫は、警察官の話を思い出し、言った。

「警察は嫌な感じだったただろ？」鷹は、どういうわけか警察を毛嫌いしていた。

「まあ、愛想はなかったけど」由紀夫は答える。「それ以上に、この家を怪しんでる感じではあった」

「この家を怪しんでる？」悟が訊ねた。

「だってさ」


やってきた警察官たちは、勲と葵を順に眺めると、「どちらがご主人ですか？」と訊ねた。

「俺です」

「俺です」

二人が同時に右手を挙げたため、由紀夫は舌打ちを隠せなかった。そんなことをしたら、ややこしくなるのは明らかで、実際、警察官たちは空き巣よりももっと重大な犯罪を目の当たりにした、と言わんばかりに顔を引き締め、「どういうことですか」と詰め寄った。

「どういうことも何も、俺たちがここの主人なんだ」と勲が胸を張るので、由紀夫は仕方がなく、「いや、実はうちの母、未婚なんですけど、恋人がたくさんいるんですよ」と横から口を挟んだ。「それでよくみんな、うちに来るんで、ちょっと複雑なんです」

「そうかあ」警察官は心配になるほど簡単に、由紀夫の言葉を信じ、倫理観の欠如した人でなしを蔑むように、勲と葵を睨んだ。「そうかあ、君も大変だな。複雑な環境で」

「そうなんですよ。可哀想なんですよ」由紀夫はうなずいた。あながち偽りの気持ちでもなかった。

「強いて言えば、この家の主人は、父親と言うよりも母のような気もします」

なるほどねえ、とうなずいた警察官の目には、この空き巣騒動もたぶん男たちの痴話喧嘩の一つに違いないな、と勝手に納得している色が見えもした。


「それは言えてる」悟が吸い物に口をつけた。「この家の主人は、彼女だ」

「そういえば、知代さんにはこのこと、連絡したのかよ」鷹が、葵と勲に訊ねる。吸い物を飲む。

「俺がしておいたけど」由紀夫は手を挙げ、二人に釣られたつもりはなかったが、やはり吸い物の椀を口に近づける。店で料理の腕を揮っている葵が作っただけあって、薄味だが、香りがいい。麩を噛むと、出汁が口の中に広がる。「こっちからかける前に、母さんから電話があったんだ。仕事場から、『変わったことはないか』って。空き巣は明らかに、『変わったこと』だからね、伝えたよ」

「知代さんは何と言っていた?」悟が見る。

「空き巣のことは、驚いていたけど、みんなが無事なら良かった。ってそう言っていた」由紀夫は椀の中で箸を動かし、視線を上げず、応える。

「嘘だな」四人の父親が同時に否定した。

「え?」

「どうせ、心配したのは由紀夫のことだけだ。そうだろ? 俺たちのことは気にしてねえよ」鷹は不貞腐れる風でもなく、箸を向けた。

「彼女が心を砕くのは、由紀夫のことだけだからな」悟が顎を引き、箸で、由紀夫を指す。

「俺たちのことはどうせ、由紀夫を守る四人囃子くらいにしか思ってないんだろうな」勲が額を掻き、若干垂れている目をさらに垂らし、箸を出す。

「そこが知代さんのいいところなんだけど」葵が笑い、やはり箸を由紀夫に突き出す。

四人の父親に箸を向けられ、由紀夫は顔をしかめるほかなかった。

夕食を終え、食器を片付け、例によって麻雀をはじめた後も、それぞれがそれぞれの憶測を広げ、空き巣の犯人について話し合った。「勲の学校の生意気な生徒」説、「葵に恨みを抱いた女のたくみ」説、「鷹にギャンブルで負かされた、ギャンブラー」説など、勝手な意見が飛び交う中、由紀夫はこっそりと、もしかすると牛蒡男たちが関係しているのではないか、と考えてもいた。鱒二への逆恨みとは言え、その恨みが、由紀夫に飛び火したのではないか。

「よし、それなら、誰の推理が正しいか賭けるか？」鷹が途中で目を光らせ、生き生きとした表情を見せたが、誰も相手にしなかった。


綺麗な弧を描き、バスケットゴールに吸い込まれようとしていたボールが、どこで軌道が変わったのか、リングに衝突し、横にこぼれた。体育館の床に落ち、ずうんずうん、と弾む。てっきり入ったと思ったのにな、と由紀夫は首を傾けながら、ボールを拾いに走る。空き巣騒動から一夜明けた。ボールを手に取ると、そこで膝を折り、床を蹴り、ジャンプシュートを試みる。角度も強さもちょうど良く、今度こそ入ったと確信したが、ボールはリングの入り口付近を撫で回すように回転し、斥力《せきりょく》に弾かれるように外に飛んだ。

二回連続で外すのは気分が悪く、これから何か良からぬ出来事が起きる暗示ではないかしら、と暗い気持ちになった。

「ねえ、由紀夫君、聞いてほしいんだけどさ」隣の殿様が話しかけてきたのは、二時間目の授業の最中だった。教師の目を気にすることもなく、休み時間であるかのように振舞う様は、さすが殿様だった。落ち着いたものだ。

由紀夫は、「何だよ」と小声で答える。

「最近さ、変な電話が朝、かかってくるんだよね」

「電話？」

「よく分からないんだけど、僕宛ての電話でさ、お母さんから受話器を渡されて。出たら、『今から学校の門で待ってます』とか言うんだよ。『三十分以内に来て』とか」

「女の子？」

「そうそう。でもさ、自転車飛ばしたって、三十分じゃ絶対着かないでしょ。慌てて、支度して、タクシー飛ばしてさ」

「タクシー！　わざわざ？」由紀夫は思わず声を高くしてしまう。途端に、教室内の空気が強張って、由紀夫を包み込む。まずいな、と察した時にはすでに遅く、全員の視線が由紀夫に向いていた。

しかも、壇上に立っているのは由紀夫と波長の合わない数学教師だったから、「授業中に何を喋ってるんだ」とすぐに注意をしてきた。ひょろっと細い身体で、髪が短く、洒落た眼鏡をしている。嫌味ばかり言う教師、嫌味ティーチャーから、「嫌ティ」と渾名される数学教師は、もしかすると彼が雪男好きであるから、「イエティ」から来たのかもしれないが、とにかく、「おまえ、試験で点数いいからって、授業をなめるなよ」と嫌味を口にしてきた。

由紀夫は反射的にむっとし、教師と目が合う。

『どんな人間だって、嫌なことをされればむっとするし、恥をかけば、むっとする。自慢話が好きだし、自分の都合で怒りもする。誉められりゃいい気になるし、見下されれば、この野郎、と思う。俺もそうだ。みんなそうだろ？　教師だって、そういう人間がなっているんだ。大目に見ろと言う気はさらさらないけどな、先生に相談すればたちどころに道筋を示してくれるだろう、なんて期待をすると痛い目に遭うぞ。教師は知っていることも多いし、苦労も多いけどな、だからと言って、人間的にはもちろん、ごく普通の人間だ。まあ、生徒のほうも結局は普通の人間だからな、お互い、相手を馬鹿にせず、頼りすぎず、付き合っていくしかない』とは勲の言葉だ。

俺を小馬鹿にしたら許さないぞ、と言わんばかりの数学教師の目つきに、これは相手を立てたほうがいいな、とは判断できた。

「すみません、俺、試験で点数がいいからって、授業をなめそうになっちゃいました」と大人しく答えた。

教室がどっと沸いた。

不本意ながら、由紀夫の返事は、嫌ティを揶揄した台詞に思えたらしい。同級生たちは、防御と見せかけた蜂の一刺しだと、受け止めたのだ。ますます、嫌ティの表情はゆがみ、顔は赤らんだ。まずいな、と首をすくめる。

「先生、由紀夫君が悪いんじゃなくて、話しかけた僕がいけないんですよ」と追い討ちをかけるように殿様が言う。

「殿様からの掩護射撃！」とまた生徒たちが喜ぶ。当然、嫌ティはさらに顔を赤くし、怒る。まいったな、と胃の痛む思いで目を逸らすと、右前方に座る多恵子が顔をこちらに向け、呆れた顔をした。

授業は再開され、嫌ティに問題を出された殿様が、「三百六十度」と円の角度を答えるべきところを、「三百六十五度」と何度も誤り、「そりゃ一年の日数だろ」と周囲から指摘されると、「え、三百六十日じゃなかったっけ？　混乱してきたぞ」と本気で迷いはじめているうちに、チャイムが鳴った。

先生、殿様が混乱していますよ、と誰かが言う。

「なあ、由紀夫、何やったんだよ」放課後、トイレに行くと、隣のクラスの山之辺が便器に立って、声をかけてきた。山之辺は、百八十センチはある長身で、バスケ部部長だった。整髪料で不自然に分けた髪が特徴的だ。頑丈というほどの体格ではなかったが、腕が異様に長く、シュートが外れた後のリバウンドをひたすらに取る、頼りがいのある存在だった。

「何をやったんだ、って何が？」と由紀夫は洗面台に歩きながら、訊ねる。

「さっき、参考書を取りに部室に寄ったんだけど、ちょうど先輩が来てさ、由紀夫をレギュラーから外したほうがいいぞ、とか言ってきたんだよ」

「もしかして、熊本さん？」

「そうそう。個人技がどうのこうの、とか、ゾーンプレスの時がどうの、とか言ってたけど、ようするにおまえが気に入らない感じだったな」小便を終え、ぶるっと震えた山之辺も洗面台にやってくる。

「何かあったのか」

隣から見下ろされ、由紀夫も首を傾ける。「嫌われちゃったんだよ。山之辺は何と言ったんだ？」

「いやあ、俺もちょうど、由紀夫は邪魔だと思ってました、って」

「調子がいいなあ」由紀夫は洗った手を振って、水を飛ばす。

「引退した先輩はそうやり過ごすに限るんだって。俺が部長になったのは、そういった処世術のおかげなんだ」あっけらかんと山之辺は言う。

「うちみたいに、強豪でも何でもない高校のバスケ部の部長なんて、いいことないだろうが」

「そうなんだよ」山之辺が強くうなずく。「前の部長の熊本さんが、やたら人気があったからさ、俺も部長になれば、もてるんじゃねえかって思ったんだけど、さっぱりなんだよ。もう去ったのか？」

「去ったって何が」

「部長ブーム」

「最初から来てないって」由紀夫は、山之辺の本気度合いを測りながら、トイレを出る。すぐに山之辺も追ってきた。「とにかく、由紀夫は反感を買いやすいから気をつけたほうがいいぞ」

「俺は反感を買いやすいのか」

「何でもできるからな」

いつ俺が何でもできたのだ、と由紀夫は驚くが、相手の真面目な口ぶりからすると、冗談で言っているわけでもないらしい。

「バスケは上手いし、勉強もできるだろ。女子にも人気があるし、そりゃ反感買うって」山之辺が指を折りつつ、言ってくる。

「そんなに嫌な奴だったのか俺は」

「知らなかったのか？」と山之辺が、由紀夫の肩を叩く。

「手、洗ったのか？」

「細かいこと言うなよ」


多恵子に見つかる前に帰ろう、と早足で校舎を後にした。念のため、正門をくぐるのはやめ、校庭を抜けて、裏側の出口から敷地を後にした。

「やっぱりな、おまえみてえな姑息《こそく》なのは正門からは帰らねえだろうな、って思ってたんだよ。こそこそ出てきやがって」

目の前にぬっと出現した牛蒡男が嬉しそうに言った。

「あらら」由紀夫は足を止め、自分の不運に肩を落とす。多恵子を避けたら牛蒡男がいた。

「おまえ、ちょっと来いよ」牛蒡男と初めて会ったのは、つい先日だったにもかかわらず、今日の牛蒡男はひどくやつれて見えた。目の下に隈があって、顔の色も、牛蒡が土に塗《まみ》れたかのような様子だ。由紀夫の襟を捻って、引っ張った。

一対一であるのならば、と咄嗟に計算をした。牛蒡男の足元に視線をやる。隙なら見えた。脛を蹴り、路上に倒せば、勝ち目は充分にある。けれど、ここで力ずくで捻り倒したところで、解決はしない。牛蒡男は明日もやってきて、しかも人数は増えてくるに違いない。殴れば殴るほど、分裂を繰り返すアメーバを思わせる。

「ちょっと何をするんですか、何を」由紀夫は下手に出ながら、相手の手を振り払う。

「この間の奴はどこだよ」

「鱒二？」

「井伏鱒二と同じ名前か。そうだよ、あの坊主頭、連れて来いよ」

牛蒡男に教養がないと思っていたわけでも、井伏鱒二が教養の一つだと思っていたわけでもないが、牛蒡男の口から即座に井伏鱒二の名が飛び出してきたのは意外だった。

「おまえら、この間のバスでも逃げやがったし、絶対に俺たちをこけにしてるだろうが」牛蒡男は鼻の穴をひくつかせ、唇の端に泡を溜めた。

「いや、俺は偶然、バスにいただけで」

「嘘つくなよ。そんな偶然があるはずねえだろうが。あいつと一緒に逃げたくせに」

確かに一緒に逃げたことには違いがない。けれど、そんな偶然が世の中にはあるのだ。さて、どうしたらいいのだろう、と由紀夫は、牛蒡男と向き合ったまま思案する。視線を逸らしたところで、前方を横切る、担任の後藤田の姿が見えた。

「あ、先生」由紀夫は反射的に手を挙げた。釣られて牛蒡男も振り返る。ああ、今も簡単に殴ることができたな、と咄嗟に思った。

後藤田が立ち止まった。

「先生、先生」と由紀夫は声を大きくした。あなたの受け持ちクラスの大事な生徒がここで、絡まれてますよ、と叫びたかった。

「おまえ、余計なことを言うんじゃねえぞ」小声で牛蒡男が言ってくる。

「おお、由紀夫」と返事をした後藤田は、「気をつけて帰れよ」と言ったかと思うと、そのまま歩き去った。

「気をつけろも何もすでに、怖いお兄さんに絡まれてるんだけど」

「いい教師だな」と牛蒡男は笑い、「とにかく、鱒二を連れてこいよ。おまえ、家くらい知ってるだろうが」とまた詰襟をつかんでくる。

「家は知らない」と由紀夫は嘘をつく。

「じゃあ、あいつの学校だ」

「今行っても、もういないですよ。放課後ですよ」

「うるせえな。どこでもいいから、あいつがいそうなところに連れて行け」

由紀夫はこのままこの路上で二人で向き合っているのも億劫で、しかもこのままでいると、どこからか気配を察知した多恵子が、鼻を利かせた犬の鋭さで、この場に現われるのではないか、と思った。

「分かりました。一箇所だけですよ。そこにいなかったら、俺ももう分からないですから」

「ああ、いいよ。連れていけよ。そこにいなかったら諦めてやるからよ」牛蒡男は、どこまでが本心なのか判然としないが、了承した。

とりあえず、〈インベーダー〉までこの牛蒡男と歩いていくか、と由紀夫はげんなりしつつ考える。それから、この様子だと、昨日、自分の家に侵入したのはこの牛蒡男ではないようだな、と思いはじめてもいた。

「あのさ、何で、いるんだよ」

「そんなの俺の勝手だろうが」

〈インベーダー〉で格闘ゲームに夢中になっていた鱒二を見つけ、由紀夫は溜め息をつく。おととい、鷹が、少年を負かして、雄叫びを上げていた、そのゲーム機の場所で鱒二はレバーを握り、振っていた。小学生に敗戦したところだった。

「おまえこそ、何でこいつを連れて来るんだよ。裏切り者」

「こいつとか言うんじゃねえぞ、坊主頭」牛蒡男は右手を素早く動かし、鱒二の胸を小突いた。

〈インベーダー〉のあるビルの裏側、つまり背中の部分と、別の建物のやはり背中に挟まれた細い通路に、いた。まだ、ゲームの途中じゃねえか、と駄々をこねる鱒二を無理やりに引き摺って来たのだ。

まさか本当に、〈インベーダー〉にいるとは思いもしなかった。

「もともとおまえが、俺を巻き込んだんだろ。とばっちりはこっちだ」由紀夫は勢い良く言って、

「じゃあ、後はよろしく」とうなずいて、踵《きびす》を返した。

「逃げるんじゃねーよ」牛蒡男がすぐに学生服を引っ張ってくる。やっぱり駄目ですか、と足を止めた。「そもそも、何で鱒二が絡まれているんでしたっけ？」

「こいつが、俺たちの仕事を邪魔したんじゃねえか」

「ああ、そうでした」

「仕事じゃなくて、万引きだろ」鱒二が怒る。

「おまえ、他人の労働を犯罪みてえに言うんじゃねえよ」と罵る牛蒡男の顔が真面目なことに、由紀夫は呆気に取られた。

「犯罪じゃねえか」鱒二がむすりと言い返す。

鈍い音がした。

牛蒡男が、鱒二を殴りつけたのだ。軽く握った拳を頬にぶつけた程度だったから、あまり大きな衝撃はないように見えたが、鱒二は後頭部を後ろのビルの壁にぶつけ、ふがっと呻いた。何するんだ、という顔で牛蒡男を睨む。

「あ、血」由紀夫は、鱒二の横顔を見て、指差す。鼻の中を切ったのか、左の鼻の穴から赤い血が流れ出てきた。鱒二は慌てて、手の甲で血に触れる。それを見て、目を白黒させる。「鼻血だ」

「殴ったんだから、鼻血くらい出るっての。それで済むと思うなよ」牛蒡男は嗜虐的な笑みを見せた。

「おい、由紀夫、鼻から血が」と鱒二は、由紀夫に顔を見せたが、その時にはすでに血の気の引いた真っ白の顔で、瞼をふっと閉じた。身体の力が肌から一気に蒸発したかのような気配を見せ、その場に座り込みそうだったので、慌てて、脇から抱える。

「何、貧血起こしてるんだ」

「だって、血が出たんだぜ」鱒二は貧血を堪え、歯を嚙み締めている。

「おいおい、大丈夫かよ、こいつ」と牛蒡男も心配する始末だった。

由紀夫が脇に手を入れ、抱えると、やがて鱒二も回復した。「おまえ、暴行の現行犯じゃねえか」と牛蒡男に唾を飛ばす。

「うるせえな、言うことを聞かねえと、もっと酷いことになるぞ。これくらいで、がたがた言ってるんじゃねえよ」

「言うことを聞くって、どうしたらいいんだ」由紀夫は面倒臭くて、さっさと用件を述べてほしいと思った。

「金なら、ないからな」

「知ってるって。おまえは一銭もねえし、こいつは二千円札しかねえし、金はもう諦めた」

「それじゃあ」

「俺の仕事をかわってくれ」牛蒡男の目は、改めて見ると、ずいぶんとつぶらで、可愛らしかった。くっきりとした二重瞼も迫力を失わせている。日焼けした肌のせいで、目立たないが、どこか女性的に感じられた。

「仕事をかわる？」

「やれ」

「嫌だ」鱒二はすぐに首を横に振った。「万引きはやらねえんだよ。おまえな、万引きされた店の主人が泣きながら家に帰って、子供に嘆いている姿を想像したことねえのかよ。泣いたことねえのかよ。俺は絶対に、万引きはしない」

「万引きじゃねえよ」

「え、そうなの？」気張っていた鱒二は拍子抜けしたようだった。再び、鱒二の鼻から血が垂れはじめたが、指摘するとまた卒倒しかねないので、黙っていることにした。

「荷物を運んでもらいてえんだよ」と牛蒡男は言って、北に隣接する県の名前を出した。「そこの端の町の、町って言うか市なんだけどよ、レストランまで運んでほしいんだよ」

「運ぶって、何を」

「中身は知らないほうがいい」

「そんなの運べるわけがないだろうに」由紀夫は呆れて、噴き出す。「絶対、やばい物じゃないか」

「何だよ、中身教えろよ」鱒二が口を尖らせる。

「実際、俺も命令されただけで、知らねえんだよ。ただ、小包があるらしいから、それを運べ、って言われただけで」

「小包？」由紀夫は首をひねる。

「誰に命令されたんだっての」

「富田林さんだよ」牛蒡男は酸味を堪えるような表情をした。

「絶対、やばい物じゃないか」由紀夫はもう一度、先ほどよりも確信を持って、言った。鱒二をちらと見ると、鱒二は鱒二で、「富田林さんって、それ、やばいんじゃないの」と泣きそうな顔だ。

「うるせえなあ。やばいかどうかはやってみねえと分からねえだろうが。いいから、やれよ。明日だからな。朝の九時に、ガスタンクのところに行け。そこに、富田林さんのところの誰かが来る。で、小包を受け取って、おまえは隣の県に運ぶ」

「俺、車なんて運転できねえって」

「電車で行けよ。逆に疑われないでいいじゃねえか」

「ふざけんな、どうして俺がそんなことしねえといけねえんだよ。おまえの仲間、いるじゃねえか」

「仲間にそんなやばいこと頼めねえだろうが」

「やっぱり、やばいんじゃないか」由紀夫は言わざるをえない。

「ただでやれとは言わねえよ」牛蒡男は態度とは裏腹に、相当、困っているのだな、と由紀夫は察した。彼は彼なりに弱さを抱えているのだ。

「もし、おまえが仕事をかわってくれるなら、もう、おまえを追い掛け回したりしない。金を取ろうとも思わねえし、因縁もつけねえよ」

そんな勝手な交換条件があるのか、と由紀夫は呆気に取られた。

相手にするな、信じられない、と由紀夫は、鱒二に目で訴えかける。鱒二がうなずく。そして、由紀夫に向かってあたかも、「おまえの言うことは分かった。俺が代表して言ってやるぞ」と以心伝心してくる様子で手を上げた。由紀夫も、うなずき返した。

「分かった。おまえの提案に乗るよ」ところが鱒二の口から飛び出したのはそんな台詞だったので、由紀夫は耳を疑い、目を丸くした。「おまえのかわりに荷物運びをしてやるから、もう俺に構わないでくれよ」と平然と言っているのだ。

「約束する。そうしてやるって」

「だから何で、そっちが譲歩するような言い方なんだ」由紀夫は二人を見て、一歩退く。この、理解不能のやり取りから早く退散すべきに思えた。

由紀夫の困惑をよそに、鱒二は、牛蒡男から翌日の段取りを教え込まれている。小包を運べばいいんだよな、楽勝だ、楽勝だ、と自らの坊主頭の感触を確かめるように頭部を撫でつつ、言う。

「おい、由紀夫、おまえもちゃんと聞いていなくて良かったのかよ」後ろから追ってきた鱒二が息を切らし、言った。すでに鼻血は止まったらしい。「いつの間にかいなくなってるから、驚いたじゃないか」

「おまえがあまりに熱中してるから。それに、俺はそんな仕事を手伝うつもりはないからな」

「つれないなあ」

「何で引き受けたんだ」

「だって、もういい加減面倒臭いじゃねえか。あのままだと、あいつ、明日も由紀夫の高校に行くぜ。で、俺のまわりもうろつくだろうし、煩わしいじゃねえか。うるさい蚊とか蠅みてえなもんだって」

「蚊なら蚊取り線香とか、そういうやり方があるじゃないか」

「由紀夫、それは残忍なやり方だ」鱒二は腫れぼったい一重瞼をきっと引き締め、睨んできた。「一番いいのは、友好的に話し合って、帰ってもらうことだろ」

「蚊に？」

「蚊に」

「鱒二は蚊と話し合うのか」

「由紀夫、いくら俺が優秀でも、それは無理だ」鱒二はそこで大きく噴き出し、何が可笑しいのか腹を抱えんばかりに笑った。

「じゃあ、俺は帰る」由紀夫は、鱒二を相手にするのにくたびれた。「明日、頑張って、任務を遂行してくれ」

「任せておけ」

「と言うよりも、おまえ、明日、学校あるんだろうが」

「任せておけ」威勢のいい返事がよけいに由紀夫を不安にする。

〈インベーダー〉からの帰り道、全国チェーンの大型スーパーマーケットの駐車場を横切ったところで、鱒二の父親を見かけた。

横断歩道に一番近い出入り口で、屋台のようなものを置き、今川焼きを売っている。ちょうど、子連れの婦人に紙の包みを渡しているところだった。背が高く、肩幅もある。ただ、髪が薄い上に、人の良さそうな垂れ目のせいか、弱々しい雰囲気が漂っていた。由紀夫がそちらを見ているのに気づいた鱒二が舌打ちをする。彼も、父親がこんなところにいるとは思っていなかったのかもしれない。

「今日はここだったのか」

「挨拶していこうかなあ」

「いいよ、やめておけよ」

「いや、俺は挨拶に行く」

「相手の嫌がることはやめろって」鱒二は真剣に嫌な顔をしている。俺の嫌がることばかりしてくるのは誰なのだ、と由紀夫は言い返したが、さらに鱒二が、「おまえは、父親との関係の大変さには詳しいじゃないか。分かってくれよ」と懇願に近い言い方をしてくるので、少し同情も覚え、屋台に近づくのはやめた。

その時、まさにその屋台から、「おーい」と大きく通る声が聞こえてくる。目を向けると、鱒二の父親が長い腕を伸ばして、左右に振り、「おーい、鱒二」と呼んできたところだった。

「最悪だ」鱒二が吐き捨てる。


本当に久しぶりだ、と鱒二の父親は何度も繰り返した。いつ以来だろう、と首を捻り、由紀夫も思い出そうとするが、正確なところは分からずじまいだった。小学生の頃、何度か、彼から今川焼きを買った覚えはあるけれど、それがいつなのかは分からない。

「恰好良くなったなあ、由紀夫君は」鱒二の父は目尻に皺ができると、さらにお人好しに見える。

「うちの鱒二なんて、十七になったっていうのに、こんなくりくり頭で」

「ガキの頃、バリカンで刈った張本人が言うなよ」鱒二は居心地が悪いのか、よそを見ている。

「高校生になっても坊主頭にしろ、とは言ってないぞ。野球部でもあるまいし」

「うるせえなあ」

由紀夫は買ったばかりの、つぶ餡の今川焼きを齧る。「やっぱり、おじさんのは美味い」半分は気を遣ったが、残り半分は本心で、実際、鱒二の父の作る今川焼きはほかのものとはどこか違い、生地にこくのようなものがあった。噛むたびに、甘く感じる。そのかわりに、餡は甘さを抑えているようで、バランスが良かった。何か企業秘密的な隠し味が混入しているのですか、と訊ねると、彼はにっこり笑い、「人肉」と言った。くだらねー、と鱒二がよそを向いたまま、言った。確かに下らないが、下らない冗談を呟き、幸福そうにしている鱒二の父が、由紀夫は好きだった。スポーツに打ち込んでいた、というだけあり、潔さと爽やかさが滲んでいる。

「由紀夫君のお母さんは元気かい？　お父さんたちも」

「元気です。母は出張で九州に。父たちは相変わらずです」

「本を読んだり、女の人と仲良くしたり、賭け事やったり、バスケをしたり？」

まさにその通り、と由紀夫は答える。

「でも、由紀夫君が、鱒二と一緒にいてくれると安心するよ。俺は仕事でほとんど家にいないし、こいつは根は真っ直ぐなんだが、表面的には、右へ左へ流されやすいから」

「ええ」由紀夫は、つい先ほどの牛蒡男とのやり取りを思い出す。「実はちょうど」と言いかけるが、鱒二が強い視線で、「言うなよ」と無言ながら訴えてくるのが分かったので、黙った。

「今日の夕飯なんだが」鱒二の父が、鱒二に言う。

「分かってるって。凍ってる飯《めし》、あっためて、佃煮《つくだに》かなんかで食べておくよ」

「悪いな」

屋台に小学生が三人寄ってくるのを潮に、由紀夫たちはそこを後にした。

「親父さん、夜遅くまでやってるのか」先ほどの夕飯に関わる会話から想像した。

「最近は深夜のほうが売れるんだってよ。飲み屋の近くで、許可を取ったらしい」

「大変だな」

「生きていくのは大変なんだよ」

「偉そうだなあ、鱒二は」由紀夫が揶揄すると、鱒二は苦虫を嚙み潰したような顔で坊主頭を掻きつつ、「親父を見てるとそうとしか思えねえしな」とうなずく。

別れ際、鱒二は、「じゃあ、俺は明日、一仕事してくるから」と言った。

その日の夕食は、由紀夫のほかに、悟と鷹がいた。葵は店の仕事に出かけ、勲は学校からまだ戻っていない。

「知代さんがこのまま戻ってこなかったらどうする？」食卓の大皿に載ったパスタを自分の皿に取り

分けながら、鷹がぽつりと言った。

「なるほど」悟はやはり、いつも通りの沈着冷静さを保ったままだった。「どうして、そう思うんだ？」

「勘だよ、勘」鷹は言う。勘こそが他のどの科学的な根拠よりも確実性がある、と信じている節もあった。「それに、知代さんの長期出張の時はいつも、不吉なことがある」

「そうだったっけ」

「十年くらい前、由紀夫が腕の骨を折った時があっただろ」

「公園でバスケをやってた時だ」あれはよく覚えていた。鱒二を含めた同級生何人かと遊んでいたのだが、巧みなドリブルを続ける由紀夫にむっときた友人が背中を、どん、と押したのだ。前のめりに倒れ、手を突こうとした場所にちょうどボールが転がっていたため、妙な角度に手首を捻った。一カ月、接骨院に通った。包帯で巻かれた部分が痒くて、耳掻きを押し込んで、ぼりぼりやった記憶がある。

「あの時は、知代さん、海外出張だった」

「そうだった」悟が同調した。「彼女に、骨折のことを伝えるべきかどうか、かなり悩んだ覚えがあるな」

「その少し後だ。知代さんが北海道に行っている間に、俺たち全員がインフルエンザで大変だった時があったじゃないか」

「あったな」悟が懐かしさと苦々しさのない交ぜになった表情になる。おそらく学級閉鎖で家にいた由紀夫が感染源だったとは思うのだが、父親たちが連続的に、インフルエンザに倒れた。四人が各々の部屋で寝込み、いち早く回復した由紀夫が、食事と氷枕を持って、各部屋をうろうろする羽目にもなった。

「そうか、あの時も母さんはいなかった」

「あとはあれだ、例の、勲が不良生徒を殴って騒ぎになった、あの時も知代さんはいなかった」

「去年、母さんが半月くらい、仕事で京都に行っていたけど、あの時は何もなかったじゃないか」

「ブラックロードスターが転んだ」鷹が言う。

「は？」由紀夫は聞きなれない単語を訝った。

「去年、絶好調だった牡馬だ。知らねえのかよ。有馬記念で優勝確実だったのに、転んだ。俺たちは泣いた」

「知らないよ、そんなの。俺たちって誰だよ」そんなことまで、「母の出張中に不吉なことが起きる」説の論拠にされては困る。


テレビではクイズ番組が流れていた。先日観た、上限一千万円の賞金などという豪華なものではなかったが、有名人が多数出演する、派手で大規模なものではあった。

「人に面倒な問題を出されて、答えるのがどうしてそんなに面白いかねえ」鷹は頬杖を突き、面倒臭そうに言う。

三人で漫然と画面を見つめる時間がしばらく続いた。出題されるたび、悟が即答した。正解が表示されると、由紀夫と鷹は、「どうして分かるんだ」と悟に感心した。そして、高額賞金の出る番組に出てくれないか、と半ば本気で頼む。ちょうど、上限一千万円のクイズ番組が特別番組をやる、と宣伝が流れていた。一般素人を集め、当日予選を行い、勝ち抜いた者数名を生放送でクイズに挑戦させる、という趣向らしく、それならば悟の独擅場だ、と由紀夫も思った。

「クイズが得意なわけじゃない。たまたま知っている問題が出ただけだ」

「たまたま知ってる問題だらけだよ、悟さんは」

「知識なんて、さほど威張れることではないさ。もしそうだとしたら、世の中で一番偉いのは、情報を一番持っている人間ということになる」

「他人より優位に立つのは、情報を一番持ってる奴じゃないか」

悟は首を小さく横に振った。「情報量で人の優劣は決まらない。それよりもっと大事なのは」

「大事なのは？」

「勘のほうじゃないか」と鷹を見やった。

「なるほどねえ、じゃあ、やっぱり俺が勘を頼りに生きてるのは、あながち間違ってはいねえんだな」鷹は嬉しそうだった。

「いや、俺は勘よりも情報、だと思う」由紀夫は意地になる。「情報は武器だ」

「それならよ」と鷹が言う。「サバンナに放り出された時におまえを救うのは情報か？　ライオンに詰め寄られている時に、パソコンを開いて、『ライオン　サバンナ　逃げる方法』なんて検索かけんのか」

「あ、鷹さんってパソコン使ったことがあるの？」そのことのほうが意外だった。

「そんなのどうでもいいだろうが。とにかく、追い詰められた時に必要なのは、勘だよ、勘。な、悟さん、な、な」

悟はそこで笑い、特に答えることはしなかった。

鷹は蜥蜴《とかげ》じみた笑い方を見せた。何を思いついたのか、「よし、じゃあ、俺が、悟さんの解けそうもねえような問題出してやるよ」と言った。

「偉そうな出題者だなあ」由紀夫が苦笑する。

「出題者ってのは偉そうなものなんだよ」鷹は臆することがなかった。「じゃあ、問題。ある予言者のところに相談者がやってきたんだ。で、こう訊いた。三年後、俺は生きてますかねってな。そこで予言者が絶対に外れない回答をした。何と言ったと思う？」

「クイズと言うか謎々だ」

「謎々を差別するのか、由紀夫」鷹が睨んでくる。

「いや、別にいいけど」

「絶対に外れない回答か」悟が腕を組んだ。

「そんなの、『生きてるかもしれないし、死んでるかもしれない』とか答えたんじゃないの」

「お、由紀夫、いい線ついてるぞ」

「嘘」由紀夫のほうこそ驚いてしまった。「惜しいわけ？」

「まあな」

由紀夫は、悟を窺う。「どう？」

「降参だな」悟が諸手を挙げる。悔しがるわけでもなく、むしろ、興味深そうな目で、「正解は何だ」と鷹に訊ねた。

「正解は」演出のつもりでもないのだろうが、鷹はそこで間を空けた。「『死んでいない』」

「死んでいない？」

「そう。死んでいないってことは、生きてるってことだろ。もしくは、『死んで、いない』ってんだから、死んでるってことだ」

「何それ」由紀夫は意味がしばらく分からなかった。「死んで、いない。って、死んじゃって存在していない、ってこと？」

「そうだ」

「なるほど。死んで、いない、か。どっちにも受け取れるな」

「だろ。死んでいない」鷹は自らの発明品を愛しむかのごとく、何度かその言葉を呟いた。

いつの間にかクイズ番組が終了し、テレビ画面には、生真面目そうな背広の男性が映っていた。番組と番組の狭間を縫って放送される、もしくは番組と番組の合間を埋めるための、地方局からのニュース番組だった。

市街地を歩き回る中年の男の姿があった。ラグビー選手のような体型で、胸の肉で背広の胸元がはじけんばかりだ。寄ってくる婦人たちに両手を差し出し、挨拶をしている。

「この赤羽っておっさん、勲と似てるよなあ」鷹がだらしない姿勢で画面を指差す。映っているのは、県知事選の候補者、赤羽だった。

「似てる？」悟が聞き返す。

「体格が。肩幅がっちり、胸の筋肉ぎっしり、二の腕が太腿みたいだし」

「勲さんよりは背が低いよ」由紀夫は冷静に指摘する。「この赤羽って、勲さんよりよっぽど柄が悪そうだし。眉が太くて、目がもう、普通じゃないって。怖すぎる。マフィアだよ、マフィア」

テレビ画面の中の赤羽氏は選挙運動の疲れを微塵も見せず、精力溢れる脂を額に滲ませて、「県民のみなさんのために、ありとあらゆることをやります」と低い響きのある声を発した。声をかけられた細面の女性は、繁華街の物騒な場所で因縁をつけられたかのような怯えを見せた。

「ありとあらゆることを、って言い方がまた、想像力を刺激してくるよな」鷹が噴き出す。

「赤羽さんも必死なんだろう。二連敗したら、味方から何を言われるか分からない」悟が言う。

候補者の白石氏と赤羽氏は、それぞれ同じくらいの熱狂的支持者を抱えている。地元にプロサッカーチームが二つ存在している状況と似て、どちらが勝っても波乱が起こる気配があった。負けたサッカーチームは、せいぜい監督が更迭される程度だろうが、県知事選の場合は、候補者本人の身が危ない。物騒な応援団を引き連れている、という噂の赤羽氏はなおさら、危ない。この間、話題に出た、ミンダナオ島の州知事選にまつわる、拉致殺人事件も他人事とは思えない。

「どっちが勝つんだろう」

「お、由紀夫、政治に関心があるのかよ」鷹が指差してきた。

これは政治と言うよりもサッカーの試合に近いではないか、と由紀夫は指摘し、ぼんやりとテレビを眺める。

「あ！」と声を上げたのは少ししてからだ。

どうしたのだ、と二人の父親たちが顔を寄せてくる。

由紀夫は画面から目を離せないでいた。恫喝《どうかつ》まがいの握手を続ける赤羽氏の後ろ、一歩二歩と退いたところに、スーツを着た男が立っていた。眼鏡をかけ、鼻は大きい。繊細にも、大雑把にも見える顔立ちだった。赤羽の側近、信頼を置かれた幹部、という位置にいる。

「あの男」

「あの男？　あいつがどうかしたのか」悟が首を捻る。

「ほら、悪徳弁護士っぽいじゃないか。鷹さん、よく見てよ、あのドッグレース場にいた男じゃないか。富田林さんと喋ってて、で、その後で鞄をすり替えられちゃった人だ」

首を伸ばし、テレビに顔を近づけ、鷹は目を凝らしている。やがて、「おお！」と手を叩いた。

コマーシャルとのタイミングが合わなかったのか、ニュース番組は尻切れトンボで終わった。

「では」鷹が、由紀夫に訊ねてくる。「問題です。これはどういうことでしょう」

「クイズじゃないんだから」

「つまり」途方に暮れた家族に道標を示すのは、悟の役割だ。「鞄が狙われたのは、選挙が関連しているのかもしれないってことか」

由紀夫も大多数の高校生と同様に、学校の中間試験を人生の中心に置いているわけではなかったが、それにしても、試験を翌々日に控えた頃に、訳の分からない騒動が雨後の筍のごとく、周囲でわらわらと生じたことにはげんなりせざるをえない。

ドッグレースでの怪しい鞄のすり替え、牛蒡男による因縁、我が家へ侵入してきた空き巣、多恵子に交際再開を訴える熊本さん、そのどれもが由紀夫自身の責任ではなく、とばっちりだという事実に愕然とした。

さらに次の朝、下級生たちに取り囲まれるという事態まで起きたことには驚きを越え、感動さえしてしまった。

いつものように体育館でシュート練習をしていた。スリーポイントラインに足を合わせ、ジャンプシュートをする。ボールを拾い、また、シュートをする。直接ネットを狙い、時に板を使う。自分の息が次第に上がるのが、心地良い。沈めた膝を伸ばすのと同時に床を蹴り、右腕でバスケットボールを押し、手首を曲げ、回転をつけ、投げる。放物線を描き、ボールはゴールの縁に当たり、弾かれた。

おかしいな、入ったと思ったのに、と首をかしげたところで、目の端、体育館の入り口に人影が見えた。男たちが六人、立って、由紀夫を見ている。はじめはまず、牛蒡男の仲間なのかと身構えたが、すぐに彼らが自分と同じ高校の制服を着ていることに気づく。次に、バスケ部の後輩か、と思ったのだが、知った顔がない。

彼らは体育館の中に足を踏み入れ、由紀夫を取り囲んだ。六人の頭髪がみな、短く刈られている。野球部か、と由紀夫は察する。

「先輩」と前に立つ男が口を尖らせた。他の五人は無言で、由紀夫を睨んできた。

「野球部？　練習、ここでやるわけ？」

「そうじゃないっすよ。馬鹿にしてるんすか」

「先輩に言っておきたいことがあったんすよ」

「怖いな。俺が野球部に何かした？」由紀夫は顔をしかめる。同時に、目の前の六人の立つ位置、足を順に確認する。上履きを履き潰し、だらしない恰好をしている。ズボンのポケットに手を入れている者が二人いる。急に飛び掛かってくる気配がないことを確認し、一方で、正面の男の唇が僅かに震えていることにも気づく。怖がっているのではないな、と由紀夫には分かった。上級生を仲間たちと取り囲むことに、高揚と緊張を抱えているのだろう。他の五人もどこか浮き足立っている。

この状況であれば、前の男の胸を、「どいてくれ」と手で押し、彼らを無視して立ち去る強硬手段も取れたが、それはそれで角が立つに違いなく、由紀夫は太陽政策を選んだ。「何のことだろう」

「とぼけないでくださいよ」

「小宮山先輩のことですよ」

「小宮山がどうかしたのか」由紀夫は意表を突かれた。「あいつは今、不登校の真っ最中だ」

「知ってますよ」

「そのことです」

「小宮山先輩の不登校が、俺たちのせいだって、言いふらしているそうじゃないですか」

「は？」

「俺たちが、小宮山先輩を甚振って、それで不登校になった、とか」

「俺はそんなこと言ってないぞ」

「だって、うちのクラスの女子が言ってましたよ」

「女子って誰」

「ソフト部の」

「ああ」由紀夫は顔をしかめる。そのでまかせが流れた経路が想像できた。先日、「後輩たちが苛めに腹を立て、小宮山君に報復したのではないか」と言い出したのは、多恵子だった。彼女はあの後で、おそらくはソフトボール部の後輩に、「小宮山君が来ないのは、野球部の一年生のせいかもしれない。ちょっと、同級生の野球部に訊いてくれない」とでも言ったのだろう。しかも、噂話の発信者となることを恐れたのか、「わたしのクラスの、由紀夫っていうのがそう言ってたんだけどね」と付け加えた可能性も高い。

「どういうことですか」坊主頭の後輩たちは、言葉遣いは丁寧だったが迫ってくる威圧感があった。

「どういうことも何も、俺は別に、野球部の後輩が悪い、なんて言っていない」

「だいたい、小宮山先輩って、危なっかしいバイトやってるって威張ってたから、それ絡みで、家から出られないんじゃないんですか」坊主頭の後輩の一人が唇を尖らせた。

「危なっかしいバイトって」

「いや、分かんないですけど。何か、自慢げに、俺は危ないバイトやってるって、鼻の穴、膨らませてましたよ」

「ああ、言ってた言ってた」隣の野球部員もまた、鼻を膨らませた。

「きっと、あれですよ、詐欺グループの仲間とか、いかがわしいホームページを作ったりとか、そういうのですよ」

そうだそうだ、と後輩たちは妙に活気付く。

「小宮山、怪しいバイトをやってたのか」

「とにかく、俺たちは無関係ですから」後輩たちは言った。「とりあえず、先輩のこと信じますけど、もし嘘だったら、俺たちだって考えがありますからね」

「大丈夫、その時は俺も学校に来なくなるから」由紀夫は、彼らを見送った。

多恵子に嫌味の一つや二つ、恨みの十や二十は投げつけないとならないな、と気勢を上げ、教室に行ったが、彼女の姿が見当らず、由紀夫は拍子抜けした。「逃げたか」

溜め息まじりに席に座ると今度は左側から、「ねえねえ、由紀夫君、聞いてよ」と殿様が身を乗り出してきた。

「殿様、朝から何でしょうか」

「今朝もまた、電話があったんだよね。うん」

「電話？」

「ほら、昨日言ったじゃない。朝、僕宛てに女の子から電話がかかってくるって話。今日は、『昨日はごめんなさい。急に行けなくなっちゃって』って言うんだよ。今日こそ、朝一番で校門で待ってるから、って」

殿様の目は大真面目だった。由紀夫は教科書を机から引っ張り出しつつ、「で、殿様は今日も急いで登校したんだな」と確認する。

「そうそう」

「それでもって、また、誰も現われなかったんだろ」

「何で分かるの。そうなんだよ、今朝も誰もいなかったんだ」

「殿様のご様子を拝見させていただいたところ、どこか物寂しいように見受けられましたので」殿様相手に喋るとなぜか、無性に恭しい喋り方をしたくなる時がある。「でも、いったい何が目的なんだろうな」

「僕も考えてみたんだけどね、もしかすると、どこかで笑ってるのかな」

「笑ってるってどういうことだよ」

「僕が騙されて、一生懸命走って学校に来るのを、誰かが見てて、面白がってるんじゃないのかな」

「可能性はゼロではないけど、そうするメリットも分からない。殿様が遅刻しないように、誰かが手助けをしてくれてるのかな」

「僕はいつも遅刻はしていないんだ」

「そうでしたね、殿様」

試験前日であるためか、授業はあっさりとしたもので、午後の授業の化学と日本史は、「試験勉強を自由にやりなさい。分からないことがあれば訊きにきなさい」と教師が宣言するような内容だった。もちろん、生徒たちは大歓迎で、演習問題に取り組んだ。何人かは勉強をやめ、漫画を読んだ。試験を投げたのではなく、余裕があることをアピールしているようでもある。横を見ると殿様が、「漫画で読む日本史」なる本を読んでいた。子供向けに書かれたかなり大雑把な内容に違いないが、「ためになるなあ」などと感心しながら、読んでいる。

由紀夫は教科書をめくり、頭の片隅では、前日のテレビで見た赤羽氏の側近、悪徳弁護士風の男のことを考えていた。悟が夜に調べたところ、その男は、野々村大助と言い、赤羽氏の大学時代の後輩で、弁護士を経て、今は、赤羽の事務所で働くブレインとなっている、と分かった。野々村ちゃんはどうして、鞄を取られちゃったの？　茶化すように、昨晩の鷹は歌っていた。

「ねえ、問題出してよ」と右から声をかけられた。見ると、多恵子がそこに立っていて、英語の教科書を持っている。勉強は一人でやるものじゃないか、自習なのだし、と言い聞かせると、今度は左側から殿様が、「いいから、問題出してよ。英単語の」と口を挟んできた。

よし、と多恵子がうなずき、教科書から英単語を読み上げる。二人で勝手にやればいいのに、と思うが、彼らは由紀夫を挟んで一問一答をはじめる。由紀夫はボールの応酬を眺めるテニスコートのネットになった気分だった。

「『tragedy』」と多恵子が出題する。

「『矛盾』」と殿様が答えた。

「はずれ。じゃあ、『agony』」

「『悲劇』」

「はずれ。じゃあ、『contradiction』」

「『大伽藍』」

「はずれ」多恵子はそこで深く息を吐く。「あのさ、ぜんぜん、駄目じゃん、殿様」

「なんだか、答えがずれてる」と由紀夫も指摘した。

「僕さ、教科書の順番通りに訳を暗記してるから、その順番通りに問題も出してくれないと困るんだよね」殿様は、さすが殿様は堂々としていらっしゃいますね、と感心するほどに、堂々としている。

「問題の順番なんてどうなるか分からないんだから、意味ないじゃん」

「僕には僕の答える順番があるんだ」と殿様が言う。どこまで本気なのか、やはり殿様の本心は誰にも測りきれない。


授業が全て終わり、廊下を出て少し歩くと、階段の踊り場で、山之辺とばったり会った。

「おお、由紀夫、ちょうど良かった。おまえのことを調べてる奴がいるぞ」

「俺のことを？　調べるってどういうこと」

「正門脇に立って、出てきた生徒に聞いてるんだよ。二年の由紀夫はまだ学校にいるのか、ってさ」

由紀夫の頭に真っ先に浮かんだのは、物騒な、牛蒡男とその仲間たちのことだった。あいつらがまた、自分を探しているんだな、と。

「それってどういう奴？　牛蒡みたいな連中か」

「牛蒡って何だよ。違うよ、すげえ恰好良くてさ、渋い役者みてえなんだ。壁に寄りかかって」

「恰好いい興信所か」由紀夫は首を捻る。「で、山之辺は何を訊かれたんだ？」

「俺は訊かれなかった。そいつ、女子にばっかり声をかけてたからな」

「へえ」そこに至って由紀夫にもその正体の察しがついたが、答えは口にしなかった。「へえ、そう」

「興信所とかそういう奴かもしれねえし、由紀夫に伝えてやろうと思って、戻ってきたんだ」

「さすが部長は、部員思いだなあ」

「だろ？　どうしてこの優しさが女子には伝わらねえんだろうなあ。部長ブーム、来ねえかなあ。で、どうする？　興信所の奴を逆に問い詰めてやるか？」

「俺、会って来るよ」

「やめておけよ、あんな俳優みてえな興信所、絶対に危険だ」


数メートル先に見える葵は黒いスーツに、ネクタイはなし、という出で立ちだった。ホストのようにも見える。女子生徒二人と向き合っていた。葵が嬉しそうな顔つきのまま、何かを口にする。女子生徒たちが身をよじって、笑う。はしゃいでいる。どうして短い間に、そんな風に、初対面の女子高生と和気藹々となれるのか不思議でならない。

無視して通り過ぎようかと逡巡したが、その前に、「おお、由紀夫！」と葵が手を上げた。その付近にいる生徒たちが一斉に振り返り、由紀夫を見た。視線が痛い。痛い上に熱い。

「あ、どうも」としどろもどろになりながら、頭を下げる。面倒だったので、「はじめまして」と付け加えたかったくらいだったが、それより先に葵が、「何、他人行儀なこと言ってるんだよ」と笑い、近づいてきた。女子生徒たちがその葵に引き摺られ、やはり歩みを進めてくるので、由紀夫は反射的に踵を返し、逆方向へ進んだ。

「おい、由紀夫」葵が呼び、足を速めてくる。

由紀夫は早足で、逃げるようにする、と言うよりも逃げた。

「何で逃げるんだよ」

そりゃ恥ずかしいからに決まってるだろうに、と思いつつ、立ち止まる。

あのブティックに行こうと思って、それで由紀夫を迎えに来たんだ、と葵は言った。

「やっぱり行くわけ？」

「行かない理由がない。だろ？」

「明日から試験なんだけど」とまずは、主張してみる。

「試験の前日になったら、もう、あとは野となれ山となれの精神で、どんと構えてればいいんじゃないのか」

「前日はおろか、昨日も一昨日もまともに勉強できていないんだけど」ドッグレース場に連れていかれたり、多恵子が現われたり、家に空き巣が入ったりと慌しく過ぎた。

「細かいことを根に持っていると、女の子に嫌われるぞ」

「嫌われてもいいから、細かいことにこだわりたいんだ、俺は」

「由紀夫はいつも、つっかかってくるよなあ。どうやって育てられたら、そんなに、すげない態度の取れる男に育つんだ」

「四人の父親に関与されて、育てられたら、こんなことになりました」由紀夫は嫌味をたっぷりと吐き出すが、葵は意に介さない。尻のポケットから、写真を取り出すと、「ほら、見ろよ」と言った。

女性の顔写真だったので、また女の話か、と軽くあしらおうと思ったが、それがどこかで見たことのある顔だったので、足を止め、写真を見つめた。派手な化粧に、色のついた髪をし、唇の厚みが色っぽいな、とも思った。「誰だっけ」

「ほら、ドッグレース場で見かけた」

「ああ」今まさに由紀夫たちが行き先を探している彼女だった。男に抱きつき、鞄のすり替えに一役買っていた。「どうしたの、これ」

「俺も役立つだろ」昼間のうちに、以前、彼女の働いていた店に寄り、写真を借りてきたのだと言う。

「ブティックで話を聞く時に、あったほうがいいだろ」

「ブティックの人、覚えてるかなあ」仮に覚えていたとしても、個人情報だ何だ、と言って最近は、人の住所を外部に教える店は少ないはずだ。

店は空いているようだった。山のロッジのような自然な雰囲気を醸すお店で、それがこだわりなのか、マネキンも木製だった。派手な柄の物から、落ち着いたスーツまで、幅広く取り揃えられていた。

「女性物しかないね」店内に入り、右手の壁に飾られたシャツを眺める。

隣に並んだ葵が、「そうだな」と答えた。

背後から、こつこつと靴の音がし、店員が近づいてくるのが分かった。店員がやってきて、何をお探しですか、であるとか、広げてみてくださいね、であるとか、試着する場合は言ってください、であるとか、声をかけてくるのが由紀夫は苦手だ。相手の店に踏み込んだのだから、向こうが挨拶をしてくるのは当然に違いないが、監視されているような気分になり、萎縮してしまう。

「プレゼントですか?」店員はそう言った。

決め付けないでよ、と言い返すこともできたが、女性用の洋服しかないのだから、違うとは答えづらい。

赤い髑髏の絵が正面にプリントされた、小さめのTシャツを着た店員は、腰の位置がずいぶん高い。「これなんておすすめですよ」と明朗で、潑剌とした声を出した。耳にかかる程度の、短い髪がますますそういう印象を強くしている。彼女が手に取ったのは、赤茶色の長袖シャツだった。襟首の折り返し部分が珍しいし、きっとこれを着れば、微妙に目立ちますよ、と高らかに薦めた。微妙に目立つ、という表現に興味を抱きそうになってしまう。

「ちょっとその服、君が合わせてくれる？」葵は言って、その服を彼女に渡した。

「ええ」と彼女は慣れた様子で承諾したが、その時にはじめて葵をまじまじと見たようで、瞬時に頬を赤らめた。年下の、こんな若い女性がどうして葵と向かい合うと、心を奪われたようになるのか、由紀夫には理解できない。

「いい服だね」葵は、両手で服の両袖をつかんで、自分の前に当ててみせる店員に言った。

「いいですよね」

「君だから、かもしれないな」葵はそう言ってから、笑う。笑い方がまた、上手かった。ただの軽口だと分かる上に嫌味がない。店員が噴き出した。そこに不快さはなく、場の空気がふわりとやわらぐ。おいおい、何だよそれは、と由紀夫はその場で騒ぎ立て、あなたも照れてる場合じゃないですよ、と説き伏せたくなる。

それから店員はさらに、他の商品も紹介しはじめた。葵を連れて、店内の奥へと進んでいく。張り切っている。一緒についていくのも馬鹿らしく、由紀夫は店の入り口付近で待つことにする。道路に面した側はガラス張りだったので、外の様子がよく見えた。ということは向こうからもよく見えるということだな、と由紀夫は気づき、女性の洋服の前に突っ立っている自分が恥ずかしくて仕方がない。

鱒二らしき男の姿を目撃したのは、数分経った後だ。

由紀夫のいる店の外、その細い道を、右手から左手へと駆けていく坊主頭がまず、見えた。時間にすれば一瞬のことで、気づいた時にはその姿が消えていた。だが、手足を大きくばたつかせ、必死に走る姿は、鱒二そっくりだった。

「気のせいかな」と由紀夫は気軽に思う。

数秒遅れて、別の男が同じ方向へと走っていった。待てこの野郎、と汚く罵りの雄叫びを上げたようにも聞こえた。その男もすぐに姿を消したが、残像のように残るその、細い身体と中途半端な袖の服は、例の牛蒡男に見えなくもなかった。

「なるほど、気のせいだな」由紀夫は強く、思う。

だいたい、今日、鱒二は牛蒡男の仕事を代行し、電車で隣県に行っているはずではないか、と思い出す。こんなところにいるはずがない、気のせいだ。何回か唱えると、本当にそう思えてきて、ほっとした。


レジ近くで葵が、女性店員と談笑していた。すでに服を薦めたり、薦められたり、という状態ではなく、常連客と店員がレジ前で話しこんでいるようにしか見えない。葵が何かを喋ると、店員が微笑み、強くうなずく。そういうやり取りが続いていた。そのうち女性店員はカウンターの下からノートを取り出し、それを開いて、葵に見せている。どれどれ、と覗き込む葵の仕草がいちいち様になっていて、また溜め息が出る。

由紀夫は目の前の棚にある、綺麗に折り畳まれたTシャツを手に取った。赤地のものを右手に、白地のものを左手に、持つ。そして、その両手を広げて、葵に向かって、素早く振った。子供の時に覚えた手旗信号だ。少々、照れ臭かったが半ば自棄《やけ》糞《くそ》の気分で、横、斜め、とTシャツを旗代わりに振った。

「オ、ト、ウ、サ、ン、ナ、ン、パ、ハ、ヤ、メ、テ」と手旗信号をやった。葵が横目で、こちらを見てくるのは分かったので、二度繰り返した。手旗信号の内容を把握したのか、葵はくしゃっと表情を緩め、愉快さと苦々しさを浮かべた。

旗振りの最中、途中で客が一人、店に入ってきた。由紀夫が手を勢い良く振っているのを見ると、明らかに恐がって、すぐに立ち去った。店員さん、ごめんなさい、一人帰しちゃいました、と内心で謝罪する。

　お待たせ、と葵がその後すぐに戻ってきた。由紀夫はシャツを畳み直すために、棚にシャツを一度置く。不器用に折りはじめるが、横から手を伸ばした葵が素早く、畳んでしまう。その手際の良さがまた、恰好良い。

　店の出口まで見送りに来た店員は、「それ、恋人へのプレゼントですか」と葵に訊ねた。さりげない問い掛けではあったが、実はタイミングを見計らって、発せられたものに思えた。彼女は本当に、その答えに関心があるのだろう。

「いや」葵は、そういう曖昧《あいまい》な返答を今まで、何百回とこなしてきた、という風格すら浮かべながら、「そういうんでもないんだ」と肩をすくめたが、隣で由紀夫が呆れ果てた視線を向けていたからか、自分の左手をすっと上げ、薬指にはまった指輪を見せた。「妻にあげるんだ」

「あら」と彼女は一瞬、不意打ちを食らったかのように目を丸くした。指輪を見逃していた、と自らの落ち度を悔しがる気配もあったが、最終的には、「優しいんですね」と微笑んだ。面白いことに彼女は、葵が妻帯者だと知り、落胆よりもむしろ、心強さを覚えたようでもあった。恋人よりも、妻のほうが与《くみ》しやすいと判断したわけではあるまいな、と由紀夫は警戒した。


　店を出ると由紀夫は、「何か収穫はあったわけ」と葵に訊ねた。「まさか、店員を口説いていただけってことはないだろうね」

「あれは口説いているうちに入らない」

「そういう問題じゃないいんだ」

「ほら」葵は平然としていて、手に持ったメモ用紙を見せた。由紀夫の鼻先にちらつかせる。罫線の入った手帳の切れ端のようで、そこに住所が書かれている。「下田梅子」と名前もあった。

「誰、この人?」

「今、ブティックで教えてもらったんだ。この間のケーキ屋の彼は、あの店で彼女が、ワンピースをマネキンから剝がしていた、と言ってただろ。写真を見せながら店員に話したら、覚えていたんだ。そして、あの店では客には一応、特典カードを作るらしい。その情報から、住所を教えてくれた」

「個人情報流出!」由紀夫は信じがたいものを目の当たりにした、と思った。

「まあ、そんなに怒るなよ」葵は平然としていた。「俺は、あの店員と友達になったんだ。友達が困っているから、彼女は、特別に、情報を教えてくれた。金銭目的に、個人情報を売りさばいたのとは訳が違う」

「それにしても、口が軽すぎるんじゃないかな」

「俺の引き出し方が上手すぎたんだ」

「馬鹿な」

「大丈夫だ。俺と由紀夫は、この住所を使って、彼女のもとを訪れる。商品を売りつけるわけでもなければ、勧誘するわけでもない。問題は起きない。個人情報の流出で一番重要なのは、外部に漏れたこと自体じゃない。誰に漏れたか、だ」

「詭弁《きべん》だよ。漏れたこと自体が問題なんだ」

「安心しろ、って由紀夫。用が済んだら、この情報はあの店に返却するから」

メモ用紙に書かれた住所は、繁華街からバスで三十分ほどの、住宅地だった。「今から行くわけ?」と由紀夫は腕時計を確認する。夕方の五時前だった。

「明日でいいんじゃないか?」葵は言った。「俺はこれから店を開けないとならないし、別に、急ぐ必要もないだろ」

「まあね」由紀夫はそう答えたが、翌日は試験だということを思い出す。「と言うか、それどころじゃない」
「明日も学校の前で待ってるからさ」
「やめてくれ」と言ったものの、どうせ来るだろうな、と半分諦めているところもあった。
「そうだ、由紀夫」家に帰る道すがら葵が言った。「仮に、多恵子ちゃんとあのブティックに行っても、特典カードに住所を正直に書かないほうがいい。外部に漏れる可能性がある」
「情報ありがとう」

家に帰ると夕方の五時を過ぎていた。由紀夫は二階の自分の部屋へ行き、鞄を机の脇に放り投げる。試験勉強というものは元来、嬉々としてやるものではなく、むしろ、「まずは掃除でも」「机の上の整理がつかないとやる気がしない」と口実をどうにか見つけ、敬遠し、迂回に迂回を続け、それでも避けることができなくなった時に渋々はじめるものであったが、今はとにかく、机に向かいたかった。最近数日間のどたばたとした出来事のせいで、試験に向かう気持ちがすっかり消えていて、焦りがあったのだ。

教科書を開き、ノートに書き写したキーワードを眺め、図表を書いてみる。こうして書いてみると、日本の歴史は簡単なフローチャートみたいだな、と由紀夫は苦笑する。戦で死んでいった人間たちの、たとえば、矢で刺された苦しみや、残された子供の絶望、窮地に追い込まれた政治家の緊張はまるで浮き上がってこない。あるのは、戦の結果と制定された法律や制度ばかりだ。

「だから」と悟が以前言っていたのを思い出す。「だから、今の政治家もどちらかにこだわるんだ。戦をはじめるか、もしくは、法律を作るか。歴史に残るのはそのどちらかだと知ってるんだ。地味な人助けはよっぽどのことでないと、歴史に残らない」

教科書を見つめ、その戦の情景を想像してみたくなる。たくさんの人間が、強制的に戦場に送られたのではないか、そこでは言葉にするにも恐ろしい残忍なことが行われたのではないか、黒々としたおぞましい駆け引きが武士たちの間で交わされたのではないか、と考える。家に妻や子供を残した男が、無理やりに戦場に連れて行かれ、さあ殺しなさい、死になさい、やりなさい、と突撃を命じられ、戦の勝敗も分からぬまま刀で斬られ、目玉や内臓を飛び出させたまま死んでいく。そんなことばっかりだったのではないか、と想像した。結局、昔も今も人間の構造は同じだもんな、ということに由紀夫は思い至る。二十年前のテレビと今のテレビでは、部品や配線もかなり違うだろうが、何百年前の人間と今の人間では、中身や構造はあまり違いがない。体格の差がありこそすれ、欲望のパターンは似ている。

　時計を見るといつの間にか三十分も過ぎていて、これはこのまま、部屋にこもって勉強を続ければ、満足の行く準備ができるのではないか、と期待が持てた。ただ、尿意があったためトイレに立つ。父親たちに会うと、気勢を削がれる可能性や邪魔される危険があるため、小便をしたら、すぐに部屋にこもって勉強すべきだ、と分かっていた。

　由紀夫は一階のトイレに行き、小便を済まし、ドアを開けたところで悟とぶつかった。

「ちょうど良かった、由紀夫。俺と一緒に行ってみないか」額に皺を作り、いつも通りの佇まいで、悟が言う。

　試験勉強があるのなら無理しなくていいんだぞ、と悟は何度か言ってきた。家を出て、恐竜橋を渡るところでも言った。周囲が暗くなっているため、橋の下を流れる川の様子は分からない。低い場所で、地面が黒く蠢《うごめ》いているようにも感じられた。

「いいよ。いいんだ。俺も気になるし」

　悟には、他の三人の父親に比べると強引さがなく、由紀夫を自分の都合で振り回し、「どうだ、楽しいだろ。俺が父親だろ」と訴えかけてくる度合いも少ない。そのため、悟から依頼や提案をされると、由紀夫もなかなか断りづらかった。

「だいたい、悟さんのおかげで試験のポイントはつかめてるし」

「学校の試験だとか入試問題は、結局、スピードだ。試験時間をいかに、多く持つかにかかっている。反射神経で解ける問題をどれだけ増やせるか、だからな。ゲームみたいなものだよ」

「まあね」

昔から悟は、「試験で良い点数が取れるのと、頭の良さは一致しない。ただ、まったく別物でもない」とよく言った。「物事の本質をぱっとつかむのは本当に大事なことで、それは試験問題を解くのと似ているかもしれない。一方で、試験は苦手でも、頭がいい人間もたくさんいるけどな」

「頭の良さっていったい何だろう」

「まあ、まずは、発想力というか、柔軟な考えができる人だろうな」

「たとえば、どんな風に？」

「人間っていうのは、抽象的な問題が苦手なんだ。抽象的な質問から逃げたくなる。そこで逃げずに、自分に分かるように問題を受け入れて、大雑把にでも解読しようとするのは大事なことだ」

「その説明がすでに抽象的だよ」

「たとえば、『人の電力は何ワットですか？』という問題が出たら、どうする」

「人の電力？　分かるわけないよ。実験でもする？」

「ほら、そうやってすぐに降参するともったいない。厳密な計算はいらないんだ。まず、人間は食事を取り、それを出力する。出力するエネルギーが電力だとすると、取り入れた食事の量がそれとニアリーイコールってわけだ。人間が一日に摂取するカロリーはだいたい二五〇〇キロカロリー」

「そうなの」

「だいたいな。大雑把に、だ。で、一カロリーは4×10^{3}ジュールだから、それをかける。ワットってのは、毎秒分のジュールだから、それを一日の秒数で割ってやれば、答えが出る」

「一日って何秒？」

「おおよそ、10^{5}秒」

「そうなの？」

「こういう大雑把な数値は覚えておくと、いいぞ。地球と太陽の距離は10^{11}メートル。地球の直径は10^{7}。エベレストの高さが10^{4}。人の歩幅は10^{0}」

「何それ」

「正確ではないが、だいたいの把握には使える。太陽まで歩いていくのにどれくらい時間がかかりますか、とかな。この大雑把な数値を知っていれば、だいたい答えられる」

「それが頭の良さってこと？」

「ペーパーテストができるよりは、良いだろ。抽象的な問いかけに対して、自分の知っている数字で、答えを導き出すんだ。そして、あとは気配りとユーモアが重要だ」

「気配りとユーモア？」

「どんなに発想が豊かで、賢くても、相手を不快にして、退屈にさせるようだったら意味がない。たとえば、ある男は物凄く優秀な論文を書いて、誰も考えついたことのない理論を作り上げた。けれど、彼の友人や家族は、彼と一緒にいてもちっとも楽しくない。ある女性は発明や論文とは無縁の、住宅メーカーの営業社員だが、彼女は自分の失敗談を話すのが得意で、家族や顧客をいつも笑わせ、楽しませている。どちらが優秀な人間なんだ？」

「どっちも優秀ではない」

「由紀夫は本当につまらない高校生だな」

「それは、親の育て方の問題だと思うよ」

悟が、由紀夫を連れて行こうとしているのは、選挙事務所だった。

「赤羽の事務所だ。駅の南側のビルの一階を使っているらしい。赤羽の側近の、野々村大助さんが、本当に、由紀夫の目撃した男かどうか確かめに行くんだ」

「会って、『あなた、ドッグレース場で鞄を盗まれちゃったでしょ、あれってどういうことだったんですか、間抜けですね』とか訊ねるわけ？」

「それもいいかもしれないな」

「勘弁してよ」

冷静沈着、泰然自若、自分の親の中ではもっとも現実的で、もっとも論理的な悟は、時折、発作でも起こしたかのように、乱暴な意見を口にし、由紀夫をぞっとさせる。子供の頃、動作しなくなったおもちゃを親に見せに行った際、「そんなの叩けば直る」と鷹や勲に言われる分には気にならなかったが、悟に、「そんなの叩けば直るぞ」と言われると、信頼していた文柱が急に傾いてしまったかのような恐怖を覚えた。

「実際に見たほうが、ドッグレース場の男と、その野々村という男が同一人物なのかどうか、分かりやすいだろう」

悟の言葉はどこまでが本気なのか、定かではなかった。

「ところで、何度も聞くようで悪いが、明日の試験は大丈夫なのか」悟は、駅を越えたあたりで訊ねてきた。

「父親たちにあちこち連れ回されなければ、大丈夫だと思う」

悟はそこで愉快げに短く声を立て、笑った。

「何がおかしいわけ」

「いや、前に彼女が言っていたことを思い出した」

「彼女、って母さんのこと？」

悟はうなずく。由紀夫よりも背が低く、体格も良くはないが、それでも隣にいると安心感がある。

「彼女は、由紀夫のことを心配していた。由紀夫が素っ気なくて、大人びていて、よそよそしい、と言ってな。で、それは、俺たち父親の愛情が足りないからだ、と批判してきたんだ。四人もいるのに何をやっているのだ、もっと干渉して、愛情を与えなさい、と」

「嘘だろ」由紀夫は顔を思い切り、しかめる。「今でも、干渉されすぎで死にそうなのに」

「だよな」悟もうなずいた。

「これ以上、干渉されたら家を出るよ」

「そうだよな。まあ、母親と父親では認識が違うんだろう」

批判や説教をすることもなく、自分の言葉を聞いて、肯定してくれる悟の態度は心地良く、由紀夫はいつの間にか、歩きながら学校の話題を口にし、どういう話の流れか、小宮山のことも話していた。

「その小宮山君は実際、後輩を苛めていたわけか」

今朝、小宮山の所属する野球部の後輩たちに絡まれた、と伝えると、悟が訊ねてきた。

「でもまあ、部活動の先輩が、後輩に厳しく練習させる、というやつの延長だとは思う。日常的に暴力を振るったり、陰湿な攻撃を繰り返していたわけではないはずだし。だから後輩が逆恨みをしたとしても、小宮山を不登校に追いやるほどのものではなかったと思うんだ」

「他に、その彼が学校に来たくない理由は、思いつかないのか」

「思いつかないんだ」

「おまえの知らないところで、彼が苛められているようなことはないのか」

「苛め」由紀夫はそう発音する。嫌な粘り気を感じる。そして、小宮山はそういう日に遭うタイプではなさそうだ、と説明した。「でも、苛めたり、苛められたり、そういうのって永遠になくならないものなのかな」

悟の表情は穏やかだった。ゆったりとした歩き方で、由紀夫が同じ速度で歩こうとするにもかかわらず、タイミングが合わない。その歩き方はそのまま、悟の考えの深さと確かさの表われにも思える。

「昔、勲や鷹、葵に質問したことがあるんだ」

「何を？」

「由紀夫がまだ、言葉も喋らない頃だな。おまえの可愛い顔をじっと眺めていたら」

「可愛い顔」可笑しくて由紀夫はその言葉を強く発音した。

「昔は可愛かったんだ」悟も笑う。「とにかく、じっと見ていたら、ふと不安に襲われた。この子が将来、学校に通うようになって、何者かに苛められるようなことはないか」

「どの親もそうだろうね、きっと」

「だろうな。苛めの理由は無数にあるはずだ。非があるならまだしも、非がない、という理由で苛められる可能性もある。汚い、と苛められ、一方では、綺麗で鼻につく、という場合もある」

「それで、他の三人に何を質問したわけ？」

「『由紀夫が将来、苛められっ子になるのと、苛めっ子になるのと、どちらかを選ばなければならないとしたら、どちらにするか』」

なるほど、と由紀夫は言う。耳にした直後は、とても簡単な質問に思えたが、少し考えると、難しい選択だ、と気づいた。「みんな、何て？」

「三人とも一瞬悩んでな、で、答えたんだ。『苛めっ子だ』」

「だろうね。『苛められっ子になれ』と願うのは、色んな意味で、酷だよ」

「俺も同感だ。親なら、みんなそのはずだ。子供が虐げられてよしとする親はいない。ただ、そこでつくづく思ったんだ」

「何を」

「苛め、ってものは絶対になくならない」

「どういうこと」

「うまくは言えないんだがな、たとえば、ある時、世界中の誰もが、自分の子供に対して、『他人を苛めるくらいなら、苛められる側に立ちなさい』と教えることができたなら、今の世の中の陰鬱な問題はずいぶん解決できる気がするんだ。そういう考え方の人間だらけになったら、な。ところがどうだ、現実的には誰もそんなことはしない。『苛めっ子になれ』と全員が願うほかない。被害者よりは加害者に、だ。ようするに結局は、自分たちが悲劇に遭わなければ良い、と全員が思っている状態なわけだ」悟は説明した。

「当然のことだと思うよ」

「俺もそう思う。ただ、温暖化も苛めも、戦争だって、そりゃ、永久になくならないはずだ、と改めて思っただけだ」

「それなら、せめて俺だけでも、被害者になるよ」と由紀夫は言った。実際に被害者になるようなことは絶対にない、と高をくくっているからこそできる発言でもあった。

「頼むから、やめてくれ。心配じゃないか」

「不登校の小宮山に言ってやる言葉って、どんなものがあるかな」深い意味もなく、訊ねる。

「『俺が、おまえを助けてやる』とか、そういうのはどうだ」悟が静かに言った。

「え？　何それ」

「何だか心強い台詞じゃないか」

赤羽候補者の事務所は、ビルの一階を広々と使っていた。アーケード通りに面した入り口は、一面ガラスで垢抜けているが、そのガラスにはあくの強い赤羽の顔面が写るポスターが、べったりと貼られていて、野暮臭さが勝っている。穴の大きな胡坐鼻に、日に焼けた肌、太い眉には、精力がふんだんに漲って、見えた。

「この人が県知事になるの嫌だなあ」事務所の前に立ち、由紀夫は思わず、言う。県知事は別に、県のイメージキャラクターというわけではないが、この赤羽氏が自分の住む場所の代表者として、テレビや新聞に登場することを想像すると、抵抗があった。「繊細さに欠ける県民性だと思われそうだ」

「政治家は、繊細さに欠けるくらいがちょうどいいのかもしれないがな」

「悟さん、赤羽を支持してるわけ？」

「そういうわけでもないが、おまえは、白石のほうが、知事に相応しいと思っているのか」

「積極的にではないけど、どちらかを選ぶんだとしたら、白石だろうなあ。だって、白石のほうが真面目そうだし」

「真面目そうに見えるだけかもしれないぞ」

「鷹さんもそんなこと言ってたな」由紀夫は思い出す。「白石は、女を孕ませた上に、その女を捨てた」であるとか、「愛人を何人も作って縦横無尽」であるとか、確かそんなことを言っていた。品行方正なイメージとは裏腹に、そういう怪しげな噂もある、と。

「それは知らなかったが」悟は言って、「とにかく、見かけのイメージに騙されるのは良くない」と断言した。

「赤羽のほうがいいってこと？」

「いや、それはそれで物騒な噂はあるからな」

「どっちもどっちじゃないか」

「由紀夫、おまえは、今まで十何年か生きてきて、友人でも教師でもいいから、この人は優れている、と思える人間に会ったか」

「何を突然」と言いつつ由紀夫は、腕を組んだ。幼い時の記憶、幼稚園の運動会のあたりから、高校の生活までを振り返り、出会ってきた人間や遭遇したエピソードについて、大雑把ではあるが、思い返した。その結果、「あまりいない」と正直に答えた。仲の良い友人や、付き合いやすい教師はいたが、心の底から感心できる相手には会ったことがない。

「だろうな。俺もそうだ。ほとんどいない。自分自身を含めて、いい人間なんてのには出会ったことがない」

「それがどうかしたわけ」

「優れた人間なんて、そうそういないってことだよ。国会議員にしろ、県知事にしろ、選挙に立候補する人間の大半は、俺たち同様の普通の人間なのかもしれない。おまえが中年になる頃には、もっとましになってるかもしれないがな」

「まさか」由紀夫はすぐに言い返した。ただでさえ、少子化と叫ばれている時代なのだから、当たりくじが増えるはずがない、と。「もっと酷いよ、きっと」

「少数精鋭って言葉もある」

「励まされるなあ」

「でもな、冷静に考えてみれば、人口が減るのはそれほど悪いことじゃない」

「悪いことだよ」由紀夫は反抗したいわけでもなかったが、テレビや新聞を見る限り、「少子化問題」と文字通り、「問題」として取り上げているではないか、と言ってみた。

「人口なんて少ないくらいがちょうどいいんだ」悟は淡々と言った。「たとえば、だ。オーストラリアの面積は、日本の何倍か知ってるか」

いきなりこんなところで問題を出されても、と由紀夫は呆れつつ、目の前の赤羽候補のポスターを見ながら、まあ強いて言えば、この赤羽の大きな顔の輪郭は、オーストラリア大陸の形に似ていないこともないな、と考える。

事務所の中では背広を着た男たちが行ったり来たりを繰り返していた。電話に出ている女性が、笑みを浮かべ、喋っている。パイプ椅子に座り、三人の男たちが湯呑みを持っていた。三人が三人とも、頭髪が薄く、顎の尖った小柄の老人で、三つ子なのか、と錯覚しそうになる。支持者とも、参謀とも、ただの来客とも見えた。

「面積が何倍かなんて知らないよ」と答えながら、事務所の中に野々村大助の姿を探す。

「二十倍だ。オーストラリアは、日本の二十倍、広い」

「それくらいはありそうだね」

「で、日本の人口は、約一億三千万人。オーストラリアは何人か分かるか」

ああ、なるほど、面積の差に比べて、オーストラリアの人口が意外に少ないことを教えてくれようとしているのだな、と由紀夫は、悟の意図を察しながら、「同じくらい？」と答えた。「一億人？」

「二千万人くらいだ」悟が笑う。その笑い方は空気を心地良く弛緩させるかのようだった。

「少なすぎる！」

「だろ。少なければ幸せとも限らないが、ただ、やはり今のこの国は、人が多すぎる」

「オーストラリアって砂漠とかあるし、面積の割に住める場所が少ないんじゃないのかな」

「それもあるだろうが、それにしても、という話だ」

「でも、高齢化が進むと、俺たちみたいな若い奴らの負担が増えるじゃないか。年金もそうだし、不安なことばっかりだ」

「そうだな」悟があっさりと認めた。「おまえやその次の世代はきっと大変だろうな。いいことなしの、負担ばっかりだ。ただ、そのうち落ち着く。由紀夫の次の次の次の世代くらいになれば、住みやすくなっているかもしれない。人口密度も落ち着いて、社会保障のバランスも整っている。このまま、人口が増え続けるよりは、健全だ」

それでは俺たちは捨て石みたいなものじゃないか、と由紀夫は不満を口にするが、悟は愉快げに笑った。「さっき、俺がまず苛められっ子になろう、と言ってたじゃないか。捨て石も辞さないんじゃないのか?」

「でもなあ」由紀夫は悩みながら呻く。「俺も、俺が大事だから」


「何か御用でしょうか」ようやく、と言うべきか、事務所の前に立っている由紀夫と悟に、事務所の中から出てきた男が、声をかけてくる。地味な紺色の背広を着た、背筋の伸びた眼鏡の男は、実直そうだった。赤羽の仲間は全て、真面目な世渡りから無縁の者たちばかり、と勝手に思い込んでいた由紀夫からすると、意外でもある。

人口密度について話していたんですよ、と明かすわけにもいかず、由紀夫はたじろぎ、そのたじろぎを隠すために無意識にむっとしたが、悟は落ち着いたもので、「赤羽さんがどんな方かと、ちょっと見にきたんですよ」と答えた。

実直そうな男は、「ああ、そうですか」と爽やかに答えた。「有権者の方ですか」

「息子には選挙権がないですが」

「それはそれは」と男の物腰は柔らかかった。「ぜひ、赤羽将雄《まさお》をお願いいたします。赤羽将雄を」と急に高らかな声を発する。こんな街頭で、そんなに溌剌とお願いされても困ってしまう、と由紀夫は恥ずかしくなった。

「やはり、白石氏よりは、赤羽さんだと思いますよ」悟はそんなことも言い、相手を喜ばせる。男は強くうなずき、気が早いのか、感受性が豊かなのか、目を潤ませた。

「こちらに、野々村さんという方はいらっしゃいますか？」悟が訊ねた。

男は、「え」と一瞬きょとんとした。そして、「野々村ですか」と事務所内を振り返る。

「野々村大助さんですよ」

「野々村さんが、どうかしましたか」実直そうな男は、今度は、「さん」を付けて、答える。

「いや、野々村さんにもお会いしたかっただけなんです」悟は言った。由紀夫の顔をちらと見た。まるでそこで、「実は、息子が、野々村さんのファンでして」などと突拍子もない嘘を口にするかのような雰囲気があって、由紀夫は緊張したが、悟の口が開くより先に、男が、「あ、ちょうど」と振り返った。

事務所の奥のドアが開き、そこから、二人の男が姿を現わした。最初に出てきたのが、野々村で、由紀夫はそこで、彼こそが、ドッグレース場で目撃した、「女性といちゃついている間に、鞄を奪われた、悪徳弁護士風の男」と確信した。

悟が無言ながら、確認するような目を向けてきたので、由紀夫はうなずいた。

野々村の後ろからやってきたのは、赤羽将雄だった。若干、パーマのかかった頭髪、四角い顔に、大きな鼻、「あ、本物」と由紀夫は、映画俳優と実際に遭遇したかのような小さな感動を覚えた。

部屋の中で、野々村が携帯電話を取り出し、耳に当てた。申し訳なさそうに頭を下げ、奥へと退くのが見える。横顔には、爽やかさとは無縁の暗い迫力が滲み出ていた。野々村の顔は紅潮し、口を大きく開け、声を張り上げている。言葉は分からないが、口の動きから、「さがせ」と言っているように思えた。「捜せ。いいから、早く、捜せ」と野々村は言っている。

結局、由紀夫と悟は、赤羽とも野々村とも話すことなく、事務所を後にした。背広の男が、「もう少し待っていただければ、ご紹介しますよ」と言った。さすがに、由紀夫たちのことを不審に思いはじめていた。逃がさずに正体を確認したがっている。悟は、「また来ます」と遠慮した。

その日の夕食で、選挙事務所でのことを話すと、「やっぱりあのテレビにちらっと映った男が、ドッグレース場の男だったか」と鷹が満足げに反応した。ただ、それ以上はその話で盛り上がることはなく、もっぱら、勲の担任クラスの不良中学生のことが話題となった。

「例の生意気な生徒がまた問題を起こした」と勲は言う。

「そうか、例の、生徒がまた活躍したのか」鷹が笑う。

「いったい何をやったんだ？　その生徒は」悟が訊く。

「あの可愛い女の先生は無事なんだろうね」とは葵だ。

「体育の授業をさぼった」勲の鼻息は、食卓テーブルに跳ね返るようだ。「この間の登山の時、俺が、ぎゅうぎゅう抱きしめたのが癪に障ったらしい」

「体育をさぼるくらい、大したことねえような気もするけどな。まあ、やられっ放しじゃあ、面目が立たねえんだよ、そういう生徒ってのは」鷹は、同じ年の頃の自分自身を振り返っているようだった。

へえ、と由紀夫は言ってから、「でも、そいつって、さぼりの常習犯なんじゃないの？」と続けた。

「今さら、そんなことに目くじら立てなくても」

「今回はクラスごとだ」勲が忌々しそうに、フォークを回す。勢い良くパスタが巻きついていく様が、心地良かった。

「ごと？」鷹が目を光らせる。「面白そうだ」

「クラスの生徒全員に、体育の時間をさぼらせやがった。男子全員だ」

「みんなに訴えかけたのかな」葵が笑う。「体育をボイコットしよう、って。それはそれで涙ぐましいけど」

「面白がって、そいつに同調したのと、そいつに脅されたのと、半分半分だろうな」

「勲さんはどうしたわけ」と由紀夫は訊ねた。「生徒を捜しに行かないの」

「行ったさ。だが、全員、どこかに逃げていたんだな。次の授業の時は、平然と教室にいたらしい」

「それで？」由紀夫は、生徒たちにそういう仕打ちを受けた勲が、どういう反応をするものなのか、興味があった。

「暴力教師は、いよいよ殴ったか」鷹は皿に残ったソースを指でなぞりながら言う。

「殴って解決するなら、すぐさま殴ってるけどな」勲は息をつき、そして自らがフォークに作った、巨大なパスタボールにぎょっとしていた。フォークを逆方向に回し、ほぐしはじめる。「しばらくは様子見だ」

「そんな悠長なことでいいのかよ」鷹が笑う。

「こういうのは難しいんだ」勲は下唇を突き出した。「鷹揚な態度を取って、余裕のある教師のふりをしようが、生徒を叱って、脅しつけようが、効果はない。生徒にとって、教師なんてのは、からかう対象か、もしくは敵だからな」

「人間は、恥をかくのが苦手なんだ」フォークを置いた悟が静かに述べる。「恥をかくと、むっとするようにできている」

「できている？」由紀夫は鸚鵡返しに言った。

「恥をかく、ということは、自分の弱さが晒《さら》されたことになる。そうだろ？　だから、反射的に、むっとなる。自分を強く見せなくてはならないからだ」

「動物的に？」由紀夫は訊く。

「そうだ。知識や論理ではなくて、動物的な反応として、恥をかかされるとむっとなる。この間読んだ本には、室町時代の金閣寺の僧が、他の酔った僧に笑われて、殺傷沙汰になったと書いてあった。

僧侶であっても、他人に笑われると、かっとするわけだ」

「室町時代も今も変わらないってこと？」由紀夫は言ってから、そりゃ変わらないか、とも思う。

「人間の動力の一つは、自己顕示欲だ」と悟は言った。

「自己顕示欲」と勲が繰り返す。

「ジコケンジヨク。けんじ君は事故をよく、起こすってやつか」鷹はどうでも良さそうだった。

「ってことは」勲は真剣な目で、悟を窺った。「俺は、生徒たちにどう接すればいいんだろうか」

「相手の自尊心を傷つけないように、細心の注意を払って、叱りつける」

「それができれば世話がない」


食器を洗い終えた葵は、再び食卓に戻ってくると、「知代さん、まだ帰ってこないのかなあ」と詠嘆するように言った。

「近いうちに帰ってくるんじゃねえのかな」鷹は軽快に答え、食器を持って席を立つ。

「母さんはきっと、帰ってこないよ」由紀夫は根拠もないのに言い切ったが、すぐさま勲と葵が、どうしてそう言い切れるのだ、と詰め寄ってくるので、怯んだ。

「何か確証があるのか」

「ないけど」と由紀夫が即座に白状すると、彼らはあからさまに安堵している。

「電話、かけてみようかな」葵が自分の携帯電話を取り出した。

「どこに」由紀夫が質問する。

「知代さんの携帯電話だ」

「下手にかけると怒るぞ」勲が眉をひそめる。

「急用の時以外は嫌がるからな」悟も顎を引く。

「前に、知代さんの声を聞きたくて電話をしたんだ、と言ったことがある」葵は言いながらすでに、電話のボタンを押している。

「母さんの反応は？」

「『嬉しいけど、もう二度としないで』と言って、笑ってたよ」

「厳しいな」悟が片眉を下げる。

「でも、かけちゃうんだ？」由紀夫は、葵の持った携帯電話を指差す。

「まあね」

ちょうどその時、居間のサイドボードから音が鳴りはじめた。はじめは時計のアラームかと思ったが、それにしては、凝ったメロディだった。悟と由紀夫、勲、それからテーブルに戻ってきた鷹、四人がその音の聞こえてくる方向に目を向けた。携帯電話を構えた葵もそのうちに、同じ方向へ視線を移動した。

誰もが同じことを考えたろうが、最初にそれを口にしたのは由紀夫だった。そのメロディは明らかに、知代の携帯電話が発しているものだった。

「母さん、携帯、置いていったんだ」

「みたいだな」勲がぼそっと言う。

「忘れたのか」悟が語尾を上げた。

「不気味だな」鷹が顔をしかめる。

「わざとだったりして」由紀夫は、飼い主に見放されたかのように不安感丸出しの父親たちの様子が可笑しくて、さらに不安を煽ってみる。「きっと、みんなからの連絡を受けたくないんだ」

「どういうことだよ」勲と鷹が顔を寄せてくる。

「縁を切りたいんじゃないの？　俺たちと」

「でも、この間、電話をくれたじゃないか」葵が家の電話を指差す。

「あれが最後かも」由紀夫は、父親たちに同情する面持ちで目を伏せた。「まさに、俺たちは、南極観測隊に捨てられた、犬たちかもしれないよ」

「大丈夫だ、『南極物語』では最終的に、健さんが迎えに来てくれた」鷹が高らかに言った。「高倉健が、犬を迎えに来た」

「タロとジロだけになっていたけどな」悟が笑う。

「まずいよ、俺たちは見捨てられたんだ」馬鹿馬鹿しいな、と思いつつも由紀夫は立ち上がり、絶望のあまり天を仰ぐ、という恰好をしてみせ、その後で食器を持って、シンクへと向かう。

食器を片付け、再び食卓に戻っても、父親たちは、母と連絡が取れないことに慌てていた。仕方がないので由紀夫は、「さっきの、母さんの着信メロディって、映画のテーマだったよね」と教えることにした。

「そうだったか？」腕を組んだ勲が首を傾げる。

「ああ、そういえばあれ、『E.T.』だった」と葵が気づく。

「あの映画でさ、宇宙人が、『おうちに帰りたい』って言うじゃないか」由紀夫が言うと、四人の父親たちが顔を向けてきた。

「言ってたな」勲が神妙に顎を引く。

「英語でだが」悟は少し笑っている。

「たぶん、母さんも家には早く帰ってきたいんだよ。そういう意味じゃないかな」

「なるほど」父親たちが強く、同時にうなずいた。

そんなはずあるわけがない、と思いつつ、特にそのことを指摘することもなく、由紀夫は、じゃあ、俺、明日の試験があるから、と二階へと向かった。

朝、目を覚まし、カーテンを開けると太陽の陽射しが室内を一気に明るくした。眩しい、と目を閉じるが、その暖かさを持った輝きに、清々しい思いになる。

一階に降り、トーストの準備をし、点いているテレビに目をやりながら、椅子に座る。「鷹さんは」「もう出かけた。最近、朝型みたいだな」と勲が関心なさそうに言う。コーヒーを飲み干すと立ち上がり、「俺も行くぞ」と言った。

「例の生意気な生徒にはどう対応するんだ」新聞を読んでいる悟が声をかけた。

「向こうの出方次第だ」

「勲さん、俺さ、今日から試験だけど、頑張れよ、とか声をかけないでいいわけ」由紀夫はわざとそう言ってみた。

「言ってもらいたいか？」勲が意外そうに目を向けた。

「嫌だけど、聞いてみた」

「そうか。じゃあ」と勲が笑う。「頑張れよ、試験」

居間を出て行った勲からテレビに目を移すと、朝のバラエティ番組が流れている。そのうちに、地方の放送局からのコーナーが映る。朴訥とした顔つきの、見覚えのあるアナウンサーがニュースを読みはじめた。赤羽氏が映し出され、由紀夫は身を乗り出す。選挙戦もいよいよ後半戦に入ってきたことを報じているようだ。白石陣営の映像にも切り替わった。

「何だか本人よりも、まわりにいるスタッフの顔のほうが必死だね」赤羽や白石の周囲で頭を下げたり、声を上げたりしている人たちは、男女問わず、異様な熱を発散していた。

「我が県、恒例の県知事選だからな。支持者たちにとっては、ワールドカップみたいなものだろうな」悟が言う。

「みんな、暇なのかな」

「県の未来のことを必死に考えているんだろうな」

まさかそんな大人がいるはずない、と由紀夫が言い捨てると、悟が笑っている。「由紀夫、おまえはやっぱり、日に日に、大人びて、嫌味な高校生になっていく」

「親の顔が見たいでしょ」

「そういえば、昨日の夜、鷹が変な情報を仕入れてきたな」

「鷹さんが？」

ギャンブル仲間と電話で喋っていて、耳にしたのだという。

「赤羽氏の情報が盗まれたらしい」

「赤羽の？　情報？　個人情報？」頭を過ぎったのは、葵と訪れたブティックのことだ。

「支持者たちの氏名や住所、電話番号や、赤羽の使っている銀行口座の情報、だと。リストが誰かの手によって、奪われた」

「そうなの？」

「赤羽陣営は怒り心頭で、必死に、その犯人を捜しているようだ。あまり人には見られたくない情報なのだろう」

「見られたくない情報がある時点で、県知事には向いていないと思うんだけど」

「もしその噂が本当だとすると、その大事な個人情報を盗まれたのは野々村かもしれない」

由紀夫の頭に、例のドッグレース場での、鞄すり替えの光景が浮かんだ。同時に、昨日の事務所にいた、野々村大助が電話に向かって、「捜せ」と声を発する表情も思い出す。

「あの鞄にそういう情報が入っていたってこと？」

「可能性はある」

「何のために？　敵陣営の白石がやったのかな？　でも、そんな情報、必要なのかなあ」

試験は、数学からだった。席に着き、教師がやってくるのを待っていると、廊下を荒々しく走ってくる足音が響き、がらっと戸が開いた。息を切らした殿様が立っていた。数学の教科書を往生際悪く読み返していたほかの生徒たちは、その殿様の姿を見て、笑う。「殿様が間に合いました！」と誰かが言い、それでまた全員が沸く。

「まさか、今日もかよ」隣に座る殿様に、顔を寄せ、訊ねる。「例の電話か」

「そうなんだよー」と殿様は眉を八の字にする。「朝早くからさ。今日こそ、会いましょう、とか言うから張り切って、校門前で待っていたんだけど。危うく遅刻だった」

「いい加減、騙されるのをやめようぜ」

「由紀夫君こそ、いい加減、人を疑うのをやめたほうがいいよ」

戸が開き、試験用紙を抱えた後藤田が現われた。「よし、やるぞ」と心なしか興奮した様子も見受けられた。たかが高校の定期試験、といえども、他人を試す側の人間には特権意識が生まれるのか、後藤田もいつも以上の貫禄を漂わせていた。

試験問題は予想通りと言えば予想通りで、「0.9999…＝1を証明せよ」という問題に若干てこずりはしたものの、時間前には解答を書き終えられた。終了直前、視線を横にやると、殿様が細やかにシャープペンシルを動かしているのが目に入った。詳細は確認できないが、絵を描いているようにしか見えない。

試験後に確かめると殿様は真顔で、「全然、問題解けなかったからさ、諦めて、試験用紙の裏に、車の絵を描いておいた」と言う。

「車？」

「先生のアウディだよ。あの先生、あの車、凄く気に入ってるからさ、その絵を描いたらちょっとはサービスしてくれるかなあ、って」

次の日本史の試験も、とりわけ難しいところはなかった。あっという間に解答欄を埋める。分からないところも二箇所あったが、これはもう覚えていなければいくら時間をかけても分かるはずがないものなので、由紀夫は諦めて、退出することにした。初日の試験は二科目で、日本史の試験が終われば、家に帰ることができる。時間終了を待たず、解答用紙の提出をした者から帰宅して良いことになっていた。

ではさっそく、と立ち上がろうと椅子を引いたが、そこで目の前にゴミが飛んできて、由紀夫はぎょっとした。ゴミと言っても、小さな紙切れをさらに小さく丸めたものだ。飛び跳ねる虫のごとく、机に落ち、思わず、声にならない声を上げた。背中を向け、教壇のほうへと歩いていた監視役の女性教師がすぐさま振り返り、「どうしたの」と由紀夫を睨んだ。

「いえ」と慌てて応える。「山をかけたところと出題範囲が重なっていたので、興奮してしまいました」

「そう」と女性教師が微笑む。「良かったわね」

彼女が視線を逸らす。由紀夫はこっそりとその丸まった紙切れを広げた。『帰り、待ってて。大事な話があるの。多恵子』とある。

意識していないにもかかわらず、舌打ちが出てしまう。

「どうしたの」と女性教師がまた、由紀夫を見た。

「いえ」と慌てて応じる。「山をかけたところとは微妙に違うことが判明しました」

「そう。残念だったね」

残念です、と小さくうなずき、横目で、右前方に位置する多恵子の席を見やる。試験用紙に向き合いつつも、首を器用に捻り、由紀夫に目配せをした。何だよそれは、と由紀夫は思いながら用紙を持ち、席を立ち、女性教師に提出する。教室を出て、廊下を歩き出したところで、「やった、漫画で読む日本史、万歳」と叫ぶ殿様の声が聞こえてきた。漫画が役立ったのだろうか。


「由紀夫、待った？」やってくるなり多恵子が言った。校舎の一階、下駄箱のすぐ近くだ。

「ご存知の通り、俺は二十分も前に試験を終えて、外に出たんだから充分、待ったよ」

上履きを脱ぎ、靴に履き替える。学校の玄関口は絶えず埃が舞っているように感じる。視界が悪く、鼻がむずむずとした。

「三つあるんだけど」靴を履きつつ、多恵子が言った。「用件、三つ」

「そんなに？」

「一つは苦情で、残りの二つは連絡です」

「じゃあ、まずは苦情からお願いします」

校舎を出て、敷地を歩いていく。高い位置で太陽が照っていた。砂利の上に、由紀夫と多恵子の影がこぢんまりと映っている。

「この苦情が一番大事なんだけどね、あのね、わたし、昨日の夜、熱が出て大変だったんだけど」

「ああ、そう」

「もっと心配してくれてもいいんじゃないの」

「知らなかったんだから仕方がないじゃないか。そんなことで苦情を言われても困る」

「三十八度越えちゃったんだから。頭はぼうっとするし、寒気もするし」

訊いてもいないのに多恵子は説明をはじめる。「そりゃ大変だったね」

「わたし、平熱が低いんだから三十八度なんて凄い高熱なんだよ」

「分かるよ」

「本当に分かってるの？」

「そういえば、瞼が腫れている感じがする。心配だ」

「平熱の時から、そうですけど」

何か言えば言ったで批判されるのだからどうすればいいのだ、と由紀夫はげんなりした。「残りの二つの用件をお願いします」

「ええと、今朝ね、わたしの携帯電話に、例の鱒二君からメールがあったの」

「鱒二？」

「今日、由紀夫に会いたいんだって。試験だってことは知ってるみたいで、午後三時に、ガスタンクのところに来てくれ、だって」

「どうして鱒二が、多恵子にメールするんだ」

「嫉妬ですか」多恵子がにやけた。

「多恵子のアドレスをどうして、鱒二が知っているんだ」

「由紀夫のお父さんから、教えてもらったんだってさ」

「どの」

「葵さん」

「葵さんはどうして」

「最初にドッグレース場で会った時に、わたし、電話番号とアドレスを訊かれちゃったんだから」

「あの人は、女の人の連絡先なら何でもいいのか」

「鱒二君、急ぎだったみたい。朝、由紀夫の家に電話をしてきたんだって。でも、由紀夫はもう学校に向かってたから、葵さんが、わたしに連絡を取る方法を思いついたわけ。わたしが、由紀夫に伝達できるでしょ」

「できるでしょ、って言われても困るけど。それなら、学校前で待ってるとかそういう方法もあったじゃないか」と校門に顔を向けるが、そこで出入り口ぎりぎりのところに立つ人影を見て、「あ」と言ってしまう。

「そうそう、二つ目の連絡事項」多恵子が表情を崩さず、その人影を指差す。「葵さんが、由紀夫のことを学校に迎えに行くって」

「みんな、俺の試験期間を何だと思ってるんだ」

「ただの試験期間としか思っていないんでしょ。それより、わたしの風邪の心配はしないでいいわけ？」

「今晩家に帰ってから、じっくり心配することにするよ」

「さあ行こうか」と葵が当然のように言ってくるので、「どこへ」と由紀夫は顔をしかめる。

「いざ、梅子さんのところに」と葵が住所の書かれた紙を、それはブティックの店員から流れ出てきた個人情報にほかならないのだけれど、見る。市内の古い住宅街だった。名称からするとマンションだとは推測できる。

「葵さんが一人で行けば良いんじゃないの？」

「冷たいことを言うなよ」

「だって、俺は明日も試験なんだって」由紀夫は主張したが、葵はすでに馬耳東風を決め込んでいるのか、高い鼻を前に向け、唇の端をわずかに上げ、機嫌の良い表情をしている。「そうだ、由紀夫、これ持ってろよ」とポケットから取り出した携帯電話を、手渡してきた。

赤色に、黒地のラインが入ったデザインで、小さな人形がぶら下がっていた。母親の携帯電話だ。

「今日、鱒二から電話があったんだけどさ」

「さっき、多恵子に聞いた」

「急用があった時のために、これ持ってたらいい」

「だって母さんのじゃないか」

「いいから、使えよ。鱒二にもその電話番号教えてあるから」

「母さんが戻ってきたら、混乱するよ」

「大丈夫」と軽快に応える葵を見ていると、本当に大丈夫な感覚がしてくるから不思議でもあった。


そのマンションは予想していたよりも貧相で、先日ドッグレース場で見かけた、あの、艶かしいことこの上ないお姉さんの住んでいる場所とは思いにくかった。灰色とも白色ともつかない壁の、七階建てほどの建物で、入り口近くには壊れかけの自転車が数台倒れている。葵はためらうこともなく、マンションの中へと入っていく。

エレベーターの扉が開き、中に入った。ボタンを押すと激しく揺れ、上昇する。五階に止まり、通路を右に進むと目的の部屋はすぐだった。壁の色とは不釣合いの、いかにもそこだけを新しく装ったかのような赤い扉だ。表札には、「下田」と手書きの文字がある。すぐ隣に窓がある。レースのカーテンの向こう側はまるで見えないが、ひどく暗い気配があった。湿り気と錆の混ざったかのような匂いを感じる。

「嫌な予感がする」葵が指差した先には、扉についたポストがあり、そこから新聞が飛び出していた。飛び出した新聞を押しのけ、さらに新聞が突き刺さっているありさまだ。

「留守の可能性大だ」由紀夫はうなずく。「もういいよ、帰ろう」

「彼女の話を聞いてみたい。選挙と関係しているかもしれないんだろ」

「ドッグレース場で、野々村の鞄を奪った仲間だからね。でも、それも鷹さんが仕入れてきた話だから、どこまでが本当かは分からないけど」

「鷹さんは変だけど、意外にそういう情報には通じてる」

葵は結局、チャイムを押した。こもった音が鳴り、由紀夫は耳を澄ます。カーテンの向こう側に物音はなく、人影が揺れることもない。もう一度、押すが、反応はなかった。

「どうしようか」

「また、来るか」

眼鏡の男性が通りがかった。年齢は二十代半ばに見えたが、青白く細い顔にはあまり生気がなく、重そうな紙袋を抱え、片足を引き摺るようにしている。眉間に刻まれた、真っ直ぐの皺が際立っている。男は、立っている由紀夫たちをちらと見た後で、通り過ぎていくが、途中ではたと立ち止まり、「そこの女の人に用なの？」と感情のこもっていない声を発した。

由紀夫は咄嗟には返事ができなかったが、葵が、「そうなんだよ。知っているかな」と訊ねた。

「知り合いじゃないけど、たぶん、しばらく留守だよ」ぼんやりした眼で、男が言うので、由紀夫は不快感よりも恐怖を覚えた。「あんたたち警察？」

男は今さらながらに訊ねてくる。眼鏡の奥の眼を見ると、そこは孔《あな》があるだけにも感じられた。ふっと見ると彼の着ているのは、由紀夫の通っていた中学で使用していたのと瓜二つの紺のジャージで、なぜか、「田中」という名前も縫い付けられたままだった。どこからか拾ってきたのだろうか、と思いつつも、現実感の乏しい人だな、と由紀夫はぼんやりと感じた。片足の具合が悪そうだ。

「警察が学生服着てるわけないか」と彼は、由紀夫に一瞥をくれ、勝手に納得した。「あのさ、俺、昨日の晩、見ちゃったんだけど」

「見ちゃいましたか。って何をですか」由紀夫は、引き摺られるように問いかける。

「マンションの下でさ、ここの女の人、車でどこかに連れて行かれたんだ」いつの間にそんなものを取り出したのか分からなかったが、田中と名札をつけた彼は、紙袋を肘にかけ、スナック菓子の袋を持ってそれをもさもさと口に運んでいた。

「連れて行かれた？」と葵が首を傾げる。

「誰にですか？」由紀夫もすぐに訊く。

「男」と田中氏が短く、答えた。

「デート？」葵は自分自身が、下田梅子をデートに誘いたかったような口調だった。

「たぶん、違う」田中氏は即答した。「もっと荒っぽかった」

「あらら」由紀夫は言って、葵と顔を見合わせる。

はっと気づくと、田中氏はすでに姿を消していて、あれ今のはいったい何だったのだ、と慌てて首を巡らすと、通路をずっと右手に進んだあたりで、扉が閉まるのが見えた。埃がその風で舞うようにも見える。いつの間にかその田中氏は部屋に消えた。


二人で並んで歩いている最中に、『E.T.』のテーマ曲が流れた。はじめは何の合図かと動揺し、携帯電話が鳴っているのだとは気づかなかった。由紀夫はポケットから電話を取り出し、「どうしよう」と葵を見た。

「出たらいいよ」葵の口ぶりはひどく爽やかだった。

「でも、母さん宛ての電話に出て」

「出て？」

「男の人からだったら、気まずくないかな」

「もしそうだったら、できるだけ情報を引っ張り出してほしい。相手がどんな男なのか」

「俺が、母さんの息子だってことはばれてもいいのかな」と言っている間も、電話は音楽を奏でつづけ、気を抜くと、これは電話ではなく、もともと音楽を聴くための物だったかな、と思いそうにもなる。「母さんはもしかすると、独身を装っているかもしれない」あの年でそういう嘘をつくとも思えなかったが、可能性はゼロではなく、もし、そうであるのなら、「私が息子です」と暴露して関係を壊してしまうのは忍びなかった。

「大丈夫、大丈夫」と葵は笑う。

「軽く言うなあ」

「大丈夫。知代さんが、由紀夫のことを隠すわけがない。だろ」由紀夫が戸惑うくらいの力強さで、葵が言い、実際に由紀夫は戸惑った。そしてその戸惑いに小突かれるように、電話に出た。もしもし、と探りながら訊ねると、「由紀夫かよ。どこにいるんだよ」と哀願の声が耳に飛び込んできた。

葵の顔を見ながら、鱒二、と由紀夫は口だけで知らせる。「学校帰りだよ。今日から試験なんだ。言ってなかったっけ」

「連絡がつかなくて、苦労したっての。何やってんだよ」

「関係ないじゃないか」

古い商店街に入り、横からパチンコ店の音楽が流れてきた。右耳に指を入れる。電話を左耳に強く押し当てる。「何の用なんだ」

「朝からずっと、おまえに連絡したかったんだけどよ、とにかく会おうぜ」

「俺は別に会わなくても」由紀夫は言う。

「つれないこと言うなよ」鱒二はほとんど泣きべそをかく子供だった。

「そういえば、昨日、鱒二、おまえに似た奴を見たぞ」

「どこでだよ」

「逃げてるみたいだったな。街の裏通りを走ってた。そうそう、追ってる奴もいて、そいつは例の、牛蒡似の彼に似ていた」

「由紀夫、ずばりそれだ。それが俺なんだよ」

「それが俺なんだよ、って何だよ。おまえ、昨日は、牛蒡男のかわりに、富田林さんの仕事をやる日だったじゃないか」と言ったあたりで由紀夫も事の次第が見えてくる。

「中学の時の応援団の練習と同じなんだ。覚えてるだろ」

すぐに思い出した。中学時代、鱒二は応援団の練習を寝坊によってさぼり、その結果、怒った先輩たちに呼び出された。由紀夫、俺はもう駄目だ、先輩に殺される、と泣きついてきた。

「寝坊したらまずい、まずい、と思えば思うほど眠れなくて、気づいたら、午後になってたんだ」

「富田林さんの仕事をすっぽかしたら、まずいんじゃないかな」

「まずいんだよ」

「牛蒡男は怒ったのか」

「怒った、という言い方じゃ足りないな。何と言うのか」

「激怒か」

「激怒だよ、激怒。そして、憤怒だよ、憤怒」

いつの間にか視界から葵の姿が消えていて、由紀夫は足を止める。電話を耳に当てたまま、周囲を見渡す。右手の小さな花屋の前で、箒を持つ女性店員に話しかけている葵を発見し、溜め息をつく。その音を敏感に察したのか、電話の向こう側の鱒二が、「おい、由紀夫、何を溜め息ついてるんだよ。俺に呆れてるのかよ」と喚く。「見捨てないでくれ」

「どうして、俺に電話をしてきたんだよ」

「意地悪言うなって」

「意地悪を言っているつもりはないんだ」

「今日、呼び出されてるんだよ」

「牛蒡男にか」

「そうそう、牛蒡男だよ、チンピラ牛蒡」

「それ、本人の前で言わないほうがいい」

「どうしてだよ？」

「もっと怒るから」

「あ、それでか」

「言ったのかよ」由紀夫は、鱒二の相変わらずの無防備さに同情すら感じた。「分かった。どこだよ、どこに行くんだよ」

「ガスタンクのところだ、ガスタンク。ガスキャノンじゃないぜ。ガスタンクだ」

「意味が分からない」

「そこに午後の三時、牛蒡男が来るんだ」

前方の葵が、由紀夫を見て、微笑んでいる。女性店員に紙を渡し、その後で長い手足を持て余す歩き方で、戻ってきた。

「じゃあ、三時に」慌てる必要もなかったが由紀夫は、そう言って電話を切った。

「鱒二、何の用だった？」葵が綺麗な歯を見せた。

「花屋さん、脈あった？」由紀夫はすぐに言った。

「ああ」と葵は身体を捻り、花屋を振り返る。「可愛かったよ」

「あのさ、息子の前で、父親が女の子をナンパしていいわけ」

「政治家になって、法律でも作るんだな。息子面前ナンパ禁止法とかさ。で、鱒二は何の用だった？」

「別に」特にむっとしたわけでもないが、由紀夫はそう答えた。「呼び出されただけ」

「危なっかしいことだろ」

「なぜ、それを」

「父親は、息子の危険に敏感なんだよ」

「その割に、試験の邪魔をするくせに」

「試験に関しては、心配していないからだ」

「俺なら、放っておいてもいい点数が取れるってこと？」

「試験で失敗しても、そんなに酷いことにはならない。だろ？　試験の点数が悪くても、人生が台無しになるほどじゃない」

「台無しになるかもしれないじゃないか」

「試験は気にならなくても、鱒二の電話の内容は気になるんだよ」

「大した話じゃないよ。鱒二が困っているんで、俺が行ってやるんだ」

「由紀夫が行って、どうにかなるのか」

「鱒二を一人で行かせるわけにはいかない」

葵がそこで、由紀夫の顔をまじまじと舐めるように眺めた。

「何？」

「いや、自分の息子ながら、恰好いいな、と思ったんだ」葵にしみじみといわれると、由紀夫としてもどこか照れ臭く、「煩わしいよ」と言い返した。

「煩わしいのは、父親の役割の一つだ」

「気を抜くと、俺の父親たちはどんどん介入してくる。干渉して、子供の領域をどんどん浸食してくるし」

「とにかく」葵が目を輝かせ、由紀夫を見る。「おまえくらいの年齢の男が最も気をつけなくちゃいけないことは」

「いけないことは？」

「避妊だ」

息を噴き出してしまいそうになる。思ってもいない角度から脇腹を突かれた思いだった。「馬鹿なことを言うなよ」

「え、おまえ、避妊してないのか」

「そういう問題じゃなくてさ」

「そういうところで無頓着で、無責任な男は最低だ。気をつけろよ」

「経験に基づくアドバイス？」

「俺の誇りは、たくさんの女性と交際してきたけれど、そういう不測の事態は一度も起こさなかったことだよ」

不測の事態、という表現が正しいのかどうかは分からない。「でも、俺が生まれた時はどうだったのさ」と自らの誕生秘話に踏み込んでみた。

「その時はあれだよ」葵が爽やかに笑った。「俺は、知代さんの子供が欲しかったから」

「不測じゃなかったんだ？」

「どうだ、嬉しいだろ」

「不思議なことに、とても気分が悪いよ、葵さん」

帰る途中で、小宮山の住むマンションの前を通り過ぎた。無意識に視線は、小宮山の部屋のあたりを見上げてしまう。葵が興味深そうに窺ってくるので、「ここ、俺の同級生が住んでるんだ。不登校中」と説明する。

「女の子か？」葵の声が弾む。

「男。野球部で、後輩をしごく、いかつい小宮山君」

「そうか」声のトーンが急に低くなる。

「多恵子がどうにか学校に連れて行こうと、二回やってきたんだけど、無理だった」

「多恵子ちゃんが？」そこで葵が足を止め、由紀夫を見た。「よし」と軽やかにうなずいたかと思うと、「得点を稼いじゃうか」と意味ありげに微笑み、エントランスへ向かって歩きはじめる。

得点とは何のことだ、と由紀夫は後を追いながら訊ねる。マンションの敷地内の花壇の脇を通り、一直線に入り口へと進んでいく。

「ここで由紀夫が、その何とか君を説得して、学校に来るようにしたら、多恵子ちゃん、きっと見直すだろ」

「小宮山君」

「おみやま君か」

「何で、男の名前は覚える気がないんだよ」

気づけば由紀夫はインターフォンの前に立ち、小宮山の家の番号を押していた。しばらくすると、「はい」と小宮山の母親らしき応答があった。

「あの、先日も立ち寄ったんですが」由紀夫は名前を名乗る。気は進まなかったが、とりあえずはそうするほかなかった。

葵はインターフォンのカメラと思しきところに顔を向け、微笑みながら会釈した。まさかとは思うが、部屋の中にいる小宮山の母親も、葵の顔を見て、頬を赤らめているのではないか、と由紀夫は気にかけた。

「小宮山、やっぱり学校には来ないんですか」

「ええ」母親が迷惑がっているのは明白だった。

「小宮山の声だけでも、無理ですか？」由紀夫は思わず、そんなことを言った。

「ええ、でも」母親にはためらいがあった。部屋に閉じこもった小宮山は相当、手強いのかもしれない。そこでいったん、室内からの音が途切れた。無視され、切られてしまったのかと由紀夫は思い、葵にも、「諦めよう」と肩をすくめたが、そこで、「由紀夫？」と小宮山の声がしたので慌てた。

「小宮山、そこにいるんだな」とインターフォンへ話しかける。声が聞こえてきたからには、そこにいるに決まっているのだが、確認せずにはいられなかった。隣の葵が、「やったな」と言わんばかりに親指を突き出し、綺麗な歯を見せる。

「まあな」と小宮山は言う。無愛想で、素っ気ない声だ。

「どうして学校に来ないんだよ」と由紀夫は真っ直ぐに訊ねる。返事がない。少し間が空いてから、「由紀夫、何で、わざわざ来るんだよ」と言ってきた。

特に深く考えもせず、由紀夫は、以前、父親たちから助言された通りの言葉を言ってみる。「小宮山、あんまり部屋に閉じこもっていると、家具になっちゃうぞ。飯を食う家具なんて、最低だぞ」とこれはおおよそ勲の言葉で、「俺が、おまえを助けるから」とこれは悟の言葉だった。そして、鷹が先日言っていた、「俺は、全部知ってるんだぞ」という、曖昧な脅迫めいた台詞も言った。

インターフォンの向こう側が真っ暗になったかのような静けさがある。それきり、小宮山は返事をしてこなくて、ぷつんと電源が切れた感触もあった。

「駄目みたいだ。呆れられた」由紀夫は、葵に向かって眉を傾ける。

「今の支離滅裂なメッセージは何だったんだ？」

「勲さんと悟さんと鷹さんのアドバイスを参考にしてみたんだけど」

「父親がたくさんいて、由紀夫も大変だな」葵の言い方は他人事のようでもあった。

インターフォンの前で実際に失敗してみせた甲斐があったのか、葵もそれ以上、不登校に一肌脱げ、とは提案してこなかった。二人で来た道を引き返すことにした。

携帯電話を耳に当てた、女性が立っている。

背が高く、黒のワンピースを着た彼女は険しい顔で、電話に向かい、喋っていた。通常の会話と言うよりは、明らかに悲愴感漂う嘆きに見え、その前を通り過ぎる直前で、彼女が、先日に多恵子とここに来た時に、別れ話をしていた女性だ、と気づいた。「わたし、あなたがいないと生きていけないんだから」と訴えていた人だ。まだ、別れが成立していないのか、それとも彼女が粘りを見せているのか、もしくは、彼女が現実を直視していないのか。「わたし、諦めないから。絶対」と彼女は依然として、そんなことを言っていた。「あなたがいないと」

由紀夫はその前を早足で通り過ぎる。葵がのんびりと歩いているので、服の袖を引っ張る。立っている女性がいれば声をかけ、泣いている女性がいれば胸を貸し、困り果てている女性がいれば慰める、そんな体質の葵であればこの携帯電話の女性に声をかけるに決まっていた。すれ違う際、電話をかけていた女性が目だけで葵を追い、それに応えるかのように葵が微笑む。

「今の子、可愛かったな」

「葵さんからすれば、可愛くない女性なんていないんだよ」

「よく知ってるな、由紀夫」

「授業で習うんだよ」

家に戻ると父親たちは誰もいなかった。葵は途中で、自分の店で使う食材を買いに行かないといけない、と駅前の、生鮮食品店の並ぶ横丁へと消えていった。玄関を開けると、家の中の空気がしんと静まり返っているのが分かる。階段を上り、自分の部屋に入る。机に向かい、翌日に試験が予定されている古文と化学の教科書を積み、自分のノートを開きながら、要点を確認していく。集中すると周囲の気配や物音には鈍感になるのが由紀夫の性質だった。

しばらく、教科書をめくり、問題集の解答を確かめていると、机の上の置時計の針が目に入った。午後の二時半、べそをかく鱒二が思い浮かんだ。

はあ、と息を吐く。

由紀夫が家を出る時にも、まだ父親たちは誰も戻っていなかった。無人の自宅に対して、「行って来ます」と言い残し、玄関を出る。庭の踏み石を通っている途中で、鷹の自転車が目に入り、迷うことなくそれを引っ張り出すと、飛び乗った。

ガスタンクは遠くからでも、その頂部分を見ることができ、道に迷うことはなかった。自転車を走らせるその前方に、緑とも青ともつかない独特の色をした球体が見える。周囲の森には薄暗い妖しさがあって、暗くなったら近づかないほうが良い、と子供の頃に言われたのを思い出した。昔はあのガスタンクが何の建築物なのか分からず、父親たちに質問をぶつけ、散々、騙された。

「宇宙船だ。昨日到着したから、今日あたり一軒ずつ、調べにやってくるぞ、奴らが」と鷹は例のごとく、文字通りの子供騙しを教え込み、由紀夫を怯えさせたし、「あれは、でかいバスケットボールだな」と勲は下らない嘘をついて、子供の由紀夫を笑わせた。今となっては、どうしてあんな嘘で笑うことができたのか、と不思議でならない。葵は例のごとく、「何を見ても女性を連想する体質」を発揮し、「あれ、女の人のおっぱいを思い出すよな」と微笑し、「おっぱいがでかければでかいほど良い、と思っているような奴だけは信じるなよ」と由紀夫を混乱させた。「あれはガスを貯めるもので、正式には、ガスの球形ホルダーと言うんだ」とまともに説明をしてきたのは、当然ながら、悟だけだった。

住宅街を抜けると、車道が細くなり、左右に木が増えてくる。風のせいか、杉の枝が左右に揺れ、音ともつかない音を立てている。空気を震わせ、空を撫でる音だ。

ガスタンクに近づくにつれ、少しずつ不安になる。鱒二に加勢するにしても、相手が何人で登場するのか定かではない。鱒二の寝坊によって損害を被ったのは富田林であるから、鱒二を呼び出したのは富田林の仲間たちではなかろうか、そうなるとこれは、子供の喧嘩ではなく、大人のトラブルに分類すべきだった。

ポケットに入っている、母の携帯電話の存在を思い出す。今すぐ、父親たちの誰かに電話をかけようか、と悩んだ。悩みながらもペダルを漕いでいたから、そのうちにガスタンクのところに到着した。

久しぶりに訪れたその場所は、町の外れにひっそりと追いやられた、ゴミ処理場の趣があった。木々が脈絡なく繁り、時間帯や天気のせいでもないだろうが、薄暗く、湿気に満ちている。違法投棄でもされそうな場所だな、と自転車を止めながら由紀夫は思ったが、脇を見ると実際に、古い冷蔵庫と箪笥が地面にめり込む形で転がっていた。

「おい、由紀夫」後ろから囁き声で呼ばれ、びくっと身体が震える。坊主頭の鱒二が立っていた。力なく右手をあげ、「悪いな」と彼は言った。

「悪いよ」

弱々しく鱒二は顔をしかめるが、言い返してはこない。

「ガスタンクのどこに行くことになっているんだ」と由紀夫は訊ねてみる。

「この裏手」鱒二はガスタンクの球体を指差した。

「じゃあ」由紀夫は足を踏み出す。「行くか」

「おっかねえよな」

「おまえは寝坊した責任があるから当然だけど、俺はとばっちりなんだ」

「同情するよ、由紀夫」

「それはおまえが言う台詞じゃないと思うよ」

鱒二はすでに由紀夫の言葉が耳に入っていないのか、胸に手を当て、ふうふうと息を荒くし、自分の頭を撫でたかと思うと、「反省して、頭を丸めた、って言って許してもらえねえかな」と真顔で言っている。

「言うだけ言ってみれば」

「無理だよな」

「富田林さんの仕事をすっぽかしたんだから、かなりまずい」

「脅すなって」鱒二の顔の引き攣りが酷くなり、心なしか顔も青褪めているのは、彼自身も、恐ろしい展開を予感しているからだろう。

由紀夫は携帯電話を取り出す。「やっぱり、勲さんとか葵さんとかに来てもらおうかな」

「そうだなそうだな」鱒二も力強く、首を振った。震えるついでにうなずくようでもある。そして、「電話番号分かるのかよ」と鋭い指摘をしてきた。

父親の電話番号など知らなかった。「でも、携帯には電話番号が登録されているものなんだろ」由紀夫は電話機を操作しようとした。仮に、登録されていないにしても、葵がかけた時の着信履歴の情報は残っているに違いない。ただ、ボタンをいくら押しても反応がないことに戸惑った。「何だこれ」

鱒二が首をぬっと伸ばし、手元を覗き込んだ。そして、ロックされてるんだよ、と言った。緊張しているからか、か細い声だった。

「ロック？」

「暗証番号とか押さないと、反応しないんだ。他人に使われないためだ」

「他人じゃないぞ、俺は、息子だ」

「そういうんじゃねえって」

由紀夫は、じゃあどうすればいいんだ、と悩む。電話がかかってくるのを待つしかないのか。

鱒二の電話を使えばいい、と気づいた。由紀夫の自宅の電話番号しか分からないにしても、誰かが帰っているかもしれない。が、ちょうどその時に、音がした。前方から、ざざっと鳴った。ごく普通の足音に過ぎなかったが、由紀夫にとってはひどく大きく聞こえた。

頭上にいつの間にか黒い雲が集まっている。ガスタンクとその周辺だけを狙い撃ちしたのではないか、と勘ぐりたくなるほど、黒々とした立体感のある雲が、上空にはあった。今にも雨が降り出しそうだった。

「遅えよ」靴音の発せられた場所に牛蒡男が立っていた。中途半端な長さの袖の服を着て、横だけが刈り上げられた髪型をし、肌の色はやはり、牛蒡に近い。

「あいつです」と牛蒡男は、別の男に伝えた。

そこにいるのは由紀夫の知らない男だった。年齢は若く見えたが、それは前髪を垂らした青白い顔のせいかもしれない。目や口のまわりには皺がある。十代ということはない。派手なジャージを着ていた。

「おまえ?」と彼が、由紀夫を指差した。

「違います、古谷《ふるや》さん、こっちの奴です」牛蒡男がすぐに寄ってきて、鱒二にしっかりと指を向けた。

「こいつが本当は昨日、行くはずだったんですよ」

「おまえが、荷物を運ばなかったおかげで、困ってる」古谷と呼ばれた男は、鱒二に人差し指を出し、鱒二の首を突いた。「俺が、そして、富田林さんが困ったことになったんだ」

鱒二が首を押さえる。横にいる由紀夫の目からは、軽く突いただけに見えたが、かなりの激痛だったらしく、声も出せず鱒二は首をさすり、うずくまり、ほどなく立ち上がった時には、涙目で、何度も咳き込んでいた。

「おまえは何だよ、付き添いかよ」と牛蒡男は、由紀夫を見た。

「一応」と由紀夫はうなずく。「友達想いなので」と冗談めかしながらも、やはり、恐怖を覚えていた。古谷という男の得体の知れなさに、話の通じない蛇と向かい合うような不気味さを感じた。上空の黒い雲の塊が不安を煽ってくる。

「富田林さんを怒らせたらどうなるのか、おまえ、分かってねえだろ」牛蒡男が喚くが、それは脅しと言うよりも、彼自身の焦りからのようだった。「ですよね、古谷さん」

今さらではあったが、牛蒡男が左の手首から指の先までを包帯で巻いていることに気づいた。

「どうしたんだよ、それ」鱒二が訝った。「包帯、昨日はしてなかったじゃないか」

「ああ、これかよ」牛蒡男は自分の手を忌々しそうに見て、顔を歪めた。屈辱のためなのか、痛みのためなのか分からない。「痛えよ」

「仕事をきちんとこなさなかったんだ。これくらいで済んで、まだましだ」古谷が冷たく、言った。

「ですよね」牛蒡男が卑屈に応じる。

「え、何それ」鱒二はまだぴんと来ないらしい。その鈍感さが、由紀夫には羨ましかった。

「おまえが、俺の頼んだ仕事をやらなかったから、俺が怒られたんだよ。怒られて、富田林さんのところでこんな風にされちまって」

牛蒡男の包帯の下がどうなっているのかは分からないが、その分からないこと自体がこちらに恐怖を与えるのも確かだった。切り傷なのか、打撲なのか、骨は無事なのか。

「こいつが、約束を破ったのはおまえだって言い張るからな、おまえを連れに来たんだ」古谷が無表情で、鱒二に言う。

「嘘だろ」鱒二がぼそりと洩らし、由紀夫を見た。ほとほと現実感がないようで、どこかまだ余裕がある。

「おまえの場合は、こんな手の怪我くらいじゃ済まねえからな」牛蒡男は自分の左手を上げながら、苦笑し、優越感も覗かせた。痛みが走ったのか、顔をしかめる。

「でも、荷物を運ばなかっただけだろ」鱒二が言うと、古谷の目が鋭くなった。まずいと察した由紀夫は、慌てて鱒二の後ろ襟をつかみ、引っ張った。

頭に浮かんだのは、ボクシングの真似事を教えてきた際の、勲が腕を振る姿だ。「ほら、こうやって拳を出す時には身体がねじれるだろ。肩が動く。それを見たら、避けろ。できれば後ろに。間に合わなければ前に踏み出して、勢いを殺せ」と言い、由紀夫を殴る真似をした。はじめはゆっくりだったが、だんだんと速度を増し、それに反応する練習をさせられた。

「こんなことに何の意味があるのだ」と由紀夫は不満を口にしたものだったが、まさに今、それが役立った。

由紀夫が、鱒二を引くのと同時に、古谷の右手がちょうど、宙を叩いた。由紀夫が動かなければ、拳が鱒二の鼻を直撃していたはずだ。古谷が不快感を露わにする。

「すみません」由紀夫は手を左右に振り、慌てて言葉を探す。「本当にすみません。こいつ、反省しているんで、許してください」

牛蒡男や他の高校生とやる小競り合いとは次元の異なる危なさが、目の前の古谷からは感じ取れた。古谷がぼそっと何かを言う。牛蒡男がうなずき、足を踏み出し、鱒二の腕をつかむ。

「おい、引っ張るなよ。どこに連れて行くんだよ」鱒二が腕を振る。腰を落とし、情けない姿勢だった。身体を揺すられたためか、包帯をつけた牛蒡男が、痛そうに顔をしかめた。

「富田林さんのところに連れていってやるから」

いつの間にか視線の先、ガスタンクの脇に、自動車がある。可愛らしい顔をした黒の軽自動車で、その能天気とも言える外見が、余計に穏やかならざるものを感じさせた。

由紀夫は黒の軽自動車を見やったまま、ぼうっと立っていたが、古谷が、「おまえ」と突くように言ったので、はっとする。

「おまえも来いよ」

「俺も?」

「友達想いなんだろ」

「いや、よく考えたら、さほど重要な友達でもないような気がしてきました」

「おい、由紀夫」

「いいから来い」

由紀夫はどうにかしないとまずい、と考える。当然、考える。頭には、ずっと以前に鷹から聞いた、富田林のエピソードが甦っていた。富田林の息子の太郎を揶揄した男が、千切りにされて、ポリバケツに詰められ、捨てられた。あの話だ。そんなことが自分や鱒二に起きたらどうすればいいのだ。

「あの」由紀夫はそこで、一か八かではあったが、「富田林さんと俺、知り合いなんです」と言った。

「俺の父親が、親しくしていて、だから、富田林さんと話をさせてくれませんか」

「何言ってるんだ」と古谷は目を強張らせた。「軽々しく、富田林さんと話す、とか言わないほうがいいぞ」

「でも」

「高校生が、知った口を利かないほうがいい」

あれ、とその時、由紀夫は一瞬、目の前の光景が歪むような錯覚を感じた。古谷のその何気ない台詞が、耳の中でこだました。

「おまえたち、十代のガキなんてのは、甘やかされて、守られている。そのありがたみを理解していない」古谷がさらに言った。

胃がきゅっと締まり、軽い眩暈《めまい》が起きた。

「ちょっと待て。かかってきた」古谷が言った。手を動かし、ジャージのポケットから携帯電話を取り出し、耳に当てる。由紀夫を見て、「ちょうど富田林さんからだ」と伝えてくる。

「え」

古谷は電話に出た。はい、と低い声で返事をし、ああ、そうです、と応じた。「今、前にいますよ。そっちに連れて行きます」

由紀夫は、鱒二とまた顔を見合わせる。頭上の黒雲がさらに立体感を増している。雨が来る気配に満ちていた。降り出すのも時間の問題だ。

「で、実はそいつの友達ってのが」古谷が言いながら、由紀夫に目を向けた。「富田林さんと話をしたい、って言うんですけど」

そこで古谷は携帯電話を顔から遠ざけ、「おまえ、名前は何だ」と訊ねてきた。

「由紀夫」すぐに答えた。焦り、必死だった。「鷹というのが父で、俺は由紀夫です」

古谷が再び携帯電話を構え、説明をする。ほどなく、「おい」と携帯電話を寄越してきた。「富田林さんだ」

由紀夫は電話を受け取ると、「もしもし」と口を近づける。

「おお、由紀夫君か。偶然だね。君が、その子の友達なんだ?」富田林の喋り方はいつもと変わらない、親しみのこもったもので、由紀夫はほっとした。

「そうなんです。あの、俺の友達、本当に悪気はなかったんですよ。大目に見てくれませんか」

「ああ、そうかそうか」富田林は快活に笑い、親戚の叔父が、甥にお年玉を撒くかのような大らかな気配を漂わせる。

「もともと、その仕事も、無理やり依頼されたみたいで」

「でも、引き受けたことは間違いないんだろ」

「え」由紀夫は一瞬言葉に詰まる。期待とは違う反応だったからだ。

「なのに、仕事をほったらかして、寝ていた。これは、やっぱり、駄目だろう。由紀夫君」

「駄目？」

「いくら高校生と言ってもね、引き受けた仕事はこなさないといけない。怠ければ、困る人がいる。そうだろ？　俺は実際、困ってるんだ。やっぱりね、そういうのは罰を与えないと」

雨こそ降らないものの、視界が暗く狭くなっている。旗色が悪い、それも相当悪い、と由紀夫は思った。「今回だけは大目に見てもらえないですか」

富田林はまさに、大人が子供をあやす優しい声で、「鷹ちゃんのことは俺も気に入ってるし、由紀夫君のことも好きだけどね、これは別問題だなあ」と言った。

由紀夫は背筋に氷が滑り落ちたのかと思う。

「子供は一度大目に見ると、大人を舐めるしね。法律が子供を大目に見過ぎてるんだから、俺くらいはまっとうに、子供もしっかり罰してやろうと思ってるんだ。その友達は罰を受けるしかないな」

「あの」

「古谷に代わってくれ」富田林は言った。

もう相手にするつもりはない、と言わんばかりの強い語調で、由紀夫は二の句が継げない。「ちょっと」と声を出すまでにもずいぶん時間がかかった。「ちょっと待ってください」

「由紀夫君、物分りが悪いなあ」

「どうか大目に」

「無理だよ」

「ちょっと」

「由紀夫君」

「はい」

「あまり調子に乗っちゃ駄目だぞ」

由紀夫は言葉を失い、唾を呑む。一瞬ではあったが、視界が揺れ、見える景色が傾いた。まばたきを何度もやる。

「古谷に代わってくれ」富田林の声がひどく面倒臭そうだった。

『しょせんは守られた中での、遊びだ。教師の怖さには限界がある。教師も親も大した敵じゃない。そんなのに歯向かって粋がるのは、単なる甘えだっての』とつい先日、鷹が言っていたのを思い出す。勲の学校で、授業を妨害する中学生のことを批判した時の言葉だ。由紀夫はその時、「その通りだな」と無責任に同意したが、けれど、どうだ、それはまさに俺自身のことだったではないか。

自分の脚が湿った地面に奥深く沈んでいく。体の重さに従い、ずぶずぶと身動きがとれぬまま、土に潜っていく。背が低くなる。

牛蒡男に襟をつかまれた鱒二が、由紀夫に縋るような目を向けた。「由紀夫、どうにかしてくれよ」と言いたげなのは明らかだった。「どうにかしてくれるよな」という期待もある。

由紀夫はその場に座り込みたくなった。周囲を見渡すことが怖い。

「じゃあ、そういうことで」電話をポケットに戻した古谷が寄って来る。「あ、でもやっぱり、おまえは帰ってもいいよ。今、富田林さんもそう言ってた」

「え」由紀夫は不意に言われ、戸惑う。

「あっちの、仕事さぼった奴だけ連れて行けばいいから、おまえは見逃してやるって言うんだよ。良かったな」

「あ、そうですか」と由紀夫はできるだけ、ほっとした表情を作り、息を吐いた。肩の力を抜き、何だ助かりました、と安堵してみせた。

「由紀夫、見捨てるなよ」鱒二が睨んでくるのが目の端に見えたが、そちらを向く余裕もない。

「さっさと帰れよ。でも、帰って、ママとかパパにこのこと言うなよ」からかう口調でなく、釘を刺す言い方だった。

「ええ、ママやパパには言いません」

ふん、と古谷が背中を向けた。情けない由紀夫の態度に、気を抜いたのは明らかで、そこを狙った。

由紀夫は、古谷の膝の裏を靴の裏で踏むように蹴った。

膝が折れ、相手の体勢が崩れる。由紀夫はすぐさま、古谷の肩をつかみ後ろに引っ張った。海老が反るかのように古谷は背中から地面に倒れる。由紀夫は動きを止めない。仰向けになった古谷の腹に飛び乗って、拳を振る。

『喧嘩をはじめたら、とにかくめちゃくちゃに殴って、蹴るんだな。整然と行う必要はない。むしろ、頭が変になったかのように振舞え。こいつおっかねえよ、と相手を不安にさせて、二度と寄ってこないようにすれば万々歳だ』とは勲の言葉だ。

殴りあったところでその後の報復が面倒だ、であるとか、暴力を振るうのは自分自身も痛い、であるとか、いつもの由紀夫であれば冷静に分析を下していただろうが、今はその余裕もなかった。なりふり構ってはいられない。

恐怖と焦りが全身に蔓延している。

由紀夫は、古谷を三度殴った。いや、殴ろうとした。馬乗りになり、古谷の顔を狙ったが、身体を揺すられ、かわされる。

「てめえ、何すんだ」と牛蒡男が罵ってくるが、寄ってくる気配はない。

「いいぞ、由紀夫！」と鱒二が熱のこもった声を発した。

腕に痛みが走ったのに気づいて、由紀夫は慌てて、立ち上がった。古谷の右手にいつの間にか小さなナイフが握られていた。由紀夫の学生服の左の袖がざっくりと切れていた。中のワイシャツも裂け、その下の肌にも傷がついていている。

古谷は立ち上がり、ジャージについた砂を払った。表情はまるで変わらず、興奮も動揺も浮かんでいない。

古谷はあっさりとナイフを畳むと、「よし、連れて行くぞ」と牛蒡男を見やった。息も乱れていない様子に、由紀夫はぞっとする。自分の息が上がっていることに気づく。心なしか脚に震えもあった。子供の頃から何度も黙と繰り返してきた取っ組み合いだったが、実際に、初対面の男相手にぶつかるのは勝手が違った。緊張感も、恐怖も尋常ではない。

鱒二が連れて行かれる。

由紀夫は足が前に動かないため、携帯電話を取り出し、見つめた。ボタンに触れているが、当然ながら、ロックはかかったままで、反応はない。その場で叫べば誰かが気づいてくれるのではないか、とも一瞬、考えたが、効果があるとも思えない。それ以前に、声が出ない。

パトカーのサイレンが聞こえた。

最初はずいぶんと遠くのほうで微かに、それがだんだんに大きくなった。古谷も足を止め、周囲を眺めている。周囲の森から響く、鳥の声や風の鳴る音などではない。牛蒡男も鱒二も耳を澄ますようにした。

真っ直ぐに近づいてくる。

その時の古谷の判断は早かった。牛蒡男を見やり、一言二言指示を出し、そして自分はすぐに森の中へと姿を消した。牛蒡男は尻に火がついたかの如く、駆け出し、ガスタンクの脇に止まっていた軽自動車に乗ると、片手が包帯で不自由であるにもかかわらず、必死に車を運転し、ハンドルを危なげに操作しながら立ち去った。砂煙が舞い、由紀夫たちの周辺を囲んだ。

その場に残ったのは由紀夫と鱒二だけになった。状況が飲み込めないながらもほっとした面持ちで、鱒二は、「助かった」と由紀夫に言った。

由紀夫はようやくそこで、おこりが落ちたかのように意識が戻る。パトカーの音がすぐ近くまでやってきた。助かった、とはとうてい思えなかった。

「おまえが警察に連絡してくれたのか」鱒二は、赤色灯を回しながらやってくるパトカーを眺め、ぽつりと訊ねてきた。

「まさか」由紀夫は手に持った携帯電話を見せる。「ボタンも押せない」

「俺たちがピンチなのを、警察が感づいて、助けに来てくれたのかな」

「まさか」

可能性があるとすれば、と思いついたのは、父親たちのことだった。彼らのうちの誰かが、もしくは全員が、自転車で家を出た自分のことを気にかけ、たとえば、中学時代にホッケーマスクを携えて彼らが現われてくれた時と同じように、このガスタンクのところまでやってきて、危険を察して、警察に通報してくれたのではないか、と。

ナイフで切られたところを見る。直線状に切れ、血が滲んでいるが、さほど酷くはなかった。破けた服のほうが、気がかりだ。

頬にぴたんと雫が落ちた。

手で拭い、空を見上げると、黒々とした雲は膨張した風船のようになっていた。また、雨の雫が落ちてくる。手のひらを上に向ける。狙っていたかのように、雨がそこに落ちた。「降ってきた」と鱒二を見る。坊主頭の鱒二は、由紀夫よりも頭部の感覚が鋭敏なのか、頭に手をやり、「結構、大粒だな」と洩らした。

ゆったりと噛み締めるかのように手を叩いていたのが、興が乗り、興奮が増すに連れ、激しい拍手となる。まさにそんな様子で、降りが強くなっていく。

地面で雨が跳ね、由紀夫の学生服を湿らす。

パトカーが到着した。雨で湿り始めた森に、赤色灯が滲む。サイレンはもう鳴っていないため、目の前のパトカーは現実のものではないようにも感じる。

ガスタンクの看板脇の階段が、雨よけになった。鱒二もついてきて、隣に立つと、肩の雨を払いながら、「まいったな、これ。びしゃびしゃだ」と嘆いた。

「急に降ってきたから、そのうち止むんじゃないかな」由紀夫は前方に見える自転車を眺めた。勝手に乗ってきた鷹の自転車が、雨に打たれ、洗われている。もう一度、切られた傷を確認する。

パトカーからは警察官が二人降りてきた。雨が疎ましいのか、明らかに面倒臭そうな表情だった。

「こっちに来るぞ」鱒二が言う。「俺たちを助けに来たのかな」

予想に反して、警察官たちは由紀夫たちの前で方向を変え、ガスタンクの反対側へと消えていった。雨の中、気だるそうに歩いていく。

「何だろう」由紀夫は首を捻る。

「何だろな」鱒二も首を捻った。

再び姿を現わした一人の警察官は、やってきた時とはずいぶん様子が違っていた。血相を変え、パトカーへと走っていく。湿りはじめた地面の泥が、彼の靴によって、綺麗に跳ねた。

パトカーの運転席で、無線マイクをつかみ、彼は報告をしている。緊張感と興奮が、由紀夫の場所からも窺えた。

「何だろう」

「何だろな」

もう一人の警察官も奥から出てきて、パトカーへと戻ろうとしたが、そこでようやく由紀夫たちのことが視界に入ったのか、ぎょっとしたように目を瞠り、眉をひそめ、警戒しつつも歩み寄ってきた。

「あ、君たち」と彼は言う。雨で制服や帽子が濡れているため、しょぼくれた警察官に見える。

雨は激しさを増す。

つい数分前までは一滴も地面に落ちていなかったのが、今や、滂沱《ぼうだ》だ。涙をこらえていた女性が、一度泣きはじめた途端、号泣して、止まらなくなるのを思わせた。土に水滴が刺さるような、鋭い音が鳴っている。

「ここで何してるの」警察官は、由紀夫と鱒二を交互に見た。穏やかさを装ってはいるが、明らかに、目が強張っている。

「いや」と鱒二が言いよどむ。

「雨宿りです」由紀夫が言う。「どうかしたんですか」切れた学生服の袖を相手に見られないように、腕を抱えるふりをしながら隠す。

「ああ」警官はすでに雨で溶けんばかりに濡れていた。髭の剃り跡が青々とした、中年の警官だった。

「何か、ここにいて、気づいたこととかあったかな」

「気づいたことと言われても」漠然としすぎている。

「何があったわけ」鱒二が不満そうに訊ねた。

「どうしたんですか」と由紀夫も訊ねる。

「いずれ分かるだろうから、教えるよ」警官は鼻の穴を膨らませた。自慢話を話すかのようだ。「今、この裏手で発見されたんだ」

「発見されたって、何がです」

「誰か、死んでいるんだ」警官は答えた。

由紀夫は予期せぬ説明に咄嗟に反応できなかった。「誰がですか」と訊ねられたのは、ずいぶん経ってからだ。

「男女の」と警官は言った。


由紀夫と鱒二はしばらくの間、その場に立ち尽くしていた。パトカーが何台かやってきて、警察官たちが現われ、ロープを張り、カメラで撮影でもしているのかフラッシュが焚かれるのを眺めていた。雨はなかなか止まず、放水を食らったガラス越しに、事件現場を観察している気分だった。

「君たち」背広を着て傘を差した男が寄ってきた。肩幅があって、唇が厚い。頭髪は薄く、目が細かった。「ちょっと、話を聞きたいんだけど」

テレビで観たことのある刑事役の俳優に似ていた。

「何があったんですか」由紀夫はまず、そう訊ねてみた。

男は一瞬、不愉快な色を浮かべた。高校生が対等に質問をしてきたことにむっとしたのだろう。

「死んでいたみたいでね。君たちは何時からここにいたわけ？」

「何時だろう」由紀夫は、鱒二を見た後で、「三時」と応えた。

「違う高校の生徒が、こんなところでどうしたわけ」と二人の学生服を見比べる。

由紀夫はその場で頭を回転させる。牛蒡男や古谷、富田林のことを話すのは話を混乱させるだけに感じられた。かと言って、帰宅途中というには、今いる場所は街の外れに過ぎた。「鱒二とは小学校の頃から知り合いだったんですけど」由紀夫はたどたどしく、話す。「たまたま、学校帰りに会って、で、俺が無視をしたら、鱒二が怒って、ここに来て」

「喧嘩でもするつもりだったのか」男は小馬鹿にしたように、鼻をひくつかせた。

「俺はその気はなかったですけど」由紀夫は、鱒二に一瞥をくれる。

「俺だって、そんな気ねえよ」鱒二が慌てて言い返すのも、それらしく聞こえた。

「ああ、そう。まあ、いいや。じゃあ、とりあえず、生徒手帳とか学生証を見せて。あるだろ」

ええ、と由紀夫はうなずく。

するとそこで、ガスタンクの裏手から、担架が運ばれるのが見えた。二人がかりで持ち上げた担架が二つ、だ。布が被さっている。雨の降る中、事務的に、車に積まれる。死体だ、と頭では思うが実感できない。

由紀夫は自分が立っている場所がどこであるのか分からなくなり、周囲が半透明の膜で覆われたかのような感覚に襲われる。雨の音、パトカーの赤色灯、濡れる地面、それらを前にぼんやりとするほかない。先ほどの古谷や富田林とのやり取りもあったため、自分の無力さに膝をつきたくもなった。


由紀夫と鱒二は駅前にある警察署にいったん連れて行かれ、事情聴取をされた。怖れていたほどしつこいものではなく、濡れた髪と服をタオルで拭くように言われ、雑談まじりにいくつかの質問をぶつけられただけだった。左の腕には、ナイフで切られた傷があるため、目立たぬように気を配った。

「親御さんに迎えに来てもらうか」と若い警察官が言った。

嫌です、と正直に応えるのも怪しまれそうで、しかも、鱒二がこっそりと、「俺の親父、心配させたくねえから、由紀夫の父親一人貸してくれ」と可笑しなことを言ってくるので、由紀夫は家に電話をかけた。電話に出たのが悟で助かった。説明すると、特に狼狽するわけでもなく事態を把握してくれた。十分もしないうちに、白のワゴンで父親四人がやってきた。

「父です」

警察署の受付のところにやってきた彼ら四人を見て、不審そうな面持ちになった刑事に、由紀夫は素早く説明した。

「どなたが」と確認される。

由紀夫は、父親たちを睨む。どうして四人で来るんだよ、と無言ながらに訴えるが、彼らはさほど気にした様子もなかった。

「さあ、帰るぞ」勲が言い、由紀夫の腕を引いた。

「鱒二も行こう」と悟が、鱒二の肩をぽんと叩く。

本当にびっくりしたよ、と葵は苦笑しつつ珍しそうに警察署を見渡し、一方、鷹は、十代の頃から素行が悪かったせいか、警察と名のつく建物にいることが苦痛で仕方がないようで、「さっさと行こうぜ」と足早に進んだ。


大きめのワゴンの運転席には勲が座っていた。助手席には鷹が乗り、後ろの座席、一列目に由紀夫と鱒二、二列目に葵と悟、と腰を下ろしている。鷹の自転車はガスタンクのところに置いたままで、後日、取りに行くことにした。

「驚きだよな」赤信号で車を止めた勲が首を傾け、言ってくる。

「何でガスタンクのところにいたんだよ」鷹が上半身を捻り、子供が座席で遊ぶかのような姿勢になった。「喧嘩か?」

「鋭いなあ、鷹さんは」鱒二が何度か強くうなずく。

「何の喧嘩だったんだ」悟が穏やかながら、引き締まった声を出した。

まあ、いろいろと、と由紀夫は最初、言葉を濁していたのだが、すぐに隣の鱒二が、「実は、富田林さんのところに因縁をつけられちゃったんですよ。とばっちりで」と喋り出した。

「因縁と言うか、鱒二の自業自得だ」

事のなりゆきを説明すると、父親たちの反応はいずれも暗いものだった。一瞬、言葉に詰まり、苦々しさと緊張が混ざったような険しさが、車内に広がる。

「富田林さんはやべえな」鷹は頭を掻きながら、溜め息を吐いた。「あの人、そういうのは厳しいんだよ。怖えし」

「わざわざ言いたくないけどな、由紀夫、鱒二」勲は心底、言いたくなさそうだった。「学校の外には、分かりやすいルールだとか、物分りのいい大人はいねえんだ。理不尽で、理屈の通じないことばっかりだ。高校生が舐めてると、痛い目に遭うぞ」

「うん、分かってる」由紀夫は素早く、応えた。

「殊勝じゃないか」勲が驚きながら、言った。ハンドルを回し、大通りに出る。

「今日、分かったんだ」

「今日？」悟の声が背中に当たる。

「さっき、富田林さんの部下みたいな男と喋っていて、痛感した。俺たちはいつも守られているし、世の中には、怖いことが多い」

「そうか」悟が言った。

「そうか」と葵も言う。

「そうか」勲も言った。

雨は止んだが、日がほとんど沈んだせいか、街は鉛色に染まり、冷え冷えとしているように見えた。民家は窓のカーテンを閉ざし、ビルはシャッターを下ろし、夜を越す準備を整えている。

「やべえよなあ、まじで、俺、どうなるんだろうな。富田林さん、怖えなあ」顔を見れば、深刻に目を充血させていたが、鱒二の口調は相変わらず長閑《のどか》さを感じさせた。「今日のところは、パトカーが来て、助かったけど」

「それにしても、いったい誰が死んでたんだよ」鷹が荒っぽく訊ねてくるが、由紀夫も鱒二も答えを知らないため、無言でいるほかない。

「富田林さんのところが、関係してるのかな」葵が言った。

「あの部下の古谷って人の反応を見ると、違う気もするけど」古谷は、パトカーのやってきた意味も分からず、慌てて退散した。「それに、心中みたいだし」

警察で教えてもらえた情報は本当に少なかったが、それでも、車の中に閉じこもった男女が一酸化炭素中毒で死んでいて、それがほぼ一日前に死亡したものだ、ということくらいは分かった。

由紀夫がガスタンクを訪れた午後三時の直前、たまたま、あのあたりを散歩していた老人が死体を見つけ、それで警察に通報したらしい。

「次に呼び出された時も、死体が発見されて助けられるとは、限らねえよなあ」鱒二はどこまで本気なのか、不謹慎なことを口にする。

「心中か」悟が静かに呟く。

「練炭で心中って、よくニュースで見るけど」

「それ、本当に心中か？」鷹がそんなことを言う。

「どういうこと」

「富田林さんなら、心中に見せかけて殺すなんて、お茶の子さいさいだぜ」

「お茶の子って、何の子供なのさ」由紀夫はどうでも良いことが気になった。「さいさい、って」

「お茶菓子みたいに腹にたまらなくて、簡単に食える、って意味だ」と悟が丁寧にも説明を加える。

「富田林みたいな奴が、平然と生活してるような世の中だからな、子供たちが歪んでいくんだ」勲は不意に憤りを口にする。

「それは言えてる」悟の声が重なる。

「いいじゃねえかよ、街に一人くらい、毒虫みたいなのがいたってよ。じゃねえと、無菌状態のテーマパークで生きてるのと変わらねえし」鷹はどういうわけかと言うべきか、当然ながらと言うべきか、富田林を支持する発言をした。「清潔にしてると、免疫落ちるって話、知ってるか」

「まあ、とにかく良かったよ。警察にいるって聞いた時は何事かと思ったけど、由紀夫と鱒二が犯人と疑われたわけじゃないし、被害者には申し訳ないけど、良かった」葵が軽やかに言う。

「そうだな」とこれは他の三人の父親たちがほぼ同時に答えた。

由紀夫は特別に何かを喋りたい気分でもなく、窓から外を眺めた。息が荒いことに気づく。脚が震えている。通り過ぎる街の様子をただ、漫然と目で追う。左腕の、ナイフで切られた学生服を右手で押さえた。隣を見れば鱒二は、窓に頭をつけ、目を瞑っていた。眠っているのではあるまいな、と見れば、本当に眠っている。よくもこんな騒ぎの後で眠れる、と由紀夫が呆れると、騒ぎの後で疲れたんだろ、と勲が言う。そうかもしれなかった。由紀夫も眠気を感じた。目を長く閉じる。車の揺れも相俟《あいま》って、頭の回転がすぐに鈍くなり、重々しい眠気に押し潰されはじめる。

「やっぱり、知代さんの長期出張の時は面倒なことが起きるんだよな」と鷹が言うのが聞こえる。

ひんやりとした窓を額に感じながら、少しずつ意識を失っていく。左後方で、葵の携帯電話が鳴る音がした時には、ほぼ九割方、眠り込んでいた。眠りの沼に肩のあたりまで、ずぶずぶと沈み、あとは頭まで潜ればおしまいよ、という具合で、音が鳴っているな、葵の声がするな、おそらく相手は女の人だろうな、とぼんやりと感じているだけだった。

「嘘だろ」

葵にしては珍しい、感情も露わになった悲鳴に近いその声が、眠りかけた由紀夫の頭に響く。

「どうした？」運転席の勲が乱暴に訊ねた。

「どうせ、女との約束が駄目になったんだろ」鷹が助手席で無責任に言う。

葵は携帯電話に向かい、相槌を打っている。「どうして？　いつ？　本当に？」

後ろの葵の真剣な声が、由紀夫を眠りの沼から引っ張り上げた。


電話を切った葵を、由紀夫は振り返った。車の進行方向とは反対を向く恰好になるので、落ち着かなかったが、それよりもいつになく顔を強張らせた葵のことが気になった。

「いったい、何の電話だったんだよ」鷹が訊ねた。

「誰からだったんだ」悟も静かに訊く。

「知り合いの女の子」葵は応えた後で、「ほら、あの子だよ」と由紀夫を見た。「下田梅子のことを教えてくれた」

ああ、と由紀夫は首肯する。

「誰だよ、そのお婆ちゃんみたいな女は」と鷹が言う。

「ドッグレース場で、鞄を奪った奴らがいた。あの時にあそこにいた女の人が、下田さんだよ」由紀夫は説明する。「悪徳弁護士風の野々村っていう男と一緒にいた」

「ああ、あいつか」鷹はそこで噴き出した。「梅子って感じじゃねえな」

「今、電話をくれた彼女のところに、警察から電話があったらしい」葵の声は沈んでいる。

「警察？」悟が眉をひそめた。

「下田梅子は死んだみたいだ」葵が静かに言った。「心中」

え？　と由紀夫は言い、そのまま動けない。

へ？　と鷹が助手席で間の抜けた声を出す。

は？　と運転しながら勲が鋭く聞き返した。

「そうか」落ち着き払っていたのは悟だけだった。もちろん、依然として鱒二はだらしなく口を開いて眠っているので、鱒二も動揺は見せていなかったが、それは落ち着きとは別の問題だ。

「あのガスタンクのところの車から見つかったのは、下田梅子だったらしい」葵は自分でも信じられないのか、半信半疑の様子で、言う。

由紀夫の頭には、ガスタンクの裏手から、運ばれていった担架が浮かぶ。そして同時に、ドッグレース場で、野々村大助に絡みつくようにしていた華やかな下田梅子の姿も過ぎる。あの、肉感的で、柔らかな姿をした彼女が、数日のうちに、無機質な冷たさの溢れる担架の上に乗ることになったとは信じがたかった。

大丈夫か由紀夫、葵と悟の声が聞こえてくる。大丈夫だよ、と応えようとしたがそのまま窓に寄りかかり、目を瞑る。混乱して、何も考えたくはなかった。


家に戻ってから、家族会議が開かれた。麻雀ならまだしも、父親四人と顔を合わせて、議論を交わすことは面倒臭く、同時に気恥ずかしく、いつもであれば敬遠するが、さすがにその日ばかりは由紀夫も反対しなかった。死体発見だけでも充分に陰鬱な気分になるのに、それが自分の見たことのある人間となれば、さらに暗澹たる思いになる。一人でいるよりは、父親たちと話をするほうが気が紛れるのは確かだった。状況の整理もできるかもしれない。洗面所で手を洗ったあとで、ナイフで切られた袖とその下の肌の傷を確かめる。ほとんど血は出ていなかったが、線となった切り傷は触ると少し、痛い。部屋の箪笥を開き、学生服がもう一着あることを確認した。袖が切れてしまったものを着ていくわけにもいかない。

「あの女、死にそうな感じじゃなかったけどな」鷹が缶ビールを開けながら、言う。「ドッグレース場で見た時には」

「傍からは元気に見えても、みんないろいろ事情を抱えてるんだよな」勲は教え諭すわけでもなく、淡々と言った。そしてやはり、缶ビールをぷしゅっと開ける。傾けると一気に飲み干していく。勲には、特定の生徒の顔が浮かんでいるのかもしれない。

「相手は誰だったんだろ」由紀夫も食卓の上の缶ビールに手を伸ばしたが、勲に手首をつかまれる。痛えな、と呻き、手を引く。

「あの、彼かな」葵が顎に手を当てながら、由紀夫に視線を寄越した。

「ケーキ屋の？」

「誰だ、それは」勲が空けたばかりの缶を置き、腕を組む。

「その下田梅子さんと交際していた人だよ。葵さんが見つけて、会ったんだ。ケーキ屋の店主で」

「別れた相手と心中するか、普通？」鷹もそこでビールを飲み干した。

「無理心中か？」勲が、葵に訊ねた。「復縁を申し出て、断わられ、それで思い余って、とか、そういうパターンか？」

悟と鷹、由紀夫も、葵に視線を向けた。餅は餅屋、病気の診断は医者に、女性関係は葵に、というわけだ。

「どうなんだろう」葵は首を傾げる。「ケーキ屋の彼は、そういうタイプでもなさそうだったけどね」

由紀夫もあのケーキ店と、その主人を思い出す。お人好しと誠実が白い服を着ているような、そんな人だった。ああいう一途な人は逆に、箍《たが》が外れると怖いものなのか。

「明日の新聞に載るかな」由紀夫は言ってみる。

「でも、あいつって可能性もねえか？　あの、何とかっていう男。ドッグレースの時、一緒にいて、いちゃついてたじゃねえか」鷹の口のまわりに、泡が残っている。「あの悪徳弁護士っぽい奴。あいつと心中したんじゃねえの？」

「野々村大助」悟がその名前を口にした。

「心中する仲とも思えなかったけどな」葵は思い出すように言った。

「でも、あの野々村って奴、鞄を盗られたんだろ。赤羽の情報が入ったやつ」鷹が唇を尖らせる。

「それを責められて、精神的にまいって、死にたくなったんじゃねえの。でもって、一人で死ぬのも寂しいから、若くて色気のあるあの女を道連れにした、とか」

「心中じゃないのかもしれないな」悟が独り言を漏らすかのように、言った。

　全員が、悟を見やる。

「どういうこと」由紀夫が先を促す。

「心中に見せかけただけかもしれない」

「心中に見せかけることって、できるものなのか？」勲が眉をひそめ、二本目の缶ビールに手を伸ばす。蓋を開け、音を弾けさせると、また一気に飲み干す。

「そりゃできなくもねえだろ」鷹がすぐに反応した。「車の中でも言ったけどよ、富田林さんなら心中に見せかけて、人を殺すなんてお茶の子さいさいだからな」

「また、お茶の子かあ。だいたい、さいさいって何なの」由紀夫が呆れる。

「合いの手だ」悟は生真面目に答えた後で、「まあ、富田林じゃなくとも、心中に見せかけることはできるだろうな」と言った。「眠らせた後で、練炭を仕掛ける」

「どうして、最近はみんな、自殺するとなると、練炭で一酸化炭素中毒なんだ」勲が忌々しそうに、言う。「車で七輪、どいつもこいつも流行なのか、判で押したように、似た死に方ばっかり選ぶ。たぶんそのうち別の自殺方法が流行するぜ」

「大丈夫だって、勲さんの生徒はそう簡単に死なねえって」鷹が長い人差し指を向けた。

勲が不快感を露わにする。「俺の生徒は誰も死なねえよ。俺より先には死なねえよ」

「練炭は酸素がなくなっても長い間、燃えるんだ。それで、一酸化炭素中毒が起きやすい。だから、使うのかもしれない」悟はそんな話題に関しても生真面目に説明をする。「二酸化炭素の息苦しさに比べて、一酸化炭素の場合は、いつの間にか酸欠になるというからな、楽なんだろう」

「それだけ聞いてると、練炭自殺を推奨しているように聞こえるぜ、悟さん」勲が非難する。

「推奨なんてしない。一酸化炭素中毒なんて、もし万が一、死ねなかったら、重い障害が残る可能性が高い。脳がやられて、大変なことになる。ひどいもんだ。リスクがありすぎる。俺はだから、誰も彼もが練炭で自殺を図る勇気に驚いている。恐ろしい賭けだ」

「死ぬ勇気はあるけど、生きる勇気はないのか」と勲が苦笑する。

そこで由紀夫は突如、今日の昼、下田梅子のマンションを訪れた時のことを思い出した。鍵の閉まった部屋に、溢れる新聞、そして通りかかったジャージ姿の隣人が言っていた台詞が頭に甦った。

「あ」と言ってしまう。

「どうした」悟と勲が覗き込む。

ほら葵さん、と由紀夫が言おうとしたが、その時にはすでに葵も思い出したのか、「そう言えば、彼女、連れて行かれたんだよな」と口にした。

「どういうことだ」悟の目が光る。

由紀夫は強くうなずき、他の父親たちに、葵と訪れたマンションでのことを話した。下田梅子は、何者かによって連れ去られたのだ、と。

「そりゃ、やべえって。やべえ」鷹が顔をしかめる。

「心中ではないかもしれねえな」勲が腕をまた組む。

でもおかしくない。捜して、どうするの？　また抱き合うとは思いにくかった。

を思い出した。あの時の彼の口は確かに、「捜せ」と動いたように見えた。捜せ。誰を？　下田梅子

る。悟と一緒に赤羽氏の事務所に行った際、野々村大助が興奮した面持ちで携帯電話に喋っているの

頭の中で状況の整理を行う。下田梅子の顔が浮かび、ケーキ屋の店主の人の良さそうな笑みが見え

「いったいどういうことだろう」由紀夫は額を掻く。

「鞄の件が原因なんだろうか？」悟は思案している。

「赤羽たちが、下田梅子を殺したってことになるのか」勲の低い声で鋭く言われると、物騒な言葉が一際物騒にも聞こえた。「心中に見せかけて、ってわけか？」

「鞄を奪われて、情報が盗まれた。その報復なのかも」葵が顔を歪めている。

「赤羽にしてみたら、誰にも見られたくないものだったんだろうな」悟が淡々と言った。「この間、鷹の聞いた話によれば、銀行口座についても漏れたんだろ？　あまり大っぴらにしたくはない、入金だとか出金の情報があったのかもしれない」

そんなに大事なら鞄に入れてドッグレース場になんて行かなければいいのに、と由紀夫は言わずにはいられない。あの野々村大助の軽率なミスではないか、と。

「いや」悟が否定する。「野々村はそれが大事だからこそ、ずっと持ち歩いていたんじゃないか？　肌身離さず、ドッグレース場にも持っていった。だから、奪う側も少々、仕掛ける必要があった」

「で、梅子ちゃんたちは手の込んだことを考えたわけか」葵がうなずく。

「そんなことくらいで、赤羽側が、人を殺すわけ？」由紀夫はその点が気にかかった。そちらのほうがよほど危険があるように思えた。

「ありえなくもねえよ」鷹が、持っていたプルトップをテーブルへと投げた。

「赤羽の支持者ってのは荒っぽい奴らが多いしな、その盗まれた情報が自分たちにとって都合が悪いことなら、かっとなって乱暴なこともやりかねねえ」

「そんな」由紀夫には、鷹の言い分は信じがたかった。「そんなことまでしちゃうわけ?」

鞄を盗まれて人が死ぬ、とはあまりにも、と感じた。

「どんなことでも、人を殺すきっかけにはなるんだぜ、由紀夫」鷹が、言いたかねえけど、と前置きした上で述べた。

「そういうことを、息子に教える父親の心境が、俺には理解できないよ」由紀夫は嘆く。

「世の中は酷いってことを、事前に教えてやりてえんだよ。用心してろってことだ」

「でも、そもそも」勲の目はいつも以上に、困惑によって、垂れている。「そもそも、その下田梅子という女はどうして、赤羽のところから鞄を奪ったんだ? 何の必要があったんだ」

「可能性としては」悟が人差し指を立てた。「まず、単純に考えて、強請《ゆす》ろうとしたのではないか?」

「強請る?」

「その鞄を奪ったのは、単独犯ではなく、グループだった。そうだったんだろ?」悟が、由紀夫に確認の目を向けた。

その通りだった。下田梅子さんが野々村大助の注意を引いている間、鞄を奪う男、それからさらに鞄を受け取る男、少なくとも全部で三人はいた。

「そのグループは、赤羽氏側の鞄を奪い、その中身を理由に脅すつもりだった」

「ばらされたくなければ、いくら払いなさいってやつか。ありそうだな」勲がうなずく。

「もしくは」悟が中指を伸ばす。「赤羽氏にダメージを与えたかった。つまり、赤羽氏の敵側の策略というわけだ」

「白石陣営ってこと?」由紀夫は声を若干、低くした。

「そうだな。白石のために、情報を盗んだ」

「この選挙期間中だからな、それもまた真っ当な推測だ」勲がまた、うなずく。

「でも、下田梅子がそういう県知事選挙とかそういうのに興味があったとは思えないんだよな」葵がこめかみを掻く。

「葵さん、前に、下田梅子は、上昇志向が強い、って言ってなかったっけ？」

彼女が、企業の偉い人であるとか、プロ野球選手であるとか、肩書きの立派な人間を、葵の店によく連れてきて、誇らしげにしていた、という話を由紀夫は思い出した。

「確かに言ってたな」勲も小刻みに首を振る。

「そういう上昇志向を刺激されたんじゃないのかな。県知事もベクトルからすれば、上昇方向だし。それで、白石の手伝いをやった、とか」由紀夫は言う。

「なるほど。確かに、そういう世界に自分も関わりたいと思った可能性はある」

「もしくは、単に依頼されたのかもしれない」悟は薬指を上げる。

「依頼？」由紀夫が聞き返す。

「政治や選挙は関係なく、その彼女は、鞄を盗め、と仕事として依頼されただけかもしれない。報酬と引き換えに」

「で、殺された？」葵は、この場にいない下田梅子を心底、哀れむようで、それを見ながら由紀夫は、葵さんは死んだ女性にすら寄り添って、優しい声をかける存在かもしれないぞ、と思った。

「俺たちはどうすべきなんだ」勲が自分の太い腕を、もう一方の腕でもみほぐす。

「俺たちだけしか知らないんだな」葵が言う。

「知らない？　何を」由紀夫が聞き返した。

「死んだ下田梅子ちゃんが、赤羽の鞄を奪ったことを、だよ」

「そうだな。つまり、心中を疑っているのが、俺たちだけというわけだ」と悟がすぐに同意した。

「おそらく、警察は初動の段階で、心中と決めてかかっている」

「あと、犯人な。犯人も、あれが心中じゃないと知ってるぜ」鷹が素早く、指を突き出した。誰を指した、というわけでもなく、宙に浮かぶ見えない風船でも刺すかのようだった。

だからと言って、俺たちが何かをしなければならないはずもない、と由紀夫は思ったが、父親たちの目には戯れの色が微塵も見えず、口元はぎゅっと引き締まり、真面目そのものだった。

「分担をするか」と言ったのは悟だ。他の父親を眺める。「鷹は、富田林に探りを入れてくれ。下田梅子の殺害に、彼が絡んでいるかどうか、知りたい」

「分かった」猛禽類じみた顔つきの鷹は、その目を鋭くする。

「富田林さん、とぼけるんじゃないの？」由紀夫は言った。心中事件に見せかけて人を殺したよ、と正直に告白するとは思いにくい。

「まあ、どうせとぼけるだろうけど、とぼけ方で分かるかもしれねえしな」

「勲は、心中の相手が誰か調べてくれ。おそらく、明日の新聞で名前が出るかもしれないが、さっき、葵の言っていたケーキ屋であれば、ケーキ屋の店主を、そうでなければその男が誰か、調べてほしい」悟は淡々と述べる。

「俺は明日、学校だ」

「なるほど、週末まで勲は動けないか」悟はすぐに了解する。「葵は、その死んだ彼女の最近の様子を詳しく、調べてみてくれないか。彼女が何のために、鞄を奪ったのか、誰が仲間なのか、分かるかもしれない」

「やってみるよ」

「俺は？」由紀夫は手をちらりと上げた。「俺は何をすればいい？」

「由紀夫は」

「試験だろ」勲が後を継ぐ。

「そうだった」

「試験、大丈夫かよ」鷹が珍しく、心配をしてきた。

「下田梅子さんのマンションを訪れたり、その後で鱒二に頼まれて、ガスタンクに行ったり、富田林さんの部下に脅されたり、警察に連れていかれたりしたけど、大丈夫だよ」由紀夫は自暴自棄になる思いで、言った。「何とかなるよ」

「大丈夫か？」勲が眉をしかめた。

「大丈夫かよ」葵が首をかしげる。

「無理すんな」鷹は気楽に言った。

「何とかなるよ」と同じ返事を繰り返した。

彼らが心配しているのは、試験のことだけではない、と由紀夫にも分かった。試験での失敗よりも怖いことは世の中にはいくらでもある。父親たちはそのことをよく知っている。

玄関のチャイムが鳴った。食卓に座る由紀夫たちはお互いがお互いの顔を見合う。席を立ち、インターフォンを覗くと、知った男が映っていて、由紀夫は目を丸くする。「今行きます」とインターフォンに返事をした。


ドアを開けると、古谷が立っていた。

数時間前、ガスタンクのところで由紀夫の前に立ち、殴りかかった由紀夫にナイフで切りつけた、あの古谷が、夜と庭を背負いつつ、玄関のライトに浮かび上がるように、いた。

「あの」由紀夫はそれ以上、言葉が出ない。ガスタンクで感じた恐怖が足元からじわじわ立ち昇ってくる。

「友達のことを教えてもらいに来た」古谷は無表情のままだった。

隣には、古谷より二回りほど体の大きい男がいる。勲と同じか、それ以上の体格だ。筋肉質で、半袖から覗く二の腕が、太腿にも見えた。彼は片目を瞑った。ウィンクのつもりらしい、と遅れて気づく。着ているシャツには、可愛らしい鯉の絵があった。

「友達って？」

「さっき、あのガスタンクにいた奴だ。あいつの居場所。教えてくれ」鱒二のことに決まっている。

古谷は、その必要があるとも思えなかったが、身体を寄せ、由紀夫の耳に口を近づけると、「富田林さんからの命令なんだ」と囁き声で言った。「おまえは、富田林さんの知り合いなんだろ。この家も知っていた」

「どうして、ここが」

ガスタンクの時と同様、黒雲に包まれる感覚に襲われる。震えが出てきて、ああ、また俺は無様に立ち尽くすのだな、と弱々しく思ったが、そこで、「どうした」と後ろから声がして、正気に戻る。振り向くと悟の姿があった。「俺の息子に、何か用か」

身長こそ高くないが、悟の目は鋭く、いつもどおりの泰然自若な物腰だった。

「あんた、父親？　おたくの息子に教えてもらいたいことがあって、来たんだ」古谷は驚くこともなく、悟に向き直る。

「物騒な感じだな」悟は、由紀夫の隣に立ち、古谷とその隣の男を交互に見た。

「えっとお父さん、あんた、富田林さんの知り合いなんだっけ？　無理だよ、富田林さんもこの件は、見逃すつもりはないらしいから」

「いや、俺は、富田林とは知り合いではないが」悟が応える。

「何だよ、おまえ、嘘吐きやがったのか」古谷が、由紀夫を睨んだ。

「富田林さんと知り合いなのは、俺だって」鷹が出てきた。由紀夫の左側へ立ち、古谷の前で自らを指差した。「俺、俺」

「あんた、誰だよ」

「俺は、こいつの親父だ」鷹が平然と言う。

古谷の眉がわずかに動いた。「親父？」と言い、悟を見やる。

「俺の息子がどうかした？」とわざとらしい口ぶりで言ったのは葵だった。やはり後ろから現われ、由紀夫の背後に立った。

「俺の息子がどうかしたか」最後に勲が姿を現わし、体格の良い、鯉シャツを着た男の前に立った。鯉シャツの男は、勲の身体を見ると、お、と目を見開いた。身体の大きい、二人が睨み合うのは、開始直前の格闘技を思わせる。

「何だ、それは」さすがに困惑したのか、古谷も眉をひそめた。「おまえ、親父が何人いるんだよ」

まさか古谷も現実に、父親が四人もいる息子が存在しているとは思ってもいなかっただろうから、それは、混乱から思わず口にした皮肉や軽口だったのかもしれない。「俺の息子がどうかしたか」という同一の台詞を繰り返す不気味な集団、と認めた可能性もある。

「由紀夫、こいつらは何だよ」鷹が言ってくる。

「ほら、今日、会った、富田林さんのところの人で」由紀夫が言うと、鷹の眉間には皺が寄る。葵が髪を掻き上げ、勲は真っ直ぐに、目の前の、鯉シャツを着た男を睨む。

「ちょうど良かったじゃねえか、富田林さんに教えてもらいてえことがあったんだよ。なあ」鷹は強がっていたのかもしれないが、怯まない口調で言った。「あんた、ガスタンクにパトカーが来たのは知ってるだろ。おかげで、うちの由紀夫は警察に連れて行かれた。あれ、何だったか分かるか」

するとそこで、古谷の背後の景色がゆらっと揺れ、空気が歪むのが見えた。庭に植えたコニファーが風で震え、影が揺れたのだろうか、とも思ったが、葉の音はなかった。そして、古谷の背中のあたりから姿を現わした富田林が、「あれは心中らしいじゃないか。警察から聞いたんだけどさ」と微笑むので、驚いた。

「富田林さん」と古谷が驚いたように振り返り、さっと場所を退いた。「車で待っていてくれていいですのに」

いつの間に門を開け、庭を歩いてきたのか、由紀夫には分からなかった。

背の低い富田林は例の、丸顔の丸い鼻で柔和な顔つきだったが、由紀夫は身体を硬くした。ガスタンクで、電話越しに交わした会話を思い出す。四人の父親たちも表情を強張らせていた。

「遅いから、来てみたんだ。由紀夫君とは知らない仲じゃないからな、古谷、おまえが、乱暴なことをしてるんじゃないか、と気になって」と穏やかに言い、「よお、鷹ちゃん」と手を挙げた。「他のお三人とは久しぶりだなあ。みなさん、元気ですか」

「楽しく夕飯を食ってたのに、急にやって来られて、困ってる」勲は、富田林を憎々しそうに見つめる。自分の生徒たちの非行の根源が、富田林にある、と言わんばかりの嫌悪感を浮かべていた。

「まあ、そう、怖い顔をしないで」富田林は屈託のない顔で、手のひらを振った。「うちも、由紀夫君に情報を教えてもらいたいだけなんだから。迷惑はかけないよ。鱒二と言ったっけ？　彼のいる場所を教えてほしいんだ」

「教えたら、鱒二が危ないです」由紀夫は顔を歪める。

「と言うよりも、富田林さんだって、調べようと思えば調べられるだろうに」鷹が独り言のようにして、吐き捨てた。確かにその通りだ。富田林の賭場の人脈を使えば、さほど苦労することもなく、鱒二の居場所くらいは見つけ出せる。

「いやいや、最近は、そういう情報を手に入れるのも厄介なんだ。個人情報だ何だと、みんな、神経質になっているから」富田林は言ってから、はっはっと大きく笑った。

「個人情報で思い出したんだが」悟が話題を変えた。「今、県知事選に立候補している、赤羽氏の何らかの情報が盗まれたことを知らないだろうか」

「ああ、騒いでるねえ」富田林は、つまらない野球の試合を見物するかのような嘲りを浮かべた。そのことから想像するに、富田林が直接、赤羽氏の問題に関係しているわけではないように思える。

「今日の心中は、その赤羽氏のことが関連していると、俺たちは踏んでいる」勲の言い方はぶっきらぼうだった。

「可能性はある」富田林はもったいをつけることもなく、口元を緩めた。「まあ、赤羽ちゃんがやったっていうよりは、支持者たちに荒っぽいのがいるから、そっちじゃないかな」

「富田林さんのところの賭けではどうなってるの？　赤羽と白石とどっちが優勢？」葵の言い方は、勲や鷹に比べると清潔な風を伴っていて、玄関前で睨み合う由紀夫たちの息苦しさを、わずかではあるが、軽減させた。

「接戦だよ、接戦」もともと柔和な顔をした富田林であったが、さらに、嬉しそうに頬を綻ばす。根っから賭け事が好きなのだな、と由紀夫は改めて思った。「現職の白石ちゃんがリードはしてるけどね、赤羽ちゃんも底力があるよね。互角」

「赤羽の抱えている個人情報が盗まれた。もしそれが本当なら、賭けに影響はないのか」と勲が訊ねる。

「ほとんどないな」富田林は腕を組み、強くうなずいた。「一般の人には関係がないし、赤羽ちゃんのイメージにも変化はない」

「赤羽には物騒な印象があるし、白石のほうがクリーンな印象があるが、それでも、互角なのか」悟が意外そうに言った。

「クリーンとは言っても、白石もそれなりに怪しいからね。いかんせん、白石ちゃんは女癖が悪い。こんな選挙運動中にも、女のもとに通っている。あれはもう病気だな。発覚したら、イメージの下落も甚だしい。もとから悪い印象の男よりも、誠実で真面目な男が悪さをした時のほうが、世間は冷たい。そういう意味では、白石ちゃんのほうがリスクはある。赤羽ちゃんはこれ以上、悪いイメージはつきようがないし、むしろ頼りがいがある、と見る人も多い」

由紀夫はそれを聞きながら、先日、繁華街を歩いている際、葵の知り合いだという女性たちが、選挙期間中にも不倫を継続している白石は有権者を馬鹿にしている、と憤慨していたのを思い出した。

「おい、とにかく、あいつの場所を教えろよ」古谷が脇から口を挟んだ。

由紀夫は言葉に詰まる。

「いったい、鱒二の件で、どれくらいの損害が出たんだ」悟が言った台詞で、背中を支えられた。

「何で偉そうなんだ、おまえたちは」古谷は表情を変えなかったが、苛立っている。勲の前にいる大男も、言葉こそ発しなかったが、不愉快を鼻息にして吐き出した。

「損害はある。その、鱒二という子が仕事をしなかったおかげで、本当であれば相手に渡すべき荷物を届けられなかった。俺は信用を失った。信用を失うと大変だ。それくらいは想像できるだろ。それにだ。俺は、面倒な仕事を放り出すような、甘えた子供が許せないんだ。痛い目に遭わせなければ駄目だ」

「だけど、そもそも、富田林さんがそんな重要な仕事、鱒二なんかに頼まなければ良かっただろうに」鷹が舌打ちをした。

「それは俺の落ち度なんだよなあ、鷹ちゃん。うちの部下が、まさか下請けに出してるなんて思わなかった。俺の部下が、どこかのチンピラに荷物運びを頼んで、それをさらにそのチンピラが、鱒二って子に頼んだようだ」

「でもよ、あのままだったら、やばかったんだぜ、富田林さん」そこで一際大きい声を鷹が出した。

「やばかったって何がだい、鷹ちゃん」

「ここまで来たら正直に話すしかねえけどよ、鱒二は最初、言われた通りに、荷物を運びに行こうとした。ええと、どこだっけか」

「隣の県」由紀夫がすかさず、教える。

「そう、隣の県だ。ただな、俺がやめたほうがいい、とアドバイスをしてやったんだ。ほら、富田林さん、あのアイドル知ってる？　何とか麻呂、とか言って」

「田村麻呂？」由紀夫は言う。

「そうそいつ」鷹が人差し指を出し、それは無意識なのか意図ある動きなのかはっきりしなかったが、くるくると動かす。催眠術師が、ほらーあなたはだんだん眠くなるー、と硬貨を結んだ紐をゆらゆらさせるのと似ていた。「あれが、隣の県の町にやってくる、とかデマが流れて、ファンが集まってたらしくてさ、駅前にも厳重な警備が敷かれてたんだ。そんなところで、のこのこ荷物の受け渡しなんかはじめたら、危険だろ。だから、俺が忠告したんだ。様子を見ろってな」

鷹はでたらめを口にし終え、微笑む。よくもまあ、自信満々に嘘が吐けるものだ、と由紀夫は感心しつつ、富田林たちの反応を待つ。

富田林はきょとんとしていた。あまりのでまかせに呆れたのか、もしくは、鷹の説明について熟考しているのかもしれなかった。ほどなく、「ってことは鷹ちゃんのせいってことか」と言った。

「まあ、そうなるけどな。とにかく、俺だって、富田林さんのためを思ったんだって」

「それ、嘘じゃないだろうね」と声を落とす富田林からは、柔和な雰囲気が消え去っており、由紀夫はぞっとする。

「嘘のわけがねえだろ」と鷹は嘘をつく。

「そうだな、鷹は嘘をついていない」悟が言った。

「そうだな、嘘ではないな」と勲もうなずき、「嘘じゃない」と葵も保証した。

「アイドルがねえ。本当かねえ」富田林は歌うように、間延びした声を出す。「嘘かどうかは調べれば分かるよ、鷹ちゃん」

「俺が、富田林さん相手に嘘をつくはずがないだろ」

古谷は、「信用できないですよ」と嫌悪感を露わに、囁いた。

富田林は腕を組み、鷹を見て、由紀夫を見た。「でもなあ、やっぱり俺は、その鰐二ってのを許したくないんだよねえ。仕事をちゃんとやらない男は嫌なんだ」

「よし、それなら」鷹が指を鳴らした。

悟と勲、葵、由紀夫の四人は一斉に、鷹の横顔を見つめた。鷹が閃きを話す場合には、二種類あった。物事を解決に導く妙案と、状況を混乱させ、悪化させる厄介なアイディアと、だ。差し詰め、先ほどの、田村麻呂のために警備が厳しかったという嘘は、前者の、ナイスプレイに分類できるものだったが、果たして今度はどちらなのだ、と心配になる。

「それなら、こうしようじゃねえか。確か、富田林さん、詐欺に遭ったんだろ。電話で、金を振り込めと誘導された」

鷹のその言葉に、富田林の表情はこれ以上ないというくらいに険しくなった。顔も赤くなり、目が吊り上っている。「ありゃ、許せないんだよな。太郎の名を騙《かた》ったってのがまた、卑劣だ」

「詐欺の犯人は見つかった？」

「鷹ちゃん、何か知ってることあるのか？」富田林の迫力は、先ほどまでとはまるで質が異なっていた。興奮が見える。

「なくもない」鷹が歯を見せた。「で、もし、俺たちがその犯人を見つけたら、今回の鱒二の件は見逃してくれねえか」

由紀夫は、鷹の顔を睨むようにした。

話はすぐにまとまった。富田林は手を叩き、「その話に乗ろう」と喜び、鷹と握手を交わし、いまだ不満げな古谷と、用心棒にしか見えない鯉シャツを着た男を連れて、由紀夫の家の敷地から消えていった。消える直前、振り返った古谷の目が憎々しげに光った。

由紀夫たちは玄関の外に出たまま、彼らの背中を見送り、門が几帳面に閉められたのを確認した後で、それぞれ口を開く。

「おい、鷹、何であんな約束をしたんだよ」勲が怒る。

「何か手掛かりか情報を持っているのか？」悟が訊く。

「あるわけねえだろ」

「どうすんだよ」勲の訊ね方にはさほど、険はなかった。

鷹は当然のように答える。「みんなで話し合おうぜ」

他の三人の父親は、やはりそうか、という具合に肩を落とし、溜め息を漏らしたが、さほど落胆した様子も見せなかった。そんなことだろう、とは想像していたに違いない。昨日今日の付き合いではない。すでに十数年以上、ほぼ毎日顔を合わせてきた相手なのだから、行動のパターンにも慣れている。由紀夫も、そんなことだろう、とは思っていた。生まれた時からの付き合いなのだから、当然だ。むしろ、あんないい加減な交渉で、よくも富田林を説得して帰らせたものだな、と感心した。でためで相手を納得させる、妙な力が、鷹にはある。

背後の沓脱ぎで、靴を履く音がした。由紀夫たちが振り返ると、居間のソファで眠っていたはずの鱒二が、目を擦りながら、立っていた。警察署から帰る車中で眠った鱒二は一向に起きる気配がなく、仕方がなく、勲が抱えるようにして家の居間で寝かせたのだ。「あれ、どうしたんだよ、由紀夫。みんなで、こんなところに集まって」

富田林がやってきたことは伝えなかった。相談したわけではなかったが、悟や勲はもとより、口の軽い鷹までもが触れなかったし、由紀夫自身も、わざわざ鱒二を怯えさせる必要もない、と思った。

「悪いな、由紀夫。またな」と鱒二は夜の八時過ぎに、由紀夫の家でしっかり食事を終えた後に、帰った。その際、由紀夫と父親四人全員が門のところまで見送りに出てきたので、鱒二はかなり不審がった。「おじさんたち全員でいったい、どうしちゃったんですか。わざわざ見送ってくれるなんて」

「いや、心配だからな。帰り道、気をつけろよ」鷹が手を上げる。

「親父さん、元気か」勲がそう声をかけた。元スポーツ選手だという鱒二の父のことを、勲はよく知っているからだろう。

鱒二は顔を赤らめ、眉を八の字にすると、「元気に今川焼き売ってますよ」と肩をすぼめ、それからとぼとぼと街路灯に影を揺らめかせつつ、消えていった。

翌朝、由紀夫が起き、居間に行くと、父親は四人揃っていた。食卓の上に新聞が広げられているので、「あ、載ってる?」と慌てた。

「小さく」と悟が顔を上げた。

「七輪で練炭で心中、だと」勲が忌々しそうに言う。

「やっぱり、彼女だ」葵はしんみりとしつつ、顎を引く。

「相手の男は、あのケーキ屋さん？」由紀夫は椅子に座り、首を伸ばし、記事を見る。

「違う。知らねえ男だな。無職って書いてあるぜ」鷹は記事を指で叩く。

「誰なんだろ」

「今、みんなで話していたんだが、可能性としては、彼女の仲間かもしれないな」悟は手元のコーヒーカップに触れる。

「彼女の仲間？」

「おまえが目撃したという、鞄泥棒の仲間だ」悟が答える。

「ああ」由紀夫の脳裏に、ドッグレース場で見かけたニット帽の男の姿がよぎった。なで肩で、背が丸まっていた。そのニット帽の男からさらに鞄を受け取った、背広を着た男も思い出す。こちらはさらに記憶が曖昧だった。どちらかの男性、という可能性はあった。「やっぱり、報復なのかな」

「とりあえず、俺と葵で、何か調べてみようと思う」鷹が、葵を指差した。

由紀夫は食卓の上に置かれた、バターロールに手を伸ばし、マーガリンを塗りながら、欠伸をする。無言ではあったが、父親たちが、心もとない幼児を見詰めるかのような、心配の眼差しを寄越した。

昨晩は結局、ろくろく眠ることもできなかった。どうせ眠れないのであれば、試験の準備をしようと机に向かったものの、富田林のことや警察のこと、何より担架で運ばれた下田梅子のことが頭にこびりついたままで、やはり集中はできなかった。

「電話の詐欺の奴らってのは、どうやって見つければいいのか分かんねえよなあ」鷹は自らが言い出した話であるのに、無責任に嘆いた。

「富田林さんに、何て言い訳をすべきか考えておいたほうがいいかもしれないね」応じる葵も無責任なものだった。

「まあ、おまえは試験を頑張ってこいよ」勲が力強く、由紀夫に言う。

「あのさ」由紀夫は確認してしまう。「これってたぶん、ピンチだと思うんだ。富田林さんとの約束を破ったら、どうなるか分からないし。鱒二だって、狙われてるし、それはうちも同じだし」

「ああ、そうだ」と悟が言う。

「もちろんだよ」と葵が言う。

「俺たちだって」と鷹が言う。

「分かってるさ」と勲が言う。

「でも、凄く落ち着いている気がする」バターロールを頬張る口で指摘する。

「落ち着いている?」鷹が顔をしかめた。「俺たちが?」と勲が苦笑し、「大慌てだよ」と葵も表情を崩した。「やれることをやるしかない」悟がはっきりと言い切った。

「やれることを?」

「それでどうにもならなかったとしても、大丈夫だ。俺たちで、おまえと鱒二は守ってやるよ」勲の声は、由紀夫を、口の中のバターロールごと包むようでもあった。

「父親が四人もいて、息子を守れなかった、なんて洒落にならねえからな」鷹が鼻をこすりつつ、言う。「ただ人数が多いだけじゃねえか、って思われるだろ」

「ただ人数が多いだけじゃなかったのか」由紀夫はうっかり、思ったことをそのまま口に出した。


登校途中、恐竜橋を渡る手前で自分の歩みがいつもより速いことに気づいた。リズムが狂っているのだ、と思う。昨日のガスタンクでの騒動以降、調子がおかしい。いつもと同じ家、いつもと同じ街並であるにもかかわらず、いずれも初めて触れるかのような感覚だった。

橋を渡り、真っ直ぐ道を進み、交差点を横切った。横断歩道を渡る途中で、背後を見た。今すれ違ったばかりの、交差点の角に立っている女性が気になった。どこか見覚えがあるとは感じたが、立ち止まってみれば、先日、葵と一緒に通りかかった際にチラシを配っていた女性だと分かった。

あまりにも雰囲気が異なっていたので、記憶の中の彼女と、今の女性をすぐに結びつけることができなかった。髪が短くなり、眼鏡も変わっているように見える。何より表情が明るかった。自信のなさそうに揺れる目や、疲れの漂うパーマは消え失せ、美人とはいかないが、明るく潑剌とした可愛らしさが、あった。てきぱきとチラシを手渡している。もちろん、受け取ってもらえず断わられてもいたが、彼女には意気消沈の気配もなく、また、別の通行人に寄っていく。

変身だ。由紀夫は思った。原因はまず間違いなく、あの時、葵のかけた一声だろう。ジーンズを誉め、「眼鏡を変えて、髪を短くしたならば、もっと可愛くなる」とあの父親は言った。どこまでが本心だったのかは分からないが、彼女も悪い気はしなかったのだろう。あの変わりようを見れば、歴然としていた。

クラクションを鳴らされたことで由紀夫ははっとし、横断用信号が赤になっていることに驚くと、駆け足で交差点を渡った。

「昨日、どこに行ったの？」教室に着くと多恵子が話しかけてきた。小宮山の席に堂々と座り、由紀夫を振り返った。

「昨日？」

「恰好良い父親と出かけたでしょ」

「いろいろあったんだ」

「いろいろ、って何？　わたしに話してみてよ」

「怖い人たちに連れて行かれそうになった上に、死体の発見現場に遭遇して警察に連れて行かれた」

「はいはい」多恵子が小馬鹿にした相槌を打つ。「本当のことを言ってよ」

面倒だったので由紀夫は、「家族で焼肉食いに行ったんだよ」とでたらめを口にしたのだが、そちらのほうが多恵子には受け入れやすかったのか、「あ、そうなんだ」と微笑んだ。「どこのお店？」

『人間というのは、自分が信じたいと思うものを信じるんだ』とは鷹の言葉だが、厳密に言えば、鷹が悟から聞いた言葉らしいが、一理ある。デマゴギーはえてして、そういう心理で広まっていく。

「あのさ、聞いてくれる」そこで多恵子が口を開く。聞きたくない、と言ってはみたが彼女は気にもしない。「昨日、熊本さんがうちに来たんだよ。信じられる？」

さあどうだろうね、と曖昧に答えると、「何それ、ちゃんと聞いているの？」と非難されるだけだから、由紀夫はただ、「へえ」とだけ答えた。

「何それ、聞いてるの」と結局、言われる。「試験期間中だっていうのに、何考えてるんだと思う？しつこいんだよね、ほんと。よりを戻そう、よりを戻そうって。紙を捻った紙縒《こよ》りじゃないんだから、戻るわけがないし」

「熱心に想われてるなんて、良かったじゃないか」

「本気で言ってるの、由紀夫」多恵子が目をしばたたかせた。「そんな悠長なことを言っていると、わたし、よりを戻しちゃうかもよ」

戻せばいいじゃないか、と言いそうになるのを由紀夫はこらえながら、その牧歌的な空気に呆気に取られる。富田林のことであったり、たとえば下田梅子のことであったり、そういった面倒なことに比べれば、とてものどかな問題に思えた。

「だから、わたしね、言ってやったんだけどさ。小宮山君を学校に連れて来られたら、よりを戻すのを考えてやってもいい、って」

「何だよそれは。もし、本当に連れてきたらどうするんだよ」

「わたしたちが押しかけていっても無理だったんだから、熊本さんが、小宮山君を学校に来させるなんて、絶対無理だって。でも、そうでも言わないと帰りそうもなかったんだよね。昔話でもあったでしょ。言い寄ってくる男たちに、無理難題を押し付けて、あしらっちゃうのが」

「かぐや姫だっけ」

「それそれ。それと同じ感じ」

「言っておくけど、多恵子はかぐや姫じゃない」

「由紀夫って本当に細かいことにこだわるよね。でも、熊本さん、小宮山君のことを連れて来られると思う？　やっぱり無理かな」

「だって、熊本さんってバスケ部の先輩だけど、野球部の小宮山とはまったく関係ないし」

「あ、確かに」多恵子は今さら気がついたかのように、目を丸くした。「全然関係ないね」

「まあ、傍目八目《おかめはちもく》と言うしさ、離れて見てる人のほうが、打開策を見つけてくれるかもしれないけど」由紀夫は億劫そうに適当な相槌を打ってみたが、多恵子は満足そうで、「かもね」と返事をした。

前方の扉ががらっと開き、数学の教師、嫌ティが姿を現わす。肩幅の狭い細い身体に、薄く色のついた眼鏡をかけている。本人は洒落ているつもりなのかもしれないが、似合ってはいない。

「おい、試験はじめるぞ。席につけ」彼の無愛想な声に、多恵子は慌てて、自らの席に戻った。

「ねえ、由紀夫君」隣の殿様が首を伸ばしてくる。いつも通り、世間知らずのお坊ちゃん、という顔だった。

「また、あれかよ、あの悪戯電話のことか」試験用紙が配られはじめるので、由紀夫は素早く応える。そんな話なら後にしよう、と。

「まあ、電話は今日もあったんだけど」

「あったのかよ」

「そんなことより、由紀夫君、昨日何があったの？」

由紀夫は眉をひそめる。昨日は様々なことがあった、と説明したくなる。自分の立つ土台を揺さぶられるような恐怖を感じたのだ、と。ただ、殿様がどうしてそのことに感づいたのか、と訝る。

「顔が違うよ、由紀夫君」

「顔が?」

「神妙で、試験どころじゃない顔だ」

「殿様は何でもお見通しだな」

そこで嫌ティが、「おい、おまえたちうるさいぞ」と注意をしてきた。「学校の試験をなめるなよ」

古文の「土佐日記」に関する試験問題は順調に解けたが、化学のほうは何箇所か、答えを思い出せなかった。前日の日本史の試験の時と同様、粘ることはせず、教室から退出した。席を立ち、解答用紙を持ったまま教壇に進むと、顔を上げた多恵子が何やら物言いたげに視線を送ってきたが、無視した。

校庭を歩きながら、最初のうちは試験問題について考えた。そのうち頭を占めてくるのはやはり、下田梅子のことであり、担架のことであり、昨晩自宅にやってきた、古谷と富田林のことだった。『おまえは試験を頑張ってこいよ』と勲は言っていた。実際、自分がでしゃばったところで何が解決するとも思えなかったが、父親たちに詐欺犯を見つけ出す勝算があるのかと言えば、きっとない。

父親というものは、隙あらば息子を欺きたいものなのか、もしくは出し抜きたいものなのか、たびたび、嘘をつく。

たとえば、小学生の頃の由紀夫の運動会の前に、「のっぴきならない用事があるから、行けないな」と四人が個別に言ってきた。それはそれで気楽だからありがたい、と由紀夫は感じたが、当日、リレーのアンカーとして走ると、ゴール周辺に四人の父親がカメラを必死に構えているのが見え、危うく転びそうになった。後で聞けば、「びっくりさせたかったのだ」と言う。「来ないと思ってたのに、父親がやってきた、なんて感激だろ」

また、中学の卒業前、あるロックバンドの解散コンサートに由紀夫が行きたがっていることを知った彼らは、表面上は、「あ、そう」と関心のない雰囲気であったにもかかわらず、発売日の夜には四人がそれぞれ、チケットを入手していた。鷹は、賭場で知り合った怪しげな男から手に入れたらしかったし、葵は例のごとく、チケットセンターの女性に近づいた。悟は、チケット予約の電話のタイミングを必死に計算し、数台の電話を駆使したと言うし、勲は体力勝負で発売日前の夜から並んだようだった。何もそこまでして、と思ったが、何より、彼らがことごとくチケットを二枚用意していて、「俺と一緒に行こうな」と誘ってきたことに辟易した。どうして父親と一緒に行かねばならぬのだ、と由紀夫は嫌がり、結局、行かなかった。「冷たい息子だ」と彼らは泣き出しそうな顔を見せた。

彼ら父親には、自分たちの考えや計画を由紀夫には明かさず、陰で物事を進め、由紀夫を驚かそうとする傾向があって、その結末はたいがい、由紀夫が呆れることになるのだが、ただ、今回の彼らの様子を見る限りでは、そういった余裕はなさそうだった。ふりではなく、本当に困っている。

小宮山のことを考え、閃いたのは、その後しばらく一人で歩いていた時だった。恐竜橋の手前に到達し、なぜか多恵子のことが頭を過ぎり、彼女の、「熊本さんに、小宮山君を連れてきたらよりを戻すと言った」という台詞を思い出し、その後で、小宮山の後輩たちに体育館で囲まれた時の記憶が甦った。

「小宮山先輩って、危なっかしいバイトやってるって威張ってた」

彼らのうちの一人がそう言っていたのを思い出した。さらにその時、別の一人は、「きっと、あれですよ、詐欺グループの仲間とか」と相槌を打った。

由紀夫の目の前が光る。見えないコードを体につけられ、電気により蘇生を促されたかのような、そんな震えが身体を走り、実際、立ったままではあったがびくんと身体をくねらせた。

「詐欺グループの仲間とか」

その声が頭にこだました。

詐欺と言えば、と自分の内側で、もう一人の自分が手を挙げている。「はい、先生、詐欺と言えばまさに、富田林さんの捜している詐欺師じゃないでしょうか」と挙手しながら、答えている。

由紀夫は自分の鼓動が速くなるのが分かる。足も自然と速くなった。恐竜橋を渡りながら、「小宮山に会おう」と決めた。小宮山の危なっかしいバイト、とは、富田林を騙した詐欺師と関連しているのではないか、小宮山が高校に来ないのはそれが関係しているのではないか。一度、そうだと思うと、もはやそれが真実だとしか感じられなかった。

小走りでは我慢できず、気づくと由紀夫は駆け出していた。


映画『E.T.』の音楽が流れた。鞄に入っていた母の携帯電話が鳴っている。持ち歩いていたままだった。キーロックなるものの呪縛のため、こちらからはかけられないが、受けることはできる。母親にかかってきた電話を取るわけにはいかず、面倒だな、と知らぬふりをするつもりが、液晶の画面に表示されている電話の発信者名に、「鷹・ギャンブル好き」と表示されていたため、意識するよりも先に、ボタンを押した。どういう登録名なのだ、と母親の感覚を笑う。

「由紀夫か、無事か」鷹は、こちらの声を聞く前から、乱暴に言ってきた。

「今、学校帰りだけど。何か新情報でもあった?」

「大したことは分かってねえけど、ただ、警察は完全に、自殺だと決め付けてるな。心中なのか、同伴自殺なのか分からねえけど、他殺とは疑ってねえな」

「あ、そっちのほうか」

「そっちのほうって、どういうことだよ」

「俺、富田林さんを騙した詐欺のこと、考えてたから」

「そっちも手掛かりねえんだよな。由紀夫、今、どこにいるんだよ」

「俺は今、学校帰り。これから友達のところに寄って、帰る」嘘ではない。

「富田林さんに会わないように気をつけろよ」

「気をつけようがないって」

「まあな」鷹は笑ってから、「今日はあれだ、葵がトンカツを作るらしいぜ」と付け足した。

由紀夫は自分の目尻が下がるのが分かる。「久しぶりだなあ」と笑う。目には、皿に載った美しい狐色のトンカツが浮かぶ。

「俺たち、今、ピンチだろ。カツ食って、困難に打ち勝つ、って気分なんだろうな」

「ピンチって言わないでよ。それに、駄洒落はやめようよ」

今日は早く帰るよ、と告げ、電話を切った。


小宮山のマンションは、由紀夫の精神状態のせいかもしれないが、昨日、訪れた時よりも、さらに堅牢《けんろう》な建物に見えた。小宮山宅は四階だった。あのあたりだろうか、と見当をつけ、見上げる。今迎えに行くからな、と芝居がかった台詞を考えるが、そこで、そういえば、小宮山ってどんな外見だったかな、と首を傾げてしまう。ぼんやりとしか思い出せない。敷地に足を踏み入れ、小さい花壇を横目に歩き進み、エントランス前のドアで立ち止まる。

迷うことなく、と言うよりも、自分が尻込みする暇もないほどに素早く、由紀夫は小宮山の部屋番号を押す。しばらく、呼び出しの音が聞こえ、あ、やっぱり早まったかな、と後悔が過ぎったのとほぼ同時に、インターフォンから「はい」と女性の声が聞こえた。探るような、小宮山の母親の声だ。

「どなた」

「あの、小宮山君に用があって」

向こうで、溜め息とも同情ともつかない息が漏れた。

「また、来てくれたのね」

「今日はまた、違う用なんですよ。小宮山が何に悩んでるのか、分かったんです」

声が聞こえてこない。さすがに不審に思ったのかもしれない。しばらくして、「そういえば、昨日、全部知ってる、って言ってましたよね」と弱々しく、彼女が続ける。

由紀夫の頭にはそこで、子供の頃から葵に教え込まれていた台詞が甦っていた。「女の子が不安になっていたならば、自然に笑いかけて、こう言ってやれ」と葵がくどいほどに教えてきた。「しっかり覚えておけよ」と父親に言われれば言われるほど、「絶対に、覚えるものか」と由紀夫は捻くれたが、そう思えば思うほど記憶には強く刻まれるのか、由紀夫はインターフォンに向かって、子供の頃に葵から教わった台詞を口にしていた。

「俺がいるからには、もう、大丈夫ですよ。安心してください」

年配の女性に向かって、しかも同級生の母親に向かって、高校生が言うべき言葉とは到底思えなかったから、言った後で恥ずかしくなり、俯いた。慌てて、謝罪しようかとも思ったが、その前にインターフォンから、「少し待っていて」と返事があった。


エントランスまで降りてきた小宮山の母親は、先日会った時よりもさらに疲弊していた。顔色は悪く、目の下の隈も際立ち、落ち着きがない。思わず、「体調、悪いんですか?」と訊ねた。

小宮山の母親は、由紀夫の顔を見た。前回同様、「お気持ちは嬉しいけれど、もう気にしないでください」と言ってくるのではないか、と想像していたが、案に相違して、彼女は追い返そうとはしなかった。由紀夫をじっと見つめ、視線が合うと今度は慌てて目を逸らす。目を潤ませ、頬を震わせてもいる。

「あの」と由紀夫が口を開いた時、彼女の喉が動いた。緊張の唾を飲み込んだのか、息を軽く漏らすと、覚悟を決めたように目をぎゅっと一度、閉じ、「うちの子に」と言った。「うちの子に会ってくれますか」と。

拍子抜けだった。え、いいんですか、とぼんやりと訊ねてしまう。

「ええ」小宮山の母は言った。頬は引き攣っている。俯き、唇を動かし、言葉を探している風ではあったが、聞き取れなかった。また口をもごもごとさせた。何か言うのかと待ったが、結局、何も言わず、エレベーターへと歩きはじめた。由紀夫はその背中を追いながら、「小宮山は元気なんですか」と訊ねた。ちょうど開いたエレベーターの中に入り、階数のボタンを押した彼女は、「ええ、まあ」と曖昧に答える。

エレベーターが四階に到着し、静かに扉が開く。小宮山の母は、先に降りてください、と無言ながらに視線で言ってくるので、由紀夫はそれに従った。前日に訪れた、下田梅子のマンションとはまるで違う、高級な印象のある建物だった。通路脇に埃が溜まっていることもなく、新聞の突き刺さったドアもない。

いつの間にか小宮山の母が、由紀夫の前に移動していて、あるドアの前で鍵に触った。「ここです」と言われ、眺めれば表札プレートに、小宮山、とあった。

ドアが開き、由紀夫は足を踏み入れる。沓脱ぎは殺風景だった。小宮山の物らしき靴はなく、傘が置かれていることもない。前には細長い廊下があって、正面が居間なのだろう、とは想像できた。

小宮山の母は、振り返りもしなければ、「上がってください」と言うこともせず、由紀夫を置いて、淡々と中へと進んでいく。

「お邪魔します」と由紀夫は靴を脱ぎ、廊下を歩き、右、左と眺め、「小宮山の部屋はどこですか？」と訊ねた。小宮山の母は構わず先へ行く。呼んでおいて無視するなんて失礼じゃないですか、と由紀夫は不快感を覚える。

居間に続く扉は開いたままで、小宮山の母はその中へ姿を消した。後を追うほかない。

部屋に入ってすぐに違和感を感じた。ごく一般的な、広々とした横広のリビングだ。右手奥にはダイニングテーブルがあった。ただ、本来であれば向かい合わせに配置すべきと思しいソファが、壁に押しやられ、フローリングの床にはタオルやバッグが散乱していた。何よりも異質だったのは、壁についたソファの脇で、しゃがんでいる小宮山だった。日焼けした肌に、短髪は変わらなかったが、やつれており、何より自宅で膝を折り、いじけたように座っている姿は奇妙だった。彼の両手が後ろにまわり、それが何らかの器具で縛られていることに気づき、ぎょっとする。

目が、由紀夫と合う。

小宮山どうしたんだ？　と問い質したいが言葉が出ない。

由紀夫は状況が飲み込めなかった。息を止め、小宮山の母を求め、視線を動かす。ダイニングの脇の壁で、小宮山の母は立ち、泣き出しそうな顔で、後ろから羽交い絞めにされていた。何者かが、小宮山の母の手を取り、口を押さえている。

「何これ」

由紀夫がようやく声を発した時、後ろから腕を取られた。

両腕が取られたら終わりだ、押さえつけられたらおしまいだ、と由紀夫の頭にはまず、その思いが浮かんだ。子供の頃、勲と格闘技の真似事をしていた時に、そう教わった。つかまるな、動けるうちに振りほどけ、と。両腕をばたつかせ、身体を捻る。鞄が手を離れ、床に飛んだ。ぶつかって困るような物は入っていなかったよな、ととっさに心配がよぎる。

遠慮なく、渾身の力を込め、腕を引っ張った。左腕が抜けた。横を向くと、背後の男が見える。角刈りで、顎の鰓《えら》が張った、見知らぬ男だった。白髪まじりの角刈りで、顎には髭が無造作に生えている。鼻が大きく、その穴も広い。トレーナー姿だ。手首のあたりには赤茶色の斑点もある。両方の眉はほぼ繋がっている。頬からも短い毛が生えているのが分かる。口からの匂いが、臭い。鼻をつまむほどでもなかったが、歯垢の匂いだ。

誰だ、この男、と疑問に思いつつ由紀夫は手を振りほどき、肩からぶつかる。とにかく動け、つかまるな、と勲の声がする。相手はバランスを崩し、今、由紀夫が入ってきたばかりのドアに衝突する。閉じたドアが鳴り、部屋が軋んだ。

「動くな」と別の男の声がした。同時に、かしゃんと音が鳴る。由紀夫はドアに押さえつけた男に注意しながら、声のしたほうへと振り返った。

銃のようなものが向けられていた。

窓際に立つのも見知らぬ男だった。銃らしきものを持っている。顔が青白く、細長い輪郭の男だ。頭髪は薄く、生え際が少し後退している。表情はほとんどない。グリップを握り、その人差し指が引き金のようなものに触れている。ようやく理解できた。引き金のようなものはまさに引き金そのもので、銃らしきものは本当に銃なのだ。回転式ではなく、グリップの中に弾倉のあるタイプだった。子供の頃、鷹がモデルガンを買ってきて、拳銃の違いを教えてきた時のことを思い出した。先ほどの、かしゃん、という響きはスライドを引いて、弾を装塡させた音だったのか、と気づく。

「撃つぞ」青白い男は淡々と言う。

「由紀夫」そこで小宮山が声を発した。壁の近くにしゃがみ、うな垂れていた彼は、由紀夫をじっと見つめ、残念そうに首を横に振った。

由紀夫はもう一度、視線を移動させ、ダイニング近くにいる小宮山の母に目をやる。彼女は血の気のない表情をしている。活力という活力が消失した外見だった。彼女の後ろにいるのは女だ。髪を後ろに結び、化粧っ気はない。年齢は四十歳前後、といったところかもしれない。

三人だ。

小宮山と小宮山の母親を除くと、三人だ。見知らぬ、しかも怪しさ満点の者たちが、三人いる。共通点は見当たらない。興奮した面持ちの中年男と、ぱさついた髪を無造作に結んだ、四十歳ほどの女、それから、無表情の青年、だった。

「大人しく従えば、撃たない」青白い男は銃を構えつつ、言う。男の背後、窓の横の壁に、大きめの銃が立てかけられているのが目に入った。装飾のない、色も地味なそのライフルは、室内にはそぐわなかった。

角刈り頭の無精ひげの中年男は、荒い鼻息を散らしながら、由紀夫の腕を後ろ手に取った。焦りながらも必死さのこもる動きで、手首に何かをはめた。がちゃんと音がする。動かすと金属が当たる感覚があるので、手錠だろうか、と想像した。「おい、座れ」と由紀夫の後頭部に言ってくる。

口は塞がれなかったし、足もそのままだった。ただ、手の自由を奪われた。見れば、小宮山も同じ恰好であったし、小宮山の母親も手錠をかけられていた。

やけに身体をまさぐられるな、と不快に思ったが、携帯電話の有無を確かめられたのだと分かる。母親の携帯電話は鞄の中だ。

「おまえはいったい、どこまで知ってるんだ」角刈りの無精ひげが、充血した目で、由紀夫の前に立った。小宮山の母親のところにいた、髪を結んだ女も足を向けてきた。

「どこまで？」

「何度もこのマンションに来たでしょ、あなた」女にも興奮の様子はある。

「しつこく、来てたよな」青白い男は持っていた拳銃を慣れた仕草で操作すると、傍に置いた。安全装置を戻したのだろう。

　女が玄関へと移動し、音を立てた。由紀夫の履いてきた靴を棚にしまっているようだった。

「同級生なんだから、不登校の友達のところには、しつこく来ますよ」由紀夫はとりあえず、そう言い返した。

　角刈りの男は、小宮山に向かって、「おい、おまえ」と荒っぽく言う。見知らぬ三人のうち、この角刈り髭面が一番、落ち着きがなかった。「こいつとそんなに仲がいいのか」

　小宮山はじっと、由紀夫を見た。向かい合う。まさか、正直に、「そんなに仲が良いほうでもない」などと答えるのではあるまいな、と由紀夫はびくついたが、小宮山もさすがに心得ているのか、うなずいた。「ああ、そうだよ」

「おまえ、何か知ってるんだろ」窓際に置かれたソファの肘当て部分に腰を下ろした、青白い男が感情のこもっていない声を出す。

「何も知らないですよ」由紀夫ははっきりと言った。嘘偽りなく、本当のことだった。こんなことになっていると知っていたら、絶対に来なかった。

「だけど、何度も来て、『全部知ってるぞ』とか言ってたよね、インターフォンで」そう言った女はダイニングテーブルの椅子に腰を下ろした。

「あ」確かに昨日、このマンションを訪れた時に、由紀夫はそう言った。「あれは、全然関係なくて」

「関係がない？」青白い男が目を細める。

「適当に言っただけ、と言うか、でたらめ、と言うか。煽ってみただけで」

　一瞬、全員が黙り込んだ。

　ほどなく、「本当に関係なかったのか」と角刈りの男が目を見開いた。歯軋りをするばかりに苦しげだった。

「やっぱりだ」青白い男が鼻を鳴らし、ダイニングの女も、「だから言ったじゃない、あなた」と角刈りの髭男を責める。

「だが、こいつはあんなにしつこく、ここに来てたんだ」男の口には唾が溜まっている。「普通、怪しむだろうが。だいたい、おまえ、本当にただの高校生なのか」

「ええ、ただの高校生です」

「でかい家に住んでるよな」角刈り男が鼻の穴をいっそう膨らませた。視線はどこか散漫で、まばたきが多い。息が臭い。後ろで縛られた手を拳にし、力を込める。そうでもしないと、震えて、押し潰されそうだった。

「すまん、由紀夫」と小宮山の声がした。

由紀夫は顔を上げ、小宮山の顔を見た。

「ごめんなさいね」と小宮山の母が言う。

由紀夫は首を振り、小宮山の母を窺う。

「これ、いったい何なんですか」腹の筋肉を引き締め、声がか細くならぬように願いながら、訊ねた。震えているのがばれたら、つけ込まれるような気がした。

三人がそれぞれ顔を見合わせる。

「仕方がねえよな」角刈りの男が顎を引き、つぶやいた。それに対し、女は何も答えず、銃を持った青白い男は、「任せるよ」と言う。

「おまえも、ここにいてもらうしかねえな」角刈りの男が、由紀夫を睨んだ。「いいか、大人しくしてれば無事だ。トイレに行きたい時は、そう言えば、行かせてやる。風呂も毎日は無理だが、支障のない範囲で入らせてやる。食事も用意する」

「何ですか、それは」由紀夫には状況が分からない。隣の小宮山を見やるが、彼は同情するような目で見てくるだけだった。

「本当にごめんなさい」と小宮山の母が悲痛な声で謝ってくる。

「俺たちも巻き込まれたんだ」小宮山が息を吐く。

ソファに寄りかかっていた青白い男が腰を上げ、手を動かした。立てかけていたライフルを手に取り、照準を合わせるかのように目を寄せ、いじった。手入れというほどではないが、楽器の手触りを確認するギタリストや、カメラの状態を確かめる写真家を髣髴とさせる。商売道具に対する信頼と畏怖、愛着のようなものが伝わってきた。銃の尻の部分あたりについたボルトのようなものを捻り、引いて、弾倉を確かめている。窓の外に向かい、何度か構えた。ライフルの上部についたスコープも数回覗き込んでいる。しばらくすると、カーテンのフックに引っ掛かっている双眼鏡を手に取り、外を覗いた。

「近いうちに終わる。大人しくしてれば、無事だからな。な」角刈りの男は目を合わせようとせず、自分に言い聞かせるように、言う。

しばらく、誰も喋らなくなった。

由紀夫は壁に背をつけ、室内を確認する。居間とダイニングがくっついた部屋は広々とし、天井も高く、あまり生活臭はない。壁に丸い時計が掛けられている。午後の三時だ。ここに到着したのが何時だったのか覚えていない。小宮山とは二メートルほど、離れていた。寝転がり、這い進めば近づけたが、うな垂れている小宮山は眠っている様子でもあり、そっとしておくべきに思えた。

女は長いソファで横向きに寝そべり、青白い男は窓の横で足を組んで、座っていた。小宮山の母はダイニングテーブルの横で壁に寄りかかっている。目は開いているが、何を見ているわけでもなさそうだった。

途中で一度、小宮山が目を開け、「トイレ」と声を上げた。

静まり返った室内にごとっと音がして、ソファから女が立ち上がった。無表情のまま、小宮山に近づく。自分のジーンズの尻ポケットに手を入れ、小さな鍵を取り出した。それを小宮山の背中の手錠に挿し込み、回す。手錠が外れる。女は、小宮山の手を引っ張り、立たせる。顎で廊下を指した。小宮山はおずおずと、久しぶりに立ったせいなのかぎこちない動作で廊下へと消えて行く。

女は後から、小宮山に続いた。

それほど厳重に警戒されているわけではなさそうだった。トイレに行く、と言えばあっさりと手錠を外してくれるし、足枷《あしかせ》があるわけでもない。由紀夫は少しずつ自分が落ち着いてくるのが分かった。これならば逃げる機会はあるのではないか、と思う。

「余計なことは考えるなよ」

見透かしたかのように、窓際にいる青白い男が言った。静かで、氷の矢でこちらを射るような鋭さがある。「もし、変な真似をしたら、俺が撃つ。万が一、おまえが逃げたら、残った奴を撃つ」

由紀夫は唾を呑み、うなずいた。単なる脅しではないはずだ。だからこそ、小宮山母子は逃げ出せないでいるのだろう。多恵子と一緒にこのマンションにやってきた時に、表まで出てきた小宮山の母親のことを思い出す。あの時、彼女は草臥《くたび》れていて、「これはわたしたちの問題だから」とすげなく、由紀夫たちを追い返そうとした。あの時の彼女も、部屋に残っている小宮山に危険が及ぶことを考えると、真実を話すわけにはいかなかったのだろう。

トイレで水の流れる音がした。と思うと、すぐに、小宮山と女が戻ってきた。野球部で後輩相手にふんぞり返っていた小宮山の影はない。一回り細くなったようにも、見える。小宮山は弱々しい息を吐くと、もといた場所に腰を下ろした。反抗することも抵抗することもなく、また、手錠をかけられる。由紀夫の視線に気づいたのか小宮山は視線を上げ、歪みとも笑みともつかないものを顔に浮かべた。「悪いな、由紀夫」

「状況が分からないよ。何だよ、これは」

「だよな」

「半月もこんな状態なのか？」

青白い男が冷めた眼差しを向けてくる。「喋るな」とは言って来ない。ある程度までは、自由にさせてくれるのかもしれない、と由紀夫は思いつつ、いったい何のための籠城なのだ、そもそもこれは籠城なのか、と疑問に感じる。

「半月、そうだな、もうそんなだよな」小宮山はぐったりとした表情を見せる。

「試験だよ、今は」

「試験か。どうなんだよ、俺のことはみんな、心配してないのかよ」

「心配してるよ。ただまあ、単に、学校に来たくないだけだとみんな思ってそうだけどな」

「だよな」小宮山は小さく笑う。「後藤田が少し前に、電話を寄越したぜ」

「急に、担任の役割を思い出したんだ」

「お袋が適当に、俺が行きたがらない、なんて説明したら納得したみたいだった」

「後藤田はさ、何でも事務的なんだ。勘も悪いし」

「まさか、こんなことになってるとは思わないだろうな」

「思わないだろうなあ」由紀夫もしみじみ言った。「いったい、何でこんなことになったんだ」

「分からねえんだ、本当に」

「知り合いなのか？」由紀夫は声を潜め、青白い男に目をやる。

「さっぱり」小宮山は弱々しく、首を振る。「急に来て、で、居座った」

「何だよそれ」

「あんまり喋るな。大人しくしてろよ」と青白い男の声が飛んでくる。

角刈りの男が帰ってきて、由紀夫は、彼が不在だったことに気づいた。片手にスーパーマーケットのビニール袋をぶら下げている。近所の大型スーパーで、由紀夫も時折、利用する店だ。ダイニングテーブルの上にどん、と置く。無言で取り出した中身は、プラスチックの容器に詰まったお惣菜と白飯だった。

「腹が減ったら言え。一人ずつ、食べさせてやる」と角刈りが、由紀夫に言った。他の人間には説明しなかったから、おそらくそれはこの半月、ずっと繰り返されている日常なのだろう。

由紀夫は自分の内で、不安感の水位がどんどん上がってくるのが分かり、呼吸もままならない気分だった。学校の授業とは異なり、何時になれば解放される、と決まっているはずがないのに、習慣とは恐ろしいもので、時計を何度も見ては、まだこれしか時間が経っていない、と焦った。目を瞑り、まずは落ち着くべきだ、と自らに言い聞かせた。そのうちに後頭部を壁に付け、口を開けたまま、眠っていた。


起きたのは、テレビの電源が入り、音声が流れてきた時で、時計を見れば夕方の六時を回っていた。ダイニングテーブルの椅子に座り、角刈りがニュース番組をじっと眺めていた。

「図太いね」女が、由紀夫の前を通りかかり、言った。「眠ってるなんて。怖くないの」

「怖いです」由紀夫は強がる必要も感じなかった。「夢かと思ったんだけど」

「そう」女は片眉を下げた。ぶっきらぼうで、表情がなく、由紀夫は落ち着かない気分になる。

「俺、帰れないんですか?」

「帰ったら、喋るだろ」そう言ったのは、窓際で双眼鏡を覗いている青白い男だった。

「由紀夫は」小宮山が横から言った。緊張しているのか、声が震えている。「由紀夫は帰してやってくれよ。由紀夫の家が心配するかもしれないし。関係ないだろ」

「帰すよ。約束する。おまえたちだって、無事に解放する。俺たちはやるべきことが終わったら、ここから出ていく」テレビ画面に向いたままの角刈りが言った。「それまで大人しくしていろ。な」

「家に何時までに帰らないと怪しまれるとか、そういうのある？」女がふと気になったらしく、質問をしてきた。

いいえ、と答えかけて思い出したのは、トンカツのことだった。由紀夫の家ではたいがい、夕食は夜の七時半前後、となる。先ほどの電話で由紀夫は、「トンカツを楽しみにしている」と伝えたから、七時半を回っても由紀夫が帰宅しなければ、「どうかしたのか」と少なくとも鷹は、疑問に感じるかもしれない。

「七時には帰っていたほうが」

正直に答えるのが得策であるのか、判断はできなかった。むしろ、「何時に帰っても心配はしない」と言い切り、ここにいる彼らを安心させた上で、鷹たちに心配させたほうが裏を掻けるのではないか、とも思ったが、それが上手くいく保証もなかった。

「七時」と青白い男が呟く。時計を見やる。「あと一時間」

「電話しておいたほうがいいかもね」と女がすぐに言った。「家に電話しなよ。母親がいるだろ」

「母親は今、いないんだ。ただ、父親ならいると思う」

「ずいぶん早い時間から、家にいる親父だねえ」女は怪しむというよりは呆れつつ、「自営業？」と訊いた。

「いろいろと」由紀夫は曖昧に答えた。四人いるので、いろいろです、と続けそうになる。

角刈りの男がテレビを消した。ごりごりと激しい音がするので何かと思えば、彼が頭を掻いている音だった。リモコンをテーブルの上に戻し、「地元のニュースでも、もうやってねえな」と居間のほうへと戻ってきた。

「ただの心中だと思ってるんだろうね」ふらっと動いた女はテーブルから惣菜の入った容器を取り、ソファに座る。蓋を開け、割り箸を構える。

「心中？」由紀夫の頭にその言葉が引っ掛かる。心中と言えば、昨日、ガスタンクの裏手で発見されたあの、下田梅子のこととしか思えない。考えるより先に、「誰の仕業なんだろう？」と由紀夫は言った。室内の空気がきゅっと引き締まる気配があった。「何のことを言ってるんだ？」と青白い男が言った。

「おまえ、やっぱり何か知ってるんだな」惣菜の容器を手に取ろうとしていた角刈りの男はテーブルの上にあった爪楊枝入れをつかむと、興奮した様子で、由紀夫に向かってそれを放り投げた。由紀夫は咄嗟に目を瞑る。飛び出した楊枝が次々と身体にぶつかる。幸い、肌の出ているところには当たらなかった。服の上にぱらぱらと広がった爪楊枝は、恐ろしい針にも見えた。楊枝入れが床に短く音を立て、転がった。

「どこまで知ってるんだよ」角刈りの男がどたどたと由紀夫に近づき、学生服を引っ張り上げた。後ろ手に縛られた由紀夫は首元をねじ上げられる。苦しさよりも、詰襟や角刈りの指の節々が首周りに当たる物理的な痛みのほうが酷く、そしてそれよりもさらに、角刈りの男の興奮のほうが恐ろしかった。

「どこまで、って」

「あの、死んだ奴らのこと、どこまで知ってるわけ？」女も惣菜を食べるのを途中で止めていた。

　隠す必要を感じていなかった由紀夫は、自分が昨日、心中事件の発見現場にいたことを説明した。最初のうち彼らは、おまえが心中事件の場所に、たまたまいたなんてことがあるはずがない、と疑ったが、詳しく由紀夫が話をすると渋々ながら、信じてくれた。

「でも、あなたさっき、誰の仕業なんだ、とか言ったよね。あれ、どういうこと？」

「そうだ、おまえ、あれが心中じゃないと思ってるのか」角刈り男は唾を飛び散らす。

由紀夫はゆっくりと身体を揺すり、服の上の爪楊枝を脇へと落とす。

「何となく、そんな気がしただけですよ」由紀夫は言葉を選びながら、曖昧に答える。そしてさらに、曖昧なだけでは納得してくれないような気もしたため、「警察の人が言うには、心中するような事情はなさそうだったみたいだから」と嘘を付け足した。

「警察」角刈りの男は憎しみを込めた言い方で、吐き捨てる。

「警察に何が分かるわけ」女も乱暴に言った。

「あれは心中じゃないんですか？」由紀夫は探るつもりで、訊ねてみた。

「その話は後にして、まずは、こいつの家に電話をかけたほうがいいんじゃないのか」青白い男が冷静に言った。

「そうだな」角刈りも認める。「まずはそっちだ。そういえば、おまえ、携帯電話、持ってないのか？　今時、珍しい奴だな」

「着信しかできないんだ」由紀夫は正直に話す。鞄の中に、電話が入っていることは入っているのだが、こちらからかけられないのだ、と説明する。

　案の定、角刈りの男は、嘘をつくな、と怒ったが、由紀夫の鞄を拾い、携帯電話を取り出し、いじくると、「確かに、ロックがかかっているな。使えねえ電話だな」と納得はいかないようだったが、言った。

「本当に使えない電話です」

「これを使って」と女が電話機を持ってきた。小宮山の自宅の電話のようだった。コードレスの受話器だ。彼女は、由紀夫の脇にしゃがむと、「番号言って。ボタン、押すから」と言う。由紀夫の腕を自由にする気はないらしい。

「何て言えば」

「今日は帰らない、って言えば」

「でも、いつ帰るのか伝えないと、余計に不安がる」由紀夫は指摘する。「旅行に行くと言うわけにもいかないし」

「曖昧でいいんじゃないか？」青白い男はなぜか、他の二人に比べると、由紀夫のことに関心がなさそうで、と言うよりもこの状況自体に興味がなさそうで、そのことが由紀夫には意外だった。「『友達に会って、夜通し付き合う羽目になった。しばらく帰れないかもしれないけど、心配しないでくれ』高校生と親の会話なんてそんなものだろ。事細かに嘘をついて、ボロが出るよりは、曖昧に言って、心配するな、と言っとけばいい」

「そうだな」角刈りの男は興奮気味に同意する。「定期的に、連絡を入れておけば、警察にすぐ届けるような真似はしないだろう」

自分の父親たちがどういう反応を示すのか、由紀夫には想像ができなかった。一日や二日不在だったとしても、さほど気にしないのではないかな、とも思えた。

自宅の電話番号を、女に告げる。彼女は視力が弱いためなのか、目を細め、たどたどしくボタンを押した。

「余計なことを喋ったら、撃つ」青白い男が釘を刺す。

「助けを求めるな。この場所を仄めかすのもなしだ」角刈り男の鼻の穴が大きく広がる。穴から中が覗けそうなくらいだ。

耳に子機が当てられた。呼び出している音が続く。「こっちの番号は非通知にしてるからね」と女が言う。

誰が電話に出るのだろうか、と由紀夫は考えた。悟や勲であれば敏感に、由紀夫の異変に気づくかもしれない。鷹はそこまでの繊細さは持ち合わせていない。呼び出し音を聞きながら、悟さんか勲さん、悟さんか勲さん、と内心で念じていた。

「はいよ」出たのは明らかに鷹だった。

その声を聞いた瞬間、由紀夫は、何だ鷹さんか、と落胆するのではなく、不覚にも、「鷹さん」と縋るような声を上げたくなった。助けてくれよ、と。胸に空洞ができたかのような、やり切れない寂しさがこみ上げてくる。奥歯を嚙んだ後で、「ああ、俺だけど」と告げた。平静を装うことがこれほど難しいとは、思わなかった。

「あ、由紀夫か。早く帰って来いよ。今、どこだよ」

「実は、高校の友達とばったり会ってさ、付き合うことになった」

「付き合うことになった、って、女か？　多恵子ちゃんはどうしたんだ」

「違うよ」由紀夫は言いながら、すぐ隣で耳を寄せている女が気になる。鷹の喋り方は、父親から息子へ向けられたものにしては軽薄で、本当に自宅に電話をしているのか、と疑われたら堪らない。かと言って、あからさまにそのことを主張するのも怪しまれそうで、どうしたものか、と悩む。「付き合うって言っても、交際のことじゃない」

「男かよ。で、何時頃、帰ってくるんだ」

「下手すると、そいつの家に泊まるかもしれない」

「あ、そうか。何だよ、トンカツ、もったいねえな」

「また次回を楽しみにするよ」由紀夫は言いながら、瞼を閉じる。じわっと目尻に水滴が溜まるのが、自分でも分かった。次回があるのかどうか、とも思った。

「せいぜい、楽しんで来いよ」

「まあ、試験期間中だけど」由紀夫はあまり深い意図はなく、そう口にした。ヒントを与えるようなつもりも、違和感を植えつけるつもりもなかったが、ただ、少しでも長く、鷹との交信を続けたい思いだった。脇を女に突かれた。余計なことは喋るな、という警告だろう。

「試験なんて気にしてたら、立派な大人になれねえぞ」と鷹が笑う。

「そうだね、試験はどうでもいいよ」

「おまえはやっぱり俺の息子だよな」

由紀夫の横にいる女がうなずいた。間違いなく父親だ、と確認したのだろう。

「じゃあ、また連絡するよ」由紀夫は言う。女が電話を切るために子機の向きを変えようとした。由紀夫はそこで、最後の最後にはっと思いつき、「悪いね、お父さん」と大きめの声で話しかけた。

電話が切れる。

女は満足そうに電話機を持って、立ち上がり、「これで、まあ、今晩は大丈夫かね」と誰に言うでもなく言った。

由紀夫は小さく息を吐き、身体を捻り、学生服の肩のあたりで、目の端に溜まった涙を拭く。父親の声にこれほどまで安堵感を得ている自分にたじろいでいた。

うつらうつらとした覚えはなかったが、眠っていた。手錠をかけられ、座った体勢であるから熟睡は無理だったが、こんな状況でも眠れた自分に驚く。先ほどと同じで、「起きたら、夢から覚めるのではないか」と心のどこかで期待していたのかもしれない。

時計の針の音ばかりが響き、自分の息がそのリズムと呼応する。小宮山と小宮山の母もぐったりとしていて、それは、他の三人も同様に見えた。彼ら犯人たちに、おまえたちはいったい何のために、ここにいるのだ、と大声で質問をぶつけたかった。銃を持って、小宮山母子を監禁し、何が楽しいのだ、と。いや、彼らはまるで楽しそうではない。楽しくもないのになぜ、いるのだ。

夜の八時を過ぎていた。

尿意を感じた由紀夫は、「あの」と声を出した。はじめは口のまわりが粘るようで、かすれた声しか出なかった。角刈りの男はソファで横になり、ダイニングテーブルにいる女も、由紀夫の声には気づかない。

「あの、小便行きたいんですけど」

女が視線を向け、同時に、角刈りの男も顔をのっそりと上げた。

「あの」由紀夫はもう一度、言う。「小便」

角刈りの男が嫌味も文句も言わず、立ち上がった。女が手錠の鍵を取り出し、角刈りの男に手渡した。由紀夫の背後にしゃがみ、手錠を外してくれる。顔を上げると、窓際の青白い男は拳銃の銃口を由紀夫にしっかりと向けていた。下手な動きをしたらいつでも撃つつもりなのだろう。

「行け」と廊下に押される。

由紀夫は大人しく、部屋を出る。久しぶりに自由になった両手には痛みも重みもなく、自然に動いた。後ろからついてくる角刈り男にこのまま飛び掛かり、逃げ出すことができるだろうか、と想像を広げてみるが、うまく行くとは思えなかった。後ろにいる角刈りの男は警戒をしているはずで、その警戒の隙をつくのは難しそうだ。それに、小宮山たちに危険が及ぶかもしれない。昨日、ガスタンクのある場所で古谷に殴りかかり、ことごとく避けられた上にナイフで傷つけられたことも尾を引いていた。トイレに入り、その四方を壁に囲まれた狭い空間に由紀夫は一人きりとなる。

小便のつもりではあったが、疲れていたこともあり、便座に腰を下ろした。静かに、深呼吸を繰り返す。ドアの向こうで、角刈り男が待機しているのは分かる。息をつき、鼻から大きく呼吸する。水を流し戸を開け、出た。

「おまえの家に入ったのは、俺だ」トイレから居間に戻ろうとした由紀夫に、角刈りの男がむすっと言った。

「え」

「おまえの後をつけて、家に入った。父親に見つかって、慌てて逃げたけどな」

「え、あれ」由紀夫は突然のことに、泡を食う。「え？　後を？」

自宅の居間の、壊れたカーテンレールが頭に甦る。あの空き巣、あの侵入者のことか。

「その前に、おまえたちがこのマンションに来ただろ。しつこいからな、気になったんだ。おまえたちが感づいたんじゃねえか、って」

「俺が感づいた？」

「あの時、おまえがすぐに別の男と外に出るのが見えたから、てっきり父親と出かけたと思ったんだ。留守だと思って入った」

「いったい何のために」

「邪魔が入らないようにだよ」

角刈りの男の目は正気のものとは思えなかった。口から涎を垂らし、恍惚とするような、そういうあからさまな異常さこそないものの、力のこもった目つきと、熱のこもった喋り方は現実とわずかにずれがある。

「あんな豪邸に住んでいるなんて、どうせ、父親の仕事はろくなものじゃねえだろう」

「豪邸というわけではないですよ」

「偉そうな奴ってのは、ずるいんだよ」と彼は、ここにいない何者かに恨みを抱いているようでもあった。「責任を取らず、逃げて、揉み消すんだから」

「揉み消すってどういうことですか」

「とにかくな、おまえたちが、俺たちの計画の邪魔になったら困るんだ」

「計画」由紀夫はその単語が幼稚なものに感じられた。幼稚なものを真面目に語られると、恐しいものだと分かる。

角刈りの男は、由紀夫の腕をぐいっと引いた。「さっさと戻れ」

細い廊下がひどく長く感じられる。床に触れる靴下が、ぺたぺたと能天気な音を立てる。

居間に戻ると、青白い男は相変わらず銃を構え、由紀夫を狙っていた。由紀夫が大人しく座り、また、手錠をかけられるのを、じっと監視している。

先ほどと同じ恰好で、手を縛られ、背を壁につけ、由紀夫は小さく息を吐く。

沈黙の時間が再開する。

いつの間にか、カーテンが窓を覆っていた。蛍光灯はきちんと点灯しているにもかかわらず、室内は暗い。息苦しさもある。

夜の九時になると角刈りの男がテレビの電源をまた入れた。ニュース番組をつけ、心中事件が報道されていないぞ、と気にしている。県知事選の各候補者の様子が映し出されると、「出たな」と恨みのこもったような声を上げた。

夕食を食べたのは、さらに三十分ほど経ってからだ。てっきり、手を繋がれたまま、犬のような恰好で食べなくてはならないのか、と覚悟していたが、意外にも手錠を外し、両手を使って食べることを許可された。そのかわり、一人ずつ交替だった。食べている間はずっと拳銃を向けられていた。

食事を終えると由紀夫は何もすることがなく、三人をじっと眺めるだけだった。

彼らはテレビでニュース番組を眺め、ソファで横になりはするものの、基本的には窓の外を気にかけている。特に青白い男は、窓際から滅多に動こうとせず、ライフルに触れつつ、窓の外を始終、確認している。双眼鏡を使い、手近のノートにメモのようなものを記してもいた。

チャイムが鳴った。部屋に跳ねるようなメロディが響き、由紀夫はびくっと背筋を伸ばす。小宮山と小宮山の母が同時に首をもたげる。

角刈りの男が、「誰だ」と眉をひそめ、由紀夫を睨んだ。「誰が来た」おまえ、何かしたのか、という疑いかもしれない。ソファに座っていた女が、小宮山の母親に近づき、立たせる。慣れた流れ作業をこなすようだった。

「隣の人です。佐藤さん」とモニターを見た小宮山の母は、弱々しく、言う。

「簡単に応対して」女が、小宮山の母親の手錠を外しはじめる。来客があった時はいつもそうしているのだろう。

インターフォンのやり取りは、由紀夫のところにまで聞こえてきた。「実家から、野菜が届いたんですけど」と言う、その佐藤という女性の声は若そうで、あまりに能天気に思えた。

「今、行きますね」と小宮山の母が返事をする。インターフォンが切れる。

「付けていって」女が言う。何かと思えば、ネクタイピンのようなものだった。ピンマイクだろうか。女が、小宮山の母親の襟元に付けると、ほぼ同時に、ダイニングテーブルの上から、がさがさと物の擦れる音が、響いた。見れば、そこに小さなスピーカーのようなものがある。煙草の箱ほどの大きさだ。

女が、ボディチェックをするかのように、小宮山の母の服を触る。

「行ってきます」小宮山の母が弱々しい声で言うと、同時にその小さな機械からも同じ声が聞こえた。ワイアレスマイクと受信機だ、と由紀夫も分かる。外部の人間と接する時に、小宮山の母が余計なことを洩らさないか、調べるためのものなのだろう。由紀夫と多恵子に会いに来た時も、彼女はこのピンマイクを付けていたのかもしれない。余計なことは喋れないわけだ。

マイクの感度はいいらしく、廊下を歩き、玄関の鍵を開ける、小宮山の母の息遣いがスピーカーからこぼれてくる。

「いそがしいところ、すみません」と訪れてきた若い女性が、小宮山の母に挨拶する声がした。沓脱ぎで会話をしている。

やり取りを聞いていると、隣同士という以外に共通点はないようで、当たり障りのない挨拶を交わしているだけだった。

室内でスピーカーを聞いている角刈りや女にもさほど緊張している様子はなかった。

『E.T.』のメロディが流れてきた時、何事かと由紀夫は思った。ダイニングテーブルの携帯電話が鳴っていた。自分のものだ、と遅れて気づいた。先ほど角刈りが鞄から取り出し、そこに置いていたのだ。

髪を粗雑に結んだ女が、着信のその音に舌打ちをする。はじめは無視するつもりだったのか、その携帯電話は放っておかれた。ただ、あまりにもしつこく鳴り続けるので女が電話を持って、由紀夫に寄ってきた。

「電源切れよ」角刈りも近づいてきた。

「今から切ると怪しまれるかも」女は警戒心を浮かべ、「誰から?」と電話機の液晶画面を開いた。発信者名に、「葵・女性好き」とある。

ああ、と声を出し、「友達だよ」と由紀夫は嘘をつく。

「出て、すぐに切って」女は鋭く、言った。同時に、窓の脇の青白い男が拳銃をつかみ、スライドを引き、由紀夫に向けた。

うなずき、電話に出る。「もしもし」

「おお、由紀夫か」葵の軽やかな声が聞こえてきた。その軽やかさに、胸の中が軽くなる。

「今、どこにいるんだよ」

「友達と会ってるんだ」

「あ、そうなのか。どこだよ」

そこで由紀夫は一瞬、頭を回転させた。どう応えるのが一番、得策であるのか、と素早く考えた。葵に、今、自分が監禁されていることを伝えたい、と思うが、あからさまにその思いを発するわけにはいかない。ちょうど今は、玄関に隣の女性が来ているから、即座に、銃で撃たれることはないかもしれないが、怒った犯人たちが何らかの危害を加えてくる可能性はあった。

余計なことを言うなよ、と横にしゃがんで電話を持つ女の目が、無言で言ってくる。正面に座る角刈りの男も耳をそばだてていた。

「街」と由紀夫は仕方がなく、適当に答える。「街で遊んでるんだ」

女がじっと見つめて、顎を動かした。その曖昧な返事に満足したようだ。

「ああ、そうか。そういえば、多恵子ちゃんが、おまえに電話をかけるって言ってたぞ」葵は太平楽な口調で言った。

「何でまた」

「分かんないけどな。大事なことを伝えたいんだと」

「大事なことって何だろう」

「かなり重要なことに気づいたんだと」

女の目が険しくなる。

「あ、ごめん、今ちょっと慌しいから、また電話するよ」

「ああ、そうか。じゃあな」と葵はあっさりと、由紀夫の気持ちからすると薄情なくらいに淡白に言い、電話を切った。どうして男にはそんなに関心がないのだ、と叫びたかった。

室内が静まった。そしてほぼ同じタイミングで、テーブルの上のスピーカーからちょうど、「どうもありがとうございました」と小宮山の母が礼を言い、玄関ドアを閉める音が聞こえた。

「そいつの電話、電源切っておくか」角刈りが忌々しそうに、携帯電話をつかむ。

「電話が繋がらないと、心配する奴が出てくるかもしれないけど」女が言った。

「だが、誰かと喋らせるのは危険だ」青白い男が口を挟む。「充電が切れる可能性もあるんだから、そう思わせておけばいいさ」

「大丈夫だよ、俺は余計なことを喋らないですし」由紀夫は必死さを悟られないように、と気を配りつつ、言った。着信しかできない携帯電話で何ができるのかは分からないが、少しでも外界と繋がる手段があるほうが心強い。「これ、着信専用で、俺が助けを求めるのにも使えないし。一応、電源はつけておいてほしい。それに、俺の同級生が、大事なことを伝えてくるって言うから、気になるんだ」と訴えた。あまり力説しても、警戒されるかもしれない、と心配になった。ただ、彼らは、「そうだな、連絡がつかないと怪しまれるかもしれない」と言った。そして、そのおまえの同級生の用件も気になるからな、とうなずいた。


夜中、由紀夫はまるで眠れなかった。恐怖は弱まったものの、緊張感が消えるはずがなく、後ろ手に縛られた恰好が窮屈なこともあって、睡眠の兆しすら訪れなかった。天井では、小さく常夜灯が点灯しているだけで、室内は暗い。目が慣れてくるとそれなりに周囲は把握できた。由紀夫は壁の時計をぼんやりと眺めつつ、動く針に集中する。

「おまえも災難だな」

誰もが眠っていると思い込んでいたため、急に近くから聞こえてきた声に、由紀夫はぎょっとした。

首を左へ向けると、いつの間にか、青白い顔の男が近くに座っている。二メートルほど前に、丸椅子を置き、膝を組み、ライフルを抱えていた。手入れをしているのだと分かる。囁くような声だった。

「俺、どうなるんですか」由紀夫も声を落とし、尋ねた。部屋を見渡し、他の、小宮山や小宮山の母が眠っているのを確かめる。角刈りの男はソファで仰向けになり、女はダイニングテーブルに突っ伏し、やはり眠っているようだった。深夜二時だ。

「さあな」青白い男は興味なさそうに即答した。もったいつけているわけでも、由紀夫を甚振るつもりでもなく、本当に関心がなさそうだった。「あいつらの考えてることは、よく分からない」と感情のこもっていない声で言う。「俺は、あの二人に雇われただけだしな」

「雇われ？　何のために？」由紀夫が質問すると、彼は皮肉めいた口の歪みを作った。自分の抱えているライフルを軽く持ち上げ、「ライブハウスでギターを持ってる奴に、何をする人ですか、って訊くか？」と言う。

「あ」由紀夫も了解する。「何を撃つんですか」と質問を変える。

「人だ」と男は小さく笑う。

その瞬間、由紀夫の記憶から、ドッグレース場のトイレで耳にした会話が飛び出してきた。小便をしながら喋っている客がいて、彼らは、富田林のことを話していた。富田林が、敵の社長を始末するために狙撃手を雇おうとしていた、という話だ。見つけた狙撃手が雲隠れして大変、とも言っていた。もしかすると、「雲隠れした狙撃手」とは目の前にいる、この青白い男ではないか、と馬鹿げてはいるが、そんな憶測が過ぎった。

同時に由紀夫は、漫画の中の、狙撃のプロ、ゴルゴ13とはずいぶん趣が違うものだな、と思う。目の前の青白い男は、眉毛は太くないし、ひょろりとしており、どこか脆弱な印象が強い。それを見透かしたわけでもないだろうが男は、「ゴルゴ13の使ってる銃を知ってるか？」などと言ってきた。

「M16ですか？　ベトナム戦争の時に使われていた奴でしたっけ」

男は、そうだ、とも、違う、とも言わず、ただ、「弾丸を小型化して、運ぶのを楽にしたやつだったんだが、ベトナムではよく故障した」と呟いた。「狙撃には向かないと言われているから、どうして、ゴルゴともあろうものがM16を使うのか、一時期、話題になったことがあった。でもまあ、二百メートルくらいの距離であれば、精度もいいし悪くない。ゴルゴも考えた上で使ってるんだ」

「はあ」と由紀夫は言うほかない。

それから彼は、ボルトアクションのライフルのボルトを引き、弾を装塡する瞬間は、まさに祈りと似て、心が安らかになるよな、とぶつぶつ言った。「ボルトを握った手を捻り、引っ張り、準備を整えるあの瞬間、俺は自分の身体にも弾が装塡された感覚になるんだ」

「はあ」

どうにも独りよがりな、自分で自分にうっとりとするようなその台詞に、由紀夫は呆れながらも、こういった人間であるからこそ、他者のことを考えず、銃で殺害ができるのだろうか、とも思った。

男はいつの間にか丸椅子を立ち、窓際に移動していた。日中から彼はずっとその場にいて、そこが彼の定位置なのかもしれない。カーテンをめくり、外を覗く。「それにしても、写真週刊誌の張り込みというのも、大変そうだな」とつぶやいた。

「週刊誌？　何のことですか？」

「このマンションの前、路肩に白の軽自動車が停まっている。中で、記者が写真を撮ろうと張り込んでいるんだ」

「ああ、そう言えば」

少し前に、多恵子とこのマンションに来た時、カメラを持った男が車にいるのを見かけた。「美人高校生の自分をスクープしようとしているのだ」と勝手なことを多恵子が言っていたが、あれは実際に、記者だったのか。「軽自動車のことですか？　こんなところでいったい、何を撮ろうとしているんですか」

「下らないスキャンダルだ」

「誰の」

そこで男はふっと口元をほころばせた。「俺が狙っているのと同じ奴だ」

「同じ奴？　偶然？」

「銃で狙われるのと同時に、カメラにも狙われてるなんて、大変だな、知事も」

「知事？」

由紀夫は驚きのあまり、口をぽかんと開け、かすれた声を出すほかなかった。ただ、その動揺が、ほかの人間を目覚めさせたのではないか、と気になった。薄暗い室内を窺うが、起きた気配はない。

「知事って、誰」と声をひそめる。

「知事は知事だろ」

「白石ってこと？」

「そうだ、そいつだ。真面目な顔した、不倫男だ」と男は応えた。「トンボが水面をちょんちょんと飛ぶかのように、女に手を出す男だな、あの知事は」

白石は女好きだ、ということは鷹や、葵の知り合いからも聞いた。

「知事が、このマンションに住んでるんですか？」

「違う」男はむすっと言うと、もう一度カーテンに目を向け、顎をしゃくった。「向かいだ。この向かいに、別のマンションがある。ここから真正面の部屋、そこだ」

由紀夫はじっと窓を見つめた。外は夜であるし、その上、カーテンにも覆われているから、正面のマンションは見えるわけがなかったが、車道を挟んで、似たような大きさのマンションが将棋の駒のように向き合っているのは覚えていた。

「あのマンション？」

「百メートルも離れてないからな、楽勝だ」

由紀夫はすぐには返事ができない。ぽかんとしたまま、窓のカーテンを見て、男のことを見て、ライフルを見て、居間の天井を見た。鼻から息を吐き出し、吸う。「白石が、向かいのマンションに住んでるんですか？」

「白石にとっての、『僕の可愛いあの子』が住んでるんだ。定期的にやってくる」青白い男は、愛人のことを、「僕の可愛いあの子」と説明し、小さく笑った。

「でも、何しに来てるわけ？」

「おまえ、今まで学校で何を習ってきたんだ？」青白い男は同情の声を出した。「親からどんな教育をされてきたんだ。『僕の可愛いあの子』の家に来たら、やるべきことは限られているだろ」

由紀夫は曖昧に相槌を打つ。「半月も、ここから狙っているんですか？」

「本当はさっさと終わらすつもりだったんだ」男は片眉を下げた。「知事はたいがい、水曜の夜にはそのマンションに来ていた。だから、水曜日の夕方から、この部屋にやってきて、その親子を脅しつけて、じっとさせた。あとは数時間、張り込んで、エロ知事が現われたところを俺がライフルで一発、念のため、もう一発、それでおしまいのはずだった。俺は、あいつらから報酬をもらって、バリ島に二泊三日で出かける予定だったんだ。バリはいいぞ」

「でも、思うようには行かなかったんですか」

「馬鹿な奴が、不祥事を起こした」

「馬鹿な奴？」

「県の職員が金を使い込んで、ニュースになった。知らないか？」

「ああ、キャバクラに」そのニュースなら由紀夫も見ていた。その謝罪会見の白石に好感が持てたとか持てないとか、そういう話もあった。

「で、さすがの知事もその日は、『僕の可愛いあの子』のところに行く余裕がなくなったっていうわけだ。マスコミに注目されてしまったからな」

「せっかくの水曜日なのに」

その結果、彼ら犯人たちは仕方がなく、この部屋に籠城したまま、白石知事がまたやってくる機会を待つことにした、のだと言う。

「知事選がはじまることはもちろん分かっていた。だが、選挙戦が終われば、当落に関係なく、エロ知事は、『僕の可愛いあの子』に会いに来るはずだ。曜日に関係なくな。だから、それまで待つことにしたんだ」

「当選しても、落選しても、来るんですか？」

「当選したら、僕がんばったよ、と自慢するために来るだろうし、落選したならば、僕がんばったのに、と慰めてもらうために来るさ」

「それにしても、ずっと籠城しっ放しなんて」

「おかげで俺は、それ以降の仕事はキャンセルだ。でもしょうがない。ここの親子に、私たちは知事の狙撃を延期するので、それまでは他言無用ですよ、通報したりしないでくださいね、と言って、一度退散すれば良かったとでも言うのか？」

「だからと言って」

「乗りかかった船だ。沈もうが、漂流しようが、とにかく船に乗りかかったからには仕方がない。多少の計画のズレはあったが、このマンションで機会を待つことにした。本心を言えば、俺はどちらでも良かったんだが、あいつらがそうすることに決めた」

「あいつら、ですか」と由紀夫は、眠る角刈り男と女を眺めた。

「あいつら、必死なのは分かるけど、ちょっとおかしいんだ」男は、指で自分の頭を突いた。

「選挙が終わるまで、ここに？」

「選挙が終わる前に、白石が愛人宅へ来る可能性もあるけどな」

「そんな危険なことを、知事がするとは思えないけど」

選挙期間に、立候補者が、「僕の可愛いあの子」に接触してはいけないと、公職選挙法にあるとは思えないけれど、あまり得策ではないはずだ。それくらいは由紀夫にも想像できた。現に、写真週刊誌が感づいている。

「昔、白石が県会議員の時には、選挙期間中であるにもかかわらず頻繁に、『僕の可愛いあの子』のもとを訪問していたらしい。前科ありだから、可能性はゼロじゃない」

「そこまでして、白石を撃つ理由がどこに」

「そりゃ、あいつらに訊けよ。俺は雇われただけだ。ただまあ、よっぽど怒ったんだろ。金があって、執念深くて、怒ってる奴ほど厄介な人間はいない」

由紀夫は何も答えられず、黙る。黙ると、室内は本当に静かだった。自分の身体を動かすたびに、床と擦れる音がする。青白い男は、ライフルを立てかけ、欠伸をする。

「赤羽は」由紀夫は質問を口にする。この機会を逃したならば、二度と疑問への回答は得られないような気がした。「赤羽は関係ないですか？」

「赤羽というのは、あれか、立候補者のあいつか」

「そうです。赤羽は、このことに関係してはいないんですか。白石がいなくなって、喜ぶのは、赤羽だし。白石を殺害するのは、赤羽の依頼では」

青白い男は驚きもしなければ、笑いもしなかった。とてもつまらない例え話を耳にしてしまった、と言わんばかりの無表情で、「赤羽自身は関係してない」と言う。

「知事選は関係ないわけですか」

「関係しているように見せかけたいんだろうがな。あいつらは」

「見せかけたい？」

「白石を俺が撃つだろ。その時に、疑いの目を赤羽に向けさせたい、とあいつらは考えている」

「あいつらって、あの二人、ですか」由紀夫はまた、寝ている角刈り男を見やる。

「赤羽側が、白石を撃ったように思わせたい」

「どうやって？」

「赤羽を怒らせるつもりだったんだろ」

「え？」

「最初は、あいつらも知事を撃ったら、それでおしまい、って予定だったんだ。それが、ここにずっといる羽目になったから、余計なことをいろいろ考えるようになった。不安になったり、怖くなったりな。で、県知事選も近づいてくることだし、自分たちのやることを赤羽に押し付けてみたらどうだろう、なんて思ったわけだ。ばたばたと急に手配してな。泥棒を捕えて縄を綯《な》う、ってやつだ。あいつらは、泥棒が仕事の前に慌てて縄を綯う、という感じだな。俺から言わせれば、そんな突貫工事はうまくいくわけねえんだけどな。ただまあ、俺が口を挟む部分でもない」

「手配って」

「いるんだよ。金で指示を出せば、何でもやるような人間が。誰かの荷物を奪うとかな、それくらいのことなら喜んでやる」

　由紀夫は意味が分からず、さらに尋ねかけたがそこでソファから角刈りの男が起き上がったので、口を噤《つぐ》む。角刈りの男は瞼を半分だけ開けるような、朦朧とした表情で、廊下へと歩いていった。目を覚ましている由紀夫には気づかないようだった。

息をひそめていると、トイレの水が流れる音がした。足音とともに、角刈り男は居間に戻り、何事もなかったようにソファにまた、横になった。

それきり由紀夫は、質問を口にするきっかけをつかめない。首筋から背中にかけて、痛みを感じる。不自然な体勢のせいかもしれない。時計を見て、溜め息をつく。明日は、と思った。明日は果たして、どんなことになるのか、それを考え出すといくつかのことが頭の中に思い浮かぶ。試験日に欠席した由紀夫を同級生たちはどう思うだろうか、そもそも父親たちはどの程度、心配しているのだろうか。

担任の後藤田は不審がるだろうか？

いや、興味を持たないかもしれない。

自問自答が続く。

殿様や多恵子は、気にかけてくれるだろうか。

殿様は瑣末なことにはかかずらわないだろうが、多恵子はそれなりに気にかけるかもしれない。

気にかけた多恵子はどういう行動に出るだろうか？

家に様子を見にくるかもしれない。それくらいのことはするかもしれない。

由紀夫は次々と想像を膨らませる。

多恵子と話をした父親たちは、由紀夫の身に不測の事態が起きた、と結論付けないだろうか。

結論付けるかもしれない。

由紀夫はそう、期待した。

ただ、父親たちは、由紀夫のいる場所が、小宮山のマンションであると気づくだろうか、と考えると急に、暗い気分になる。可能性は低かった。

小宮山のところに立ち寄ったのではないか、と疑うことはあっても、そこに閉じ込められている、と確信するのは簡単なことではないだろう。たとえ万が一、由紀夫の同級生や友人に片端から連絡を取り、虱潰《しらみつぶ》しに捜した末に、このマンションに到達し、もうここにいるとしか考えられない、と判断することがあったとしても、確かめようがない。確信が持てなければ、警察に連絡することも、やってくることもできないはずだ。

犯人は顔を見せている。

そのことを考えると、一気に頭の中に恐怖が充満した。素顔を隠していないということはつまり、由紀夫や小宮山母子に口外されない自信があるということにはならないか。

大人しくしていれば無事に帰す、と角刈りの男は言っていたが、保証はどこにもない。他人の家に上がり込み、ライフルを構え、県知事を狙おうとするような人間たちに、通常の考えが通用するはずがなかった。

無事に帰れるわけがない。

由紀夫はその事実に気づく。急に怖くなり、慌てて、腕を動かした。手錠をはめられた手首をねじり、どうにか外れないだろうか、と試す。音を立てぬように、動作に気づかれぬように、と気を配りながら、もがいた。荒くなった息が、暗く静まり返った、常夜灯だけの居間に反響する気がして、呼吸を抑える。焦燥と恐怖から悶え、身体を揺すった。

彼らが眠っている今ならば、どうにか逃げられないか、と考える。足は自由だったから、起き上がり、走ることはできる。けれど、起きて、走ったとたんに、撃たれるのは間違いがない。手首が擦れ、痛みが増すが、抜ける兆しはない。逆に、手錠同士がぶつかり、がちゃがちゃと音を立てた。吐いた息が震える。

カーテンが開く音で目を覚ました。角刈りと女が手分けをするように、窓のカーテンを開け、フックにかけていた。

左へ目をやれば、小宮山も目を開けていた。疲弊しつつも、すでにこの状態に慣れた様子もある。

「悪いな」小宮山が謝ってきた。

「おまえのせいじゃないよ」青白い男の言うことが正しければ、小宮山の家は単に、狙撃に適しているから、という理由で襲われたに過ぎない。やはり、とばっちりだ。

「由紀夫の親、心配してないのか？」

「分からない。一日くらい家に帰らなくても、それほど気にかけないかもしれない」由紀夫は、四人の父親たちの顔をそれぞれ思い浮かべた。彼らが、由紀夫のことを心配しているのは確かだったが、すぐに行動に出るとも思えなかった。何か不穏な兆しや予告があるのならばまだしも、昨日、電話をしていることもあるから、緊急事態とは想像していないだろう。

「そういえば、小宮山、おまえ、何のバイトをしてたんだ？」由紀夫はそこでふと、そもそもどうして小宮山のマンションを訪れることにしたのか、その目的を思い出した。

「バイト？」

「危ないバイトをしてたんだろ？　詐欺とかに関係しているんじゃないのか？　野球部の後輩から聞いたんだ」

「あまり喋らないように」ダイニングテーブルに肘をつき、気だるそうにテレビのリモコンを触る女が声を強めて、言った。強い禁止口調でもなかった。

「ああ、あれか」小宮山は飄々と、久しぶりに笑いながら言った。「パン屋のサクラか」

「パン屋？」

「駅前にできたパン屋があるんだ。そこの前に並んで、いかにも買ったばかりってふりをして店の前で、パンを食って、『美味い美味い』ってでかい声でアピールするんだよ」

「何だそれ」

「だから、パン屋のサクラ」

由紀夫は拍子抜けのあまり、肩を落とす。「どこが危険なんだよ」

「嘘つくのって、結構、スリリングなんだぜ」

「嘘なのか」

「そんなには美味くないからな」

野球部の小宮山は中途半端に髪が伸びていたが、それでも真面目な野球部員の雰囲気はあった。喋り方も真剣そのもので、バイトの内容を責める気にもなれない。富田林を陥れた詐欺犯とは関係がないことだけは分かった。

「何だ」と由紀夫は肩から力を抜く。「そうなのか」

「なあ由紀夫。俺たち、大丈夫だと思うか」

「何が?」

「あいつら、最終的に俺たちを無事に解放すると思うか」

「そりゃ」と答えた。「そりゃ、そうだろ」と由紀夫は嘘をつく。無事なわけがない。


レースのカーテンがかかった窓の向こう側に、正面のマンションが見えた。ベランダが並んでいる。真正面と言われても、どの部屋がそうなのか判然としなかったが、とにかくあの部屋のどれかに、白石がやってくるのか。肉眼では、部屋の様子は見えない。

ライフルのスコープを使えば、それくらいは簡単に覗けるのだろうか。

換気をしようとでも思ったのか、青白い男が窓を静かに開けた。緩やかな風が室内に流れてくる。

カーテンが揺れた。

女性の高い笑い声が聞こえた。青白い男が外を見やる。どうやら隣の部屋の住人がベランダにでも出ているらしい。声が身近に聞こえた。昨晩、小宮山の家に訪問してきた、あの佐藤という女性に違いない。はしゃぐような声だった。何を喋っているのかは聞き取れなかったが、夫なのか恋人なのか、誰かに話しかけている。同じマンションの隣り合った部屋だというのに、状況は天地の差だ、と愕然とする。

ほどなく、青白い男が窓を閉めた。カーテンが、萎むように動きを止める。隣室の女性の声も聞こえなくなる。

「あ、出た」女がテレビに向かって、声を上げた。見れば、画面には知事選の模様が映っていて、アーケード通りを歩く白石の姿が見えた。町行く人たちと握手を交わしている。爽やかな笑みからこぼれる並びのいい歯は、若々しかった。角刈りの男がソファから何か、罵りの言葉を小声で吐いた。

菓子パンが目の前に突き出されていた。

女が、「食べる？」と訊ねた。うなずくと、袋から取り出したジャムパンをちぎって、口に入れてきた。

『E.T.』のテーマ曲が鳴ったのは、つまり電話が鳴ったのは、正午前だった。同じ姿勢でじっとしているせいか身体が痛かったのだが、その痛みすらぼんやりとしてきた頃だった。ダイニングテーブルの上で鳴る携帯電話を、室内の六人が見つめた。

「すみません」と由紀夫は、着信について謝る。

「やっぱり電源切ったほうがいいんじゃないのか」角刈りは鼻の穴を膨らませながら、携帯電話をつかんだ。「登録されてない電話番号だな、こりゃ」

由紀夫の前までやってくると液晶画面を見せた。

「何か、妙なところからの電話じゃねえのか？」角刈りの男は目を充血させている。

「俺はどっちでも構わないです。出ても、出なくても」由紀夫は言った。強がったわけでも、駆け引きがあったわけでもなかった。どうすべきなのか分からなくて、正直にそう言っただけだった。

由紀夫の反応を見た角刈り男はむすっとしたままで、「出ろ」と電話を突き出してきた。「余計なことは言うな。親からだったら、どうにか安心させておけ」

示し合わせたかのように、窓側から音がする。青白い男が銃のスライドを引き、弾を装塡したのだ。銃口を向けてくる。夜中とは打って変わり、口を噤み、二度と喋らぬような顔だった。あの饒舌な様子は夢の一部だったのではないか、と由紀夫は疑った。

角刈りの男が携帯電話のボタンを押し、由紀夫の左耳に押し当てた。さらに顔も寄せてくる。脂と汗のまじったかのような生臭さが、彼の口からこぼれてくる。

「あ、由紀夫？」

電話の主は多恵子だった。すぐに分かったが、それでは角刈りの男たちが不審がるかと思い、「誰ですか」ととぼけて、訊ねた。

「わたしだってば、多恵子。何で由紀夫、学校休んだわけ？」

多恵子の声がとても懐かしいものに聞こえ、由紀夫は一瞬、言葉に詰まりそうになった。

「鱒二に付き合って、ちょっと遠出してるんだ」

「試験期間中に、学校休んで？」

「急用だったんだ」

「馬鹿じゃないの」

三日目の試験は一科目だけだった。多恵子はすでに下校途中なのだろう。

「一科目だけなら、再試験してくれるだろ」

「あのさ、由紀夫は全体的に真剣さが足りないんだよ」

「うるさいなあ」由紀夫は言う。このまま長々と喋ることで多恵子に迷惑がかかってはならない、という気持ちが働いたのではない。本当にうるさかった。

「何、その言い方。てっきり、病気でもしたのかと思って、電話したのに」

「ああ、でも葵さんが言ってたんだけど、多恵子が大事な話あるって」由紀夫は成り行き上、そう言った。こちらの異常に気づけよ、と腹が立つ。

「あ、そうそう、今日さ、殿様がテレビに出るんだよ」

「殿様がテレビに？」

耳を近づけていた角刈りの男が眉をひそめるのが見える。

「クイズ番組」と言って、多恵子は全国ネットのクイズ番組の名前を口にした。「これから出演の予選を受けに行くんだって」

先週、父親たちと観たばかりの、高額賞金のクイズ番組だ。そういえば、特別番組の放送が今日だったか、と思い出した。一般視聴者のうち、予選を勝ち残ったものが生放送に出演でき、上限一千万円の賞金を目指し、それぞれ、クイズに挑んでいく、というやつだ。

「あれに殿様が？」

「一度、テレビに出たかったんだってさ」

「でも、東京までわざわざ行くのかよ？」

「試験が終わったら、すぐに向かってた」

「殿様がクイズ番組に出たら駄目だろー」

「とにかくさ、絶対観たほうがいいって」

電話が切れた。角刈りの男が携帯電話をテーブルに戻し、女と青白い男に対し、会話の内容を簡単に説明した。由紀夫は、今のは高校の同級生だ、と話す。

「殿様というのは何だ？」角刈りの男が睨むようにしてきた。

「渾名です。殿様っていう、ごく普通の、のんびりとした同級生です」本当の殿様ではないです、とわざわざ説明するのも恥ずかしかった。

「殿様、懐かしいなあ」小宮山の口調は懐かしさよりも、疲労が滲んでいて、由紀夫は余計に胸が詰まった。

「クイズ番組に出るんだって」由紀夫にはそのことが愉快なニュースなのかどうか判断がつかなかった。自分たちの置かれている状態と、クイズ番組の出演はあまりにもかけ離れ、現実味がなかった。

「クイズ？」小宮山は最初、意味が分からなかったようだったが、由紀夫が説明するとその意味を理解し、「そうか、クイズ番組に挑戦するのか」と力なく笑った。「観たいな」とぼそっと呟いた。

多恵子の重要な用件とはこれだったのか。由紀夫は愕然とし、そして、打つ手を失った心許なさに身体が寒くなる。


午後一時過ぎ、昼食としてコンビニエンスストアのおにぎりを口に入れられた。手を縛られたまま、一口ずつ齧らされると、自分が餌をもらう動物に成り果てた感覚に襲われ、惨めになる。

夜になるまで、小便をするために三度、トイレに行き、喉が渇いたために二度、ミネラルウォーターをもらった。時計の秒針が動いているにもかかわらず、時間はまるで進まない、そんな感覚だった。何度か、犯人たちがテレビをつけていたが、あまり熱心に観る気分にもなれなかった。いずれ、大便をする時も来るだろうが、緊張のせいか便意はまだない。レースのカーテン越しに射していた太陽も沈み、厚手のカーテンが窓を覆い、夜になった。

室内での会話はほとんどなかったが、トイレに立った際、後ろからついてきた角刈りの男は、「これもみんな、あの腐れ知事が悪いんだからな」と廊下で言った。

「何の恨みが」と訊ねると、「人殺しだよ、あの野郎」と角刈りの男は急に興奮した。

「どっちかと言えば、赤羽のほうが悪い奴っぽいですけど」遠慮がちに訊ねると、男は苦々しく、

「ああ、あいつも悪い奴だな。あれも、人殺しだしな」と物騒なことを言う。

候補者の二人が人殺し、だなんて、いったいどんな県なのだ。由紀夫は呆れる。

夜の七時、テレビをつけていた女が、「クイズ、観る？」と言った。

「観たい」小宮山がすぐに言った。「殿様が出てるかどうか」

「高校生が予選を勝ち抜けるわけがないだろうが」角刈りの男が、むきになる。

女がリモコンを操作し、テレビ画面が切り替わる。ちょうど番組がはじまったところらしく、四角い顔の声の大きな司会者がテレビカメラに向かって人差し指を突き出し、「今晩は生放送で、チャレンジ！」などと言っていた。笑み一つ見せず、テレビのこちら側を告発でもするかのような物言いだ。一般視聴者の参加する生放送の番組が、無事に成功するのかどうか、司会の彼自身も不安なのだろう。いつもよりも緊張して、見えた。

番組のスタジオは凝ったものではなく、シンプルで落ち着いた趣だった。司会者が中央の教壇のような場所に立ち、その司会者を囲むように十人の解答者が座っている。丸椅子を少し立派にしたような、高さのある椅子で、簡素な机がつき、その上にマイクがあった。解答者の背後には客席があり、観客や解答者の応援団が陣取っている。殿様の応援には誰か行ったのだろうか、と由紀夫は気にかかったが、それ以前に、解答者の中に殿様はいなかった。

「やっぱり、予選突破できなかったのか」小宮山は残念そうではあったが、「そもそも、本当に予選、受けたのかな」とも言った。

「ふん」角刈りの男が鼻の穴から息を吐き出す。

「まあ、殿様、もとから頭が良くねえもんな」小宮山は弱々しく笑い、乗り出していた上半身を壁に戻した。「なあ、由紀夫」

「ああ」

「どうしたんだよ。殿様が出ないのがそんなにショックなのかよ」と小宮山が言ってきた。

「え?」

「ぼうっとしてるから」

女がリモコンに触れ、テレビ画面が野球中継に変わる。

「あ、俺」由紀夫は考えるより先に声を発していた。「クイズ観たいです」

女が首を捻り、目を細めた。「同級生、出てなかったんでしょ?」

「せっかくだから、観たいです」

女が、角刈りの男を窺う。角刈りの男はテレビ番組がどのチャンネルになろうと状況に変化があるわけがないと思っているのか、「好きにしろよ」と口を尖らせただけだった。

女がリモコンを操作した。

テレビにはクイズ番組が再び、映る。ちょうど、司会者の男が恫喝するようなはっきりとした口調で、各解答者の紹介をしはじめたところだった。一番左の解答者にカメラが向けられている。

由紀夫は、司会者の問い掛けに応じる、落ち着き払った表情の解答者を見ながら、何で、と内心で問いかけていた。

何でそこにいるんだよ、悟さん。

間違いなく、悟だった。ジャケットを羽織り、マイクを前に座っている。口のまわりの皺には貫禄があり、目が鋭い。にこやかな顔になると、目尻に皺が寄る。画面に本名が出ている。

「どのようなお仕事を」と司会者に言われ、「大学で働いています」と返事をしていた。

司会者は、悟の予選の成績が驚くほどの高得点だったことを説明し、「正直、わたしたちも一千万円やられちゃうんじゃないか、と怯えています」とスタジオを少しだけ沸かした。

由紀夫は平静を装うのに必死だった。テレビ画面に映る悟が、自分の父親だと気づかれてはいけない。直感的に、そう判断した。

カメラが少し、奥へと寄る。司会者が、「今日は、地元から三人のご友人が来ていらっしゃるんですね」と言った。

もしや、と思った時には観客席の三人が大きく映った。

みんな何やってるんだ。由紀夫は表情を押し殺し、何事もないかのように画面を眺めた。鷹と勲、そして葵が並んでいる。

解答者全員の紹介の後、クイズがはじまった。まずは十人全員を対象に問題が出され、分かった者からボタンを押し、解答する。徐々に、解答者が脱落し、最後は一人で難問に挑戦する仕組みらしい。

司会者が高らかに、まさに自らがその問題を考案したかのような誇らしげな口調で、問題を読み上げる。

一番右側に座る男がボタンを押し、何か答えを口にした。ブザーが鳴った。外れだったらしい。その後すぐに悟がボタンを押した。静かな発声の後、正解のチャイムが響いた。

問題の内容も、悟の解答の中身も、由紀夫には聞こえていなかった。ただ、自分の父親がテレビに映っていることに戸惑い、自らに問いかけていた。

これは偶然なのか？　たまたま、父親たちはクイズ番組に出ているのだろうか。わざわざ、仕事を放り、東京まで出かけて？　図らずも？　偶然のはずがない。

「あの人、すげえな、正解ばっかりだ」小宮山が口を近づけ、由紀夫の耳元に言った。はっとして画面に目をやると、司会者が、「本当に凄いですね。今まで四問連続ですよ」と言っていた。「まぐれですよ」と悟が口元を緩める。

『E.T.』の音楽がまた、鳴った。角刈りの男が舌打ちし、ダイニングテーブルの携帯電話をつかむ。「さっきの番号だな」とむすっと言った。多恵子から、ということだろう。「ああ、クイズ番組のことかもしれないです」と由紀夫は応えた。

面倒臭そうな顔をしながらも、角刈りの男は歩み寄ってきて、携帯電話を由紀夫の耳に当てた。例によって、青白い男が拳銃のスライドを引き、狙ってくる。「余計なことは喋るなよ」

「あ、由紀夫?」多恵子は相変わらず、能天気だった。「どう、番組観てる?」

「殿様出てないじゃないか」

「予選で呆気なく落ちちゃったんだって。東京見物して帰ってくるって」

「ああ、そう」由紀夫は返事をしながら、今はそれどころではないのだ、と言いたくて仕方がなかった。番組に悟たちが出ているのだ、観てみろよ、と。

真横で耳を近づけてくる角刈りの男が気になり、息を止める。彼の口臭は相変わらず強い。それ以上に鼻息も気にかかる。充血した目をぎょろつかせ、由紀夫と多恵子の会話に耳を澄ましている様は、やはり規格外の精神を感じさせた。

「でもね、殿様、番組の最後に登場するかもしれないんだって」多恵子が言う。

「最後に?」

「誰も観てあげないと可哀相だから、由紀夫くらいは観てあげたほうがいいよ」

由紀夫は返事をし、電話を終えた。

角刈りの男は、電話の内容に不審なところがないと判断したのか、そのまま携帯電話を片手に遠ざかり、青白い男もいったん、拳銃のスライドを戻した。

「何の用件だったんだ？」小宮山が電話の内容を知りたがるので由紀夫は、犯人たちにも聞こえるような声で、多恵子からの話を教えた。

話を聞いた後で小宮山は、ふうん、と返事をし、「多恵子って、由紀夫と付き合ってるのか？」と囁いてきた。

「違うって」

「恥ずかしがるなよ」小宮山は茶化しつつも、「教えてくれてもいいじゃないか」と寂しげに言った。どうせ無事には解放されないのだから、と彼が続けそうで、由紀夫は慌てて、「殿様は敗者復活するのかな」と話を変えた。


由紀夫は興味のないふりをしながら、テレビを眺めていた。隣の小宮山もさほど集中している様子はない。

番組では途中、予選の模様も映し出された。昼過ぎからテレビ局前に集まった大勢の視聴者たちが、テントの前で受付をし、まずはペーパーテストを受け、その後で、面接室のような会場でクイズ問題を解いていく。思った以上に硬派な、はしゃいだ感じの少ない、禁欲的なまでにクイズにこだわった趣向だった。悟の姿が何度も映った。正解を口にする悟は時折、にこやかになる以外は淡々としたもので、当たり前のように予選を勝ち抜いた。

再び、番組は現在のスタジオの模様を映す。

悟は順調に勝ち進んでいる。解答者が半分に減ると、今度は、二人ずつの対抗戦のようになり、一対一で対決していく形態となる。

悟は当然のように、正解を重ね、勝ち進む。そもそも、悟はこういったクイズ番組には出たがらなかった。が、今、テレビで、クイズに答えている。理由は一つしかない。

自分のためだ。由紀夫はさすがにそのことを認めた。由紀夫が自由を奪われた状態にいることを知り、全国放送のテレビ番組を使い、姿を見せることにした。どうして、由紀夫の今の状態を彼らが知ることができたのか分からなかったが、悟の目的はそうに違いない。

いよいよ解答者が悟だけとなった。

司会者と真っ直ぐに向き合い、それはサッカーのＰＫ合戦の様子にも似ていたが、出題する側の司会者にはさほどリスクがないため、緊張感は少ない。だいたいが、悟自身にも強張りが見られない。

「実は、今回の特別番組を生放送でやるにあたり、われわれにも不安があったんですよ」司会者がそこで、真剣な顔で話しはじめた。「あくまでも一般視聴者の方々が解答者ですから、どんな方が来てくださるのか当日まで分かりません。われわれは非常に難しい問題を用意していましたし、誰一人解答できず、しんとしてしまうような事態もありえたわけです。どの程度の難問を用意すれば良いか分からず、心配していたのですが」とやっと笑みを見せる。「今回、あなたのような手強いクイズマンが現われてくれて、本当に良かったです」

クイズマンという命名はいかがなものか、と由紀夫は思ったが、次に司会者の言った、「これで、最後の一千万円の問題を外してもらえれば、一番ありがたいです」という本音には笑いそうになった。

「今まで、こういったクイズ番組に挑戦したことはありますか」と司会者が尋ねる。

「はじめてです。まさか出るとは、ね」悟が静かに言う。

「本当ですか。信じられないですねえ」司会者が唸った。「では、最後の挑戦です。一千万はすぐそこですよ」司会者が大袈裟に興奮して見せたが、そこで由紀夫は、「ああ」と思った。二つのことを同時に思い、二種類の、「ああ」を洩らしそうになった。

一つ目の「ああ」は、「ああ、これが父親を見る最後の機会かもしれない」という不吉なことだった。犯人たちが目的を果たしたとしても、自分たちが本当に無事に解放されるという保証はない。由紀夫はどちらかと言えば、悲観的な予想を立てていた。そうなった時、このテレビに映る姿が、最後に見る父親たちということになる。

二つ目に思ったのは、「ああ、父親たちは賞金を狙っているのだな」と、そんなことだった。彼らは、由紀夫の身に何か特別な危険が迫っていることに気づき、それが身代金を目的とした誘拐、とは限らなくとも、お金が必要になると想像したのかもしれない。そのために、できる限りは資金を用意しよう、とクイズ番組に出場することにした。悟であれば、難問ばかりのクイズでも勝算があると踏んだ。そうではないか？

手が痛い。手錠をかけられたまま、両手をぎゅっと握っていた。


テレビ局のスタジオで歓声が起きている。司会者との一対一のクイズに挑み、最初の一問目を解答したところだった。どうしてそんな問題の答えまで知っているのだ、とどよめく声が起きていた。

青白い男に視線をやると、彼は窓枠に背をつけ、後頭部をつけ、目を閉じている。熟睡とまではいかないまでも、仮眠を取っているのかもしれない。手元には、銃があった。

それからしばらく由紀夫は何も考えず、テレビを見つめていた。クイズの内容も、司会者のコメントも、悟の解答も頭には入ってこない。ただ、悟が言葉を発するのを見ていた。

「いよいよ最後の問題まで来ましたね」と司会者が言う。

テレビ画面が賑やかな宣伝に変わる。楽しげな音楽やしんみりと沁み込むキャッチコピーが流れ、爽やかな俳優や女優が何人も入れ替わり立ち替わり現われた。再び、クイズ番組に戻ると、スタジオの様子が変わっていた。

先ほどから座っている悟の姿勢は同じだが、その脇に、勲と鷹、葵が立っている。観客席から前に出てきたらしい。隣には、司会者がマイクを持って立っていて、「せっかくですから、最後の一問を前に、ご友人たちにも話を聞かせてもらいましょう」と言っている。

長身で肩幅があり、胸板の厚い勲は堂々たる姿勢でカメラを見つめていた。鷹は、某ヨーロッパサッカークラブのロゴの入ったジャージを着て、ポケットに手などを入れ、不貞腐れたように外方《そっぽ》を向いている。人前で照れる不良少年そのままだ。真ん中の葵は、無地で薄い灰色のトレーナーを着て、下は黒のパンツを穿いているだけの、地味で、シンプルな恰好だったが、やはり、見映えがよく、画面の中でも目立っていた。番組のスタッフもそのあたりの直感には優れているのか、葵の顔が不必要に大写しになることが何度か、あった。

「みなさんはどういうご関係で」司会者が言う。

「ええと」葵が声を発し、悩む。

「ええと」鷹も鼻の頭をこする。

「家族同然の付き合いですね」と勲が言った。曖昧ではあったが、司会者はそれで満足のようだった。そうだな家族だな、俺たちは家族だ、と他の三人の父親が満足げにうなずく。

「最後のクイズを前に、どんなご気分ですか?」司会者が悟に訊ねた。

「そうですね」悟が口に手を当て、頭を整理するような真似をした。悟の頭はいつでも整理されていて、言葉を求められた時にはすでにその言葉は用意されている。だから、悟が言い淀んでいるのは珍しい、と由紀夫は思った。

突如、勲が腕を動かした。

両腕の肘を脇腹に当て、上げたかと思うと、下げたのだ。小さな羽根でもばたつかせる仕草だった。それを繰り返す。子供のお遊戯とも、身振りの小さいラジオ体操とも見えた。大柄な勲が突然、そのような滑稽な動きをするので、スタジオは一瞬黙り、その後で、笑いが起きた。

「急に何ですか、それは」司会者が勲にマイクを向ける。

「まじないですよ。応援団の振りみたいなもんです」勲は真面目に言う。「他の二人もやりますよ」と鷹と葵に目をやる。

するとと鷹と葵が少し距離を開け、両腕をぴんと伸ばすことはなかったが、斜めや横に腕を動かした。

「何だよあれ」小宮山が小声で言い、笑った。「変な踊り」

由紀夫は画面を、その時だけは必死の思いで、見た。

手旗信号だ。

すぐに分かった。

腕を小さく縮こまらせてはいたが、手旗信号の動きだ。勲が最初にやった、手を上と横へぱたぱたと動かすのは、交信開始の合図にほかならない。その後、鷹と葵が動かした手を、由紀夫は慌てて、解析する。子供の頃の記憶ではあったが、由紀夫の必死さに合わせて手旗信号の知識が、速度を上げ、頭の記憶庫から飛び出してくる。ほとんど反射に近い。動きを見て、反射的に、カタカナを割り出す。

「何か、変なおっさんたちだな」小宮山が言う。

由紀夫は無言でうなずくが、注意はテレビに向けたままだ。目を離さない。

「おい、由紀夫、どうした？」

「大丈夫」素早く、応える。

角刈りの男が、ふん、と下らないものを見たかのように鼻を鳴らした時には、父親たちの手振りは終わっていた。

由紀夫は手振りの型を忘れぬように、頭に並べる。手放したとたんに、滑って命綱が沼に飲み込まれてしまう、そんな危機感があった。必死の思いで、素早く、カタカナに翻訳し、並べる。

ブキノウムテキノカズ。

彼らが手分けして、順番にやった手旗信号は、そうなった。意味が分からなかったが、頭の中で区切ってみる。息が荒くなるのを、こらえる。

武器の有無。敵の数。

「それでは、もう一度、最後のクイズの前に、コメントをどうぞ」司会者は、勲たちの手旗信号に驚きつつも、悟にマイクを向けた。

悟は今度は滑らかに喋りはじめる。

「たぶん、息子がこれを観てるんですよ」とゆったりとした物言いをする。

由紀夫は自分の心臓が、どん、と跳ねるのを感じた。

「あ、そうですか、それはそれは」司会者が大袈裟にうなずく。勲と鷹、葵も顎を引く。

息子、という言葉に由紀夫は一瞬、たじろぎ、喉もとに震えを感じた。気弱さと泣き言が口から漏れそうでならなかったが、周囲に悟られないように奥歯を噛み、我慢する。

「では、息子さんに何か言うことありますか？」

「ええ」悟はうなずき、カメラに向かい、歯を見せ、こう言った。

「明日、予定通りに、朝十時半に迎えにいくから、窓開けて待ってろよ」

由紀夫は、うっと小さく呻いてしまった。

「どうした？」小宮山が横から心配してくるので、「いや、目が」ととぼけ、首を曲げると目尻を肩に寄せ、服で拭いた。

それから番組はもう一度、コマーシャルになった。

先ほどの悟の言葉が、由紀夫の頭にこびりつき、離れないでいる。

明日、朝十時半に迎えに行く。

悟が言ったのはもちろん、由紀夫に対してに決まっている。となると彼らは、由紀夫がどこにいるのか分かっている、ということなのか？

そうなると、手旗信号の、「武器の有無」「敵の数」とは、そのために必要な情報、ということになるのかもしれない。彼らは、由紀夫のところへ来るつもりで、そのために敵の人数と武器があるかどうかを知りたがっている。だが、だからと言って、どうやってその情報を伝えればいいのか分からない。テレビに向かって、叫べとでも言うのか、と思ったがそこでまた、計ったかのように、携帯電話が鳴った。『E.T.』の音楽は、テレビから流れる騒がしいコマーシャルの音で、先ほどよりはうるさく感じなかったが、角刈りの男は不機嫌そうに立ち上がった。すかさず由紀夫は、「たぶん、さっきの同級生からです」と言った。「番組観てるか、っていう確認だと」

「面倒臭い女だな」と角刈りの男は言いながら、電話を持って、やってくる。

「本当にそうなんです」

女が気を使ったのか、それとも、余計な音を聞かせたくなかったのか、テレビの音量を小さくした。「あ、由紀夫、テレビ観てる？」電話から多恵子が言ってくる。先ほどまでと同様、角刈りの男が由紀夫の耳と電話の間に、顔を寄せてくる。多恵子の声は大きく、少し離れていても丸聞こえだった。

「観てる。殿様、出てこないじゃないか」

「ねえ、変だよね。出ないのかなあ」錯覚かもしれないが、多恵子の口ぶりにもどこか緊張が隠れているように思えた。「あ、そうそう、そういえばね」

「何だよ」

「由紀夫のお父さんから聞かれたんだけど」多恵子は、「お父さん」を複数形としなかった。

父親の話題と知り、脇にいる角刈り男の鼻息がさらに荒くなった。ふうむ、ふうむ、と響いた。話の内容に神経を集中させている。余計なことを言うなよ、と由紀夫は、受話器の向こう側にいるはずの多恵子に向かい、念じたくなる。

「わたしの質問とは関係なく、順番に答えてほしいんだけど」

「はあ？」多恵子の言う意味がまったく分からなかった。眉間に皺が寄ってしまう。思わず、角刈りの男と顔を見合わせた。彼も怪訝な表情だった。

「殿様の英単語の答え方と一緒だからね」多恵子がさらっと言った。え、と由紀夫は聞き返すが、彼女は説明をせず、「まず最初の質問、由紀夫は誕生日のプレゼントをもらう気はあるかって」と続けた。いったい何の質問なのだ、と呆れるのを通り越し、絶望的な気分にもなった。

「二つ目の質問は、誕生日に何人呼ぶつもりか、だって」

「はあ？」

由紀夫は自分で携帯電話を握っていたら、即座に切っていたかもしれない。この事態に何の質問なのだ、と。ただ、うんざりして息を吐こうとした瞬間、頭の中で閃くものがあった。先ほどの手旗信号のことを思い出したのだ。武器の有無、敵の数、と報せてきたが、あの質問への答えを多恵子は求めているのではないか、と気がついた。「殿様の英単語」とは、何を質問されても、覚えた順に解答するやり方にほかならず、つまりは、設問はあくまでも便宜上のものに過ぎない、ということではないか。誕生日云々という質問があまりに突飛なことを考えても、ありえなくはなかった。

「誕生日プレゼントをもらう気はあるよ」由紀夫は、ある、という部分を強調するように言った。それから、ふと思い立ち、「でかいのと小さいのと二種類欲しいよ。窓際に置いてくれよ」と付け足してみた。声が震えてしまう。ライフルと拳銃の二つがあることを、そこから察してくれることを期待しての言葉だった。

「ふーん」多恵子はわざとなのか、気のない返事をして、「で、何人呼ぶわけ？　わたしも呼んでくれるんでしょうね」と言ってきた。

「三人」と由紀夫は言った後で、また、思いつく。「友達が三人と、仲が悪い奴が三人」と言い直した。

「仲が悪いのも呼ぶわけ？」多恵子が声を高くする。

「仲良くなるためにだよ」

多恵子は、「あー、そう。ふーん」と言い、「とりあえず、伝えておくね」と電話を切ってしまう。

怪しまれなかっただろうか。由紀夫は腹に力を込め、首を動かさず、目だけで左右を見渡す。角刈り男は、「こういう面倒な女の電話、出るのはやめたほうがいいな」と言い、携帯電話を持ったまま、テーブルへと戻る。

「何の電話だったわけ？」女が声を大きくした。

「よく分かんなかったです」由紀夫は困惑してみせる。「誕生日のプレゼントがどうのこうのって」

「何それ。本当？」女が、角刈りの男に訊ねる。

角刈りの男は充血した目のまま、髪を掻いた。「女子高生の考えてることは分からねえ」

由紀夫は、青白い男に目をやる。彼は銃口を向けたまま、じっと見つめてきていた。今の会話を訝しんでいるようでもある。

「多恵子、意味不明だなあ」小宮山が顔をしかめた。

テレビに視線を戻すと、コマーシャルが終わり、司会者が真剣な面持ちで、「では、いよいよ」と問題を口にした。まさに彼自身が賞金の一千万円を提供しているかのような、深刻な表情だった。

悟の横顔が映る。悟さんなら楽勝だよな、と由紀夫は思うがそこで、ぶつり、とテレビが切れた。と言うよりも、部屋全体が真っ暗になった。状況が把握できず、「え」と由紀夫は言ったものの、何がどうなっているのか判断ができなかった。

「え」と女が言う。「何だ何だ」と角刈り男が甲高い声を出し、「停電？」と小宮山は誰にというわけでもなく、訊ねた。こんな瞬間でも、青白い男は冷静なのか、暗闇の中で、拳銃のスライドを引く音を立てた。その装塡の音を耳にした由紀夫は反射的に、この停電を利用し、警察が突入してくるのではないかと想像した。

なるほどそうか、と喜びそうになる。これは警察が突入作戦のためにわざと起こした停電に違いない、と思ったのだ。助かる、と安堵が身体に広がる。青白い男も同じことを連想したのかもしれない、「気をつけろ」と言った。「何かあるかもしれない」

「あ、そ、そうだな」と角刈りの男がはっとする。

電気が戻った。室内が明るくなり、テレビもぶうんという震動する音とともに点く。

「何だったんだ」小宮山が首を捻る。

由紀夫にも状況は分からなかったが、ようするに電気が一時的に切れただけ、という具合だった。女が何も言わずに、テレビを消した。停電を機に、観る気が失せたのかもしれない。悟が一千万円を手にする瞬間を観たかったが、テレビをもう一度つけろとは言い出せなかった。


昨夜とは違い、由紀夫は平らかな気分で眠ることができた。二日間、手錠をかけられ窮屈な姿勢で座っているため、身体のあちこちが強張り、痛みもあったが、気にならない。一度だけ目が覚め、時計を見ると午前二時半だった。

あと八時間だ。胸の内に、そう呟く。あと八時間で、約束の十時半となる。その時には父親たちが俺を迎えに来る。そう思うと、気持ちが落ち着いた。

夢は見た。

薄ぼんやりとした、靄がかったような場面ではあったが、由紀夫は、父親四人が目の前に立っている光景を見ていた。由紀夫は中学生で、鉄パイプを片手に持ち、ガスタンクの裏手にいる。クラスメイトに呼び出された生徒を、助けようとするためだった。パイプを強く握る由紀夫の背後から現われたのが、アイスホッケーのマスクをした、父親たち四人だった。つい最近も観た夢だ。実際に経験した、中学生の時の実話が基盤となっている。

またこの夢かあ、と思いつつ、冷静に、二つのことに気づいていた。

一つは、現実には、勲は現場にはいなかったよな、ということ。中学教師の勲が、中学生を痛めつける現場にいたら、まずいだろう、と確かそんな判断だったはずだ。

今回の夢の中では四人が勢ぞろいなんだな、と感じた後で、もう一つの差異にも気づく。

ホッケーマスクをずらし、「よお」と笑う父親たちの様子が、当時と比べて、ずいぶんと年を取っていることだった。今現在の彼らの姿に近かった。悟の髪は白髪が多く、それは鷹も同様だった。勲の口のまわりの皺は深くなり、葵の目尻の笑い皺も少し目立った。背筋こそ四人ともしゃんとしているものの、彼らの呼吸はほんの数年前と比べても、荒く見えた。

そうか、と由紀夫は気づいた。父親たちも確実に年を取っているのだ。そりゃそうか、俺もでかくなってるし、と夢の中で納得し、さらに当然のことに気づく。いつか、父親たちも死んでいくんだよな、ということをだ。そりゃそうだ、と思った。思うが、実感は湧かない。


朝が来て、カーテンが開けられた。陽射しが居間を照らす。昨日の朝をなぞるように、一日がはじまった。

小宮山も小宮山の母も、さらに言えば、三人の犯人たちもどこか、飽き飽きした通常作業に取り掛かるような倦怠を浮かべていた。犯人も人質もお互いが、すでに限界を迎えている。

ダイニングテーブルの上にパンが並べられ、女と角刈りの男が分担し、それを、由紀夫や小宮山たちに食べさせてくる。小宮山は眠そうに欠伸をし、トイレに一度立った。由紀夫もその後に、トイレに行った。時計が八時半を指している頃だ。予想外に便意がやってきて、大便を済ました。その間、扉の向こうに角刈りの男が待っていることが、どこか可笑しかった。

トイレから居間に戻る廊下で由紀夫は、男に、「白石知事に何の恨みがあるんですか」と質問を再度、ぶつけてみた。

角刈りの男は一瞬、目を見開き、由紀夫に嚙み付いてくるかのような興奮を見せた。彼は何も言わなかったが、その反応自体がすでに、恨みの結果としか思えなかった。


二時間後、チャイムが鳴った時、犯人たちにも小宮山たちにも、さほど戸惑う様子はなかった。あ、またか、という気配があった。先日、隣室の佐藤という女性がやってきた時を考えれば分かるが、来客時の応対も段取りが決まっているようだ。

女が、小宮山の母親を立たせ、インターフォンの場所へと連れて行く。「佐藤さんです」とすぐに言った。また、隣の若い女性だ。

インターフォンに向かって小宮山の母親が、「先日はお野菜、どうもありがとうございました」と言った。言葉を交わした後で彼女は、「醬油を貸してほしいんですって」と誰に向かって、というわけでもなく、報告した。

「醬油を隣に借りに来たのか」角刈りの男が面倒臭そうに言う。由紀夫も、醬油くらい自分で買えばいいのに、と思いはした。

女が、「貸したら、すぐに戻ってくるように」と言いながら、小宮山の母の手錠を外す。襟元へ、ネクタイピンに似たワイアレスマイクがつけられる。テーブルの上には受信する小さなスピーカーが置かれた。いちいち面倒な手順ではあるが、やはりこれくらい徹底しないと、彼らも不安なのだろう。

「じゃあ、行ってきます」と小宮山の母が言う。

「じゃあ、行ってきます」マイクを通じた声が、テーブルの上のスピーカーからも聞こえた。手には、醬油の入った容器があった。「残り少ないので全部あげようかと思います」

「そうだな。また返しに来られても面倒だしな」と角刈り男も同意する。

由紀夫は正座に近い姿勢を取り、爪先を立てた。特に意図があったわけでもなかったが、べったりと足の甲を床につけているよりはいい、と思った。背筋を伸ばす。それから、「あの」と意識するより先に声を出した。

「何だ」角刈りの男が訊ねてくる。

「ちょっと息苦しいので、窓を開けてくれませんか」由紀夫は弱々しい表情をしてみせ、頼んだ。どうせ逃げられないのだから安心してください、と示すつもりで、自分の手錠をかけられた手を見せる。

青白い男が、角刈りの男に目をやり、無言でうなずくとレースのカーテンを少しめくった。鍵を開け、窓を開けた。網戸越しに風が入り込み、その風を抱いたまま膨らむように、カーテンが柔らかく揺れた。大きな卵を包むのに似た膨らみだ。

「全部いただいちゃっていいんですか？」ダイニングテーブルの小さなスピーカーから、隣室の女性のものと思しき声が漏れてきた。玄関で、小宮山の母から醤油を受け取っているのだろう。

「ええ、どうぞ」と小宮山の母が応じている。

そして再び、玄関のドアが閉じる音がした。由紀夫は反射的に、時計を見やる。長針がかちりと動き、午前十時半きっかりになった。


居間のドアが開いた。

小宮山の母が戻ってきたのだな、と思った。部屋の誰もが思ったに違いない。

が、そこに立っているのはまったく別の、無表情の恐ろしい顔だった。いや、最初は顔だと思ったがよく見ればそれは、ホッケーマスクで、ホラー映画で殺人を繰り返す恐ろしい男を髣髴とさせた。

居間の全員が凍りついた。表情が凍り、動作も止まった。何が起きたのかさっぱり分からない。

呆然と眺める由紀夫を見下ろしたホッケーマスクは、手でマスクを少しずらした。するとそこに鷹の顔が見えたのだが、由紀夫は依然として状況が把握できず、ただ、ぼんやりと、「小宮山のお袋さんは、この角度から見ると、ずいぶん鷹さんに似ているなあ」と思っただけだった。

マスクを戻した鷹は、由紀夫の横にいる小宮山を見つけ、近づき、体を引きずり上げた。「重てぇな」と鷹は不満を漏らす。手を縛られたままの小宮山は驚きつつも、腰を上げた。

「おい、おまえ」青白い男が声を出す。窓際の彼が拳銃のスライドを引き、弾を装塡した。

撃たれる、と由紀夫は思った。

ホッケーマスクの鷹は、小宮山を担いで、ベランダへと急いでいた。カーテンを力いっぱいに引く。レースのカーテンがレールからはずれ、窓が露わになる。鷹は網戸を開け、ベランダへと出た。青白い男が拳銃を構えたまま、体を捻る。重く固い物が空中で破裂するかのような音が鳴った。発砲したのだ。弾はカーテンレールのさらに上、白壁に当たったらしく、割れた壁の破片が、音とともに落ちる。青白い男は、自らが撃ったその反動で少し横に倒れた。

ベランダに鷹と小宮山が出て行く。

取り残された由紀夫の前で、また扉が動いた。現れたのはまたもやホッケーマスクの男だった。広い肩幅と厚い胸板を見て、勲さんだ、と由紀夫は察した。手には、トイレでも掃除するかのようなゴム手袋が装着されていた。

「おまえら」角刈りの男が動揺しつつも、大声を出した。「何なんだよ」

ホッケーマスクを装着した勲が、由紀夫の脇に手を入れ、立ち上がらせる。「行くぞ」

「行くって言っても」

どこへ。

ベランダへと引っ張られる。窓の付近に、弾の当たった壁の破片が散らばっている。レールから引き千切られたカーテンが、脱臼を起こした腕のように、揺れていた。

勲の体がさっと動いた。大きな身体を斜めに傾け、左脚を踏ん張るようにし、「由紀夫、屈《かが》め」と鋭く言った。由紀夫は反射的に首をすくめ、腰を落とす。直後、その頭の上を掠めるように、勲の右脚がぐるっと半円を描き、宙を飛んだ。由紀夫の頭越しに、青白い男を蹴ったのだ。青白い男が後方へと倒れる。

バランスを崩し由紀夫はその場に倒れそうになるが、そこを勲が抱きかかえてくれた。

そして、由紀夫の腹のあたりにぐるっと手を回してきたと思うと、布製の長い物を巻きつけた。あの、マジックテープのベルトだ、とすぐに気づく。続けざまに、胸のところにも、べたっとベルトが巻かれ、ぎゅっと勲の身体が密着する。あまりの素早さに何が何だか分からない。「いったいこれって」と言った時には勲は、由紀夫を後ろから担ぐようにして、ベランダへ足を踏み出した。外に出る瞬間、窓の桟に由紀夫の肩がぶつかった。「痛い」と小さく呻く。

その呻きを、勲は気にする様子もない。ベランダに出ても、止まる気配がない。

え、と思った時には、由紀夫の身体が宙に浮いていた。勲は、由紀夫を抱えたままジャンプしたのだ。ベランダの手すりを踏み台にし、外へと飛んだ。

真正面にではなく、右手前方に、横飛びするかのように、だった。

四階のベランダから、飛んだ。

自分の背中の毛が逆立つのを感じた。下に地面がない。

内臓がすべて浮き上がるような、重力の響きとも言える落下の感覚に襲われる。ひ、っと言ったきり、呼吸が止まる。両手の使えない由紀夫は、スカイダイビングでインストラクターに抱えられている素人と同じで、なすすべがない。

「大丈夫だ」勲が言った。かろうじて、由紀夫はその声を聞き取った。

このまま地面に落下する、と目をぎゅっと閉じたところで、身体が大きく弾んだ。

恐々と目を開ける。

勲の腕が目に入った。太い両腕が、まっすぐ上に伸びていた。その腕の先、ゴム手袋には、鞭のようなものが握られている。鞭は、上に伸び、ぐるっと電線を跨いでいた。飛び降りる瞬間、勲はその鞭を電線に通し、引っ掛けたに違いない。

電線をロープウェイ代わりにしている。

マンションと平行する道路沿いに立つ、電柱の上を走る、高圧線だった。三本のうちの一本に、鞭が引っかかっている。

マンション前は右方向に下る坂となっていて、電線もそれに沿って、下っている。由紀夫をベルトで縛りつけた勲は、その電線に鞭をひっかけたのだ。

「ランナウェイ・プリズナー!」由紀夫は、子供のころに観たテレビドラマの題名を口にした。

そのドラマの序盤、主人公が脱獄する際、高い場所から電線を伝って、逃げ出す場面があった。あれだ。

ベランダから飛び出した勢いで、一度は、道の方向へと傾いたが、すぐに電線を軸に揺れ戻り、鞭のよじれが戻ると進行方向へと身体が向き直った。そして、坂道に沿って右へと下りはじめた。由紀夫と勲の重さで、電線は沈んでいるが、ロープウェイのように、斜めに滑っていく。

息がまともにできない。目の端に映る眼下の光景に、鳥肌が立つ。股間に寒々しさを覚えた。落ちるんじゃないのか、これ。すぐに次の電柱が見えてくる。衝突する、と不安が過ぎったが、重みでたわんできたせいか、次第に速度が遅くなった。

勲の腕が目に入った。鞭をつかんだ両腕の筋肉が隆起している。由紀夫の重さも支えながら、ぶら下がっているのだから、相当な力が加わっているはずだ。

由紀夫は目を閉じた。

抱えられ、滑走するのを感じながら、自分の着ている学生服が脱げ、その下のシャツが外れ、ベルトが取れ、ズボンが脱げ、さらに下の皮膚までもが、蛇の脱皮よろしくずるっと剝がれ、あっという間に、居間のテレビで父親四人と一緒になって、ドラマを観て、興奮していた小学生の頃の自分に戻る。そんな錯覚に襲われる。

「大丈夫か」勲の声が頭の上からした。

「うん、大丈夫」と返事をした由紀夫は、父親に従順な小学生だった。

電線をロープウェイ代わりにして、脱出するだなんて、そんな馬鹿な、と由紀夫は自分で声を上げたくなる。ドラマの真似をするなんて、と苦笑した。けれど自分の中の別の自分が照れ臭そうに言うのも分かった。「その馬鹿げてるのが、俺の父親たちなんだ」

「そうか」と由紀夫は納得する。

「そうだ」と由紀夫はさらに答える。

ずっと遠く、今、飛び出してきたばかりのマンションから、声が聞こえた。角刈りの男なのか、青白い男なのか、彼らのうちの誰かが騒いでいるのかもしれない。

「おい、由紀夫」聞いたことのないような声が頭の中で響く。

誰の声なのだろうか、と考え、すぐに気づく。何ということはない、四人の父親たちの声がぴたりと重なったものだ。「おい、由紀夫、助けに来たぞ」


ファミリーレストランの広い席に、由紀夫たちはいた。窓際奥の六人がけの席だったが、大の大人が四人と男子高校生が一人ともなると、窮屈だった。午後の四時過ぎ、食事どきとも思えなかったものの、店内はそれなりに混雑している。電線を伝った脱出を終えてから、数時間が経っている。病院で簡単な検査を行われ、そこで警察からやってきた背広の刑事たちの質問に答えた後だ。小宮山と彼の母親は監禁の期間が長かったため、入院措置が取られることになっていた。

「由紀夫、何考えてるんだ?」悟が言った。

「別に何も。ぼうっとしてた」

「でも、身体が無事で何より」葵が言った。

「勲さんこそ腕は平気なわけ」

「だてに、鍛えてないんだよ」勲が笑った。

「それにしても一体どうして」

「俺たち、すごかっただろ?」鷹が笑った。

「凄いといえば、凄いけどさ」

「でもよ、警察ってのは、質問ばっかりだよな」鷹は下唇をぬるっと出し、大袈裟に息を吐く。

「そういう仕事なんだよ」由紀夫は言う。

レストランの入り口で音が鳴り、賑やかな声が入ってきた。中学生と思しき五人組だ。幼さを滲ませつつも行儀の悪さを強調する態度で、ウェイトレスに案内されるがままに由紀夫たちの向かい側のテーブルに座った。柄が悪いなあ、と由紀夫は思った後で、自分たちの話題に注意を戻す。

「俺も、みんなに訊きたいことだらけなんだけど」由紀夫は言う。

コップの中のアイスコーヒーを飲み干す。いまだ学生服のままだったから、さっさと家に帰り、下着を穿き替え、軽装に着替えたかったのだが、その前に、疑問を解消したい思いも強かった。だから、病院から帰る途中、父親たちに、「事情を説明してくれ」と懇願し、ついでに夕食も済ませてしまおう、とファミリーレストランに来たのだった。

「まず、どうして俺が危機的状況にいると分かったのか」

「そりゃ簡単だ」鷹が耳を掻くついでのように、答える。「電話した時だ。おまえが、俺のことを、お父さん、と呼んだだろ」

「ああ」やはりあれで気づいてくれたのか。

「あれが異常事態じゃなければ、何なんだ」

「確かにそうだな」勲がうなずく。彼の右腕には包帯が巻かれていた。鍛えているとはいえ、電線にぶら下がるにはそれ相応の無理をしていたようで、腕の筋を痛めたようだった。由紀夫と一緒に行った病院で、簡単ながら処置を受けていた。

「おまえが、俺をお父さんと言うはずがない。冗談にしてはまるで面白くない。ってことは何かの合図だと思うのが普通だろうが」鷹は得意げに言う。「すぐに、三人と話し合った」

「それで」

「最後に喋った電話で、由紀夫、『友達の家に行く』って言ってただろ。だから、多恵子ちゃんに電話して、由紀夫が会いに行きそうな友達は誰か訊ねたんだ」鷹が言う。

「多恵子に？」

「そうしたら彼女は、小宮山君の家に行ったんじゃないか、と言った」悟は腕を組み、静かに言う。

由紀夫は顔をしかめてしまう。「どうして多恵子に分かったんだ」

「多恵子ちゃん曰く」葵は嬉しそうだった。「『わたしの元彼氏が、わたしとよりを戻したくて、小宮山君の家に行くかもしれないんですよ。だから、由紀夫がそれに負けじと向かった可能性があります』だって」

「馬鹿な」由紀夫は危うく、手元のコップを落としそうになった。

「でも、おまえは実際、小宮山君のマンションに行った。泣けるね。おまえも、多恵子ちゃんを奪われまいとして、必死だったんだなあ」鷹がはしゃぐ。

「そういうつもりじゃなかった。でも、どうやって、俺があそこにいるって確認したわけ」と訊ねる。

「確認しないで、当てずっぽうで突入してきたんじゃないだろうね」

「そこは俺の出番だった」葵が微笑む。

葵は先日、由紀夫と一緒に訪れていたから、小宮山のマンションの場所は知っていた。だからすぐに、小宮山のマンションまでやってきたらしい。「で、前まで来たら、この間、見かけた女の子に会ったんだよ」

「見かけた女の子?」どういう話なのだ、と耳を疑う。

「ほら、携帯電話で彼氏と別れ話をしていた子だよ」

ああ、と由紀夫も思い出した。背が高く、眉間に皺を寄せた女性だ。携帯電話に向かい、悲壮感溢れる口ぶりで、「わたし、あなたがいないと生きていけないんだから」「諦めないから」と訴えていた。

「たまたますれ違ったから、声をかけたんだ」

「何で、声をかけたの?」

「え、何で、かけないいんだよ」

由紀夫は溜息をつく。息子を心配している時くらいは、女性を無視してもいいじゃないか、と思った。

「で、彼女と意気投合して、話をしていたら、驚くことに」

由紀夫からしてみれば、つい数日前に彼氏と別れ話をし、「あなたがいなければ生きていけない」と感情的に喚いていた女性と、どうやれば、その短い時間で意気投合できるのか、そのこと自体がまず不可解だったが、深く追及するのも面倒臭く、たとえば、フナ釣り名人に、「そんなに上手に釣れるのはなぜなんですか。変じゃないですか」と質問するのがくだらないことであるのと同様に、くだらないことだと思えたので、触れなかった。

「その女が、小宮山の隣の部屋に住んでいたんだと」勲が肩をすくめるようにした。

「え、まじで？」由紀夫は思わず、聞き返す。

「まじなんだよ」葵がうなずく。

「じゃあ、あの一昨日とか今日、小宮山の家を訪れてきた、あの、佐藤さんって」

「そうそう、あの女の子だよ」葵が言う。「俺が、彼女にお願いをしたんだ。小宮山君の家を訪れてくれ、って」

「訪れてどうしろって言ったわけ？」

「どうもしなくていい。ただ、見て、聞いてほしかった」悟が答える。このあたりの段取りは、彼が考えたもののようだった。

「見るって何を。聞くって何を」

「彼女は、玄関に靴がほとんどないことを確認した。つまり、由紀夫の靴がそこにはなかったんだ」

「でも、いた」監禁されていたのだ。

「そうだ。で、一方で俺は、由紀夫に電話をかけた」葵が言う。

「え？」

「かけただろ」

角刈り男が不愉快そうに、由紀夫の携帯電話をつかむ光景が浮かんだ。言われてみれば確かに、そのタイミングで葵から電話がかかってきた。

「でも、あの時は何も言っていなかったじゃないか」

「そりゃそうだ。かけること自体が目的だったんだ。俺が電話をかける。そうすれば、知代さんの携帯電話からは、あれが流れるだろ」

「E・T・？」由紀夫は声を大きくした。

「そう」悟が小さく笑う。

「そうそう」葵が言った。

「それを彼女は、玄関で聞いた。居間のほうから、『E.T.』が流れてくるのをよ」鷹が言う。

「玄関に靴はない。けれど、部屋からは『E.T.』の音楽が聞こえてくる。しかも、電話に由紀夫は出て、街にいると言ってきた。これはもう、矛盾だらけ。だろ」葵が言って、悟に目を向ける。「その情報から悟さんがすぐに結論を出したんだ。由紀夫は、あのマンションの部屋にいる。しかも、かなりの確率で、監禁されている」

店内に、甲高いはしゃぎ声が響いた。視線を向けると、先ほど入ってきた中学生たちが悪ふざけをしつつ、騒いでいるところだった。そのうちの数人は煙草を吸っていた。中学教師の勲は、彼らに背を向けて座っていたので、気づいてはいない。中学生の喫煙を見つけたら、立場上、見過ごすわけにはいかないだろうし、このまま気づかなければいいな、と由紀夫は思いもする。

「本当ならその時点で、すぐにでも部屋に飛び込んで、由紀夫を助け出したかったんだが」悟がこめかみを掻く。「状況が分からないだけに、不安があった」

「状況？」

「敵がいるのか。何人いるのか。武器はあるのか。さらに、由紀夫のほかに人質がいるのか」

「だから、クイズ番組に？」由紀夫はそう言いながら、自分の唇が苦笑するように歪むのを感じる。

「いいアイディアだったろ。あれは俺のアイディアなんだよ」鷹が身を乗り出し、人差し指を自分に強く、向けた。「俺なんだよ、俺。いいだろ、あれ」としつこい。

「いい、というか、何とも」由紀夫は返答に戸惑いつつ、「驚いた」と言う。

その後の、父親たちの説明は、由紀夫が想像したものとほとんど変わらなかった。彼らは、どうにか由紀夫とコンタクトを取ろうと思い、生放送のクイズ番組に出演することにした。悟なら絶対に、予選を通過できるし、もしかすると一千万円も夢ではない、と判断したらしい。

手旗信号を思いついたのが誰なのかは、はっきりしなかった。四人が四人とも、「俺が言い出しっぺだ」と主張したからだ。

「多恵子も全部知っていたんだ？」

「いい子だよなあ」葵がうなずく。

「飲み込みが早い」悟が感心する。

「度胸があるしな」鷹がにやけた。

「一生懸命だった」勲が顎を引く。

「そもそも、俺がテレビを観られる保証はなかったじゃないか」

「可能性は高いと踏んでいた」悟が静かに話す。「部屋にはテレビがあるはずだ。犯人が比較的、友好的であれば、クイズ番組くらいは観せてくれるかもしれない。反対に、慎重で厳しい犯人であれば、『クイズ番組を観ろ』というメッセージには何か裏がある、と疑って、やはりその場合も、テレビを点ける。そう推測した」

「俺が手旗信号を理解すると思った？」

「まあな」と勲が言う。「俺たちですら覚えてたくらいだ」

由紀夫が予想した通り、父親たちは、「武器の有無」と「敵の数」が知りたかったのだ。

「突入して、助けるにしても、敵の数が分かるに越したことはないからな」鷹が言う。

「俺が、人質の数も伝えたのは分かった？」由紀夫は、多恵子からの電話に、自分流の工夫をし、「敵が三人に人質が三人」と教えたつもりだった。

「ああ、あれはやはりそういう意味で良かったのか」悟が言った。「多恵子ちゃんが言うには、小宮山君の家は母子家庭だってことだったからな。母親を玄関から逃がし、息子は鷹が、由紀夫は勲が逃がす、とは考えていたんだが」

あの時、醬油を借りにきた隣人女性の背後には、鷹と勲がいた。そして、玄関に出てきたばかりの小宮山の母に、静かにするように、と人差し指を唇に当て、伝えた。それから隣室の女性が、小宮山の母を、自分の部屋へと逃がした。醬油は通路に零れたが、それくらいは仕方がない。父親たちは、由紀夫たちが鎖のようなもので部屋の器具に縛り付けられていることも考慮して、業者が使うような強力な鋏も用意していたが、小宮山の母から、そういった拘束はない、と聞き出し、鋏は置いて行くことにしたらしい。まずは鷹が部屋に進入し、小宮山をベランダへ連れ出し、遅れて勲が、由紀夫を助けた。

「まさか、ベランダから飛ぶなんて。先に教えてくれても良かったじゃないか」

「教えたぞ」悟が怪訝な目になる。

「え？」

「クイズ番組の最後、もう一度、司会者が話しかけてきたから、鷹たちが手旗信号で伝えたはずだ」

「ああ」由紀夫は納得する。「犯人たちがテレビの電源を切ったんだよ。だから、番組の最後までは観られなかったんだ」

「そうだったのかよ、危なかったな」と勲が眉をひそめる。

「前日に、隣の部屋のベランダから、電線までの距離を見て、シミュレーションはしてみたんだ」悟が続けた。「電柱と建物には間隔があるからな、場合によっては無理かと思ったんだが、見たらちょうど良い高さのところに、高圧線があった。マンションに沿って、右へと下っていくやつだ。それで決めた」

「訊きたいんだけど」由紀夫はグラスに入ったストローをいじくりつつ、言う。

「何でも訊きゃいいさ」鷹が威勢良く、答えた。「さっきから訊いてるんだし」

「わざわざ、電線を使って逃げる必要なんてあったわけ？」

由紀夫より先に、小宮山を連れてベランダに飛び出した鷹は、電線を使わなかった。マンションのベランダは、緊急時の避難用に、隣の部屋のベランダと簡易的な仕切りで区切られているだけであるため、そちらへ体当たりをし、そして、小宮山を引き摺り、避難したのだ。

「俺も同じように、逃がせば良かったじゃないか」と由紀夫は指摘する。

「おいおい」鷹が苦笑する。分かってねえな、と言わんばかりに舌を鳴らす。

「まあ、確かに、隣のベランダに逃げるのも可能と言えば可能だったな」悟がそこで初めて、言いよどむ。

「すでに、小宮山が逃げてたから、邪魔になると思ったわけ？」由紀夫はそう推測してみた。

「いや」悟は言いづらそうだった。他の三人もどこか照れ臭さを嚙み殺した様子だったが、やがて勲が口を開いた。

「前におまえ、言ってただろ。電線で脱出なんてできない、って分かった瞬間、父親を信じちゃいけないと悟った、って」

「ああ」あれは決定的だった。

「だから、やろうと思えば、そんなことはできるってところを見せてやろうと思ったんだ」鷹が笑う。

「そのほうが、思い出になるし」葵も当然のように言った。

「せっかく、ちょうどいい高圧線があったしな」悟もそんなことを言う。

由紀夫は溜息を深々とつく。助けてもらったのに、こういうことを言うのは憚られるけど、あなたたちはちょっと考え方がおかしいよ、と言った。

「これで、父親を信頼する気になったか」勲が歯を見せた。

「言葉が見つからない」

「感動したか」

「そういうことにしていいよ、もう」

さらに由紀夫は、電線のことについて訊ねた。百歩譲って、思い出のために電線ロープウェイを認めたとしても、電線を伝うやり方には、危険があったはずだ。しかも、ロープウェイのように下っていくと、最終的には、電信柱のところまで行かずに、止まった。重みで沈み、電線の途中で止まったのだ。飛び降りるにしては高い位置だったが、それを見越したかのようにトラックが下に停車してあり、その荷台にはクッションが積まれてあった。おかげで、勲が、由紀夫を抱えたまま落ちても、無傷で済んだ。「あの車は、事前に準備していたわけ?」

「そうだな。まあ、勲は高圧ゴム手袋をしていたし、電線に引っ掛ける鞭も同じ素材のものだったし」

「どこからそんなものを」

「富田林さんだよ」鷹があっさりと言う。「電柱の脇に、トラックを用意してくれたのも、富田林さんだ」

由紀夫はさらに混乱した。「え、富田林さんがどうしてそんなに協力してくれるわけ?」

富田林は、鱒二の件で、由紀夫たちにも憤慨している最中ではなかったか。

「そこは、鱒二のおかげだ」

「鱒二の?」

ますます、分からなくなる。

「そのへんは、直接、鱒二から聞いたほうがいいかもな」と勲が言う。

何でもったいつけるのだ、と由紀夫は苛立つが、執拗に問い質す気分にもなれなかった。

「そろそろ帰るか」と鷹が腕時計を見る。「俺、明日も早いんだよ」

「どうせ、ギャンブルだろ」勲が言う。

「よく分かるな」鷹が苦笑する。

「そんなに朝早くから、ギャンブル場が開いてるわけ？」由紀夫はふと気になって、訊ねた。すると鷹は若干、得意げな表情を見せ、「ギャンブルなんてのは、自分で作ればいいんだよ。自分でよ」と歯を見せた。

「自分で？　富田林さんみたいに？」

「まあ、そうだなあ。今、俺がやってるのは、駅前で、毎朝来る奴らを使って、競馬をするんだよ」

「駅前で競馬、ってどういうこと」

「毎朝、駅に通勤だとか通学だとかでやってくる面子《めんつ》って、限られてるだろ。通勤時間だとかが一緒だから。で、仲間内で、毎朝駅にやってくる奴らを馬に見立てて、競馬のようなことをやるんだ」

「くだらないことをよくもまあ考えるよな」勲は感心半分呆れ半分という具合だった。

「通勤客が競走馬になるわけ？」

「そうそう。どいつが最初に姿を現わすか当てるわけだ。通勤客自身は自分たちがまさか、賭けの対象になってるとは思ってねえだろうけどな」

「でも、そんな賭け事であれば」悟がぽつりと言った。「人為的に操作できるんじゃないか？」

「操作？」由紀夫は、悟の横顔を見る。

「自分の賭けた相手に、電話をかけるなり何なりして、早く家を出発させることはできるだろう」

なるほどね、と由紀夫は返事をしたところで、はたと気づいた。「もしかすると、その競走馬には高校生も入ってる？」

「そりゃまあ、いるさ」鷹は当然のように答えた。「朝、駅に来るのは高校生か会社員だ。ガクランメガネランナーとかな、カラテオーとか、名前もあるぞ」

同級生の殿様のことを、由紀夫は思い出す。最近、立て続けに謎の電話がかかってきた、と殿様は嘆いていた。「早く来て、校門前で会いましょう」という電話の言葉を信じ、いつもより早い時間に家を出たが、誰もいなかった、と。

もしかすると、殿様は、鷹たちのやっている、「通勤通学競馬」の賭けの対象になっていて、悟が言うところの、「人為的操作」をされていたのかもしれない、と思い当たった。鷹じゃなくとも、その賭け仲間が仕掛けた可能性は高い。

「どうかしたか、由紀夫」考え事をする由紀夫を心配してか、悟が訊ねてきた。

「いや、何でもない。どうでもいいことを考えていただけ」


まだいろいろと不明点ややもやもやとする事柄があるように思われたが、由紀夫も疲れを感じはじめ、店を出ることにした。レジに向かって、ぞろぞろと歩いていくと、途中で、「あ」と声が聞こえた。

見れば一番先頭を歩いていた勲が、通りかかった座席に陣取る中学生たちに、睨まれている。

「おまえか。何、煙草吸ってるんだ」勲はそこにいるひときわ凝った髪型をした少年の手にある煙草を、奪っていた。

「てめえ、学校じゃねえのに威張るんじゃねえよ」と中学生の彼は立ち上がり、勲に顔を近づける。背は勲よりも低いが、それにしても、威勢がいい。後ろにいる鷹や悟、葵と由紀夫はそれぞれ顔を見合わせ、「あれが例の、勲と対立している生徒だな」とうなずき合う。

予想を裏付けるようにそこで中学生が、「おまえ、生徒に暴力を振るえるのかよ」とあざ笑う声を発した。ああ、この台詞を吐くということはやはりあの生徒だな、と由紀夫は確信し、他の父親たちも小さく笑った。それこそ、ドラマ『ランナウェイ・プリズナー』の主人公が毎回、「楽勝だぜ」と強がりつつ発する決め台詞を直接聞いたような、「あ、それ、知ってます知ってます。あなたがあの有名な」と手を叩きたくなる気分でもあった。

ただ、由紀夫の嬉しさとは対照的に、勲の周辺は険悪になっていた。席に座っていたほかの中学生たちも腰を浮かせ、いつでも飛び出せるような恰好になっている。

「おまえら、元気だなあ」鷹がはっきりした声で野次を飛ばす。

数人が鷹を睨みつけた。

「面倒臭えなあ、こういう奴らは。甘えてんだよな」鷹はまるで気にせず、茶化した。

「勲さんも大変だなあ」と葵が、勲に声をかける。

「煙草を吸うな」勲が短く、叱る。

「何で駄目なんだよ、別にいいじゃねえか、吸ったって」

「おまえさ、何で煙草吸ってんだ？」柄の悪い言い方で絡んだのは、鷹だった。手こそ出さなかったが、生徒の襟元を視線で捻るような目つきをした。「理由、言ってみろよ」

生徒は一瞬、黙った。理由など考えたことがなかったからかもしれない。しばらくして、「吸いてえからだよ」と力なく言った。

「ばーか」鷹が鼻で笑う。「本音を言えば、他の奴らが吸ってるから、だろ？」と見透かした。「不良は煙草を吸うものって、思い込んでんだろ」

「うるせえな」

「人の真似して、何が不良だよ」鷹は、舌で素早く相手を嘗《な》め回す真似すら、した。「煙草を吸うなんて、安全地帯でやる悪戯みてえなもんだ。どうせなら葉巻にしろよ。そのほうがまだ個性的だ」

「それから、店内では静かにしてろ。他の客の迷惑になる」悟も口を開く。

「うるせえな」中学生が答えた。大人に叱られた恥ずかしさに耐えがたかったのか、左腕を突き出すと、勲の服の脇あたりをつかみ、右腕を振った。いつもの勲であればその程度の拳は楽に受け止められただろうが、腕の筋を痛め包帯を巻いている状態となるとそうも行かず、ちょうどその痛めているところを殴られたのか、珍しく、苦痛に顔をゆがめた。中学生たちが歓声を上げる。

「困ったら結局、教師に当たって、ごまかすんだよなあ」鷹が笑った。

「勲も大変だな」と悟も苦笑している。

「とにかく、煙草はやめろ。学校に真面目に来い」勲は言って、結局、レジへと向かう。

「真面目に学校に行かないと、こんな大人になるよ」葵が、鷹を指差した。

「何言ってんだよ」鷹が怒る。

父親たちが歩いていくその背中を追おうとした由紀夫は、いったん中学生の前で止まった。「俺の父親たち、訳が分からなくて悪かった」と謝る。

彼らは居心地悪そうに、無言のまま座り直した。後ろから襲い掛かってくるか、と少し構えたが、そうはならない。

会計を済まし、店を出ると勲が、「ファミリーレストランって名前がいいよなあ」と低い声で言う。

「確かに、そうだよな」と鷹が同意する。

「ファミリーだからな」悟がうなずいた。

「そんなにいいかなあ」由紀夫は言った。

「いい名前だよ。うん」葵が言い切った。


小宮山の家にいた犯人たちは、と言えば、由紀夫たちが脱出した直後、捕まった。銃声に驚いた近隣住人が、警察に連絡をしたらしかった。

最初から警察に全部任せれば良かったんじゃないのか、と由紀夫は一度だけ訊ねたが、父親たちは不快感を浮かべ、「手順だとか慣例を重視する警察に任せたら、いまだにおまえは監禁されたままだったよ。籠城事件で、長期戦だ」と言った。かもしれないな、とは由紀夫も思った。ただ、悠長にクイズ番組などに出ている間に、俺の身に取り返しのつかないことが起きるような心配は感じなかったのか、と素朴な疑問は浮かんだ。早く突入すべきではなかったか、と。それをぶつけると父親たちは揃って、「そりゃ心配でたまらなかった」と答えた。

「ただ、もし慌てて、突入してもうまくいかないかもしれねえだろ」と鷹が言う。

「その可能性はあったよね」

「それだったら、少し時間はかかっても、突入前に、おまえに俺たちの顔は見せておきたかったんだよ」と葵が答える。

「意味がよく分からないけど」

「おまえが死ぬ前に、テレビ画面越しにでも、顔を見せて、手を振りたかったってわけだ」どこまで本気なのか鷹はそんなことを言う。

「おまえが死ぬ前に、一言声をかけてあげたかったんだ」勲も似たようなことを口にした。

「死ぬ前に死ぬ前に、と言わないでくれよ」由紀夫は嘆かずにはいられない。本末転倒にしか思えなかった。「どういう親なんだ」

「でも、本当に心配だった。俺たちは、おまえの無事をずっと祈ってた」悟が静かに、しみじみと言った。

「でもよ、あの犯人たち、動機は何だったんだろうな」ファミリーレストランから家へと帰る車中、運転しながら鷹が言った。

三人の犯人のうち、一人は雇われた狙撃の専門家で、残りの二人は、白石に恨みがあったようだった。由紀夫はそう話した。「何だか、親の仇でも見るような顔で、ニュースに映る白石を観ていた」

「前に、ドッグレース場で、犬が撃たれた事件があったけど」葵が思い出したように、言った。「あれって、もしかすると失敗したんじゃないかな」

「失敗？」

「ドッグレースで、スタートの合図をやる、着ぐるみがいるだろ。あれって、中に」葵が嬉しそうに言った。

「そうだ、知事が入っているっていう噂があったんだった」由紀夫も思い出した。

「だからさ、犯人は、ドッグレース場で知事を撃つつもりだったんじゃないか？」

「それで失敗したのか」悟は納得したような声を出す。

「もしかすると」由紀夫も想像を広げる。「その失敗で懲りて、あの犯人、プロの狙撃手を雇うことにしたのかも」

「そういえば、富田林さんが言ってたんだけどな」運転している鷹が続けて、言う。「あの、車の中で死んでた奴らいただろ。男と女」

「ああ、あの、下田梅子さん」由紀夫はガスタンクでのあの陰鬱な空気を思い出す。ずいぶん昔のことのように思えた。

「あれをやったのは、赤羽を支持してるグループらしいぜ。赤羽の情報が漏れるのを恐れたんだろうな。鞄を取り返して、あいつらは心中に見せかけて、殺した」

「たかだか、鞄のことで？」

「やることが大雑把なんだよ、偉そうで、悪い奴らは」鷹は言う。

「確か、鞄を奪ったグループには、少なくともあと一人はいたけど」ドッグレース場での記憶を話す。下田梅子ともう二人、男がいたはずだ。

「そいつも今頃、どこかでいなくなってるんだろうなあ」鷹はどこかのんびりとした言い方でもあった。

「死んで、いない」悟がぼそっとこぼした。

「怖いなあ」葵が大袈裟に震える。

「でもさ、下田梅子さんたちは何で、そもそも、赤羽の鞄を奪おうとしたんだろう」

「分からないが、金銭で依頼されたんじゃないか」悟が言った。

「金銭で？　誰に？」鷹が訊く。

そこで由紀夫は、マンションにいた夜、青白い男が喋っていた内容を思い出した。「俺たちを監禁していた犯人だと思う。あの人たち、マンションで、白石を狙撃するチャンスを待っている間に、いろいろ考えちゃって、それで閃いたんだって。ちょうど選挙だし、白石殺害を、赤羽たちに転嫁できないかって」

「どういうことだ」

「赤羽を怒らせようと思ったんじゃないかな。そういう作戦を思いついたんだ。そうすれば、白石が死んだ時、赤羽たちがやったと思わせられる」

「赤羽を怒らせるために、鞄を奪ったわけ？」葵が質問してくる。

「お金でそういう仕事を引き受けている人に、下田梅子さんたちに、それを頼んだんだよ。たぶん。鞄を盗めば、赤羽が怒って、白石の仕業だと勘ぐるんじゃないか、って。ただ、あの人たちも、怒った赤羽の支持者たちが、下田梅子さんたちを殺すとは思わなかったんだろうね」マンションの彼らは、心中事件のニュースをやたら、気にしていた。

「それにしても」勲が助手席で嘆く。「知事選に立候補する二人がそんな大人だなんて酷い話だよな、そりゃ子供の素行が悪くなるわけだ」

「そこを教師たる勲さんが、大人の信頼を回復するために頑張らないと」と葵が柔らかい言い方で、笑った。

「俺一人で頑張っても、どうにもならねえよ。教師がすぐに自殺するような時代だぞ」

「でもよ、ここに四人いるじゃねえか」鷹がはしゃぐような声を出した。「この狭い車内に、四人も恰好いい男がいるんだぜ。希望が持てる。な、由紀夫」

「車内が狭いのは確かだけど、そんな男、どこにも見えないよ」

由紀夫は窓ガラスに額をつけ、眠ろうかと思ったが、ふと、悟は例のクイズ番組で最後の一千万円の問題を解答できたのだろうか、と気になった。彼らの様子を見ると、一千万を手に入れたような興奮は窺えず、なるほどさすがにそこまでうまくはいかなかったか、と一人で納得したのだが、家に帰り、居間の電気を点けたところテーブルの上に、車や旅行、家電製品のパンフレットが散らばってい て、驚いた。

「大変な目に遭ったね、由紀夫君」鱒二の父親が、由紀夫に今川焼きを渡しながら眉を八の字にする。

「貴重な体験でした」由紀夫は受け取り、袋の中から今川焼きを取り出す。「怖かったですし」

「由紀夫でも怖がるんだ?」多恵子は意外そうに言う。

「俺を何だと思ってるんだ」

「由紀夫はいつも冷静だと思ってたんだけどな」と鱒二も言った。

「俺を何だと」由紀夫は再度言った。「あ、おじさん、一個多いよ」

「サービス、サービス。由紀夫君、頑張ったんだからさ」

「親父さ、薄利多売なんだから、そんな気前のいいことやってると痛い目に遭うっての。ちゃんと、金取れよ」指についた餡こを舐めつつ、鱒二が言ってくる。

美味しい、と隣の多恵子が、今川焼きを口の中に含んだまま、声を上げる。

「だろ」由紀夫は恩着せがましく聞こえるように、言う。

小宮山のマンション脱出から、すでに三日が経っていた。警察への対応や体力の回復を口実に学校を休むこともできたが、休みすぎるのも気が引けて、一日休んだだけで学校へ行った。その帰りだった。馴れ馴れしく近づいてきた多恵子に対して由紀夫も、さすがに邪険にすることは憚られた。

「多恵子さんは恩人です」と十度唱えることを強制されても、嫌がらずに従い、さらに、感謝の気持ちを表すために、今川焼きを奢ることも厭わなかった。

「由紀夫がそんな目に遭っている、って聞いた時は本当に驚いた」鱒二の言い方は牧歌的だった。

「もとはといえば俺は、おまえのために、小宮山のマンションに行ったんだぜ。おまえが富田林さんを怒らせたから、それをどうにかしようと思って」

「何だよ俺のせいにするなよ」

「それよりも、富田林さんの件はどうなったんだ」由紀夫は重要なことを思い出した。あれだけ富田林を怒らせて、どうして無事なのか、理解できなかった。由紀夫がマンションから脱出するのに手まで貸してくれたとは、まったく意味が分からない。

「ああ、それはさあ」鱒二は珍しく、言葉を濁し、照れ臭さとともに自分の父親を眺めた。

「富田林さんってのはあれか、こないだ来た人か」屋台の向こう側の、鱒二の父親が言う。

「来たんですか？」

「鱒二のことで話があるって言って、ここに来たんだ。どうやって、探してきたのか分からないんだが、たくさん、ボディガードみたいのを連れた、親分さんみたいだったな」

親分さんそのものなんですよ、と由紀夫は言いそうにもなる。

「やあ、また来てしまったよ」背後から声がして、由紀夫はぎょっとする。はっと振り返るとそこには当の富田林が立っていて、脇には古谷もいた。

「富田林さん」うわさをすれば影、とはまさに本当だな、と思う。鼓動が早鐘を打ちはじめる。鱒二が顔を引き攣らせ、どこまで事情を知っているのか判然としないが多恵子も身動きせず、立っていた。

「どうも、いらっしゃい」と鱒二の父親だけが明るく、白い歯を見せ、微笑んだ。

「この間みたいな大人数だと迷惑だろうし、今日は、俺と古谷だけで来たんだ」富田林の喋り方は、遠足にはしゃぐ小学生じみてもいた。「今川焼き、もらおうかな」

古谷が無言で財布を開く。

由紀夫に気づいた富田林が、「おお」と言った。「由紀夫君、元気か。無事で良かったよ。それにしても、鷹ちゃんといい、勲さんといい、由紀夫君の父親たちは思い切ったことをするよなあ」

「富田林さんが協力してくれたみたいですね」由紀夫は言い、頭を下げた。ありがとうございます、と礼を言う。

「構わないよ。礼を言われる筋合いじゃない。手袋とトラックを貸しただけだしな。力になれるなら、喜んでだ。鱒二君が、俺に頼んでくるからさ、断れなくてね」富田林が笑い、「なあ」と古谷を見た。

「ええ、まあ」と古谷が答える。

「鱒二が」由紀夫が、鱒二を見る。

「由紀夫の親父さんたちが、俺から、富田林さんに頼むように言うからさ」と鱒二は言い訳をするように、言っている。

「それにしても酷い県知事だよなあ、本当に」と富田林が呆れ口調で言う。

小宮山のマンションに籠城していた犯人は、白石知事に恨みがあった、と警察で供述しているらしかった。

マンションに籠城していた、あの角刈りの男と髪を束ねた女は夫婦だった。そして、彼らの一人娘は三年前に、白石知事に妊娠させられ、堕胎を迫られ、自殺をしたのだという。彼らはその悲しみに暮れ、少しずつ正気を失い、そして、県知事を殺害することを計画した。

「由紀夫君、どうやらね、聞いたところによると」富田林は穏やかな口調で、「あの犯人たち、白石を無事に始末した後は、由紀夫君たちも全員、撃っていくつもりだったらしいよ」と恐ろしいことを口にした。

由紀夫はぼんやりとしてしまう。警察内部にも情報網があるはずの富田林が嘘を言うとも思えなかった。「そうでしたか」

うんうん、と富田林はなぜか愉快そうに首を振る。それから、「それにしても、まさかこんなところで会えるとは思わなかったよな」と声音をがらっと変えた。

由紀夫は意味が分からず、きょとんとする。「誰とですか」

「誰と、じゃないよ。プロ野球史に残る、名ピッチャーとだよ」富田林は目を細め、顔をほころばす。

「こんなところで今川焼きの屋台を出しているなんて。灯台下暗しだな」

「え？」由紀夫は、屋台に立つ、鱒二の父親を振り返る。彼は片眉を下げ、口元をゆがめていた。

「名ピッチャーなんかじゃないですよ」

「そんなことはない。あんた、まだまだやれたのに、球団の勝手で解雇になったんだ。あんなに輝いた球を投げる奴はあれ以降、一人もいない。ホームベースの手前で、くいっと曲がる。あれは打てっこなかった」富田林は唾を飛ばし、興奮した。

由紀夫はぽかんとしながらも、以前、聞いた話を思い出していた。富田林が熱狂的に応援していた、プロ野球選手のことだ。大ファンであったがために、その投手が引退して以降は、プロ野球が嫌いになったのだという。解雇後、トライアウトに臨むその投手に会いに行き、あの投球をまた見せてくれ、と手まで握った、という話だった。

「鱒二の親父さんが？」

「恥ずかしいから、息子にもろくに話していなかったんだが」鱒二の父が苦笑する。

由紀夫が、鱒二を見ると、彼は何とも居心地が悪そうに、顔をしかめていた。

「凄いですよねえ、お父さん」多恵子が明るく言う。

「今は、今川焼きを売っている」

「今川焼きを作るのだって、大したもんだよ。あんたは最高の投手だったんだ。その価値は今も変わらないしな」富田林は今すぐその場で、メガホンを取り出し、ひとしきり応援歌の熱唱をはじめんばかりだ。「その息子の鱒二君に頼まれたら、俺は何でも叶えてやりたくなるよ。なあ、古谷」

同意を求められた古谷は答えに困っていたが、それでも手に持った今川焼きを一口、二口食べて、「これは美味しいです」と小声で言った。


恐竜橋を渡ったところで、鱒二とは別れた。鱒二は本当に、父親がプロ野球投手だったことは聞かされていなかったらしい。そんな重要なことを息子にずっと隠せるものなのか、と由紀夫は眉に唾をつけたくなったが、実際に鱒二のところはそうだったのだから文句も言えない。

「由紀夫、休んだ時の試験、どうなるの？」多恵子が言ってきた。

「事情が事情だし、再試験をやってくれるんだってさ」

「まあ、そりゃそうだよね。でも、由紀夫も凄い体験しちゃったよねえ、ほんと」

「うらやましそうに言うなよ」

しばらく歩いていくと多恵子は、自分の父親への怒りと不信感を口にしはじめた。「うちの父親、昨日、また、わたしの部屋に勝手に入ったんだよ。信じられる？」

さあどうだろうね、と曖昧に答えると、「何それ、ちゃんと聞いているの？」と非難されるだけだから、由紀夫はただ黙って、聞いていた。

「あのさ、聞いてくれる？」

「聞いてあげたくない」

「うちの父親ったらさ」

多恵子の話を右から左へと聞き流しながら由紀夫は、父親たちのことを考える。四人のあの、父親たちだ。彼らは、脱出劇の翌日から、何事もなかったかのように通常の生活に戻っている。子供の運動会に出て、いい汗をかいた、とそんな気配しかない。

「ねえ、聞いてるわけ」多恵子が言ってくる。

聞いていない、と正直に答えようとした時、由紀夫の頭に、一瞬の閃光が過ぎり、そのすぐ後に、見たことのない場面が広がった。

父親たちとともに、暗い建物の前に立っている光景だった。ぼんやりとしていたから、その建物が何であるのか、そして、一緒に並ぶ父親たちの表情がどうであるのか、分からなかった。

ただ、父親は三人だった。

一人足りない、と思った時に由紀夫は、その想像の場面に立つ自分が、物寂しい思いにとらわれていることに気づく。父親も自分も黒ずくめの恰好で、ああこれは、喪服だな、誰かの葬儀に参列しているのだな、と思った。不吉だとも、縁起が悪いとも感じなかったが、地面の底が抜け、沈んでいくような、そういう心許なさに襲われる。

父親の誰かを失い、ほかの父親たちと並び、その喪失感にぼうっとしていたのだ。

「何考えてるわけ。人が喋ってるのに。感じ悪い」多恵子がふて腐れる。

「ああ」そこで由紀夫は自分の頭を振る。薄暗い想像の場面が消える。

「何考えてたの」

小宮山のマンションで見た夢の中で思ったことが再び、頭に蘇る。父も自分も老いていくという当然のことと、これからの時間のことだ。「あの人たちも年取ってきたなあ、って」

「あの人たちって、お父さんたちのこと？　年取るに決まってるじゃん」

「だよなあ」由紀夫は言いながら、息を吐く。「きっと一人ずついなくなっていくから、なんとなく、変な感覚だろうな」

「いなくなるってどういうこと」

「何でもないよ」家族はいずれ、一人ずつ消えていくものなのだ。

「何それ」

「寂しさも四倍なのか」

「よく分かんないこと言わないで」

「そうだな」と由紀夫も認めた。「確かに、よく分からない。あ、あのさ、多恵子の家、こっちじゃないだろうが」

「いいじゃない。家に遊びに行かせてよ。わたし、恩人なんだけど」

「俺さ、早く部活を再開したいから、家に帰ったら、少し身体を動かす予定なんだ。外に出て、走ったり」

「どうぞ、走りに行って。わたしは家で、お父さんと喋ってるから」

「どの」

「どれでも」

由紀夫は、はあ、と長くあからさまに溜息を吐く。夕陽が作る交通標識の長い影を跨いだ。その時に、「あ、由紀夫」と声を後ろからかけられた。

聞き覚えのあるその声に足を止め、振り返る。

「ああ」と答える。

「今、帰ってきたの」大きいバッグを抱えた細身の彼女は、幼さも滲む笑顔を浮かべた。

「ずいぶん、出張、長かったね」

「まあねえ。元気だった？」彼女は儀礼的に言った後で、携帯電話忘れていっちゃったから不便で不便で、と苦笑した。そして、「あら、由紀夫の同級生？」と多恵子を見た。

多恵子はいつになく狼狽し、言葉につまりながらお辞儀をした。

「わたしがいない間、何か変わったことあった？」と彼女は訊ねてくる。

由紀夫はしばらく黙って、答えを探し、多恵子を二度ほど眺め、首を傾げた。そして、「いや、別に」とぼそっと答えた。ニュースを見てないのかよ、と思った。

「まったく、何言っても、『別に』だもんなあ。由紀夫は」彼女は楽しそうに声を立てる。「でもまあ、無事で何より」

「まあね」由紀夫は言い、そして三人で並び、歩きはじめる。

「わたしの夫たちも元気？」ほどなくして彼女は言った。由紀夫は頼まれたわけでもなかったが、彼女の荷物を持った。ずしりとした重さによろめく。

彼女がもう一度言う。「元気？　わたしの大事な夫たちは」

そんなの知らねえよ、と由紀夫は答えた。

〈あとがき〉

この小説は、はじめての新聞連載でした。二〇〇六年に、地元の「河北新報」をはじめ、いくつかの地方紙に掲載をしてもらったものです。連載終了後も、なかなか単行本化作業に入らなかったため、時々、「あれはいつ本になるのですか」と質問を受けました。そのたびに、もったいつけるつもりはなかったのですが、「いつになるか分かりません」と曖昧に答えていました。そのことについて少しだけ書いておこうと思います。

当時、このお話を気に入ってはいたものの、書き上げた際に、「何かが足りなかったのではないか」という思いがありました。設定が独創的だと自分では思っていたのですが、執筆中に編集者さんから、クィネルの作品『イローナの四人の父親』にも似たような設定が用いられていると教えられましたし、思えば、映画の『スリーメン&ベビー』も同じような話です。また、物語があまりに自分の得意な要素やパターンで作り上げられているため、挑戦が足りなかったのではないか、と感じずにはいられませんでした。

そして、その頃からちょうど僕自身の中で「別のタイプの物語を書かなくてはならない」という思いが強くなり、今までとは少し違う小説を創りはじめることを決めていました。あまり好きな表現ではないのですが、簡単に言ってしまうと、その次の、『ゴールデンスランバー』からが第二期と呼べるのかもしれません。

果たしてそこにどういう変化があったのかうまく説明はできないのですが（傍目から見れば、どこも変わっていないのかもしれませんが）、ただ、それ以降、いくつかの本で自分なりの挑戦や試行錯誤を行うことで、ようやく、（第一期の最後の作品とも言える）『オー！ファーザー』を単行本にする気持ちになれました。

改めて、読み返してみたところ、ずいぶん時間が空いていたせいか客観的にこのお話を楽しむことができ、これならもっと早く、出しておけば良かったな、と少しだけ後悔もしています。

読んでくれた方が、どういう感想を抱くのか想像できないのですが、できるだけ大勢の人が、由紀夫君の冒険を楽しんでくれればいいな、と思っています。


作中に出てくる、電柱や電線の関係する部分について、友人の佐藤光さんを通じ、飯田準志さんにアドバイスをいただきました。とても助かりました。お忙しいところ、本当にありがとうございました。

新聞連載時は、遠藤拓人さんにイラストを描いていただきました。リアルな部分と漫画的な部分を併せ持った登場人物たちは、この小説に相応しくて、見ていてとても楽しかったです。どうもありがとうございます。

さらに、今回は、この単行本の装幀のために、三谷龍二さんが作品を作ってくださいました。まさか新作をいただけるとは思ってもいませんでしたので、感激いたしました。本当にありがとうございます。


そして、連載中、「信濃毎日新聞」経由で、短いお手紙をいただきました。文章の雰囲気から想像するにたぶん、かなり年齢の若い読者の方だと思うのですが、「いつも弟と楽しく読んでいます」「このまま終わるのはさびしいので、単行本を出してください」ということを書いてくれていました。差出人が分からないこのお便りのことが頭の片隅にいつも引っかかっていたため、こうして、ようやく一冊の本にまとまり、ほっとしています。

〈参考文献〉

『サイエンス脳のためのフェルミ推定力養成ドリル』ローレンス・ワインシュタイン、ジョン・A・アダム著　山下優子、生田りえ子訳　日経BP社

『大学への数学スペシャル東大・東工大―ハイレベル指向　最重要問題96題』藤田宏・長岡亮介・長岡恭史著　研文書院

インターネット上の、銃に関する情報や海外でのドッグレースの体験談なども参考にさせていただいております。

〈初出〉

本書は、二〇〇六年三月より二〇〇七年十二月まで、左記の各紙に順次連載された作品に加筆修正したものです。

河北新報、佐賀新聞、北羽新報、長崎新聞、上毛新聞、有明新報、信濃毎日新聞、名古屋タイムズ、中国新聞、荘内日報、陸奥新報、福島民友新聞、新潟日報

装幀写真　三谷龍二
装幀　新潮社装幀室

オー！ファーザー

著者
伊坂《いさか》 幸太郎《こうたろう》

発行
2010年3月25日

発行者｜佐藤隆信

発行所｜株式会社新潮社
〒162-8711
東京都新宿区矢来町71
電話　編集部 03-3266-5411
　　　読者係 03-3266-5111
http://www.shinchosha.co.jp

印刷所｜二光印刷株式会社

製本所｜加藤製本株式会社

ISBN978-4-10-459604-1　C0093